新中国70年70部
长篇小说典藏

欧阳山

(1908—2000)

现当代作家,原籍湖北荆州。

新中国70年70部
长篇小说典藏

三家巷

欧阳山 —— 著

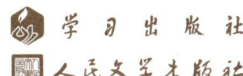

图书在版编目（CIP）数据

三家巷／欧阳山著. —北京：人民文学出版社：学习出版社，2019
（新中国70年70部长篇小说典藏）
ISBN 978-7-02-015468-5

Ⅰ. ①三… Ⅱ. ①欧… Ⅲ. ①长篇小说—中国—当代 Ⅳ. ①I247.5

中国版本图书馆CIP数据核字（2019）第157752号

策划编辑　胡玉萍
责任编辑　涂俊杰
装帧设计　刘　静
责任印制　徐　冉

出版发行　人民文学出版社　学习出版社
社　　址　北京市朝内大街166号
邮政编码　100705
网　　址　http://www.rw-cn.com

印　　刷　北京新华印刷有限公司
经　　销　全国新华书店等

字　　数　272千字
开　　本　680毫米×960毫米　1/16
印　　张　24.75　插页2
印　　数　1—5000
版　　次　1960年1月北京第1版
印　　次　2019年9月第1次印刷

书　　号　978-7-02-015468-5
定　　价　68.00元

如有印装质量问题，请与本社图书销售中心调换。电话：010-65233595

出 版 说 明

　　为庆祝中华人民共和国成立70周年，全面展现中华民族的文化创造能力和文学发展水平，深入揭示新中国70年来的伟大历程、辉煌成就和宝贵经验，激励人们为实现"两个一百年"奋斗目标、中华民族伟大复兴的中国梦而不懈奋斗，我们策划出版了这套"新中国70年70部长篇小说典藏"丛书。为将该丛书打造成思想精深、艺术精湛、制作精良的精品丛书，我们成立了丛书评审专家委员会，成员均为密切关注和深刻了解我国长篇小说创作动态的资深评论家。委员会从历史评价、专家意见和读者喜好等方面对新中国成立70年来众多优秀长篇小说进行综合评定，从中选出70部描写我国人民生活图景、展现我国社会全方位变革、反映社会现实和人民主体地位、弘扬社会主义核心价值观和讴歌中华民族伟大复兴中国梦的精品力作。这些作品，大多为曾获中宣部"五个一工程"奖、"茅盾文学奖"等重大国家级奖项的长篇小说，政治性、思想性和艺术性高度统一，代表了中国文坛70年间长篇小说创作发展的最高成就。

　　我们致力于"把提高作品的精神高度、文化内涵、艺术价值作为追求"的使命任务，通过这套丛书的出版，在讲好中国故事、传播中国声音、阐释中国精神、展现中国风貌的同时，倡导精品阅读，引领和推动未来的中国文学原创出版。

"新中国70年70部长篇小说典藏"
评审专家委员会名单

评审专家委员会主任： 李敬泽

评审专家委员会委员（按姓氏笔画排序）：

丁　帆　　白　烨　　朱向前　　吴义勤　　何向阳
应　红　　张　柠　　张清华　　陆文虎　　陈思和
孟繁华　　胡　平　　南　帆　　贺绍俊　　梁鸿鹰
董保生　　董俊山　　谢有顺　　臧永清　　潘凯雄

项目统筹： 吴保平　　宋　强

目　录

一　长得很俊的傻孩子　　1
二　证人　　13
三　鲁莽的学徒　　24
四　受屈的人　　33
五　看牛娣　　40
六　枇杷树下　　49
七　美人儿　　57
八　盟誓　　63
九　换帖　　72
一〇　姐弟俩　　80
一一　幸福的除夕　　91
一二　人日皇后　　101
一三　迷人的岁月　　108
一四　画像　　119
一五　风暴　　128
一六　永远的记忆　　136
一七　雨过天青　　149
一八　在混乱的日子里　　161
一九　快乐与悲伤　　173

二〇	分化	182
二一	出征	192
二二	敌与友	202
二三	控告	210
二四	破裂	222
二五	血腥的春天	233
二六	假玉镯子	245
二七	夜深沉	255
二八	密约	268
二九	冰冷的世界	277
三〇	迫害和反抗	286
三一	兄弟回家	294
三二	红光闪闪	304
三三	通讯员	312
三四	巡逻队	323
三五	长堤阻击战	333
三六	伟大与崇高	343
三七	观音山防御战	353
三八	退却	360
三九	夜祭红花冈	369
四〇	茫茫大海	378

一　长得很俊的傻孩子

公历一千八百九十年,那时候还是前清光绪年间,铁匠周大和他老婆,带着一个儿子,搬到广州市来住。周大为人和顺,手艺精良,打出来的剪刀又好使,样子又好,真是人人称赞。他自从出师以后,就在西门口一间旗下人开的正岐利剪刀铺子里当伙计,几十年没换过东家。他老婆也贤德勤俭,会绣金线,手艺也很巧。夫妇俩省吃俭用,慢慢就积攒下几个钱来,日子倒也过得满欢喜。后来生了一个儿子,取名叫周铁,日过一日,这孩子也慢慢长大了。他夫妇一来嫌孩子不懂事,总爱和同屋住的别家孩子打闹淘气,二来手头宽裕些,也想挪个地方松动松动,就放声气寻房子。恰巧官塘街三家巷有一个旗下的大烟精要卖房子,他同族的人怕跟首尾,宁愿卖给外姓。正岐利剪刀铺子的东家见周大身家清白,就一力保荐,做成了这桩买卖。

刚搬进三家巷没几天,那年方九岁的孩子周铁就问他爸爸周大道:"爸爸,这巷子里住着六家人家,为什么叫个三家巷?"周大在他的后脑勺上狠狠地给了一巴掌,瞪大眼睛对他说:"叫你上铺子里学手艺,你不去,整天跑到城上面去玩儿!你又不是一个读书人,吃着饭没事儿干的,你管他三家六家做什么?"后来他悄悄问他娘,他娘也回答不上来,只是安慰他道:"你去招你那蛮老子干什么,没得找打!一条街、一条巷,都是皇上叫大官儿定的名字,谁猜得透是什么主意？只怕那和过番的李太白才能猜出几分呢！"当下周铁见问爸爸吃了大亏，问娘又不得要领，也就收起闲心，规规矩矩上正岐利剪刀铺子去当徒弟。过不几年，他也就成了一个又老实又精壮的家传铁匠了。

在他们刚搬到三家巷居住的时候，那里的确没有什么有名有姓的人家。他们是不愁柴、不愁米的，其他的住户多半是些肩挑、小贩、轿夫、苦力之类，日子过得很艰难。比较好一点的，算是有一家陈家跟一家何家。陈家住在他们紧隔壁，只有一个单身男子，名叫陈万利，当时才二十二岁，靠摆个小摊子，卖些粉盒针线、零碎杂货度日。他既无父母叔伯，又没兄弟姊妹，一早锁上门出去，傍晚才回家做饭，静幽幽得像一只老鼠一样。何家住在进巷子头一家，离他们最远。当家的叫何小二，是在监牢里看门的狱卒。他老婆一连生四个儿子，都没养成，别人都在暗地里说那是报应。后来第五个男孩子养活了，名叫何应元，他夫妻俩把他宝贝得什么似的，不吃给他吃，不穿给他穿，凡是粗重一点的事儿，就摸也不叫他摸一下。这何应元当时也十五岁了，生得矮小瘦弱，尖嘴缩腮，挂了名儿是念书，其实是整天穿鞋踏袜，四处鬼混。

出三家巷，往南不远，就是窦富巷。在窦富巷口，有一间熟药铺子，叫百和堂。百和堂里有一个大夫，叫杨在春。他看病谨慎，为人正直，虽然不算很行时，生意倒也过得去。他有三个女儿和一个儿子。儿子叫杨志朴，年纪还小，大姑娘已经十八岁了。杨在春平日看见陈万利孤苦伶仃，勤俭过人，早想把女儿许给他。百和堂的老板猜出他的心事，就出来替陈万利做媒，果然一说就成，不久就娶了过门。这陈杨氏虽然从小信佛，但是生性孤僻，贪财势利。过门头一两年还好，后来就簸弄是非，吵街骂巷，搞得家门不静，邻里不安,有那些刻薄的人就给她起了个诨名叫"钉子"。几年之后,她看见紧隔壁铁匠周大的儿子周铁慢慢长大成人,也学得一门好手艺,加上脾气忠厚,和他老子周大一模一样,就和她爹杨大夫商量,要把她的二妹许给他。杨在春一听,果然不错,就央百和堂的老板去做媒。可是周大和他老婆一商量,都觉得这陈杨氏已经是一个钉子,她的妹妹难保不是一个凿子;一个钉子在隔壁已经闹得六畜不宁,一个凿子进了门,那还能过日子?就这样,这门亲事就耽搁了下来。没多久,铁匠周大就生病死了。

到了一千八百九十八年,陈杨氏第一胎生了一个女儿,取名叫陈文英。吃满月酒的那一天,她外家的人都来了。周铁的娘亲眼看见了杨家的二妹。这位姑娘那年才十八岁,比周铁大一岁,长得相貌端正,性情温和,和陈杨氏大不相同。还有那待人接物的亲热劲儿,更加逗人喜爱。她一见周铁的娘,左一个周大婶儿,右一个周大婶儿,嘴上就像涂了蜜糖的一样,叫得周铁的娘心花怒放,当晚一夜没睡着,第二天一早爬起来,就去找那百和堂的老板。百和堂的老板昨天也去吃了满月酒的,把什么没有瞧在眼里,不用她开口就抓到了个八八九九,到了她真的开口,他就一心拿起架子来了。不管周铁的娘怎么央求,他只是不肯去提这门亲事。他说他从前做过媒,周家嫌人家是凿子,这回又去吃回头草,只怕杨家也不买账了,人家的姑娘,又不是嫁不出去的黄花女,没得来白费唇舌。后来还是周大婶赔了不是,又许这,又许那,才把百和堂老板说活了。谁知他到杨家去,一说就成,跟着第二年就过门成亲。

时间过得飞快,转一转眼就过了二十年。到了一千九百一十九年的时候,三家巷已经完全不是旧时的面貌了。

三家巷如今是名副其实的三家巷。这儿本来住着六家人,陆陆续续地搬走了三家,只剩下周家、陈家跟何家了。当杨在春老大夫还在世的时候,他总爱当着他大女婿陈万利和二女婿周铁的面,讲一些世道兴衰的大道理。他说照他所知,五十年前,这三家巷本来叫作忠义里,住着安分守己的六家人。后来有几家人上去了,又有几家人下来了,只剩下三家人,那名字也改成三家巷。谁知后来那三家人又败坏了,房子陆续出卖,又变成了六家了,名字却没再改动。他十分感慨地说:"世道循环,谁也不能预先知道。只是阅历多了,就约莫有一个谱子。那贪得妄想的人,总是守不住的。经久不衰的,还是那些老实忠厚的人。"陈万利一向聪明伶俐,就接着嘴说:"爹说得一点不差。我宁可贫穷一世,再也不想做那贪得妄想的人。真正不义而富且贵,那又有什么光彩?何况富贵本来不过只跟浮云一样呢!"周铁生性淳朴,只是站着木然不动,把老丈人的话想了又想。

如今已经是一千九百一十九年,老丈人杨在春已经去世,他的儿子杨志朴已经继承他的衣钵,行医济世,而且人缘不错,名望一天天往上长。老丈人说的什么忠义里、三家巷的变迁,周铁已经没有什么兴致去管它,还有那什么世道循环,贪得妄想之类,他本来就不大了了,这时候更忘得一干二净。这二十年之中,他的周围的变动是很大的。第一桩大事就是皇上没有了。跟着就是辫子没有了。不过这些他不在乎,没有了就算了。最叫他烦恼的,是屋顶漏了,墙壁裂了,地砖碎了,没钱去修补。再就是一年一年地打仗,东西一年一年地贵,日子过得一天一天地紧。还有就是人丁越来越多,这个要这,那个要那,简直掇弄不过来。这二十年之中,他每天照样早出晚归,在打铁炉旁边干活,他老婆周杨氏也每天照样打水、破柴、洗衣、煮饭，跟老铁匠周大夫妇在世的时候一模一样过日子。周铁的手艺即使说不比周大更高明，也至少是不相上下，他们打出来的活儿，就是再有本领的行家也分不出高低。西门口一带的妇道人家总是挑着拣着到他东家的铺子里买他打出来的剪刀，就是用了十年也还记得那店铺的名号。周杨氏还是和她做姑娘的时候一样，见人先带笑，又和气又傻，别人因为她姐姐陈杨氏绰号"钉子"，就替她取了个诨名叫"傻子"。就是旁人有时仗势压她，或者嘲笑她贫穷破落，她也只是笑一笑了事。纵然他夫妇是这样手艺高明，贤德出众，可还是一天比一天更受熬煎。

有一桩事，不论陈家、何家都比不上他们，也对他们羡慕得不得了的，就是在这二十年之中，他们养了四个孩子，除了第三个是女的之外，其余三个全是男的。别人都说，他们虽然财不旺，可是丁旺。这也算给他们争一口气。还有人说，这就是周铁一生忠厚的好处。在这上头，别说陈家万利比不上，就是何家应元也输了一筹。如今，这四个孩子全长大了。大儿子周金，今年十九岁，生得矮矮胖胖，浓眉大眼，性格刚强。早两年已经在石井兵工厂做工。活虽然重，工资还算不错，一出身已经比他爹强了。周铁常常摸着自己那又短又硬的络腮胡子笑着说："我打剪刀，是绣花用的；他造枪炮，是打仗用的。这年头兴打仗，不兴绣花，该他比我赚的多！"二儿子周榕，今年十八岁，中等身材，长着一个高高的鼻子和一对长长的眼睛，性情又稳重又温和，正在中学里念书，有人说毕了业可以当官儿，周铁也只是半信半疑。大女儿周泉，今年十六岁，也考进了中学了。她长得身长腰细，脸白嘴小，直像画里的美人儿。那时候，女孩子念书是很少的，她能考上中学，那才情已经出众，何况再加上她长得标致，别人都说要不反正，她准能考上个女状元。

她的性情和她二哥周榕相像,只是比他更加驯良,更加温柔。周铁夫妇最偏心这个女儿,把她宠爱得像心头一块肉一样。唯有那小儿子周炳,却是一个奇怪的人物。他今年才十二岁,可是长得圆头大眼,身体壮健,已经和他大姐周泉差不多高。凡是见过他一面的人,没有不说他英俊漂亮的。还有人说,要是把他打扮成女孩子装束,他要比他姐姐周泉更加美貌。为了这一桩事,周铁已经很不高兴。他对周杨氏说:"咱们是卖力气的人家,有两只胳膊就够了,要那副脸子干什么!莫非他将来要去当堂倌?莫非他将来要去唱花旦?莫非他将来靠相貌卖钱?莫非他将来靠裙带吃饭?"那绰号"傻子"的周杨氏拿眼睛望着地,许久没有开腔,后来才慢慢地说道:"他年纪还小,你怎么就看准他没有大用?人养儿子都望他俊,哪有望他丑的!长得丑,不见得都有出息;长得俊,也不能说都没出息呀!"她话虽这么讲,可是暗地里也替周炳担心。因为一年之前,他还在小学校里念书的时候,就不肯好好地用心上学。他既不是逃学,也不是偷懒,更不是顽皮淘气,打架闹事。他也和别的孩子一样,天天上课,堂堂听讲,可是总像心不在焉的样子,听了一截,忘了一截,成绩老落在别人后面。街坊邻里,师长同学,兄弟姊妹,亲戚朋友,都异口同声地说周炳是天生笨拙,悟性不高。还有人十分感慨地叹息道:"想不到他长得那么俊俏,却配上这么一副资质!难怪人说长皮不长肉,中看不中吃!这才真是金玉其外,败絮其中呢!"周杨氏听了,很不服气。有一天,她背着大家把周炳叫到跟前,紧紧地搂着他问道:

"好儿子,你身上什么地方觉着不自在么?"

他摇摇头说:"没有。"

娘又问:"你的记性很坏么?"

6

他又摇摇头说:"不。我的记性可好哪!"

周杨氏拿指头点了一点他的前额,说:"别吹。老师教的你都听得懂么?"

周炳听见妈妈这样问,倒诧异起来了。他用惊疑不定的眼光打量着周杨氏,说:"全懂得。我又不是傻子,怎么能不懂呢?"

周杨氏笑了。笑了一会儿,就接着问道:"要是这样,为什么老师教的功课你全记不住?"

周炳变得犹豫不安起来,回不上话了。歇了一阵子,他才自言自语地说:"记不住就是记不住。谁还知道为什么记不住呢?"

妈妈突然严肃起来了。她说:"好的孩子什么时候都不扯谎。"

周炳的漂亮的小脸蛋全变红了。眼睛呆呆地望着他娘不动,眼珠子里的光泽都变暗了,变迟滞了。妈妈瞧他这情景,知道他没有扯谎,就开导他道:"你想想看,总有个缘故的。你身上又不是不自在,记性又不是没有,听又不是听不懂,可你功课总是记不住,倒说是没有缘故,人家不把你当傻子看待?"周炳歪倒在娘的怀里,用小手轻轻拍着娘的脊背,好大一阵子没有作声。后来,他突然挣脱了娘的胳膊,跑到神厅外面去。不一会儿又跑回来,在娘的耳朵边悄悄说道:

"老师讲的课不好听!"

周杨氏打算问问他为什么不好听,哪一句不好听,他早就一溜烟跑掉了。娘只好一个人坐着叹气。她十分可怜自己的小儿子周炳,觉着他这么一副好模样,原不该配上这么一副傻心眼,真是可惜。又想到为了这副傻性子,不知要吃多少的亏。越想越心疼,不知不觉就流下了眼泪来。过了几天,她瞅着旁边没别人,就又问起周炳功课的事。周炳这回胆子大了一点,见娘问,就说了:

"老师说世界上最蠢的东西是梅花鹿跟猪。猪是蠢了。梅花鹿怎么能蠢呢？梅花鹿不是世界上最聪明、最伶俐的么？"

周杨氏真是又好气又好笑，说道："乖儿子呵，这就是你的不对了。你管你念书，管那梅花鹿干什么？它蠢也好，不蠢也好，与你什么相干？你去跟它打抱不平，呆不呆？傻不傻？老师既是这么说了，想必是有点来由的，你只管听着就对了！"

周炳接着又说："还不光是梅花鹿呢！后来老师又说，世界上不念书的人都是愚蠢的。这越发不像话了！妈你说，爸爸、大哥跟你，你们都是没有念过书的，可怎么能说你们愚蠢呢？"

周杨氏当真恼了。她长长地叹了一口气道："嘻，傻小子！你尽管说这些疯话干什么？你究竟要到什么时候才明白过来呵！书上说的归书上说的，咱们做人归咱们做人。人家又没有指名道姓，你动不动就东拉西扯地胡缠些什么？就任凭人家骂两句蠢，那又有什么？咱们不是蠢么？不蠢又怎么会穷？"

这几年，铁匠周铁觉着日子挺不好过，柴米油盐，整天把心肝都操烂了，又听说出了这么一个糊涂儿子，一点不通人情，就和周杨氏商量道："反正两个做工的养不活三个念书的。阿金也大了，还没有置家，老这么下去也不是法子。阿炳看样子也不像个知书识墨的人，索性不念那些屁片了，跟我打铁去吧！"事情就这么决定下来。周炳退了学，每天跟着周铁上那间正岐利剪刀铺子当学徒去了。

三家巷里，住在周家紧隔壁的陈万利家，这二十年来也有了很大的变动。陈万利发了很大的洋财。他本人如今再不是什么摊贩小商，而是堂堂的万利进出口公司总经理。他的公司到底经营一些什么项目，连他的紧隔壁邻居、他的连襟周铁都说不上来。说到

8

他是怎么发起洋财来的,他如今到底有多少家财,那全是永远不会揭开的谜。有人赌咒说他的发财和私运鸦片有关,另外有人甚至有证据可以判断他的发财和一个因为"欧战"回国的"红毛"商人有关。可是陈万利本人根本否认他曾经发过什么财,并且常常嚷着他的进出口公司是一桩赔钱生意。总之,那是一个真正的谜。别人只能私下议论,而哪种议论都有道理,都不能证实。大家亲眼看见的,就是陈家的吃用慢慢讲究起来,穿戴也慢慢讲究起来。后来,用的使妈也加多了。再后来,把他家另一边紧隔壁的房子也买下来了。而最后,把两幢平房都拆掉,在原来的地址上面建筑起一座三层楼最新式的洋房来。到这时候,人们不再发什么议论了,他们只是拿陈杨氏那"钉子"跟周杨氏那"傻子"两姊妹做比较,感慨不已地说:"当年要论人才,谁能不挑二姐?可是,人都是人,一个就上了天,一个就下了地。这真是同人不同命,同伞不同柄!"

不过,倘若说陈万利从此再没有什么烦恼了,那也不是公平之论。他是有美中不足之处的,那就是他夫妻俩养女儿太多,儿子太少。这二十年来,他们养了五个孩子,竟有四个都是女儿。大女儿陈文英,今年二十一岁,已经出嫁给香山县一个地主的儿子,叫张子豪的。大儿子陈文雄,今年十八岁,和他姐夫张子豪,和他隔壁周家的二儿子周榕,都是同一间中学里的同班同学。第三个孩子养下来,父母指望他是个男的,而她自己却长成个女的。陈万利给他二姑娘取了个吉利的名字,叫陈文娣,是要她必须带一个弟弟来的意思。她如今十五岁,也跟她大哥一道上中学。第四个孩子生下来,还是个女的。陈万利很不高兴,就给这位三姑娘取个名字,叫陈文婕,是"截"止再生女孩子的意思,今年也有十三岁。谁知截也截不住,第五个孩子生下来,又赫然是个女的。陈万利生气极了,就给这位四姑娘取个气势汹汹的名字,叫作陈文婷,是命令所有的女儿"停"止前来的意思。但是这么一停,就连什么都停掉,陈杨氏再也没有生养。在这上面,看来他是非输给周铁不可了。也许别人对于有钱的人心存妒忌,也许别人对于有钱的人爱开点玩笑,在陈万利觉着烦恼的问题上,还传出点闲言闲语。人们都爱传陈家的使妈跟主人陈万利的暧昧关系,也有当风流韵事传的,也有当为非作歹传的。还有人言之凿凿地传说某年、某月、某日,陈家的使妈阿发到香港去养孩子,不幸又养了个女的,就立刻送给了育婴堂。要是养下男的,陈万利就要光明正大地收阿发做姨太太云云,简直说得"像煞有介事"。对于这种不负责任的流言蜚语,陈万利并不放在心上。他想谁也没有赃证,说说不妨事,也就一笑置之了。

此外,住在三家巷里的,还有一家何家,就是何五爷何应元他家。这二十年,他家也发得很厉害。有人细细给他算过一本家账,算出他比陈家还有钱,不是多一两千一两万,而是多得多。陈家的发迹是暗的,何家的发迹是明的。何家老太爷在世当狱卒的时候,据说就曾经干过一桩也许跟阴鸷有关的事情而发了大财。何应元本身在二十几岁的时候,就出来办税务;往后在大灾荒的年头,又出来办赈济。这都是社会公认的肥缺。在这上面得到点好处,任何人都会认为理所当然。不久,他就收买了他旁边的一幢房子。又不久,他又收买了另外一幢。这样,他就和陈万利家变成了紧贴的近邻,而三家巷的六幢房屋,他家独占了三幢,也就是独占了半条三家巷了。除此以外,他又在广州城里和西关的热闹繁盛街道里,添置了许多产业,据说到一千九百一十九年,他拥有的大小房屋店铺一共有三十几幢之多。他曾经请许多风水、阴阳先生来仔细商议，都说他的好房子虽多，却没有一处比得上三家巷的祖居，因此他就在三家巷定居下来。他不喜欢洋楼，就把三家巷的三幢平房拆掉了，重新起了一座三边过、三进深，水磨青砖，纯粹官家样式的"古老大屋"，全家居住。其实这城里的房屋，也还算不得什么。据跟他算过细账的人说，何五爷在乡下置下的田地，那才是真正的家财。离城四十里，那儿就是他的乡下震南村。别的地方不算，光震南村的土地，就有一半是归在何福荫堂名下，也就是说，归何应元个人所有的。他娶头一个太太何胡氏的时候，那胡氏也是震南村人，一个十足的村妇，就因为有十二亩田做嫁妆，当初老太爷何小二才做了这门亲的。谁知她的八字生得那么正，竟把半条震南村的田地，不管原来属于哪一姓、哪一房的，一起带进了何应元家。可惜的是，何胡氏虽然能带田地来，却不能带儿女来，过门八年还没生育。到一千九百零一年，何应元娶了一个广西小商人的十六岁的女儿白氏做姨太太，第二年就生了一个儿子，叫何守仁，如今十七岁。以后两房又都不生养。到一千九百一十一年，何应元着了急，又娶了一个人家的十六岁的丫头杜氏做三姨太太。说也奇怪，他娶了三姨太太之后的一年，那十八年没生育的正室何胡氏竟然头胎生下个男孩子，叫何守义，今年七岁。距今两年之前，三姨太太何杜氏又生了个女儿，叫何守礼。到这个时候，何应元才算放下一桩心事。因为在少年的时候，他就听到一种轮回报应的迷信传说。按那传说来推测，他们何家是应该断绝后嗣，灭了香灯烟火的。几十年来，他昼夜担心这件事。如今看来，那轮回报应的迷信传说，毕竟是虚妄无稽，不足置信的。他十分得意地自己对自己说道：

"我姓何的比那糊涂人周铁,虽然还比不上,那不过应了一句古话,叫作庸人多厚福!他三个儿子,我才两个。可是比那吃人不吐骨头的陈万利,我却是绰绰有余的。这口气也算争回来了!"

二　证　人

　　周炳跟着爸爸去那间正岐利剪刀铺子当学徒之后，倒也高高兴兴，早出晚归。别人看见他那衣服褴褛，满脸煤灰的样子，就说这蠢材将来大概不是个干文的，却是个干武的。他在铺子里，除了拉风箱之外，只做些零碎小件活儿，只要师傅们一说，他就能做得出来，倒不觉得怎么特别笨钝难教。东家、师傅都喜欢，爸爸高兴，他自己也高兴。周铁摸着他儿子的光脑袋说："看来你一不当官，二不当商，还是要当祖传的铁匠了！"当铁匠，周炳觉着不坏；如果是祖传的，那就更抖了。只有一桩，当铁匠比不上当学生的，那就是当学生的时候，下课很早，又有星期天，可以到处玩耍，可以上南关珠光里他三姨家里，和表兄弟姊妹们玩儿。他三姨爹是个有名的皮鞋匠，家里好玩的东西多得很。自从当了铁匠学徒，这就不成了。一天亮就起来，回铺子里打开铺门，要到天黑，才上了铺门吃晚饭。吃过饭回家，拿冷水冲个凉，已经累得不行，倒下床就睡了。天天这样，三姨家里，连一回也没去。

　　看看到了一千九百二十年的二月中旬，残冬将尽，又快要过旧历年了。周炳从前没有那样盼望着过年的，今年才刚到立春，就眼巴巴地盼望得不得了。有一天，年底了，铺子里派他去收一笔账，他走到那家小商店，那个人已经出去了，要晚半天才回来。他往回走，经过"将军前"大广场，那里正在演木头戏。贴出来的戏招是他从来没有看过的《貂蝉拜月》。他一下子入了迷，只想进去看一看。可是又怕误了正事。后来他一想，不要紧，反正那个人要晚半天才回来，他可以看这么半场，然后中途退出来，再去收账不迟。打算好了之后，他就掏出四个铜板，买了一根竹签，昂然进去看戏。谁知不进去还好，一进去，他就叫那戏文整个儿迷住，再也出不来了。那些木偶又会动手，又会眨眼，一个个全是活的。那貂蝉多么懂事，多么伶俐，又多么大胆，简直看得他津津有味儿。赶散场出来一看，天色已晚。他急忙赶到那家小商店去收账，可是那个人已经回来过，如今又回家去吃晚饭了。他想要是空了手回去，准得挨骂，不如等那个人吃了晚饭回来，把账收起了才回去。那么，现在往哪儿走呢？他自己问，又自己回答：

"对，对。上三姨家里去，上三姨家里去。"

他三姨就是陈杨氏、周杨氏的三妹，也是如今的有名医生杨志朴的妹子。从前杨在春老医生在世的时候，就把这第三女儿嫁给了南关一个叫区华的皮鞋匠，后来这区杨氏自己也学会了这门手艺，成了皮鞋匠了。他们成亲之后，养了两女两男。大女儿叫区苏，今年十五岁，二女儿叫区桃，今年十三岁，都到外面去做工了。大儿子叫区细，今年十一岁，二儿子区卓，今年才六岁，都在家里帮着做些零活，也帮着扫地做饭，接货送货。这区杨氏生来的性情，和大姐、二姐都不一样。她是有名豪爽泼辣的，因此人家给她起个诨名叫"辣子"。她的第二女儿区桃年纪虽然还小，却已经长得顾盼不凡，人才出众，见过她的人都赞不绝口，认为她长大了，必定是个"生观音"。他们和周铁家离得虽然远，一个在南关，一个在西门，但往来却是最密的。周铁和区华不但是两挑担，同时又是很要好的朋友。两家的孩子们也是经常你来我往，玩做一块儿的。

从很小的时候起,周炳就喜欢跟他的同年表姐区桃玩耍,区桃也喜欢他。大人们看来是一个聪明,一个笨钝,他们自己,倒也并不觉得。要说区华家里好玩的东西之多,那是哪一家也比不上的。那儿有皮子,有绳子,有锤子,有钉子,还有白布、油彩和黄蜡,什么东西做不出来!

当下周炳走到南关珠光里区家,已经是掌灯时分。大厅里三姨爹和三姨还在做皮鞋,里面区家姊妹已经做好了晚饭。周炳开始讲貂蝉怎样在凤仪亭摆弄吕布和董卓,大家都听得出了神,后来索性就扮演起来。区苏演董卓,周炳演吕布,区桃演貂蝉。大家都说吕布演得真像,又说貂蝉太爱笑了,不成功。到了吃晚饭,周炳也就一道吃。吃过了又开场演戏,把什么收账不收账的事情,全忘记得干干净净。那边周铁在剪刀铺子里,看看晌午了,没见周炳回来。直到晚半天了,黄昏了,掌灯了,上铺门了,吃晚饭了,还没见周炳回来。周铁记挂着他身上有账款,放心不下,上了铺门,吃了晚饭,就到欠账的那家小商店去查问。人家说他去过两回,往后就没再去,账款也还没拿走呢。周铁听了,心里明白,就一个劲儿往珠光里走去。到了区华家,那出《貂蝉拜月》还不过演到《吕布窥妆》。周铁一把将那吕布揪了出来,当着众人就把他打了个半死。第二天,那正岐利剪刀铺子的老板对周铁说:"我看令郎那副相貌,谅他将来也不是贫贱队伍当中的人。他既是爱演戏,就打发他去学唱戏好不好?"从周大那一代到周铁这一代,他们已经在这铺子里干了三四十年的活,不管是老东家还是少东家,都没有对他们多说过一句话。当下周铁听了,心里着实不好受,嘴里又不想多说,就一声不响地给周炳辞了工,打发周炳回家。

过了旧历年,那万紫千红的春天就到来了。周炳既没有读书,又没有做工，整天除了到将军前大广场去看戏、听"讲古"，看卖解、耍蛇、卖药、变戏法之外，就是到三姨家去玩儿，去演戏。碰到阴天下雨，他就在门外胡乱种花、种树，把一条三家巷的东墙脚下，全种得花枝招展。可是种尽管种，种活了的却不多。别人看见他游手好闲，不务正业，都替他担忧，他自己却满不在乎。有一天，陈万利家的大姑娘陈文英回外家，在门口碰见了周炳。她这时已经二十二岁，嫁给张子豪之后，也曾生下一男一女两个孩子，可是她老觉着自己还是一个小孩子。她蹲在地上和周炳一道种花，和周炳一道扮演戏中的角色，甚至把周炳抱起来亲嘴，使周炳感到十分愕然。她是相信基督教的，后来她就和他讲起"道理"来，讲完就问他道："阿炳，这回你相信上帝了么？"周炳说："大表姐，你讲得上帝这么好，我为什么不相信？"陈文英高兴极了，又亲了他两下，才回家去。当天晚上，她就和弟弟妹妹们谈起周炳这个人物来。她认为周炳如果能够进了基督教，他一定会成为一个道德高尚、人人爱慕的传教士。中学生陈文雄却认为周炳如果学会了英文，入了洋务界，他会成为一个出色的经理，因为外国人是专门挑选脸孔漂亮的人物当经理的。二姑娘陈文娣一提起周炳的名字，脸就红了。她认为周炳最好还是去学唱戏，她说这样漂亮的戏子，就算是个哑巴，也会倾倒了全广州的女人。三姑娘陈文婕是个沉静淡漠的人，光微笑着，拿眼睛望着她的四妹，不说话。她今年就要小学毕业，预备升中学了。四姑娘年纪最小，但是和她三姐刚刚相反，最是热烈不过。她连说带嚷地叫道："他什么都不该做。他该回咱们学校去念书！那阵子咱们总是天天一道上学的，这阵子他不去了，我也不高兴去了！"二姐陈文娣讥笑她道："原来是这样，怪不得人家说你们是小两口子！"四妹陈文婷噘起嘴道："什么小两口子不小两口子！小两口子又怎么样？"三姑娘陈文婕拿手指勾着脸说："羞哇，羞哇！人家是周家的儿子，人家不是也有哥哥姐姐么，咱们替他摆布就行了？咱们瞎操这份闲心干什么？"大哥陈文雄插嘴说道："咱们三妹总是那样冷淡的！要知道，历来的伟人都是极其富于同情心，富于人道主义精神的呵！"大姐陈文英接着说："可不是么，我看见阿炳表弟，就好像看见一个孤儿流浪在街头一样！"陈文婕做出很高贵、很有教养的样子说："或者不如说，一只美丽的、被遗弃的小猫！"小妹妹陈文婷争辩道："还不对。是一个没人要的洋娃娃！"陈文雄点头赞同道："真是亏四妹想得聪明。洋娃娃倒也恰当：只有漂亮的脸孔，没有头脑，没有灵魂。"

他们兄弟姊妹在二楼书房里纵情谈论的时候，陈万利也在二楼南边的后房、陈杨氏的卧室里和她谈论着。陈万利本人这阵子已经五十多岁，陈杨氏也已经四十八岁，要靠她生育什么的，已经没有指望了。如果不想别的办法，恐怕再弄不到男孩子。有些看相算命的向他献过计，叫他买一个粗贱人家的男孩子来养，或者把一个贫穷下贱人家的男孩子认作干儿子，就说不定能给他带上几个真儿子来。陈万利把这些情形和陈杨氏说了，就一起商量办法。陈杨氏斩钉截铁地说道："我已经给你生了一男四女，是对得起你陈家有余的了！要说是男是女，那不由我主张，多半还要看看你祖上的功德怎样。你现今想要个男的，我倒管不着你。你只管去勾三搭四，什么烂货使妈，婊子娘姨，我眼不见，只当是干净。可是你想弄到家里来，那万万使不得！孩子们都大了，也不会答应。咱陈家可不比他何家，他家那乱七八糟，浑没个上下的，谁瞧得惯！你如今想出好主意来了，想弄个野孩子回来了，那可不成！"陈万利连忙分辩道："谁使那个心？我如今不是跟你商量么？我要是那样做,还用得着什么商量?你要想清楚,一个儿子,那后嗣是太单薄了。"后来商量来商量去,陈杨氏只是不肯买孩子养,她怕买来的孩子养大了,将来总是个祸根,不如认个干儿子,倒是干手净脚,就是将来有些拖累,也不会成大害。说到认干儿子,他们慢慢就想到周炳身上了。陈杨氏觉着周炳这孩子倒还将就。第一,这孩子是够粗生贱养的。第二,这孩子是她的亲姨甥,将来有什么话还好说。第三,这孩子如今正没书念,没工做,流离浪荡,周家正在发愁,有人肯要他,包管一说就成。陈万利一想也是,就定夺了。定夺之后,陈万利走出书房,对他的儿女们说:"这里有一个谜,你们猜一猜。"大家争着问是什么谜,陈万利又说:"过几天,你们就要加多一个兄弟。你们猜是怎么回事儿!"大家笑着、嚷着,都没能给猜出来。

  过了几天,陈杨氏去跟妹妹周杨氏提起这件事,周杨氏就跟周铁商议,又跟弟弟杨志朴、妹妹区杨氏商量;周铁自己没主意,也去找他连襟、皮鞋匠区华商量。大家都觉着没什么妨碍,这事就成了。又过几天,周炳就去陈家"上契"。陈万利也摆了几桌酒,请了至亲、邻里来吃。又给周炳打了一把金锁,封了一枚"金仔",二十元"港纸"给周炳做上契的礼物。从此周炳就不叫陈万利和陈杨氏大姨爹和大姨妈,改口叫干爹和干妈;那些表兄弟姊妹,一向叫惯了,也就不改了。那时候陈家有三个女用人,一个使妈叫阿发,三十好几岁了,就是曾经有谣传,说她去香港养过孩子的;一个使妈叫阿财,二十岁左右,也有些不干不净的话传来传去;一个"住年妹"叫阿添,十六七岁,提起她的名字,别人就掩着嘴笑的。她们私下里曾经多次商量,不知道该怎么称呼周炳才好。要称呼他"表少爷"吧,这本是合情合理的,只是周炳吃饭跟她们一道吃,做工跟她们一道做,住也住在她们旁边、那楼下的贮物室里,穿戴既不像"上人",又一直撺着她们叫"姐姐",倘若称呼他"少爷",反而显得不亲热了。要不称呼他"表少爷"吧,他又明明是老爷的干儿子,明明有上下之分。而且他每天吃过晚饭,洗了脚,脱下木屐,换上青乌布鞋,夹上几本硬皮书,吊着一瓶洋墨水,去念英文什么的,又分明不是"下人"干的勾当。她们拿这个去问陈杨氏,陈杨氏倒也聪明,就吩咐她们跟着四姑娘陈文婷,叫他"小哥哥"。这是半辈之中略带尊敬,尊敬之中又还是平辈的称呼,真是再合适不过的。可是她们这番苦心,周炳倒没怎么留神。他按着他干爹的吩咐,怎么吃、怎么住就怎么吃、怎么住,白天从井里打水出来淋花,淋完花就松土、上肥、剪叶子,晚上去念英文。事情倒也轻松。后来,他淋完花之后,还有空闲,就去帮助那三个女用人打水、扫地、破柴、煮饭。晚上念完英文之后,就上三姨家玩,和那边的表姊妹兄弟们演这个戏,演那个戏。没多久,他就觉着那英文越来越难,越来越和自己没缘分,索性就爱上不上的,有时溜到三姨家,痛痛快快地一直玩到打过三更才回家。这样子,又过了两个多月。

有一天晚上,已经打过十一点钟,他才离开区家,朝西门走去。五月的晚上又暖和,又幽静,江风带着茉莉花的清香,吹得人懒懒地打瞌睡。天空又柔软,又安宁,闪着光,好像一幅黑缎子一样。周炳静悄悄地走进三家巷,一推陈家的铁门,门只虚掩着,没有闩上。他进去一看,屋里的电灯全灭了,只有楼下客厅的门还开着,有灯光从里面射出来。周炳朝客厅走,先发现有两个人影。后来走到客厅门口,才看清楚那是一个女的,一个男的。女的绕着当中的酸枝麻将桌子缓缓走着,男的跪在地上,用磕膝盖走路,在后面追赶,样子挺滑稽。他再一看清楚,在前面走的正是使妈阿财姐,在后面跪着撺的,不是别人,却是他的干爹陈万利。周炳吓得出了

19

一身冷汗,连忙倒跳三步,大声不停咳嗽。客厅里的电灯突然熄灭了。陈万利粗着嗓子大声喝问:"谁?"周炳低声回答道:"我。"陈万利接着骂道:"混账东西,还不把铁门关好!"到周炳关好铁门,回身往屋里走的时候,那里是一片漆黑,什么东西都没有了。第二天,他看见陈家的人个个都像平常一样,好像没有什么事儿;就是那阿财姐,那陈万利本人,也觉着没有什么似的。他心里暗暗纳闷。他害怕会有一场很大的争吵,可是没有。他不敢对别人讲,只对他的同年表姐区桃一个人讲了。区桃也不敢对别人讲,只对她姐姐区苏一个人讲了。区苏告诉她妈妈区杨氏,区杨氏告诉了她丈夫区华,区华当作笑谈和他连襟周铁说了,周铁也当作笑话和周杨氏说了。周杨氏一听,连忙掩住他的嘴,叫他不要胡说八道,免得别人听见了,传出去不雅相。

　　但是已经有人听见了。那就是他们的大姑娘周泉。她住的房间和周杨氏的房间只隔了一个小天井,因此早已听得清清楚楚。她不听还好,一听就气得咬牙切齿,满脸通红。她认为这是她的同学表哥陈文雄的一种耻辱。而一个纯洁的、年轻的、有知识的、道德高尚的中学生,哪怕她只有十六七岁,也不能让她的同学表哥蒙受耻辱。因此,她第二天就非常严肃地把这个消息转告了陈文雄。陈文雄发誓要把这件损害了陈家的荣誉的丑案追查清楚。恰巧那天早上,陈万利因为商务上的事情去了香港,要一个礼拜以后才能回家。陈杨氏企图阻止陈文雄闹事,但是他不听劝阻。从傍晚的时候起,连晚饭都不吃,他一直从他二姨爹周铁家追查到他三姨爹区华家,最后又追查到周炳的身上。陈杨氏一听是周炳传出去的,料想事情有八九分可靠,就首先哭嚷出来。阿发、阿财、阿添这几个使妈、住年妹,看见老爷不在,太太又做不了主,大少爷发了那么大的脾气,把家里闹得天翻地覆,也就不敢作声。阿财是当事人,更加害怕,也就跟着大哭大闹,又要吃毒药,又要吞金子,又要投井,又要撞墙。这时候,大姑娘已经回了婆家,陈文雄、陈文娣、陈文婕三个人围着周炳又是审问,又是侦查,又是威逼,又是利诱,周炳叫他们吓呆了,只是眼睛发愣地直望着前面,连一句话也说不出来。陈文婷看见他的样子可怜,想斟一杯茶递给他喝,但是走到半路上,看见大哥哥拿眼睛瞪了她两下,她就缩回去了。这样,一直闹到半夜十二点多钟,还闹不出个名堂。陈文雄没办法,就用一把铁锁把周炳锁在贮物室里,待明天下午放学回来,再继续进行追查。

　　第二天早上八点多钟,年轻人都上学去了,陈杨氏一个人悄悄地开了锁,走进贮物室里。她预先想好了许多话安慰周炳,叫他不要难过,不要惊慌,不要害怕等等,可是都没用上,周炳正在呼呼大睡,睡得又香又甜呢。她叫醒了那孩子,给了他一杯茶喝,又给了他两个油香饼吃。他一面揉着那叫人疼爱的圆眼睛,一面吃东西。吃完了,就对着陈杨氏傻笑。那白白红红的脸蛋上,一左一右露出两个不算很深,但是很圆的笑涡来。那红红的舌头老在舔着那两片不算很厚,但是很宽的嘴唇,露出嘴馋的样子。陈杨氏看见他那样子,心里实在爱得不得了,就抱住他亲了几下,再慢慢问他那天晚上到底看见什么。他不知道陈杨氏这样问,有什么用意;也没有心思去打量这些。见她问,他就把那天晚上所看见的情形,一五一十照直说了一遍。他没有想到这样说,会在什么人的身上引起什么样的后果。陈杨氏听了,既没有笑,又没有恼。这样的事情,她早就听俗了。这时候,只是长长地叹口气道:

　　"嗐,小哥哥,那天晚上你要是什么都没有看见,那有多好!"

周炳不大明白她的意思。他是一个脾气随和的孩子,因此就顺着他干娘的口气说了:"是呵,是呵。我回来早一点就好了。不,我回来迟一点就好了。要不然,客厅里没灯就好了。再不然,我先使劲把铁门一关就好了。可是……"

"不,不,不,傻孩子!"陈杨氏说,"你现在说你没看见,还来得及!"

周炳急忙分辩道:"那怎么成!那不是扯谎了么?妈妈说过,好孩子什么时候都不扯谎。"

陈杨氏说:"谁告诉你的?哪有那么回事儿!你只要说你什么也没看见,你跟区桃只是闹着玩儿的,那么,其他的事就不与你相干了。我也不哭了。阿财姐也不寻死寻活了。你大表哥也不生气了。你干爹也不见怪你了。你也可以出去玩儿了。"

周炳耳朵软,经不住别人一求,就答应了。他说:"好吧,那我就说,我当真什么也没有看见。"

陈杨氏给了他一个双银角子,欢天喜地走了。陈文雄、陈文娣他们中午放学的时候,陈杨氏就吩咐他们把杨家舅舅,周家二姨爹,区家三姨爹这几门至亲的全家大小,今天晚上都请来,大家当面将这桩丑案断个一清二楚。年轻的使妈阿财听见陈杨氏这样摆布,没见过这样大的场面,不知是祸是福,心里很害怕,就悄悄地和年纪大、阅历广的使妈阿发商议。阿发说:"阿财,这是你的运气来了。"阿财说:"都要当众出丑了,还有什么运气?"站在一旁的住年妹阿添也说:"丑死了!要是我,我宁可上吊!"阿发说:"要丑,是他家丑。咱们不过为了两餐,有什么丑!阿财,你愿不愿意当陈家的二太太?你要是不愿意,那就算了。你要是愿意,那就要买通这位小哥哥,让他今天晚上使劲顶证,说老爷跟你已经生米煮成了饭。

他们大家大业的,哪会多余你这双筷子、碗?家丑不可外扬,就顺便把你收作二房,也是有的!你自己上了岸,还得带挈我们!"阿财听了,一想也对,就说:"本来生米就早已煮成了饭,这也不算冤枉他家。"当天下午,阿财看看四围没有人,就悄悄开了贮物室的铁锁,递了一大包用干荷叶包着的芽菜炒粉给周炳吃。芽菜炒粉又香又热,好吃极了。小哥哥吃完之后,阿财不说话,只对着他呜咽流泪。周炳不明白怎么回事儿,见她凄凉苦楚,也就陪着她掉眼泪。哭了好大一会儿,阿财才开口说:"小哥哥,你救救我!"周炳问她情由,她一面痛哭,一面诉苦。她说老爷骗了她,答应娶她做二奶奶,又想赖账。她要求周炳今天晚上替她顶证,咬定说实在有那么一回事,不然的话,陈家一定会辞掉她。要是当真辞掉她,她一定没脸见人,肚子里的小孩又没有爸爸,她准是活不成的了。周炳细想,她的身世比貂蝉更加受罪,就一口答应下来,还当真陪她哭了半天。

当天晚上,亲戚们都到齐了。轮到周炳说话的时候,他一张嘴就说:"那天晚上,千真万确,我亲眼看见大姨爹跪在阿财姐面前,拿磕膝盖这样走路……"人们笑着,叫着,恨着,骂着,哭着,乱作一团,都没听清他往后还说了些什么。这样子,周炳当天晚上就叫陈家撵出来了。

三　鲁莽的学徒

不久,陈万利从香港回来,知道了这些事情,只说了一句成语:"天下本无事,庸人自扰之。"跟着就下了一个命令:谁都不许再提这件事。谁要是再提了,就把谁赶出大门口,永远不准回来。以后果然大家都不提它。陈家的荣誉也没有受到什么损害,风潮也就平息了。开头十天八天,周炳心中还有些纳闷:怎么还没听说他大姨爹娶阿财姐当二奶奶?怎么阿财姐肚子里的娃娃还没养下来?后来慢慢地也就把这些事儿忘记了。官塘街这一带的住户,有些知道一点内情的,都认为周炳为了一个不相干的女用人,白白把一个少爷的身份给丢了,是一个真正的戆大。只有皮鞋匠区华很赏识他,曾经对他爹周铁说:

"看那孩子,外面黏糊糊得像个浑人,里面的胆子却大。"

周铁笑着回答道:"他又不走军界,要那么大个胆子干什么!不知道胆子大的人当皮鞋匠合适不合适,要合适,就给了你吧。可你别光看中了他的相貌长得好,将来又埋怨我!"

区华鼻子里哼了一声,不服气地说道:"看你招摇到那个劲儿!光你家阿炳的相貌长得好,我们家的阿桃就长得比他差?就这样吧。跟着我当个鞋匠,也总不能说委屈了他!"

旧历五月初五那一天,周炳就到南关珠光里区华家里去当学徒。大清早起,周杨氏就忙着给他收拾东西。家里没有别的人,只剩下他母子两人。周铁一早就上打铁铺子去了。周金在石井兵工厂做工，一个月难得有两天在家。周榕和周泉都上学去了。可就是母子两人，却比往常更加热闹。衣服鞋袜，手巾牙刷，堆满了整个神厅。依周杨氏的意思，这也得带上，那也得带上；依周炳的意思，这也不带，那也不带，光带一条洗脸手巾，一把牙刷就行。一个包袱解开了又结上，结上了再解开，两个人争执不休。后来妈妈还要在包袱外面，再捆上一张草席，这才算停当了。周炳背起了那分量不轻的行李，兴高采烈地举步就走。妈妈一直送出大街外面，望着他走远了，才转回三家巷，一面进屋，一面擦眼睛。

区家那天停工过节，全家人都穿了新衣服，在神厅里和天井里玩耍，十分快活。大表姐区苏和二表姐区桃都涂了胭脂水粉，梳了光滑粗大的辫子，十分漂亮。区苏一见周炳，就剥粽子给他吃。区桃拿了几个喷香的蒲桃，揣在他的衣兜里，又拿雄黄、朱砂在他的天堂上画了一个端端正正的"王"字。周炳一面嚼着蒲桃，一面捧着区桃那张五官精致的杏仁小脸，拿雄黄、朱砂给她点了一颗圆圆的眉心。点完了，大家就嘻嘻地笑。区细和区卓本来在天堂上已经画了"王"字，看见姐姐点了眉心，又缠住周炳要点眉心，点了眉心又要画脸，后来都把脸画得像大花脸一样，大家这才无忧无虑、无牵无挂地大笑一阵。中午的时候，全家大小都和客人一道，围坐着一张矮方桌子吃过节饭。栗子炖鸡，猪肉做汤，还有大盘的鱼，大盘的菜。区华还让周炳喝了半杯双蒸酒。周炳从来没有喝过烧酒，从来没有吃过这么香的菜，没有跟这样快乐的人一道吃过饭，很快就红了脸，眯起眼睛，痴痴迷迷地笑着，昏昏沉沉地又饱又醉了。吃过饭之后，周炳就闭上眼睛，躺在神厅里的杉木贵妃床上。这时候，他的脸蛋两边红通通的，鼻子显得更高，更英俊，嘴唇微弯

25

着,显得更加甜蜜,更加纯洁。他的身躯本来长得高大,这时候显得更高大,也更安静。初夏的阳光轻轻地盖着他,好像他盖着一张金黄的锦被,那锦被的一角又斜斜地掉在地上一样。姑娘们都没事装有事地在他跟前走来走去,用眼睛偷偷地把他看了又看。周炳睡了一会儿,区华又叫区桃推醒他。以后,区华就带着区苏、区桃、周炳、区细、区卓这五个孩子,到长堤外面去看龙船。看了一会儿龙船,又带他们到海珠戏院,买了几张"木椅"票子,爬到最高的三层楼上面去看戏。这一天,直把孩子们乐坏了。

　　后来,在皮鞋匠区华家里的事实可以证明:周炳不单是不笨,也不是光爱玩耍,不想干活的懒人。不管什么手艺,画样子,切皮子,上麻线,砸钉子,打蜡,涂油,他都一学就会。加上他手劲也大,心思也巧,干活又实心实意,一坐在板凳上,就干到天黑,也不歇手。因此不久,区华把皮鞋,布鞋,绸鞋,补鞋,什么活都交给他做,他也都做出来了。区华常常摸着他那剃光了的圆脑袋说:"好小子,不到十五岁,你就会变成一个真正的皮鞋匠了!"周炳也想过自己会成为一个真正的皮鞋匠,并且想得很远。他悄悄地拿眼睛瞅了一下坐在缝纫机后面车皮鞋面子的三姨区杨氏,就想到将来他有一天会像三姨爹那样坐在铁砧子后面砸皮鞋,而坐在缝纫机后面车皮鞋面子的不是别人,正是自己的表姐区桃。不过他虽然这么想了,却没敢说出口来。那左邻右里的孩子们跟他们一道玩耍的时候,也常常拿小两口子这一类的话来取笑他们。周炳听了,心里高兴,脸上可不敢露出来。区桃只是红着脸,低着头,不作声。大人们听见了,也没有说什么。提起左邻右里的孩子们,周炳觉着十分快活。在三家巷的时候,那儿只有陈家跟何家的孩子在一起玩儿,官塘街外面的孩子不大进来,他们也不出去,就是那么死窟窟的几个伴儿。珠光里这边可是大不相同。这里是通街大巷，时常有二三十个朋友，在一起玩耍。其中，有些是跟区苏在一起做工的，有些是跟区桃同出同归的。有些男孩子，都是十二三岁年纪的，像手车修理店小工丘照，裁缝店小工邵煜，蒸粉店小工马有，印刷店小工关杰和清道小工陶华，都跟周炳十分要好，有空闲在一道玩儿，有好戏在一道唱，有东西在一道吃，有钱在一道赌，有架在一道打，简直谁也离不开谁。这样讲义气的朋友，从前在打铁铺的时候，隔篱邻舍还有那么两三个，在三家巷里是再也找不出来的。

不过在这许多好朋友中间，也有一个他最不喜欢的人。这个人是南关大街上青云鞋铺的少东家，名字叫林开泰，今年十六岁，整天穿着一套香云纱衫裤，游手好闲，不务正业。他喜欢东家串一串，西家串一串，一串就是半天，也不用人家招呼，自己看见地方就坐下，光说一些不等使的废话。那些话也不过是香港的市面如何繁华，澳门的赌场如何热闹之类，全无斤两。有时在街头玩耍，他总仗着他家是珠光里最老的住户，又在永汉路上开着铺子，就恶言恶语地欺人，有时还动手打人。大家都管他叫"地头蛇"，没有谁不恨他。有一回，周炳拿了八双礼服呢、浅口、翻底、学士鞋到大街上青云鞋铺去交货，恰好碰上林开泰坐在柜台上打盹。也不知道他什么地方不舒服，把那八双鞋子看了又看，就是不肯收。问他什么道理，他说那不是区华亲手做的活，一定是学徒做的活，手工不好，要重做。可那八双鞋子是礼服呢配的面子，恰恰是有名的匠人区华怕周炳做不好，自己亲手做的。当时周炳把鞋子拿了回去，区华气得不得了，用切刀把麻线都切断了，扔给周炳重新上线，又愤愤不平地说道：

"那狗仔既是嫌我的手工不好，你就给他做吧！"

快活不知时日过，不知不觉又到了旧历七月初六。三家巷的人们听说周炳这许久都没出岔子，还在区华家里相安无事地干活，都觉着十分稀罕。也不知道那皮鞋匠使唤什么神通，把他降得服服帖帖的。那天，区桃歇了一天工，大清早起，打扮得素净悠闲，轻手轻脚地在掇弄什么东西。神厅前面正中的地方，放着一张擦得干干净净的八仙桌子，桌上摆着三盘用稻谷发起来的禾苗。每盘禾苗都用红纸剪的通花彩带围着，禾苗当中用小碟子倒扣着，压出一个圆圆的空心，准备晚上拜七姐的时候点灯用的。这七月初七是女儿的节日，所有的女孩子家都要独出心裁，做出一些奇妙精致的巧活儿，在七月初六晚上拿出来乞巧。大家只看见这几盘禾苗，又看见区桃全神贯注地走出走进，都不知道她要搞些什么名堂。偏偏这一天，青云鞋铺的少东家林开泰上区家来闲串，看见区桃歇工在家，就赖着不走。每逢他的手把拜七姐的桌子摸了一下，区桃就皱着眉心，拿湿布出来擦一回。林开泰想看区桃，就故意把手不停地去按那张桌子。区桃没奈何，只得拿着湿布，紧皱眉心，把桌子擦了又擦。后来他索性坐下，吹起他的"香港经"来了。

"你们看，我这只袋表。"他一面说，一面从前胸的袋子里掏出一块黄色的袋表来，摇晃着，摆动着那黄色的链子，接下去道，"是有历史的。是真有历史。"

周炳点头赞叹道："是真有历史。是真没地理。"

大家笑了。林开泰发脾气道："你懂什么，快闭嘴。这只表，不光是全金的就算数，它还有一件有价值的古董。有人出过八十块钱，我都没卖给他。你们知道么？当初，一个英国人把它送给一个美国的情妇，那美国的鬼婆把它送给一个法兰西的小伙子，那法国的年轻人娶了一个葡萄牙姑娘之后，不久……"

周炳忍不住,又给了他一句道:"你讲你的表吧。又拉出那么些亲戚礼数来!"大家又笑了,林开泰本人也笑了。笑了一会儿,他又另外给大家讲吃西餐的故事。

"你们猜猜看,人家鬼子一顿饭要吃几道菜?"他卷起袖子,好像当真要动刀叉似的说道:"我去吃过一回,简直把我的脖子都吃累了。后来一数,不多不少,一共十九道菜!第一道是南乳扣肉,第二道是炖海参,第三道是全鸭,第四道是蒸禾虫,第五道是蒸虾卵,第六道是……"后来大家又笑了,他自己实在扯不下去,也笑了。隔不多久,他又忽然没头没脑地讲起英国人爱认"唐人"做干儿子的事情来。他说在香港,只要稍微有点眉目的"唐人",没有一个没有"红毛"干爹,干爹越多,就越体面。区华问他道:

"泰官,想必你也是有的了?"

林开泰骄傲地扭歪了嘴唇说:"你这个人真是!我又不像周炳那样傻,怎么能没有?人家还抢着要呢!"

周炳瞅了他一眼,没生气,也没开腔。区杨氏的缝纫机哒、哒、哒、哒地响着。她忽然插问了一句:"你那干爹是什么人?"

林开泰十分神气地站了起来,装出用两边大拇指勾着吊带的姿势回答道:"你们知道什么!他是一个纯正血统的红毛鬼。身材高大极了,一把胡子硬极了。他是一个大花园的看门人。你们笑什么?真不文明!你们别当给大花园看门是下贱的事儿,那可不像你们上皮鞋呀,打铁呀,尽是笨活儿!在西人看来,大花园看门人的身份可高贵着呢。"

就这样,林开泰把他们结结实实地缠了一个后晌。好容易等他说够了,伸了一个大懒腰,回去吃饭了,区桃才又央求周炳给她帮个忙,把那张八仙桌子重新擦洗一遍。

29

到天黑掌灯的时候,八仙桌上的禾苗盘子也点上了小油盏,掩映通明。区桃把她的细巧供物一件一件摆出来。有丁方不到一寸的钉金绣花裙褂,有一粒谷子般大小的各种绣花软缎高底鞋、平底鞋、木底鞋、拖鞋、凉鞋和五颜六色的袜子,有玲珑轻飘的罗帐、被单、窗帘、桌围,有指甲般大小的各种扇子、手帕,还有式样齐全的梳妆用具,胭脂水粉,真是看得大家眼花缭乱,赞不绝口。此外又有四盆香花,更加珍贵。那四盆花都只有酒杯大小,一盆莲花,一盆茉莉,一盆玫瑰,一盆夜合,每盆有花两朵,清香四溢。区桃告诉大家,每盆之中,都有一朵真的,一朵假的。可是任凭大家尽看尽猜,也分不出哪朵是真的,哪朵是假的。只见区桃穿了雪白布衫,衬着那窄窄的眼眉,乌黑的头发,在这些供物中间飘来飘去,好像她本人就是下凡的织女。摆设停当,那看乞巧的人就来了。依照广州的风俗,这天晚上姑娘们摆出巧物来,就得任人观赏,任人品评。哪家看的人多,哪家的姑娘就体面。不一会儿,来看区家摆设的人越来越多,有男有女,有老有小,哄哄闹闹,有说有笑,把一个神厅都挤满了。大家都众口同声地说,整个南关的摆设,就数区家的好。别处尽管有三四张桌子,有七八张桌子的,可那只是夸财斗富,使银子钱买来的,虽也富丽堂皇,实在鄙俗不堪,断断没有一件东西,比得上区家姑娘的心思灵巧,手艺精明。

大家正在得意流连的时候,忽然有个姑娘唉呀一声惊叫起来。大家回头一看,原来是青云鞋铺的少东家林开泰正从外面挤进来。他一面往女孩子们中间乱挤,一面动手动脚,极不规矩。大家没奈何,只得陆续走散,避开了他。站在一旁的周炳、区细、区卓跟他们的好朋友丘照、邵煜、马有、关杰、陶华,都气得目瞪口呆,心中不忿。周炳想说句什么话儿,把人们留住,可是怎么的也说不出来,只瞪着眼儿干着急。区苏、区桃两姊妹也不理那林开泰,只顾点上香烛,祭拜七姐。拜完之后,两姊妹一人一个蒲团,并排儿跪在香案前面,区杨氏一个人给一根针,一根线,叫她两个人同时穿针,看谁穿得快。区桃露出洁白整齐的牙齿,把线头咬了一下,用手指把线头拈了一拈,跟着,只见她的小脑袋微微一低,她的细眼轻轻一眨,小手指动了一动,就把线穿进针孔里,站了起来。那动作的轻巧敏捷,十分好看。大家正看得入神,忽然林开泰在旁边浪声浪气地叫起好来。大家都吃了一惊。区桃生气了,脸红红的,鼻尖上冒出汗珠子,站在八仙桌旁边不动。林开泰走到香案前面,伸手就去抓那朵莲花。区桃忍无可忍,就大声吆喝道:

"不许动!那是莲花!"

林开泰嬉皮笑脸地说:"怎么莲花就动不得?就是桃花,我也要动呢!"说罢,就用手把区桃那娇嫩的脸蛋拧了一下。区桃受了侮辱,那眼泪簌簌地直往外流。周炳看见这种情形,一步跳到家私柜子旁边,顺手捞起一把铁锤,又一步跳开来,往林开泰那只不规矩的胳膊上,使劲就是一锤!林开泰捂着手臂,哎哟哎哟直叫唤。他本想扑上前去抢那把铁锤,看见周炳那突眼睁眉的样子,又看见周炳后面,一平排站着丘照、邵煜、马有、关杰、陶华几个小家伙,个个咬牙切齿,怒目而视,就软了下来,只在嘴里不停嚷着:"好,你敢打人,你敢打人。你别走,你等着瞧!有本事的,你别走,你等着瞧!你等着瞧……"一面嚷,一面溜掉了。

七夕过后不久,有一个在南关的商会办事处帮闲的人来找皮鞋匠区华。他郑重地介绍了自己的身份以后,就说区华这里的伙计拿凶器伤人的事,南关的大小商号都传遍了。商会的值理们都非常震怒。他又着重地指出,商会有权叫房东收回区华的房子,商会有权叫全市的鞋铺不把订货发给区华,商会还有权叫牛皮厂子不卖牛皮给区华,而如果惊动了官府,大概区华的营业执照就会被吊销。他是本着一片好心,来给区华通风报信的。要是区华能够马上把那行凶的伙计辞歇掉,值理们的怒气消了,事情也许就好办得多。区华拿了一块钱茶钱把他打发走了,就叫周炳收拾包袱回家。

周炳对他三姨爹说:"可是咱们没错呀!"

区华斩钉截铁地回答道:"对。没错的人总得避开那有错的人!"

四　受屈的人

　　于是周炳又回到三家巷自己家里来了。左邻右里都说，周炳真是一条"秃尾龙"。在广州，每年清明前后，都要刮一场风，人们把那场风叫作"秃尾龙拜山"，意思是说"秃尾龙"回家扫墓，因此就有风灾。"秃尾龙"本身就代表着造反、叛逆、破坏、灾难。周铁对周杨氏说："人家都说这孩子糊涂，你不相信。这回你可是亲眼看见了！人家叫他去收账，他去看戏；干妈的话他不听，可听了使妈的话；人家孩子们在玩耍，他却拿起铁锤去砸人。光长副好相貌有什么用处？只怕将来连一碗饭也混不上呢！"周杨氏也没法替他护短，只是赌气说道："人家说他糊涂，让人家说去。我可不信！到底还是你做老子的没本事。你不供他的书，叫他怎么明白道理？我不信那些供饱了书，当了官儿的，就从小都比他聪明能干！"周铁一想，这话也有几分道理，家里穷，供不起他念书，也就没什么好说的了。不过在三家巷里，也有一个人真心佩服他，不认为他是糊涂的，那就是他的表妹陈文婷。她一有空，就要求周炳给她讲珠光里的故事。她要求周炳把丘照、邵煜、马有、关杰、陶华这些好朋友一个一个地仔细介绍。听到林开泰退了她三姨爹的鞋子，她三姨爹叫周炳重做，她嗤嗤地笑个不停。听到区桃拜七姐，做了那许多精巧的玩意儿，她就羡慕得默默无言，只是发呆。听到林开泰调戏区桃，叫周炳一铁锤打得他哎哟、哎哟直叫唤，她就眉飞色舞，赞叹不止。她说有那么一铁锤，就是叫林开泰拧一下脸蛋，她也甘心情愿。

有一天晚上，天气很热。吃过饭之后，周炳和陈文婷在门口乘凉，就演起《貂蝉拜月》来。因为没有董卓，他们就演《吕布窥妆》。演到貂蝉要哭的时候，陈文婷竟真的哭起来了。周炳连忙丢了那顶树枝做成的"束发冠"，摇着她的肩膀，问她什么缘故。她一面哭，一面说："要是有人欺负我，你帮我不帮？"周炳说："自然帮了，那还用问！"陈文婷说："你只帮区桃，哪里会帮我！"周炳加重语气说："没有的事儿！你先告诉我，谁欺负了你。"陈文婷说："我每天上学，路上总有一两个人撩我。到了学堂，撩我的人就更多。"周炳说："那就难了。我又不到学堂里。"陈文婷说："你也上学吧。你也上学吧。咱俩一道上学，多好！"周炳觉着为难，着实踌躇了大半天，才缓缓说道："回头我问娘去。"

正在这个时候，有六七个年轻的中学生从官塘街外面走进三家巷来。头里走的一对是周炳的二哥周榕和陈文婷的二姐陈文娣，跟着走的一对是陈家的大少爷陈文雄和周炳的姐姐周泉，其次是陈家的大姑爷张子豪和何家的大少爷何守仁，最后是一个年纪最大、个子最高、国字脸儿的同学，叫作李民魁的。他们在这个暑假期间，经常晚上游逛之后，到三家巷来乘凉，一面谈一些国家大事，一面谈各人的未来的梦想。一谈就谈到三更半夜，津津有味儿。今天晚上，他们交谈的还是那个老题目：怎样才能使中国富强。当下有人主张刷新吏治，有人主张改选国会，有人主张振兴实业，有人主张重整军备。这里既有共产主义，也有三民主义，既有国家主义，也有无政府主义。各人唇枪舌剑，好不热闹。周炳在一旁静听，觉着这些有学问的人，个个都有才情，有志气，满腹经纶，字字珠玑，不由得十分羡慕，兴起那上学读书的念头。大家正谈到起劲之处，没想到忽然从大街转进来一个年纪才十五岁的年轻人。他的名字叫杨承辉，是有名的中医杨志朴的大儿子，和陈家、周家的年轻人都是姑表兄弟。他为人爽朗、热情，主张医药救国，不喜欢高谈阔论。当下他一面走进来，一面大声笑道：

"眼前放着一个周炳表弟，你们都没法叫他富强，倒舍近求远地去谈论中国富强，好笑不好笑！"

大家都低声咒骂他道："捣蛋鬼！"他一向和周炳很要好，就不理会别人，一手拉了周炳，往周杨氏房间跑去。南关的商会办事处要周炳辞工的事儿，区苏首先告诉了杨承辉，杨承辉很替周炳不平，就和他爹杨志朴商量，杨大夫也是好打抱不平的人，就想叫外甥周炳来问问，看别处是否能想法子安插安插。当下周杨氏听了，十分欢喜道："既是舅舅想法子，那就准是好的喽，也不必再问他老子，明天大清早叫阿炳去给舅舅请安就是。"果然第二天天不亮，周炳就起来，洗刷一下，就上他舅舅杨志朴家里去。杨志朴今年三十八岁，脉理已经十分精通。他一向埋头行医，瞧不起那些官场人物，提起那些挂着革命党招牌，大刮地皮的政客，他就嬉笑怒骂，妙趣横生。他的老婆杨郭氏，今年三十六岁，生了两个儿子。杨承辉是大儿子，今年就要进中学；二儿子杨承荣，今年才五岁。杨志朴除了在自己住的地方四牌楼师古巷开医寓行医之外，又跟他的小舅子郭寿年合伙在珠江南岸的河南大基头同福西街，开了一间"济群"生草药铺子。这郭寿年自己又会采生草药，又会医人，生意倒也不错。当下杨志朴问明情由，觉着自己的外甥受了委屈，就开玩笑道：

"那林开泰年纪虽小，可大有革命党之风！谁叫你这么不小心,碰到这样的人的手上!除非你到我这里来学医,就不怕他们了。当医生,只有人求你,没有你求人。就是丧尽天良的角色,他也得怕你三分!"

周炳觉着他舅舅挺有意思,就兴致勃勃地去河南济群生草药铺子当伙计。那郭掌柜早上出去采药,总要喝过午茶,半后晌才能回来。看管铺面的,原来有一个叫作郭标的伙计。这郭标是郭掌柜的同族侄儿,今年十七岁,整天油头粉面,饮茶喝酒,和那些不正经的女人勾勾搭搭。周炳不管别人怎样,只顾勤勤谨谨,实心实意地干活。上工不久,郭标就向他提议道:"小炳,你不出去玩玩儿,看看海去?大基头有个摆摊子卖海蜇的,实在不错,又甜,又脆!唉,要是整天把我关在铺子里,只要那么三天,我就要闷死了!"广州人是把珠江叫作海的。大基头就是珠江南岸的一个码头,那里有一个广场,跟城里将军前那个广场差不多,也有唱戏、卖药、讲古、卖艺、糖食、酸果和各式各样卖零吃的。那天过江的时候,他就看中了那个地方,总舍不得走开,现在听郭标这么一说,反而瞪着眼,没有了主意。经不起郭标一再撺掇,他就去了。他站在珠江边上,看了约莫半个时辰。那秀媚的珠江,流着淡绿色的江水,帆船和汽船不停地来回走着,过江的渡船横过江心,在那帆船和汽船中间穿来穿去,十分好看。北岸长堤上的车辆和行人,像用一根长线牵着似的缓缓移动。微微的秋风吹起市面的声音,有一阵没一阵地在江水上浮浮沉沉。周炳怕误了事,不敢多看,急急忙忙穿过广场,吃了两块又甜又脆的海蜇,就回到济群药铺,郭标反而怪他怎么不多玩一会儿。往后,他俩就轮流着出去玩儿。郭标有时候一出去就是一整天,只是在郭掌柜快要回来的时候才回来。有一回,周炳看见郭标打开柜台的抽屉,抓了一把铜板揣在衣兜里。他只是记在心里，不敢作声。又有一回，他看见一个年轻女人来买"田灌草"，郭标随手抓了一把给她，也没有向她讨钱，还跟她眉来眼去，打情骂俏。周炳不懂，就直通通地问郭标道："她跟你什么亲戚，你不收她的钱，还这么熟络？"郭标推了他一掌，说："去你的吧，你这个笨蛋！我跟她有什么亲？不过她是一个熟客，小小不言的东西怎么好拿钱！"又过不几天，郭标就公然唆摆他"漏柜底"。郭标把柜台的抽屉打开，对他说道：

"你瞧这些银毫铜板！咱们拿几毛钱出来分了花，谁也不会知道。这儿的存货是没有账的，钱呢，卖了多少算多少。自然，你先得发个誓，死都别说出去才行。"

周炳的象牙色的，光溜溜、圆鼓鼓，端正纯洁的脸唰的一下子红了起来。他问郭标道："你老是这么干么？"

郭标点头承认道："自然，我有时是这么干的。不这么干，我拿什么钱花？"

但是周炳摇头了。他拒绝这么干。他说："要干你一个人干。我不来！"

郭标举起拳头吓唬他道："哎哟哟，假正经，我出去的时候，你也这么干过的。你还当我没看见？你对我叔叔说不说？你要说出了我，我也不替你瞒。看谁厉害！"

周炳急得没有办法，哭了。他不敢把这件事告诉郭掌柜的。他怕一说出来，郭标就会受到惩罚，说不定还会叫掌柜的辞退，打破了他的饭碗。看见郭掌柜每天晚上结账，总要问三问四，掂一掂这样，又称一称那样，好像看出什么毛病似的，周炳就担惊害怕起来，心神不定地躲在一边。这种情形，郭寿年也看出几分来了。有一个晚上，郭寿年支使开郭标，把周炳仔细追问了一番。周炳什么

37

也没敢说。郭掌柜心中怀疑他手脚不干净,嘴里又不便直说,只是留心侦察,相机行事。有一天,郭掌柜又发觉银钱有些短少,就支使开周炳,把郭标叫来细问。郭标怕事情瞒不住,就恶人先告状,把事情推在周炳身上道:"叔叔,我每天要买菜、做饭、送货、收账,也不能每天十二个时辰守在店里。银钱的事情我没亲眼看见,可是他天天出去玩儿,一溜就是半天。在外面吃点什么,喝点什么,大基头那里看看耍把戏,听听讲古,准是花了不少钱的。可我怎么知道呢?"郭掌柜听了,不住点头,竟是相信了他的话,还叫他留心察看周炳的动静,按时报告。自此以后,郭标越发放手行事,银钱货物,大胆盗窃;周炳越看越怕,可是黑狗偷食,白狗当灾,掌柜的越来越疑心他。后来,掌柜的把这些情形告诉他姐夫杨志朴。杨志朴对济群生草药铺的事情,从来就不过问,只听任郭寿年一手经理的,听见这么说,就微笑道:"看阿炳那孩子的举动人品,倒不像是他干的事儿。不过小孩子贪玩,一时做了也是有的。该怎么办,还是怎么办。你别碍着我是他的舅舅,就不敢管教他。只要细心查明,不枉不纵就是了。"那郭标看见郭掌柜并不疑心自己,就一面怂恿周炳出去玩耍,还叫周炳不要害怕,有事都归他姓郭的担待;一面不断向郭掌柜送小嘴,说周炳如何贪吃,如何贪玩。有一天,郭掌柜故意提前两个钟头回店,走到大基头,看见周炳正在那里蹲着吃涮鱿鱼。他登时冒起火来,也不说话,就往周炳后脑勺上扇了一巴掌。回到店里,他把周炳逐一拷问,要周炳说出一共偷过多少药材,偷过几回银钱,都拿到什么地方去,买了什么,吃了什么。郭标也在一旁帮腔道:"小炳,好好招认了吧。你招认了,叔叔一定不会为难你。也免得别人受累。"周炳看见郭标忽然翻了脸,帮着来踩自己,不免又气又怕,只是一面哭,一面说:"吃涮鱿鱼的钱不是店里的,是我妈给的。"也说不出别的话来。郭掌柜说:"阿标,我知道不关你的事,你别睬他。要他自己讲。"说罢就拿起藤条,把周炳噼里啪啦地抽了一顿。周炳看见掌柜的已经帮定了郭标,料想多说也没用,就只是呜呜咽咽地哭着不开口。郭掌柜打了他一顿,见他毫无悔过之心,就把他打发了回家。

　　这次回家,周炳的声誉比前二次更为低落。从前不过是痴、傻、呆、笨,没些见识,没个高低;就算把他叫作秃尾龙,也不过是犯上作乱,闯祸招灾。这回可不同了。掌柜的说他手脚不干净,打发回来,竟是个盗窃的罪名,最为人所不齿。左邻右里,料想此后一定再没人敢收留他,因此都把他叫作"废料",判定他此后一定是个不成材的没用东西了。可是事有凑巧,周炳回家之后,济群药铺的银钱还是日见短少。郭寿年有一次在抽屉里的银毫铜板上做了记号,假意出外一转,回来查看,竟不见了一大半,再一追问,郭标就都招认了。郭寿年把情形详细告知了杨志朴,辞退了郭标,想把周炳再叫回药铺里。周铁和周杨氏想想也不错,可是周炳心里害怕,再也不肯回去。爹娘没法,只得由他。人家把他叫"废料"叫惯了,也就不改口了。

五　看牛娣

　　陈家二姑娘陈文娣和她邻居何家大少爷何守仁虽是同学,在学校里一向很少说话。因为何守仁身材矮小,女同学们都瞧不起他。哪怕他有钱,穿得漂亮,也无济于事。只要她跟何守仁在一块儿说上三句话,女同学们就要公开取笑她。平时在图书馆里,在运动场上,甚至在校园之中,就是何守仁跟着她跟上一两个钟头,没机会说一句话的时候,也往往是有的。有一天,他们又在校园里碰上了。陈文娣瞅见四周没人,就对何守仁说道：

　　"何君,依你看起来,人类的灵和肉是互相一致的呢,还是互相反对的呢？拿咱们三家巷里的小怪物周炳来说吧。他的漂亮是大家公认的了,可是他的灵魂就聚讼纷纭。如果灵肉是互相一致的,他就应当是个好人；如果是互相反对的,他就应该是个坏人。何君,请你指教我。"她一面说,一面热情地笑着。她的头发是棕色的,眼睛是棕色的,脸也是棕色的,全身就像一团棕色的烈火一样。何守仁望着她,好像被她烤熔了似的,既不会动弹,也不会答话。陈文娣看见他这样狼狈,用一种自我欣赏的声音笑着笑着就走掉了。何守仁十分后悔。为什么平时胡思乱想,倒什么话都想得出来,到了该用上它的时候,却连一句也不见了呢？他后悔得直揪头发。后来他把陈文娣的话仔细想了又想："人类灵肉互相一致？对,她说得对,是一致的。小怪物周炳？为什么把那小王八蛋叫作小怪物？是了,这是喜欢他的意思。不然,为什么说他的漂亮是大家公认的呢？对,喜欢和漂亮也是互相一致的!"最后,他从那段话里证明了许多东西。他证明了陈文婷认为周炳是好人。他证明了陈文婷要求他帮助周炳。他证明了陈文婷对他说这段话是对他一种感情的表示。因此,他也认为周炳是好人,又逐渐对他喜欢起来。他觉着这样才配得上跟陈文婷互相一致。过不几天,他就对他爸爸何应元提出建议,要周炳到他们乡下震南村给他家放牛去。何五爷说：

"他不偷别人的东西么？"

何守仁辩白道："不!哪有这回事!事实证明了他是好人!"

何应元见儿子这样说,就点头答应。周铁和周杨氏看看没有别的去处,也就将将就就。等乡下有管账的出来走动,就把周炳带回震南村去。那管账的人叫作何不周,胖得跟一只肥猪一样,年纪四十多岁,和何应元同年,论辈分却是何应元的族叔,大家都管他叫"二叔公"。震南村离省城四十里,走路可以去;坐一段火车,走一段路也行。可是这位二叔公却连一步路也不想走,雇了船去。上了船,也不教导周炳,也不和他说话,只顾呼噜呼噜睡大觉,好像把周炳忘了似的。周炳也乐得他不来打扰自己,拿起桨就帮船家划船,一路上经过许多村庄河汊,浏览不尽的花果树木,棕榈桑麻,十分开心。到了一个清幽僻静、树枝都低低垂在水里的渡口,船家把橹一拐,船靠了一条矮矮的围堤,到了震南村了。这震南村是一片浮在水上的沙洲,虽在初冬,还是林木葱茏,鸟声不绝。那千顷的良田,一眼望不到头,如今刚割了晚稻,雀鸟成群,到处觅食。这里的土地,有一半是何应元家的。除批给佃户耕种之外,他家留下最好的二百多亩水田,雇了十几个伙计,自己耕种。周炳就早出晚归,给他家放牛。

在那一百几十家佃户之中,周炳最喜欢胡源那一家人。胡源今年已经五十岁,他的老婆胡王氏,今年四十三岁。他们生了两个女儿,两个儿子。大女儿胡柳,今年十二岁;大儿子胡树,今年十岁;二儿子胡松,今年八岁;二女儿胡杏,今年才六岁。胡源是何应元大太太何胡氏的远房哥哥,原来祖上也留下几亩薄田,勉强得个温饱。只因后来娶妻生子,天灾人祸,家业都败了。算是凭着大太太的面子,何不周问准了何应元,免了他的押租,批了几亩田给他耕种。儿女都还年幼,只靠胡源跟胡王氏下田,干一顿、湿一顿地糊弄着。胡源做人,老实忠厚,因此常常照顾周炳,替他洗洗缝缝,有汤水凉茶,也叫他来喝上一口半口。孩子们见他是省城来的,见识多,阅历广,也经常围着他问这问那。不论是三家巷里何应元家的大房、小房争吵,是陈万利家的奇闻怪事,或是青云鞋铺少东家林开泰的荒唐无耻,还是济群生草药铺的伙计郭标的阴险毒辣,他们都听得津津有味儿。对于区桃的颜容天资,他们非常心爱,都想看看这个美人。对于周炳的光荣经历,他们更是羡慕得不得了,觉着哪怕碰上一件那样有趣的事儿,也不枉活过这一辈子。不多久,周炳就成了他家的熟客;再过不多久,周炳跟他们简直就成了一家人一样了。

冬天没事,何不周就叫周炳去打扫谷仓。有空闲的时候,周炳就上胡源家玩儿,学一点刮风下雨、种植收藏的本事,还帮他们挑水担粪,种些菜蔬萝卜。有一天天阴下雨,十分寒冷,胡源家没米下锅,一家大小都在发愁发闷。周炳舂了一天米,十分乏累,就披了一件蓑衣,上胡源家里去。这时已经半后响,冬天天短,家家户户都烧灶做饭了。周炳推开胡家大门,一面脱去蓑衣,一面大声叫道:"阿柳,阿柳!"一家人都在神厅里,可是没有人答应他。胡源躺在神厅灶台对面的木板床上,像睡着,又像醒着。胡王氏坐在床边,只顾低着头缝补破烂。胡柳坐在神像前面一张竹椅上,好像浑身无力,懒得动弹。只有胡树、胡松、胡杏三个人坐在地上玩"抓子儿",倒还显得热闹。周炳起初不知怎么才好,后来走到灶台前面,用手摸了一摸,灶是冷的,就说:

"怎么,大爷,还没做饭?"

"不饿!"胡源好像赌气似的回答了,跟着长长地叹了一口气。

周炳看见胡源今天神色不对,其余的人又都不开口,不知道出了什么岔子,就悄悄坐在一张矮凳上,再不声张。过了约莫半袋烟工夫,胡源又说起话来了:"阿炳,你今天干什么活来了?"周炳小心翼翼地回答道:"没做什么,舂了一天米。"胡源说:"给谁舂的?给二叔公舂的么?"周炳说:"不,给五爷自己舂的。快过年了,那边只管催着要送米去。"胡源说:"省城没米卖么?怎么买来吃还不好,倒要家里送去?"周炳说:"大爷,你可不知道。五爷吃那安南米、暹罗米、上海米,都不对口,只爱吃家乡米。"胡源兴致来了,一咕噜翻身坐了起来,意气自豪地说道:"真是的!那安南米、上海米、暹罗米,不管怎么说,就是没有咱们家乡米好吃。可是拿到碾米厂里,叫人家碾一碾也就行啦,白白地自己忙着干什么!"周炳说:"那可不呢!五爷全家大小,都不吃机器米,嫌有一股洋油味儿。要自己舂的米才吃。"胡源还在揣摩何五爷全家的脾胃,胡王氏在一旁听着,已经十分不耐烦了。她插嘴道:"你少管些闲事吧!人家爱吃什么米,跟你有什么相干?你先搞点吃的回来,把孩子肚子塞饱了再说!"胡源泄了气,摊开两手说:"那有什么法子呢?米是没有了。借也借不来了。要么,像今天早上一样,再吃一顿煮萝卜吧!"听说

43

又吃煮萝卜,胡王氏不作声。胡树、胡松、胡杏一齐嚷道:"爸爸、妈妈,我不吃煮萝卜!不吃煮萝卜!吃番薯吧!吃番薯吧!"胡柳年纪稍微大一点儿,比较懂事些,她知道番薯也没有了,只在一旁垂泪。外面凄风苦雨,飘着洒着,滴答不停。胡王氏想着想着,就也哭起来道:"割了禾才几天?就没了米了!几时才到得明年?几时才又割禾?人家过年吃鸡、吃鸭、吃鱼、吃肉,咱们就光吃萝卜?就是光吃萝卜,你也吃不到正月十五呀!这样的日子,你可叫人怎么过呵?还不如死了的好!死了倒干脆!免得来一月盼不到一月,一年盼不到一年!"

周炳听了,知道他们没吃的了,也没说什么,披上蓑衣就往外跑。跑到厨房里,看见大师傅正在埋头埋脑做饭,他拿起一个饭碗,在米缸里舀起了四碗白米,一个衣兜里装了两碗,足足有两斤来重。谁也没有看见他。舀了米,他又披起蓑衣,一口气跑到胡源家里,脱了衣服,把两口袋的米都倒在一个筲箕里,上气不接下气地喘着。孩子们都高兴得跳了起来,围过来看,口里不停地嚷着:"有米了,有米了!有饭吃了,有饭吃了!"胡王氏也放下破烂,跳下床来,端起筲箕就要往锅里倒,叫胡源一手把她拦住道:"慢着!"随后又问周炳:"好孩子,你这些米是什么地方弄来的?"周炳扯了一个谎,说:"是舂米的时候撒出来的。"胡源不相信,就说:"没有的事儿!舂米怎么能够撒出米来呢?"胡王氏急了,一把推开他的手道:"管它是舂米的时候洒出来的,还是洒米的时候舂出来的,反正咱吃了再说!"说着就把一筲箕米簌簌地倒下了锅里,放了水,又拿几个大萝卜切了放进去。几个孩子人多手脚快,噼里啪啦地生了火,一会儿就闻到喷香的饭味儿了。大家叫周炳吃,他不吃。看见他们吃得那样香,他的嘴里不由得也跟着香起来。第二天天晴了,更加寒冷。周炳在舂米的时候,先把一些米舀出来藏好了,待舂完了米,做完了其他的事情,就把那些米拿出来,装在贴身的衣兜里,外面用破棉袄盖着,朝胡源家里走。胡源不说话,只是不肯要。周炳拿手一把一把地将米掏出来,放在笤箕里;胡源又拿手一把一把地将米抓起来,往周炳口袋里送,嘴里一个劲儿直说:"不能要,不能要,不能要……"米洒了不少在地上,隔壁的鸡就两个三个地跑进来抢着、啄着。周炳没办法,只得对那年方六岁的女孩儿胡杏说:"走,咱们外边玩儿去。"到了外边,就把米塞在胡杏的衣兜里。以后,周炳就老是使这个法子。一有空,就来找胡源的孩子们玩耍,乘机把些雪白的上等丝苗米,不是塞在胡杏的口袋里,就是塞在胡松的口袋里;不是揣在胡树的怀中,就是揣在胡柳的怀中。

  这件事叫胡源又是感激,又是害怕。于是他就寻些小事,和胡王氏争吵起来。有时争吵得很厉害。吵完之后,他就坐在一旁自言自语道:"该拿的东西你才拿,不该拿的东西你可别乱拿!就拿,你也得看看是哪家的东西。拿那东西,你当是好玩儿的!他家的东西,有个随便扔的么?看见好吃的就吃,也不管是死是活。哼!"有时候,饭做出来了,热腾腾地摆在矮桌子上,胡源坐在一旁叽叽咕咕地不知说些什么,只是不肯吃。胡王氏说:"吃吧,辛苦赚来自在吃。难道那里面有毒药么?光看着怎的!"他说:"岂但有毒药,倒比毒药还毒呢!我不心疼我自己,我只是心疼这些孩子!"胡王氏听了,又哭起来了。她拿湿手巾捂住脸说:"这日子,你叫我怎么过呵!神灵保佑!神灵保佑!要死,就是吃毒药也好。痛痛快快地吃,痛痛快快地死,比如今这模样可强得多!你是硬心肠,你哪里心疼孩子?你瞧把他们个个都饿成什么样儿了,你还不肯吃呢!"胡源望望孩子们,果然一个个眼睁睁地望着他,只是不敢吃。胡源没法,长长地叹了一口气,也就举起筷子来吃了。周炳听见孩子们给他说起这些事,心里十分烦闷。"他们觉着什么地方不对劲呢?"他想了又想,总是想不出来。有一回,他听见胡源对孩子们说:"吃吧,吃吧。有一天叫别人知道了,祠堂里议事的时候,咱们就有得好看的了!"他本心是为胡源一家人好,却没想到反而叫他们苦恼。他不知道祠堂里为什么要议这回事,议了又怎么样,只在心里暗暗着急。

胡家的日子虽然过得不顺坦,那一天好比一年般难得过去,可是日子还是悄悄地溜过去,转眼又过了旧历年,到了一千九百二十一年的春天了。在春耕的时候,周炳跟着胡源学了不少东西。犁、耙、整地,都学会了。胡家没有牛,一家大小用绳子拉犁。周炳有牛,却不能借给他们使,只好把牛放在附近的围堤上,自己去帮着他们一道拉犁。到了要浸谷了,胡家又没有谷种,还是周炳从何五爷的仓库里想法子,这时弄一口袋,那时弄一口袋,勉强给他凑了一个数目。胡源再也不能推,只是说:"我赌咒!将来一定要还给他。一粒也不少他的。这一辈子还不清,下一辈子做牛做马也要还清他!"后来浸了种之后,周炳还是时常捎些谷子给他做口粮。他也再没推辞,只是每收下一次就赌一次咒,说世世代代总得还清这笔账。胡柳、胡树、胡松、胡杏这几个孩子和周炳玩耍惯了,大家非常要好,一天不在一块儿,就觉着浑身不自在。胡柳听她爹妈说过,可惜他们没有个像周炳这般年纪的男孩子,不然,倒是一个好帮手。于是她就向周炳提起,要周炳做她的哥哥。旁边胡杏用手指勾着脸蛋羞她不害臊,可是过一会儿,她自己也哥哥长哥哥短地叫起来了。胡源夫妻二人,看见孩子们这般亲热,也想着要把周炳认作干儿子,只是没有机会说出口来。

不料有一天,天气很暖和,周炳装了两衣兜谷子,披着棉袄,从仓库里走出来。这样的天气,棉袄实在披不住,但是怕人看见,不披住又不行。没走几步,迎面碰上大胖子何不周。那二叔公见他慌慌张张,形迹可疑,又在大暖天气,披着破棉袄,就喝问他:"上哪儿去?"跟着扯了一扯他的破棉袄。周炳把身子一摆,挣脱了他的手,却没提防那些谷子稀里哗啦地撒了出来。这样,事情就弄坏了。何不周照例又是打他,又是哄他,他总不肯说出真情。末了,他说赌钱输了,没有法子,只好拿些谷子去还账。问他输了给谁,他又不肯说了。何不周气得浑身的肥膘都在打抖,连一顿晚饭都不让他再吃,就立刻把他轰了出去。周炳背起包袱,出了何家大门,坐在村边大路旁自思自想道:"要不要去胡大爷家辞个行,跟阿柳、阿树、阿松,还有那小丫头阿杏,说上一声?胡大妈对我那么亲热,不去一去,行么?"往后他又想,这样一点小事,也叫自己给弄糟了,还有什么脸去见人,就又不想去。想了半个时辰,他就把卸下的包袱重新背起来,拍拍身上的泥土,沿着大路懒洋洋地朝广州走去。到家的时候,已经是二更过了。

　　周铁看见这孩子越来越不像样,真想叫他再去念几年书,明白明白道理,可是没有钱,光想也不中用。周杨氏生怕他生气,要打骂周炳,可是他一不生气,二不打骂,倒是坐在一边,摇头叹气。有时候,他还带点吃的给周炳,又把周炳叫到身边,问长问短,岂止没有生气,还着实心疼他。等到周炳把那些情形,一五一十对全家人说了,周铁才悄悄对周杨氏说道:"这傻小子的心肠还算不坏,只是塞了心眼儿,不明事理。要是有钱人家,供他几年书,那痴病就会好的。可是谁叫他运气不好,命中带穷,生在咱们这样的人家?看来这孩子只好白白糟蹋了!"说着就揉起眼睛来,好像委屈了自己的儿子,对不起自己的儿子似的。周杨氏想:"人到四十,那心肠就软了,慈了,这话真不错。"就乘机怂恿周铁把他带回正岐利剪刀铺子去打铁。第二天,周铁豁出老脸去跟东家说去,东家看见周炳已经长到一十四岁,骨骼粗大,手脚有劲儿,名誉虽不好,却顶一个大人用,就答应了。周炳这回再回到剪刀铺子,名誉实在是坏。连本店里的老师傅,没事都爱说几句笑话取笑他。本店和别的店里的学徒,其中还有他的好朋友王通、马明、杜发等人,都是跟他一样赚二分四厘银子一天,满脸黢黑,浑身破烂的角色,也跟着别人取笑他,还给他取了一个诨名叫"周游"。只有陈家四姑娘陈文婷的眼光与众不同,她看出她表哥的脑袋长得更大了,眼睛长得更圆了,那胸膛也更向前挺出来了,总之是越来越像个大人,也就是越来越漂亮了。别人怎么说他,"周游"还是不"周游",她一点也不在乎。她只是整天撵着他叫"炳哥",又竭力怂恿他跟自己一道回学校里念书去。

六　枇杷树下

一千九百二十一年夏天的一个晚上,铁匠周铁和他的儿子周炳在自己的门口乘凉。周炳对他的父亲说:

"爸爸,从昨天起,我就满了十四岁了。什么时候我才能够回学校里去念书呢?"

爸爸叹了一口气,很久很久都没有开腔。他在想:"是呀。这小混蛋是该念书了。可是我拿什么去给他念呢?明天买菜的钱还不知道在哪儿哪!"天气真热。巷子里没有一点风。热气像针似的钻进毛孔里,像煮热的胶涂在身上一样,随后就淌出汗来。周铁坐在巷子北边尽头一张长长的石头凳子上,周炳也躺在这张长长的石头凳子上,一棵枇杷树用阔大的叶子遮盖着他们,使得巷子当中的街灯只能照亮周炳的半身,照不到他的赤裸的、壮健的上身和他的整个脸孔。沉思着的铁匠周铁的整个人都躲在树影里面,好像他不愿意让人瞧见自己似的。周炳留心听着他父亲的回答,可是什么回答也没有,只听见他父亲时不时用手轻轻拍打着蚊子。他知道父亲很为难,就使唤一种体贴的,差不多低到听不见的低声说:"爸爸,别像往时一样老不吭声。你说行,咱明天就到学校去报名,还不一定插不插得上班呢!你说不,我明天照样回到铺子里开工。"父亲还是不开腔,只用他那只粗大的、有肉枕子的手抚摩着儿子那刚刚剃光了的脑袋。他的眼睛已经淌出眼泪来了。但是他怕儿子知道，不敢用手去擦。他的手在轻轻地发抖。周炳立刻感觉出来了。他说："怎么啦，爸爸，你冷么？"周铁叫他一问，问得笑起来了，说："小猴子，你冷不冷？把我热得都快要跳海了。混账东西！"说完一连吸了两下鼻涕。周炳全都明白了。他说："算了，算了。我又不是认真要上学。明天，我还是回到铺子里去开工。老板说过，明年起就给我算半工的工钱。这也好。"周铁突然生气了，说："哼，半工的工钱，那狗东西！你什么地方不顶一个全工？"说到这里，又不往下说了。周炳头枕着两手，望着黑黢黢的树顶出神。树叶纹丝不动，散出番石榴一样的香味儿。他透过叶缝，偶然可以看见一两颗星星在眨眼儿。老鼠在石凳旁边，唧唧啾啾地闹着玩儿。

　　除了他们爷儿俩之外，如今只有一盏昏昏黄黄的电灯，照着这空空荡荡、寂静无人的小巷子。这条小巷子大约有十丈长，两丈来宽，看来不怎么像一条街道，却有点像人家大宅子里面的一个大院落。它位置在广州城的西北角上，北头不通，南头折向东，可以通出去官塘街，是一条地势低洼，还算干净整洁的浅巷子。巷子的三面是别人的后墙，沿着墙根摆着许多长长的白麻石凳子，东北角上，长着一棵高大的枇杷树。这儿的大门一列朝东，住着何、陈、周三姓人家。从官塘街走进巷子的南头，迎面第一家的就是何家，是门面最宽敞，三边过、三进深，后面带花园，人们叫作"古老大屋"的旧式建筑物，水磨青砖高墙，学士门口，黑漆大门，酸枝"趟栊"，红木雕花矮门，白石门框台阶；墙头近屋檐的地方，画着二十四孝图，图画前面挂着灯笼、铁马，十分气派。按旧社会来说，他家就数得上是这一带地方的首富了。那时候，何家门口的电灯一亮，酸枝趟栊带着白铜铃儿咪溜溜、哗啷啷一响，主人出来送客。客人穿着白夏布长衫,戴着软草帽,看样子像个不小的官儿,主人穿着熟绸长衫,戴着金丝眼镜,两个人互相打躬作揖,絮语叮咛一番,才告别去了。主人进去之后,门还没关,却溜出一个四五岁年纪,头梳大松辫子,身穿粉红绸衫,脚穿朱红小拖鞋,尖尖嘴脸,样子十分秀丽的小姑娘来。她是何家的第三个孩子,叫作何守礼,是何家五爷的第三房姨太太何杜氏养的。她很快地跑到周炳跟前,用小拳头在他的大腿上捶了一下,说:"炳哥,你再不给我把小刀子打出来,你当心。我可真的要揍死你!"周炳还来不及用手去挡她的小拳头,她家的使妈叫唤着要关门,她就一溜烟跑回去,酸枝趟栊又带着白铜铃儿哧溜溜、哗啷啷一响,紧紧关上,门口的电灯也熄灭了。周炳叹了一口气,说:"这小姑娘多好呵!吃得好,穿得好,住得好,人也好!"周铁也叹了一口气,接着说:"好是好,可你别跟她闹得太狠了。她万一有什么不如意,五爷肯依?"周炳连忙分辩道:"那可不是我要跟她闹。她一见我,总要闹着玩儿。她家里没人跟她玩儿。"周铁在黑暗中点点头说:"不管谁跟谁闹,总是一个样子……"周炳觉着爸爸有点不讲道理,可是没再说话。过了一会儿,周铁却自言自语地说开了:

"唉,好儿子,你哪里懂得呢?这叫作一命、二运、三风水……"他这样开头说道:"不管你相信不相信,这样就是这样。咱们刚搬到这儿的时候,那是说的三十年以前的话了,咱们何、陈、周三家的光景是差不多的。那时候还有皇上,谁也不知道有个孙大总统。你爷爷、奶奶都在,你大哥,你二哥,你姐姐,都没有出世呢,更不要说你了。可是谁想得到,光绪年间闹了一场很大很大的水灾,饿死了很多很多的人。五爷那时候虽然还年轻,不晓得到哪里去办粮救灾,这一下子发了。往后他有了钱,就做官,做了官,又买地,就积攒下这么大一副身家。如今,外面收租的楼房店铺全不算,光他家住的就从一幢房子变成了三幢房子,占了这么半条巷子。五爷自己就娶了三个老婆。乡下里的田地,是数也数不清。谁说死人是不好的事情?当初要是不饿死那许多人,何家怎么发得起来?就说何家那大房太太,原来也是乡下普通人家姑娘,可那运气就是好,在闹大水灾前一年就过了门了。当初要娶她,不过贪她有十二亩田做嫁妆。我听老一辈子的人说,要是再迟一年,何家可就不会娶那乡下姑娘了,要娶十个有钱女也不难了。你想一想,人家吃得好,穿得好,住得好,人也好,物也好……这是眼红得来的么?这不是命中注定的么?"说到这里,周铁没有一口气往下说。他歇了一歇,听听儿子毫无动静,这才接着说下去道:"看看咱们自己,一幢房子一天比一天破烂了,还是这一幢房子。为什么发了何家,不发咱周家?这恐怕只有老天爷才会知道。咱们没坑人,没害人,没占人一针一线的便宜,可那又怎么样?你爷爷有一副打铁的好手艺,传了给我,三十年了,一副好手艺还是一副好手艺,不多也不少,天顶刻薄的东家也没有半句话说。就是这个样子。如今我又把这一副好手艺传给你……从惠爱首约到惠爱八约,人家一看咱们出的活儿,就认得是周家祖传的,就是这样,还有什么?就不说何家,说这陈家吧——"周铁用手指了一指巷子后半截那陈万利家的门口,随后又用手背擦了一擦嘴巴,说:"不说他家了吧。亲戚上头,说了怪没意思。回头你妈又骂我得罪了大姨妈。"周炳一个劲儿催他讲,他只是不肯讲,这样,又沉默了一袋烟工夫。

这三家巷,除了何家占了半条巷子之外,剩下半条巷子,陈家又占了三分之二,余下的三分之一,才是周家那一幢破烂的,竹筒式的平房。陈家的宅子跟何家的公馆不同,又是另外一番气派。

这里原来也是两座平房，后来主人陈万利买卖得手，把紧隔壁的房子也买了下来，连自己的老宅一起，完全拆掉重修，修成一座双开间，纯粹外国风格的三层楼的洋房。红砖矮围墙，绿油通花矮铁门，里面围着一个小小的、曲尺形的花圃。花圃的南半部是长方形的。当中有一条混凝土走道，从矮铁门一直对着住宅的大门。门廊的意大利批荡的台阶之上，有两根石米的圆柱子支起那弧形的门拱。花圃的北半部是正方形的。那里面摆设着四季不断的盆花，也种着一些茉莉、玫瑰、鹰爪、含笑之类的花草，正对着客厅那一排高大通明的窗子。二楼、三楼的每一层房子的正面，都是南、北两个阳台，上面都陈设着精制的藤椅、藤几之类的家私。因为建筑不久，所以这幢洋房到处都有崭新的、骄人的气焰。附近的居民也还在谈论着，陈家的新房子哪里是英国式，哪里是法国式，而另外的什么地方又是西班牙式和意大利式，那兴趣一直没有冷下来。在这种情况之下，周家的房子时常都会被人忘记，也是很自然的事了。何家是又宽又深的，陈家是又高又大的，周家是又矮又窄，好像叫那两幢房子挤来挤去，挤到北边的角落里不能动弹，又压得气也喘不出来似的。总之，大家都公认这三幢房子并列在一起，那格局不大相称，同时还显得滑稽可笑。这时候，周炳睁大着眼睛等了老半天，还不见爸爸开腔，有点不耐烦了，就说："爸爸，你怎么了？话说了半截，吊得人怪难受！难道他家也是发的死人财，你不好意思说出口？"周铁鼻子里哼了一声，笑着说道："不是发死人财，就是发病人财，那光景也差不大离儿！你大姨妈嫁到他家的时候，你大姨爹的身家也厚不到哪里去。我打铁，他做小买卖，咱两挑担也都是难。可是后来，约莫十来年光景，那升的升、落的落，渐渐地就分作两岔儿了。这富贵的事儿，算是谁也料不定。要不，你外公肯把你大姨妈给了你大姨爹,把你妈给了我?说不定那时候咱家比他家还好看些儿呢!可是就坏在这个后来:他不知怎的沾了个洋字的光,几个筋斗就翻上去了。我呢,像刚才说过的,还是抡我的大铁锤。自从革命党干掉了凤山将军之后,你看他陈大爷那股浪劲儿,真是没得说的。年年打仗,咱们忧柴忧米,人家忧什么?怕钱没处放!再后来,说是全世界都打起仗来了,他更乐。就像是越打的仗多,越死的人多,他越像个纸鹞儿似的往云里蹿。你看这大楼房不是全世界打仗给打出来的么?"

周炳淘气地说:"这样说来,打仗还是好!"

铁匠拉长声音说:"好——怎么不好?不是好到咱们现在这个样子?"他拿起葵扇使劲拍打着小腿上发痒的地方,然后接着说下去道,"蚊子真凶。不用问,这就得看运气了!你爷爷在世的时候,我就对他说过,看来剪刀铺子还好赚,不如开个店儿吧。就跟你大姨爹寻了几个钱,把咱们这间破房子押了给他,开起剪刀铺子来了。可也真怪。生意倒挺好,天光打到天黑,都不够卖,就是算起账来,没有钱赚!人家又是怎么赚的呢?这才有鬼!因此上不到两年,铺子倒了,背了一身臭债,咱两父子还是去给人打工去。这不是命么?我活了四十岁,没见过谁像陈大爷发得这么快的!不信你自己试试看,那可不成。人家糟蹋陈大爷,说他跟洋鬼子倒尿壶。就算带倒尿壶,咱们也不成。我是认了命了。我什么也不想望了。抡大锤就是!遇上你大姨爹发脾气,不讲亲戚情分,我也不吭声,悄悄走开拉倒。嫌穷爱富,谁不这样呢?有钱的人命硬,发脾气也怕是命中注定,该他发的。"

周炳差不多自言自语地低声说:"哦,原来都是发死人财的!"

周铁连忙禁止他道:"当着人家的面,你千万不能把真情戳破。

千万不能这样说。总之,一句话,你在他两家人面前,万事都要留神。就是小孩子家玩耍,也得有个分寸,别乐到了尽头。你会吃人家的大亏的!"

"知道了。"周炳这样应承了,可是又说道,"不好是何五爷跟咱大姨爹不好。他两家的哥哥、姐姐,是咱哥哥、姐姐的同学;他两家的弟弟、妹妹,又是我二年前的同学。他们对咱总不会坏,总不会嫌咱穷的。我倒怕自己再不上学,人家一定会嫌咱没知识,愚蠢。"

这时候,陈家的两扇矮铁门带着沉重的、缓慢的响声打开了,四小姐陈文婷穿着漆花木屐,手拿一把鹅毛扇子,从里面走了出来。她今年才十三岁,长得苗条身材,鹅蛋脸儿,编一条大松辫子,穿一身白底绿花绉布短衫裤,浑身上下,透出一股无拘无束的快活劲儿,十分逗人喜爱。她走到街边灯下面的另一张长石凳跟前,坐下来,对屋里叫道:"快来,三姐。这里凉快多了。"屋里有圆润的嗓子拖长地应了一声,说:"来,来,就来了。"跟着有一个身材略短,肌肉丰满,圆脸孔,圆眼睛,辫子又粗又短的大姑娘走了出来。她是这屋里的三小姐陈文婕,今年才十五岁,性子又温柔又沉静,人人称赞。她穿着一身点梅纱短衫裤,一双黑漆木屐,看来她是喜欢黑色的。她两姊妹坐在那长石凳上,说了一会儿,又笑一会儿。这个跑进去,那个跑出来。你捏我一下,我打你一下。自从她们出来之后,这三家巷顿时有了生气,连电灯也亮了许多。过了一阵子,那姐姐独自把眼睛仰望着满天的星斗出神,不理那妹妹。陈文婷走到周炳两父子跟前,问周炳道:

"阿炳表哥,你答应给我到光孝寺去摘菩提叶子去,为什么还没有摘回来呢?"

周炳还是躺着不动,漫不经心地回答道:"答应了就去的。可得有工夫才行。"陈文婷嘻嘻笑了两声,说:"你怎么没有工夫?"周炳说:"可不。你喝一口水,老板都拿眼睛瞅着你哪。连吃饭都稀里哗啦,塞饱就算,没好好吃过半顿。"陈文婷摇着头说:"那就奇怪。我只道念书才不得闲,你打铁也这么不得闲哩!"周炳认真生气了,说:"是呀,是呀。我得闲。你没见我整天闲坐着,坐到屁股都长起疹子来了?"爸爸按住他的性子道:"小炳你干什么啦,说话老是这么倔声倔气的!"可是陈文婷倒不理会这些,她早就想到别的事情上面去了。她仍然使唤那种爽朗利洒的声调说道:"说正经的,你这个学期念书不念书了? 念吧。咱俩天天一道上学,多好!"周炳还来不及回答,爸爸就抢先替他说了:"婷婷,上学敢情好,可哪来的钱哪? 他大哥就是因为没有钱,才丢了书包,上兵工厂做工去的呀。靠我两个赚钱,他二哥才能念书。可是他姐姐又要念书了。阿炳不得不停了学,跟我打铁去。他停了学,都已经三年了。如今,你都撵上他了,你的年级都比他高了。"陈文婷不假思索地说:

"二姨爹,你没钱,怎么不跟爸爸借呢?"

周铁说,"不,不。好孩子,我不愿意借。"陈文婷不作声了。周铁又说:"这样吧。他二哥今年中学毕业了,升学是一定不升的,看找不找到个差事吧。要是他二哥能赚钱的话,他就能念书。"陈文婷拿起那把鹅毛扇子,在周炳鼻子前面摇晃着,说:"不用,不用。哪里要等阿榕表哥去赚钱! 我每天把点心钱拿一半出来,叫三姐也拿一半出来……"周炳听到这里,一咕噜翻身坐了起来。陈文婷已经跑去找姐姐去了。陈文婕不知什么时候,已经回到屋里。陈文婷也跟着跑进屋里,许久都没出来。周铁对儿子说道:"我去睡了。你也不要歇太久。明早还要开工呢!"说完就回家去了。剩下周炳一个人坐在石头长凳上,怎么着也不是味道。

七　美人儿

这时候，何家门口的电灯忽然又一亮，那酸枝趟栊带着白铜铃儿哧溜溜、哗啷啷一响，何五爷又出来送客。客人走了，何应元正想转身回去，没想到巷口出现一个雪白的、不大的身影儿，把他整个人给吸引住了。这个人就是周炳的同年表姐区桃，穿着碎花白夏布短衫，白夏布长裤，绿油木屐，踏着清脆的步子，走进三家巷来。她的前胸微微挺起，两手匀称地、富于弹性地摆动着，使每个人都想起来，自己也曾有过这么一段美妙的青春。她的刘海细细地垂在前额的正中，像一绺黑色的丝带，白玉般的脸蛋儿泛着天然的轻微的红晕，衬着一头柔软的深黑的头发，格外鲜明。她的鼻子和嘴都是端正而又小巧的，好看得使人惊叹。她的细长的眼睛是那样天真、那样纯洁地望着这整个的世界，哪怕有什么肮脏的东西，有什么危险的东西，她一定也不曾看见。黑夜看见她来，赶快让开了路；墙头的电灯却照耀得更加光明。所有这些，把何应元整个儿看得呆了。他像掉了魂似的向她走过去，越来越接近，接近得使她惊慌怪叫起来道：

"呵唷！何大爷！"

何应元猛然惊醒过来，伸开两手，拦住她的路，说："怎么不上我家里玩儿去呢？阿义、阿礼他两个天天在盼望你呐！你进去看看，八音钟呀、蝴蝶琴呀、檀香匣呀、留声机呀，哪样没有！还有那

57

吃的,玫瑰糖、杏仁霜、松子糕、桂花卷,尽你吃个饱!还有,你给我家里的人,每人做他一双鞋。快进去,快进去!"

区桃摇着她那发光闪闪的脑袋说:"我不去,我不去。我不听你的留声机,我不吃你的糖!"

何应元说:"你不听我的留声机,你不吃我的糖,难道你不给我们做鞋子?快进去,快进去!"

区桃说:"不!我告诉爸爸,让他来给你们做。"

何应元说:"谁要你爸爸做鞋子?人家只是要你做。快进去,快进去!你要是不进去,我就不放你过去!"

区桃用木屐顿着巷子中心的白麻石说:"别激人了,别激人了。快让我过去,我还有正经事呢!"后来又加上一句哄他道,"你先让我过去。回头我出来,就上你们家里做鞋子去!"听她的口气,好像她是个大人,那四五十岁的何五爷倒反而是个小孩子的一般。没想到何应元透过金丝眼镜,一眼望见她手里还拿了一个小布包,就得了个新题目,一定要看那布包里包的是什么东西,否则不让过去。区桃不依,他就想动手去抢,可是哪里抢得到,只见区桃把那又苗条又灵活的腰身一摆动,一弯曲;左一闪,右一躲,忽然往左边虚晃一下,跟着往右边一钻,像一条鱼一样,楚鲁一声就钻过去了。正在这个时候,矮矮胖胖的陈万利从官塘街外面走进巷子里面来。他一面走,一面问道:"阿桃,慌慌张张做什么?要跑到哪里去?"区桃听见是他,只好叫了一声:"大姨爹!"站定在陈家门口。何五爷对陈万利说道:"你看这个阿桃,多么没规矩,我叫她上我家里去做鞋子,她就是不肯去!"陈万利没有理会何应元,只是一面喃喃自语:"哼,这早晚天气,做鞋子。"一面朝区桃走去。走到区桃面前,左手端起区桃那杏仁尖一般的下巴,右手在区桃那浅浅的酒涡儿上面,实实在在地拧了一下。他是长辈,区桃没敢声张,只痛得她脸上一阵火辣味儿,怪不好受。她像那种叫作"彩雀"的、会跳的小热带鱼一样,使足劲儿,往周家那边一跳,她的身体好像被弹簧抛进半空中,又从半空中掉下来。却巧这时候周炳刚冲过凉,打着赤膊,穿着牛头裤,从家里走出来。区桃往下一掉,不歪,不斜,恰好掉进周炳的怀里。周炳伸出两条有肉腱子的手臂,紧紧地抱着她。她在周炳耳朵边悄悄地、急急地、甜甜地说道:"走,走,回屋里去。有东西给你。"于是两双木屐一同发出踢里跶拉的细碎响声,跑进了周家大门,把何、陈两位老爷甩在冷冷清清的巷子当中。陈万利幸灾乐祸地摊开两手说:"五爷,时候不早了,冲凉吧。"何应元也只得学着他的样子摊开两手,无可奈何地说:"不是么,现在的孩子,总是越来越不懂规矩。咱冲凉去吧。"

原来区桃知道周炳的鞋子破了,就亲自画了鞋底样子,给他做了一双黑帆布月口反底鞋子送来。两个人在周杨氏房间里说一会、笑一会,谈得十分欢喜。周杨氏也捧着鞋子在电灯下面翻来覆去地看,看见手工做得那么精巧扎实,也就赞不绝口。区桃还怕大小不知怎样,只顾催周炳穿穿试试看。周炳一穿,大小正好,还分了左右脚呢。大家又笑乐一阵,区桃才走。临走的时候,她对周杨氏央求道:"二姨妈,叫阿炳送我一送。外面有老虎呢!"周杨氏拿起她那只柔软的小手,轻轻打了一个手心,说:"看三妹把你惯成什么样儿,越大越娇了呢!阿炳,送送你表姐去!"周炳捞起一件白布衫穿上了,就送区桃回家。陈万利在二楼的阳台上眼巴巴地望着他俩肩并着肩,手挽着手,亲亲热热地一路走出官塘街。想听他们在说些什么,那声音太低,一点也听不着,直把他羡慕得牙痒痒地不得开交。他隔壁何家那何应元、何五爷,虽是回了家,也还是恨恨不已。他把这件事跟大太太何胡氏说了,又跟她商量,看有什么法子把区桃弄来做妾侍。

何胡氏把他的话想了一想,就点头说道:"也怪不得你这花心鬼又起了坏心肠。论人才,那是没有比的!别说咱们家里没有,就是这西城一带,怕也找不出配对儿的来。可有一桩,你自己想想看:你今年四十六了,她才十四岁呢,你看你配她,是配得了,是配不了。"

何应元说:"人人都讲:十八新娘八十郎,我怎么配她不了?我比她才不过一总大了那么三十来年,一定是配得了的。"

何胡氏说:"人家年纪还小。你不心疼,人家爹妈可是心疼的呀!"

何应元说:"那又有什么?你把她养到十四岁,也是嫁;把她养到四十岁,也是嫁。难不成能养到她一百四十岁?总不过是钱字作怪罢了。就算她一岁一两金子,又怎样?金子兑银子是三十换。到时候,看钱心疼,还是女儿心疼!"

何胡氏又说:"你娶二姨太太的时候,她是十六岁;娶三姨太太的时候,她也是十六岁。如今又要娶个十四岁的?咱们大孩子阿仁,今年已经十九岁了。就算我那小心肝阿义,今年也九岁了。将来那十四岁的进门之后,叫孩子们怎么和她相处!叫姐姐、妹妹,还是叫妈妈?"

何应元觉着她不明事理,非常好笑,说:"你光担心一些不相干的闲事!自然称呼她'细姐',有什么为难?全省城都这么叫,他们也这么叫就是了。要是将来我高兴,我把她赏给阿仁做妾侍,也是可以的。要不然,等我死了,阿仁把她收留做妾侍,也没有什么不行。古人就有这个干法,还是在宫廷里面干的呢!"

何胡氏说:"哎哟,罪过。有这么肮脏的古人!"

何应元后来要她去给周杨氏说说看,她怎么也不肯去。她只是叫何应元亲自去跟陈万利说,叫陈万利去问他的连襟、皮鞋匠区华。她说在三家巷里,肯干这种事情的,恐怕只有陈大爷一个人。何应元没法,只得把那最年轻、最会说话、平时专管大太太房间的使妈阿贵叫来,要她去请陈大爷过来坐一坐。阿贵在房门外边,早把他们的话听清楚了,一进房门,就说:"恭喜老爷,恭喜太太,咱们又多一位小太太了!"后来她到了陈家,也是一面和陈万利说话,一面掩着嘴笑。陈万利看见她那轻浮样子,已经猜着了八九分。阿贵去了之后,他就对陈杨氏说起这件事,估量何五爷一定是要他去做冰人。陈杨氏听了生气道:"这个世界还有体统没有?你先给我使劲扇他一个耳光子!阿弥陀佛。"陈万利到得何家大书房,五爷已经坐在那里等候。一见客人,沏过茶,何应元就说:"我真羡慕你,老兄。凭你怎么调笑她,她也不恼!"陈万利说:"话虽然是那么讲,可也还有点长辈小辈之分。"何应元说:"尽管你有那长辈小辈之分,你入手却容易;我没有长辈小辈之分,我入手却难。可见长辈小辈,不但不碍事,反而造成机缘呢!"陈万利说:"算了,别瞎扯,说正经的吧。你别想入非非了!"何应元笑着说:"已经想入非非了!有劳大驾,就是谈的这一桩正经事。凭良心说,你瞧区桃那小家伙,能不能说是一位真真正正的神仙?"以后,他们就转入低声密谈,没有人能听见他们说些什么了。

时间不久,陈万利就告辞回家。陈杨氏问他什么事,他笑着说果然不出所料,让他猜了个正着。陈杨氏问他扇了五爷的耳光没有,他没有回答,却把何大太太如何问五爷配得了,配不了,如何怕人家区华不肯答应,如何怕儿子们难以相处,五爷说古人有把自己的妾侍赏儿子的等等,仔细说了一遍,最后就说：

"看这桩事,恐怕还要先下手为强!"

陈杨氏一听,吃了一惊道："什么？什么先下手为强？怎么先下手为强法？"

陈万利说："世界上的事情,有时是很难说的。也许区华会心肠软弱,也许你三妹会见钱眼开,那时候眼睁睁望着一个'生观音'掉进别人的手掌心里,那就悔之晚矣了。我想,既然古人能把妾侍赏儿子,哪怕姨爹娶姨甥女儿也是有的了。与其让他把阿桃娶得去,还不如咱们把阿桃娶过来,做一个亲上加亲。"

陈杨氏冷不防扇了他一个耳光子,骂道："混账东西!"

陈万利的脸上辣了一辣,红了一红,随即堆下笑脸说："好,打是打了。那你就去对你三妹说吧！总之,肥水不流过别人田。"

陈杨氏顿着脚道："胡说八道!"

陈万利急忙分辩道："不,我是说正经的。我一定要保护这样天下少见的美女,免得她遭了何家的毒手！如果他姓何的按年纪算,一岁出一两金子,那么,我一岁出二两金子。你赶快去跟你那'辣子'三妹说去！早来三天梁家妇,迟来三天马家人哪!"

陈杨氏把嘴唇一扁,说："要说你自己说去,我没那么不要脸！真不成一个人!"

八　盟　誓

约莫到了晚上九点钟的光景。银河当空,星光灿烂。四面的街道非常寂静,城外的虫声一阵阵地传到三家巷来,昏黄的电灯也放出了银样的光辉。浑身疲倦的铁匠学徒周炳送完表姐区桃回来之后,躺在石头长凳上都快要睡着了,忽然叫一阵杂沓的皮鞋声惊醒,一翻身坐了起来。有七八个青年人,三三两两地,一面高声谈笑,一面走进三家巷来。他们之中,有五个是男的,都是应届的中学毕业生,年纪也都在二十上下;有两个是女的,年纪在十七八之间,还在中学念书,一个是周家的大姑娘周泉,一个是陈家的二小姐陈文娣。他们都在学校里参加了为本届毕业同学举行的欢送会,如今正在兴致勃勃地步行回家。走在最前面的,是年纪比较最大的李民魁。他是番禺县一个相当有名的地主的儿子,今年二十一岁,长得浓眉大眼,国字脸儿,魁梧出众。这一群人里面,只有他不属于何、陈、周三姓的家族,也和他们没有任何亲戚关系。他一面走,一面和跟在他后面的张子豪、何守仁两个青年说:"唉,今天晚上真有意思,真有意思!你们说不是么?"后面两个人对他不约而同地做了一个会心的微笑,点点头,没说什么。张子豪是陈家的大姑爷,出身于香山县一个地主家庭,和陈家大小姐陈文英结了婚,并且已经生了一男一女两个孩子。在这一群人里面,只有李民魁和他,是有了家室孩子的。何守仁是何家的大少爷,生得短小精悍,如今正在狂热地追逐陈家的二小姐陈文娣,但是还没有什么眉目。他们的后面,是陈家大少爷陈文雄和周家大姑娘周泉一对,如今正手臂扣着手臂,身体靠着身体,一炉火似的,默默无言地走着。他们都觉着语言在这时候是多余的,考虑走到什么地方去也是多余的,就这样走着,一直走着就好。那走在最后面的两个人,是陈文娣和周榕。他们和陈文雄、周泉一样,也是一对表兄妹;他们和陈文雄、周泉不一样,是他们没有手臂扣着手臂,没有身体靠着身体,却偷偷地互相握一下手,偷偷地互相依偎一下,又赶快偷偷地分开,显出一种若即若离、难舍难分的样子。

　　大家走到三家巷的正中,何家和陈家交界的地方,本来应该分手,道晚安的了,可是大家都不愿意在这样美满的时刻分手,就都自然而然地,疏疏落落地,在东墙下面的几张石头凳子上坐了下来。不用说,每个人的心里都充满了幸福的感觉。每个人都觉着有一个五彩绚烂的世界,在前面给自己领着路,几乎一伸手就摸得到。不消说,整条三家巷是属于他们的,就是整个广州市,整个中国,哪怕说大一点,整个世界,都是属于他们的了。他们要在今天做的事情,都已经做完。但是他们总感觉到还不满足,还有剩余的精力没有使用出来,还该做点什么。李民魁站起来,向前走两步,然后拧转身,摊开两手对大家说:

　　"无论如何,咱们今天既然离开学校,就一定要把中国治好。这是确定不移的。这虽然只是一种抱负,但是从今天起,发愤为雄,一定会达到目的。"大家都附和他的快言壮语。张子豪说:"李大哥说得一点不错。如今中国的局面太乱了。反正已经十年,还是民不聊生。咱们要不做出一番事业来,也算白活世上枉为人。人生那样,也就没有意义!"何守仁接上说:"官场黑暗,国势一天比一天弱,世界又都是只讲那强权,不讲那公理。看着这样的情形,咱们不来管,叫谁来管?"

周炳一直坐在巷子尽头,枇杷树下那黑暗的角落里看着,听着,看得出神,也听得出神。大家都没有留意他,都把他忘记了,他自己也把自己忘记了。他对于哥哥姐姐们的这种凌云的壮志,觉着无限的钦佩。使他感到有点美中不足的,是他们光管那些国家大事,而对于他所受的不公平待遇,比方读书问题,却一个字也没有提到。正想着,他见他二哥周榕从座位上站起来了。周榕也像李民魁那样,走前两步,拧转身,对着大家。电灯的光辉像水银一样倾泻在他的雪白的斜布制服上。他缓慢地微笑着对大家说:

"是呀,如今老百姓正处在水深火热之中,这是千真万确的。年年兵荒马乱,你砍我杀。如今又要打广西了。砍来砍去,还是砍在老百姓身上。一个都督倒了,换来另外一个,还是都督。不然就叫督军,也是一个样。除了烧杀抢劫、奸淫掳掠之外,谁还把黎民百姓当人看待?工人做工活不成,农民种田吃不饱,学生念书念不上,女同胞受宗法礼教束缚不能自由。咱们就是要来打抱这个不平!有咱们大伙儿齐心协力,还有什么不成功的道理?"他一说完,大家一阵融洽的笑声,纷纷赞成道:"是的,是的。说得对,说得对。"因为他提到学生念书的事儿,周炳听了,更加带劲儿,心里面悄悄说道:"你看,还是咱二哥行。"在那一阵低沉的人声之后,周炳看见陈文雄挥动起他那两只特别长的胳膊,沉着有力地说:

"这就是为什么人才那样可贵!为什么青春那样可贵!咱们有能力,有青春,有朝气,那是锐不可当,无坚不摧的!咱们看三十年之后吧!到了一千九百五十一年,也就是到了后半个二十世纪,那时候,三家巷,官塘街,惠爱路,整个广州,中国,世界,都会变样子的!那时候,你看看咱们的威力吧!世界会对着咱们鞠躬,迎接它的新的主人!"这一番话把大家说得更加踌躇满志,纷纷表示赞成。一直到现在为止,周泉和陈文娣这两位少女都是并排坐着,听着,满脸绯红,像喝醉了似的傻笑着,对于哥哥们的事情,一直没有插嘴。这时候,周炳看得出来,她们之间大概发生了什么事情了。陈文娣年轻一点,正要从座位上站起来,周泉年长一点,拼命使劲拽住陈文娣,不让她站起来打扰那些正在以天下为己任的中学毕业生们。可是表妹的身体结实,劲儿又大,她哪里拽得住呢?眼见得陈文娣一下子挣脱了表姐的手,用一种非常美丽的姿势跳了出来,她那雪白上衣的前摆在夏夜里飘动了一下,迅速地,服帖地落在那黑色的短裙上面。她像唱歌似的说道:

"大哥,你说得多好呵!你叫人多么兴奋呵!可是咱们该从哪里着手呢?要挽救咱们可爱的祖国,我宁愿牺牲一切。为了自由,为了幸福,我什么都可以不顾。可是我该做些什么呢?"陈文雄和张子豪听着,没有作声,差不多同时举起手去解开了白斜纹布制服领子上的扣子。天气实在太热,他们的领口都叫汗水打湿了。周泉埋怨表妹过于冒失,拿那双白帆布胶底鞋轻轻顿着地。周榕瞪着有点愕然的眼睛望着她。何守仁连忙奉承地接上说:"对呀。陈君年纪虽小,极有见地。咱们应该从何着手呢?"李民魁一直站着,没有回到座位上,这时候,他觉着自己应该出来说几句话,他说了:

"依我看,咱们应该大大地来一番破坏工作。把旧的政府,旧的社会,旧的家庭,旧的人格,通通给它一个彻底摧毁,让世界上的一切都尽情解放!旧的不破坏,新的不生长。咱们应该像巨人一样,像罗马王尼罗一样,踏着旧世界的废墟前进!"说完了之后,他慢慢地坐下来。他觉着自己的话说得很响亮,没有什么遗漏。可是其他的人却没有强烈的反应。不久,张子豪就开口了。他说:"李大哥的话,用意是极高的。见解是极透辟的。可惜得很,我说实话,一般人却不容易理会得。依我之见,不如依照咱们大总统孙文的主张去做。那就是:先统一两广,然后北伐。祸国殃民的人都是拥有实力的,你不先用军队打掉他的实力,说什么他也不听。这倒不是因为孙文是我的同乡,我对他就有什么偏袒。"按照在学校时候的惯例,有事情总是李民魁、张子豪、何守仁三个人带头的。李、张是因为年纪较大。何守仁年纪虽最小,但是勇于任事,所以其他的人都让他。这时候,他觉得那两个人的办法都不好,对陈文雄、周榕谦让了一下,就提出自己的主张道:"哪里的话?张君做人,是极其公正的,哪有偏袒之理?依我的愚见,北伐虽好,一下子却不一定见效。吴佩孚、张作霖、张宗昌、孙传芳,都是了得的军事家。人家有多少军队,咱们有多少军队?再说人心厌乱,一时也不会有人来响应。我看还是大家努力仕途,发抒伟略,凭着咱们的才干,掌握着政府的实权,把中国造成世界一等强国,恐怕容易得多。那些武人虽不会治国,但是爱国却不假的。咱们拿出真本领来,抗强权,除国贼,不怕他不用,也不怕他不依!"陈文雄见大家谈得高兴,也不甘落后,就紧接着说:"大家的谋略都很高明,但是事情太大了,只怕一时也张罗不来。我看咱们最好还是先来振兴实业。开工厂,办银行,修铁路,买洋船,和世界各国进行商战。在这商战的世纪,落后的一定招人欺侮。像何君的尊翁这样的殷实人家,只要出来振臂一呼,是没有哪个有心人,会不乐于响应的!这样,咱们大家都有正经事可做了。"周榕越听越不受用,觉着大家越讲越离题。他是一个老实人,既不会说话,又不敢得罪大家,因此只得赔着笑脸,试探着说道:

"好了,好了。一套治国大纲,一个晚上就都定出来了。可是讲到从哪一点着手的话,我还斗胆,有个左道旁门的意见说一说。依我看,当今最要紧的事情是办好工会。为什么这样说呢?分两个方面:一方面,我认为要挽救中国,工会是个最强大的堡垒。过去的事实可以证明,督军也好,洋鬼子也好,他们不怕学生,不怕军队,单单怕那工会。咱们拿几年前安源煤矿的罢工,拿去年粤汉铁路的罢工来看,就都可以证明。咱们一定要把工会拿在手里,才谈得上安邦治国。一方面,目前的劳工生活也太苦了。他们大都过着牛马式的非人生活,一定要有工会来替他们争一争待遇。不然,只怕咱们的理想虽然远大,可是到咱们把中国治得富强起来,他们已经等不了啦!自然,这还得李大哥和表姐夫领着头干,咱们好跟着走。正是斯人不出,如苍生何!大家不妨想想看。"

李民魁和张子豪还没说话,何守仁就抢先驳斥了。他使唤恨恨的,不友善的调门说道:"那怎么使得?那怎么使得?周君虽然有仁人志士的心肠,但是太偏颇了,太过激了!"争论一起,大家就七嘴八舌地吵嚷起来。这一下,可把个周泉给急坏了。她是一个那样好心肠,只爱快乐,不爱忧愁的少女,最怕看见别人争吵。况且这些男子们的理想,她觉着都是好的,都是对的,也看不出有什么争吵的理由。她只是埋怨陈文娣不识好歹,千不该,万不该,竟在这样一个充满人生意义的、伟大无比的晚上挑起大家的不和。这巷子里正在人声鼎沸,热闹非常的时候,陈家的铁门缝里伸出一个小小的人头来,一条短辫子在脖子下面摇摆着。这是小姑娘陈文婷。周炳立刻看见了她。她向那铁匠学徒点了两下头,又缩回铁门里面去。那男孩子敏捷地离开了自己的座位,沿着短围墙快步走着,一溜烟钻进了陈家的花圃里面。谁也没有注意他。

68

周炳一进院子,只见里面的电灯把满院的花草照得玲珑明亮,陈文婷站在茉莉花丛前面,两只脚跳着,两只手举到肩膀那样高,一齐向他召唤,嘴里说:"来呀,来呀。快来,快来。"他一高兴,跳上前去,两手紧紧抓住她的手,问道:"干什么了?干什么了?"可没提防陈文婷满脸的笑容忽然都消失了,嘴巴忽然想哭似的扭歪了,脸色都变苍白了,嘴里喃喃说道:"阿炳表哥,你怎么这样不讲规矩?人都那么大了,还捏手捏脚的,人家看见了不说咱们不懂礼法?我不跟你那区桃表姐一样,像她那样的人家,随便你怎么胡来乱来都可以。我可是讲究这些个的!"周炳自问无他,就脸讪讪地放下了手,说:"阿婷,你这是说到哪里去了?我可没有一点坏念头呀!"陈文婷搓着自己的衣角说:"你有什么念头,你自己知道。可是你要想跟我好,你就正正经经地来!"周炳知道她的脾气变幻无常,好也好不了多久,恼也恼不了多久的,就和她耍笑道:"你看你那旧礼教,还敢和男人要好呢!你没看见你大哥怎样搂着我大姐的腰走路?我大姐才配得上叫自由女。你不配!"陈文婷嗤地笑了,说:"我不配?我才配呢!你正正经经搂着我的腰走路,我也敢!"周炳鼓起他那双顽皮的大眼睛,说:"你敢?咱们现在就到惠爱路去走一转!"陈文婷没法了,就说道:"算了,算了。我不跟你胡缠了。我要告诉你,三姐已经答应了。她也每天分一半点心钱给你。"周炳搔着他那剃光了的圆脑袋。想了一想,就摆着手道:"不。这事儿还慢着。我还得问问爸爸。"陈文婷说:"行了。还问什么呢?我这就去把钱给你拿来!"她说完就跑了回去,周炳也从花圃里退了出来。

外面的景况也变了。那些穿着一色雪白制服的中学毕业生都离开了座位,在巷子当中站着,因为争论激烈,都显得有些冲动。

那两个白衣黑裙的姑娘毫无主宰地站在一边。后来还是那个子长长的周泉,为了珍惜这幸福的时辰,扭动着她的细瘦的腰肢,挺身出来调和道:"可以了。各人的志向都已经说清楚,谈到这里就行了。我看所有的事情都是好的,都是应该做的,只等咱们将来一件一件去做就是了。现在,大家看看,今天晚上还该做些什么吧。咱们永远都不要忘记这个晚上!"她的建议立刻获得一致的赞赏。空气立刻和缓下来,后来又立刻变为融洽而且愉快,像他们刚从欢送会的会场里走出来的时候一模一样。陈文雄甚至十分欣赏地说:"瞧吧,咱们要是没有了小泉,就不知道要浪费掉多少宝贵的生命力!"后来大家就开始商量今天晚上怎么办。最初,张子豪提议组织一个永久性的学会。大家研究了一下,觉得学会虽然好,但是范围窄了一点,麻烦又多,因此兴致不高。后来何守仁提议大家换帖,结为异姓金兰,将来在社会上彼此提携,可以施展抱负。周泉和陈文娣连声叫好,李民魁望着陈文雄,没作声。可是周榕认为这件事用意虽好,到底带点旧封建色彩,不太相宜,大家也就再没坚持。最后,陈文雄拿主意道:"这样吧。既不搞学会,也不用结拜兄弟,咱们就来一个当天发誓吧。我想了一下,不知道可不可以用这样的誓词。"大家都没有作声,等他把誓词说出来,他念道:

"我等盟誓:今后永远互相提携,为祖国富强而献身。此志不渝,苍天可鉴!"

他念完之后,登时响起一片掌声。李民魁说:"陈君这几句话,词清义明,用意远大。寥寥二十八个大字,把大家的意思都包括得一点不剩,佩服,佩服。"何守仁立刻自动举起右手,照那誓词念了一遍。跟着其余几个人也模仿何守仁的样子,把誓词逐个念过了。周泉、陈文娣两人,不消说是满心欢喜,就是站在一旁看热闹的周炳,也觉得怪有意思。最后念完誓词的张子豪说:"盟誓完了。想个什么办法留下个永久性的纪念呢?"经他一提醒,大家就重新议论纷纷起来了。

九　换　帖

　　大家商量的结果,都认为最好的办法是每人用纸把誓词写下一张来,每人在这五张誓词上都签上名字,然后交换收藏。这样,一来有换帖的意思,二来可以留做永久性的纪念,万一将来有谁口不对心,大家还可以互相对质。商量已定,李民魁问大家道:"咱们还是明天写好再拿来交换呢?还是今天晚上就写?"大家异口同声地说:"打铁趁热,今天晚上就写!"但是到哪儿去写呢?却又煞费思量了。本来何家的地方最雅静宽敞,纸笔也讲究,可是何守仁爸爸何应元性情孤僻,不爱吵闹,这么多人拥进书房,怕他见怪。何守仁因此不敢开腔。陈家地方,客厅更加富丽堂皇,可是没个写字的地方,纸、笔也不方便。陈文雄因此也不好开口。剩下周家,老铁匠人倒随和,纸、笔也有,就是地方浅窄肮脏,不像样子。周榕因此也就不好意思开口。后来商量来商量去,还是选定地点在周家,何守仁回去拿纸、笔、墨过来,陈文雄回去拿茶壶、茶杯,并带些上好茶叶过来。周炳帮助何守仁去拿纸、笔、墨砚,周泉帮助她大表哥去拿茶具,各人分头行事,剩下的人跟着周榕,挤进周家那竹筒房子的神厅来。这神厅大约丁方丈二,在这一类建筑物里本来是不算小的,但是由于居住在这里面的神灵太多,几十年来随手放着、挂着、吊着在这里面的物件用具等等也不少,就显得非常湫隘。正面神楼上供着祖先牌位,放着香筒、油壶,神楼前面吊着一盏琉璃灯,如今还点燃着,灯芯发出吱吱声和细碎的爆裂声。神楼之下是一幅原来涂了朱红色,近几年来已经褪淡了的板障,板障之前放着一张长长的神台,神台之上供着关圣帝君的图像。神台下摆着一张八仙桌,桌子底下供着地主菩萨。神厅左首进门处,在墙上的神龛里供着门官神位,神龛两旁贴着对联,写道:"门从积德大,官自读书高。"门官之下,有一眼水井,井口用一个瓦坛子堵着,井旁又有井神。神厅大门上,还贴着"神荼、郁垒"一对门神。这许多神灵都集中在这个厅堂里,看来是有点拥挤不堪。大家进来之后,周榕扭亮电灯,陪李民魁坐在北边的竹床上,对面南边竹椅上,张子豪和陈文娣两姐夫姨子分坐在一张竹几的两边。灯也不亮,也没事儿可干,大家就闲聊着。

不一会儿,人都来了,东西也都拿来了。亏周泉想得到,她还带了一个一百支光的大灯泡过来。她的热情是叫人感动的。她一放下东西,立刻带着周炳到厨房里去烧水冲茶。她大哥周金在石井兵工厂做工,不回家住。爸爸、妈妈早睡下了,也不管儿女们的事。这周家就变做高朋满座的临时雅集了。周榕换了灯泡,整个神厅照得通亮。大家喝过茶,把八仙桌子搬到神厅当中,磨好墨,铺开纸,一个挨着一个地写起来。这时候,神厅里除了周榕、周泉、周炳、陈文雄、陈文娣、何守仁、李民魁、张子豪等八个人之外,又来了张子豪的夫人、陈家大姐陈文英,陈家三小姐陈文婕,跟何家的小妹子何守礼,她们听说周家有新鲜事儿,就都走过来看热闹。陈文英今年二十三岁,在这些人当中,年纪最大,身体瘦弱,个子很高,一张尖长脸儿,上面嵌着一个小巧的嘴巴和一个精致的鼻子。她一声不响,心疼地望着她的弟弟妹妹们和她的丈夫在干着一桩有意思的、出色的事情,感动得几乎流出泪来。陈文婕年纪虽小,也刚刚够得上了解这样的盛举。她躲在一边望着,仿佛在努力不叫人发现自己。只有那年纪才四五岁的何守礼不懂得这件事有多么隆重的意义。她跪着竹椅,趴在桌面上,一面看人家写字,一面和周炳挤眉弄眼。如今这神厅里的气氛,对她说来是过于庄严,过于肃穆了。她觉着很不舒服,觉着大家的脸色都很沉重。她不明白为什么写字还得绷着脸儿。想说话,又不敢说话;想走,又不敢走。好容易挨到写完了,大家稍微舒松一点儿,她这才长长地透了一口气。为了礼貌,也为了买好陈家,何守仁向大家提议道:"文英大姐也是中学毕业生,同时还是咱们的老前辈,怎么不请她也写一张呢?"大家都赞成,只有张子豪不作声。陈文英说:"算了,别拿我开玩笑。何君真会做人,面面周到。可我呢,头脑旧了,养过两个孩子了,不在你们这个节令上了。我拿什么跟你们排班呢?"正说笑着,门外走进一个工人打扮,矮矮胖胖,圆头圆脸的人来。他的面貌神气,有点像周铁,又有点像周榕,只是年纪比周榕长一点。他就是这里的大哥哥周金,在石井兵工厂做工,每次从厂里坐火车回家,总是这早晚才到家的。他一进屋,大家都站了起来。他一面让大家坐,一面听周榕给他讲明原委。才听了几句,好像他就全都明白了。他一面放下手里提着的小藤箧子,一面豪爽地大声笑着说:"好极了,好极了。你们读书人就是有意思,会转念头。大家坐,坐!"他走到八仙桌前面,伸出手来,打算拿起一张誓词来看。可是他的手指头太粗了,抓来抓去都抓不起一张那样薄的宣纸。他把手指头伸进嘴里蘸了一点吐沫,打算把那些薄纸粘起来的时候,陈文雄开玩笑说了:

"大表哥,别粘了吧。那不是有现成的纸,你也来写上一张吧!"

周金并不生气,反而哈哈大笑道:

"你瞧,真是一行归一行,一点也错不得。你叫我拿大锤,我拿得动,可是这张鬼东西,你别瞧它又软又薄,可就是拿不动!"

小姑娘何守礼听了,乐得从心眼儿里笑出声来。大家又说笑了一阵,就商量这些誓词,怎么换法。这倒是个难题。谁跟谁换,一时决定不下来。论有钱,该数何守仁;论有面子,该数陈文雄。谁跟他们换呢?各有各的想法,可是说不出口。周金看见他们为难,就开口建议道:"你们聪明人怎么又糊涂了?拈阄不就对了么?谁年纪最大?对,老李,你先把你自己的拿开,闭上眼睛拈一张,然后把你自己的重新放进去。你拈到了谁,谁就是下一个,这不就成了么?"大家一想真成,就照周金的办法行事。听说大人们也要拈阄,何守礼更加乐了,小嘴巴只是张着,合不拢。拈阄的结果,是李民魁拈了何守仁的,何守仁拈了张子豪的,张子豪又拈了李民魁的。三人拈定,剩下陈文雄、周榕两个,不用拈,互相交换了。礼成,大家鼓掌祝贺。李民魁想恭维陈文雄两句,就说道:

"你们瞧,陈君表兄弟俩换帖,真是亲上加亲!"

大家又是一阵哄笑。陈文雄得意扬扬地拿眼睛望了望周泉,她的白净的长脸马上羞红了,把头幸福地低垂着。周榕也高高兴兴地拿眼睛去看陈文娣,她却是六神无主地拿眼睛望着门官神位。何守仁看见这种情景,心中痛苦万分。他的脸变苍白了,嘴巴也不自然地扭歪了。正在这个时候,门外有个小姑娘的声音低声叫唤着:

"阿炳,阿炳。"

周炳一听就知道是他表妹陈文婷叫他,很不高兴地离开这动人心魄的场面走了出去。他一见陈文婷,就气嘟嘟地说:"叫我什么事?你可知道我这里着实忙着哩!"陈文婷也有点不高兴地说:"我在外面等你多久了,只是不见你伸出头来。你忙什么?"周炳就和她并排儿坐在枇杷树下,告诉她,那些大哥哥们怎样发誓,怎样写帖,怎样拿周金取笑,后来又怎样换帖,谁跟谁换了,最后说到"亲上加亲"。陈文婷听得很出神,最后听到"亲上加亲",就啐了一口,说:"就数那大头李坏,老没正经!"周炳连忙分辩道:"话也不是那么说。人家说表兄弟换帖呢,不是多了一重了么?"陈文婷轻轻笑了一笑说:"蠢人!表兄弟可以换帖,表兄妹能不能够换帖?"周炳大模大样地笑着说:"可以是可以。只是我不跟你换!"陈文婷说:"谁跟你换?你别不害羞!"周炳说:"不换就拉倒。"陈文婷也接上说:"拉倒就拉倒。可是我问你:中学生能换,小学生能换不能换?"周炳说:"怎么不能?只怕你不会写字。"陈文婷说:"写不来,不会拿嘴巴说么?"周炳一想也对,就同意了,教她说道:

"你瞧我。这样站着。举起右手。不对,不是这只手。是那只手。这样子,你念吧:我对你赌咒,我们一定要永远提携,为中国的富强而……"

陈文婷说错了。她说成:"我们一定要永远富强,为中国的提携而……"周炳气极了,一面骂她:"你怎么尽傻头傻脑?"一面挥动那抡大锤的胳膊,把那小姑娘举着的手给打下来。陈文婷正要发作,只见从周家敞开着的大门口钻出一个小小的人影儿来。那是何家的小女孩子何守礼。她在周家神厅里看完了热闹,觉着有点瞌睡,见那些大哥哥还在龙马精神地说话,她也听不出味道,就打了两个哈欠,悄悄溜了出来。一出门,因为里面的灯光太亮了,只觉着一阵昏黑,似乎掉进了一个无底洞里。到她定了定神,看清楚那是两个小哥哥姐姐在学大人样子的时候,她又乐开了,不想睡了。她快步上前,指着陈文婷说:"羞,羞。老鼠偷酱油!女孩子家背着人,悄悄跟男孩子赌咒!"陈文婷想不到有人窥探,登时不好意思起来,直拿脚顿地。周炳举起拳头威胁何守礼道:"你再说?看我揍不揍你!回去,不许你在这里耍!"何守礼并不害怕他的恐吓。她缓缓地退到陈家门口对过的石头凳前面,在那盏街灯的下面坐下来,眼睁睁地望着他们,一句话不说。这里,周炳好容易把宣誓的内容和形式都教会了陈文婷,最后平安无事地度过了整个仪式。何守礼因为没有人理睬,就独自一个人在那里宣起誓来。等大家都办完了正经事,周炳搓着手道:"好了。这会儿咱们干什么好?"陈文婷也想不起该干什么,恰巧有一个卖豆腐花的老头儿挑着担子,敲着铃铛走进三家巷来,在他们面前当地响了一下。她就说:"说了那么老半天废话,口都渴了。咱们来吃豆腐花吧。"老头儿给他们舀了两碗。周炳说:"再来一碗。"陈文婷说:"为什么?"周炳不答话,等豆腐花舀好了,浇了糖浆,就给何守礼端过去。那小家伙愣了一阵子。按何家的家教,她不该吃街上卖的东西,更不该吃别人胡乱给她的东西。可是她如今十分想吃豆腐花,那又香又甜的、滑溜溜的嫩豆腐叫她心神飘荡,结果她端起小碗,一口气咕噜噜地喝了下去。吃完豆腐花,照例是陈文婷来付钱。一掏钱,她才想起口袋里还装了许多银角子。那是她和她三姐陈文婕两个积攒下来的点心钱,凑起来准备送给周炳明天去交学费上学的。等那卖豆腐花的老头儿挑起担子,敲着铃铛走了之后,她才掏出那些银角子,有双的,也有单的,一共有十几二十个,递给周炳道:"阿炳表哥,你拿着,明天上学校报个名,邀我一道去。"无论如何,周炳这回是真正受到了感动。想起他自己过不几天就要离开那打铁铺子,离开他爸爸身边的手艺活儿,重新背起书包,当真和大家一起上学,他的眼泪就忍不住流出来了。陈文婷双手捧着银角子,顽皮地笑着催他道:"快些接住吧。人家的胳膊都发酸了。还要我下跪么?"周炳正想伸手去接,忽然想起爸爸刚才说过他不愿意向陈家借钱,就把手缩回来了,说:"不,我不能要。我得先问准了爸爸。"陈文婷生气了,她瞪大了那双小而圆的眼睛,使唤威胁的口气说:

"你如今到底是要,还是不要?你说个一刀两断!"

"不要!"周炳并不害怕威胁,坚持地这样说:"我不能要。"

只见陈文婷把手一扬,那些银角子丁零当啷地落在麻石铺成的地堂上,到处乱滚。她把脑袋一扭,一枝箭似的蹿回家里去了。周炳没法,只得垂头丧气走进神厅,打算把这件事告诉他二哥。可是神厅里如今正在谈论着一件重大的事情,李民魁正在慷慨激昂地对大家说:"咱们的抱负只不过是咱们的抱负。目前整个世界,还是没有一片净土!三家巷就是咱们的圣地。愿咱们的三家巷永远干净!愿世界都变成咱们的三家巷!当心着:你一步踏出了这条巷子,就有一个活地狱在等着你!为了这件事,我整天是义愤填膺!恨不得……唉!……"处在这种情况之下,周炳觉着自己的事情太小了,插不上嘴。

外边,何守礼正蹲在地上,不声不响地把那些银角子一个一个地拾起来。她的小哥哥何守义从半开着的趟栊慢步走出来说:"阿礼,怎么还不回来睡觉?爸爸叫你呢。"这何守义是何家的二少爷,今年九岁,身躯瘦弱,面无血色,一举一动,好像都没有一点劲儿似的。当下何守礼听见哥哥叫唤,就站起来回答道:"我帮炳角哥拣银角子。炳哥明天要上学呢!"何守义说:"他上学不上学,要你管?"妹妹听得哥哥没好声气,就也丧谤他道:"我要管,怎么样?"哥哥说:"偏不许你管!"妹妹说:"偏要管!偏要管!"何守义没法了,就跑过去捆了她一巴掌。何守礼是受得了委屈的人?当下就扯住哥哥的衣服不放,号啕大哭起来。拾起来的银角子又重新掼到地上,咕噜噜直滚。看来事情像是没个了局。

一〇　姐弟俩

铁匠周铁下了狠心,要把自己现下所住的房子卖掉,供周炳念书,好让他长大了深通文墨,明白事理,说不定将来也能像何五爷那样,捞个一官半职,光大门楣。周杨氏却舍不得这幢竹筒式的破烂平房,两人一时拿不定主意。她对周铁说道:"你自己的产业,你要卖就卖,我也拦不定你。只是你要想清楚,想透彻,免得将来又后悔。阿炳本来念书念得好好的,是你叫他不念了。怎么现在又变了心肠?"周铁点头承认道:"不错,是我又改变了念头。你瞧咱们门官神位两旁那副对子:'门从积德大,官自读书高'!咱们积德也积了不少了,就是读书还读得不多。阿炳这孩子傻里傻气,又蠢又笨,打铁不成,当鞋匠也不成;做买卖不成,放牛也不成。说不定读书当官儿,还有几分指望呢!"周杨氏一想也是,可总舍不得房子,就说:"话虽然说得不错,可是没见官,先打三十板。你卖了房子,指望他去当官儿,总觉着不大牢靠。房子一卖出去,要买回来可难呐!"周铁笑着说道:"妇道人家的见识!"

周家的房子要寻买主,自然最好还是去找陈万利。第一,他那房子本来就向陈家押了钱使;第二,周、陈两家是亲戚;第三,周、陈两家是紧隔壁,不先问问陈家要不要,在人情、道理上也说不过去。陈万利听说周家要卖房子,也就暗中和陈杨氏商量过这件事儿。论住房,他家是不缺的,但是他家缺了个花园。按陈万利的意思,把周家的房子拆掉,和这边打通,做个花园,倒也可以将就使得。陈杨氏觉着把自己亲妹子的房子买来拆了,给自己做花园,恐怕别人会说话,因此一时也定不下来。

有一天,陈文雄约周泉去逛荔枝湾。他俩租了一只舢板,顺着弯弯曲曲的水道,向珠江的江面上划去。两岸的荔枝树长得十分茂盛,刚熟的荔枝一挂一挂地下垂着,那水中的倒影漂亮极了,就像有无数千无数万颗鲜红的宝石浸在水里的一样。陈文雄坐在船头,背向着前方,脸对着周泉,使劲划着。周泉也是脸对着陈文雄,坐在船尾,用桨有时划两下,有时斜插在水里,掌握着前进的方向。陈文雄眼睛都不眨一眨地看着她,把她看得怪不好意思,就低下了头,注视着树荫下的墨绿色的水面。这样过去了一分钟,又一分钟,又一分钟,陈文雄还是既不眨眼,又不说话地看着她。她窘极了,就说:

"密斯忒陈,我想我不久就要搬家了。"

陈文雄用英文说了一句话,那意思是:"为什么?多么耸人听闻的和不可思议的,像是真实又像是幻想的奇迹呀!"跟着又低声念了一首短短的英文诗,那大意是说老家的风光多么美丽,老家的回忆多么甜蜜,要离开那里,怎么也舍不得。一抹阳光从荔枝叶缝里伸出来,斜斜地掠过周泉的脸蛋,陈文雄看见那上面有泪水的闪光,就着急地用英文催问她道:"告诉我吧,我的安琪儿,究竟发生了什么事儿了?"

周泉好像不胜重压似的,气喘喘地说:"咱们的房子要卖了!"

陈文雄不说英文了。他在船头大声问道:"为什么要卖呢?不卖不成么?"

"不成。"她胆怯怯地回答了。

"卖给谁?"他又大声问。

周泉用一只手掌着桨,那一只手捂住脸说:"卖给你爸爸。"

陈文雄受了侮辱了。他觉着比别人当众掴了他一巴掌还要难过。他急急忙忙地否认道:"没有这回事!不,我完全不晓得!陈家买了周家的房子?笑话!我宁愿把我所住的三层楼洋房,全幢都奉献给你,连一片瓦也不留下!"往后,他们也不划船了,让那只小舢板随着微风,飘过一个湾又一个湾。当天晚上回家之后,陈文雄就向他爸爸陈万利严肃地提出了这个问题。他慷慨陈词,认为他们要买房子,哪怕把整个广州市都买下来,也没有什么相干,就是周家的房子,可万万动不得。不只他们自己不能买,也不能让任何别的人买去那幢房子。陈万利和陈杨氏见他来势汹汹,不想在这个时候惹他,就问他该怎么办。陈文雄要他们把周家的房契、押单一起退给周铁,从前使过的银子一笔勾销,另外再送给周家一百两银子。陈万利这几天正碰上一桩高兴事情,心里很快活,因此一口就答应了,当堂把房契、押单拿出来,交给陈文雄,要他拿去还给周家。只是那一百两银子,后来他只给了五十两。剩下那五十两,陈文雄没有追问,大家都忘记了,也就算了。周家的众人看见陈万利忽然慷慨仗义起来,都十分惊异,那不用说。就是陈文英、陈文娣、陈文婕、陈文婷这几姊妹,都有点摸不着头脑。只有陈杨氏一个人清楚:那是因为她家的住年妹阿添今年满了十八岁,前几天陈万利把她提升了一级,任用做正式的使妈。陈万利为了这桩事,着实高兴。

那一天晚上,周炳和爸爸收工回家,见神厅坐着妈妈和姐姐两个人。神厅里和那天哥哥们在写誓词的时候一样,在神楼上面点着琉璃盏。电灯没有开,显得非常昏暗。她俩好像在商量一桩什么严重的事情,见他两父子来了,就住了嘴。周炳经过他姐姐面前的时候,还看得出她脸上有一种又骄傲又快活的神情,一直没有消散。他回到"神楼底"自己的房间,拿了干净衣服和毛巾去冲凉。周泉见爸爸回来了,也就悄悄走回她自己的睡房里。她如今举一举手,走一步路,都是那样得意扬扬地充满了幸福的感觉,这一点,连周铁也看出来了。等周泉回房之后,他就问周杨氏道:

"怎么了?又出了什么喜事了?"

周杨氏也喜不自胜地说:"她陈家大表哥告诉她,从这个学期起,他愿意把她的学费担起来。他要阿炳也去上学。要是去,他就把她姐弟俩的学费全部担起来。阿泉正在和我商量这件事。"

周铁用手搔着脑袋说:"他家才退了咱们的房契和押单,又送了咱们五十两银子,如今又逐月贴补;这样重的人情,咱们怎么受得了?"

周杨氏点头附和道:"这也是实情。可文雄那孩子,倒是仗义疏财,一番美意,不像他爸爸那样。人家是诚心诚意的,咱们要是不受,反而显得是咱们不近人情了!"

周铁露出满脸的感激之情说:"你说得也是,你说得也是。难为文雄那孩子,待咱们这样好心。谁说民国的世界就一定没有古来的世道了呢?怪不得那些年轻人整天在讲自由、平等,说不定这就是自由、平等的意思了吧!"

周杨氏忽然像她年轻时候那样子甜蜜蜜地笑起来道:"叫作自由平等,还是叫作别的什么,我一点也不懂得。只是大姐往常总爱说这世界上已经没有一个好人,倒是不确实的了。她自己的儿子就有这么好的禀性,她自己也还不知道呢!"

周铁说:"是了,我说你的傻劲又要发作了。人家大姨妈说的是世界上那多数的人,又没有说个个都是坏人呐!"

周炳冲完了凉,走进姐姐房间,问周泉道:"姐姐,你为什么只管乐,像是喝了门官茶一样的?"周泉忍不住心头的喜悦之情,一手将周炳搂在怀里,嘴上的笑意还未消散,说:"姐姐怎么不高兴呢?姐姐浑身都是高兴!从今以后,你姐姐能够继续念书,你自己也能够继续念书,不用再去打铁了!陈家大表哥答应全部供给咱俩的学费,你说欢喜不欢喜!你要知道,读书跟不读书,那可差得远呐。读了书,你就是上等人;不读书,你就是下等人。你愿意做上等人,还是愿意做下等人?"说完了,还只管迷迷痴痴地笑。周炳从来没有听见过他姐姐说话的声音像今天那样好听。他望着她那绯红的笑脸,顺着她道:

"我愿意做上等人。可是……"他踌躇了一会儿,心里还在盘算是否真有那么一回事。周泉看出他的心事来了,就说:"怎么,这件事儿太不平凡了吧?你不相信么?好兄弟,你该知道:咱们所处的时代是一个伟大的,又令人惊奇又令人痛苦的动乱时代,不可想象的事情,往往就在你的身边发生。你以为是做梦,想不到却是真的!"周炳仍然半信半疑地说:

"姐姐,我相信你说的话。可是大表哥为什么要帮助咱俩呢?"

"为什么?"周泉重复他的语气说,"我可没有想到过这个为什么。也许是由于一种同情心的驱使,也许是包含着一种冲破贫富界限的远大理想,也许是一种崇高的人格在发生作用,也许是一种见义勇为的侠士心肠,也许是一个伟大的人道主义者的普通行为,也许什么也不是,仅仅只是一个美丽的谜。"

周炳在心里想,他的姐姐一定已经成了一个极有学问的人,要不她说的话怎么这样难懂。他望着周泉那张像喝醉了的、长长的、纯洁的脸,一声不响地发起呆来。果然过不了几天,周炳就回学校里念书去了。他自己满心欢喜,那是不用说的。周铁、周杨氏、周金、周榕,总之周家全家,也都是非常高兴。特别高兴的是陈家四小姐陈文婷,她天天跟周炳一道上学,只等着别人来笑她"小两口子"。何家大少爷何守仁瞅着机会就结结实实地把陈家二小姐陈文娣全家恭维了一番,说她有了这么一个仁慈的家庭环境,真是一种天生的幸福。她把这意思对大姐陈文英、三妹陈文婕说了,大家也十分高兴。慢慢地,周炳和姐姐周泉一天比一天更加亲热,对陈文雄也一天比一天更加爱慕起来。陈文雄觉着周炳比从前乖了,懂事了,每逢和周泉出去玩乐的时候,就把周炳也带上一道去。这个时候,周炳也觉着陈文雄是一个漂亮的人,是一个有学问的人,是一个热情爽快,又聪明又有见识的人,就不知不觉地对他的语言行动,都渐渐模仿起来,心里头只想着自己将来长大了,也要变成像他那样一个人才好。在这大家都兴高采烈的时候,只有何五爷何应元有一次在催问陈万利给他说区桃做妾侍的事儿当中,夹杂了一句不中听的话。

"你倒好,"何应元对陈万利说,"五十两银子就给儿子买了一个漂亮媳妇!"

陈万利虽然得意,却用责备的语调反击道:"看,看,看!你们读书官宦人家,世兄别见怪,怎么说出这般下流的话来!"说完了,两家相对着微笑。

一千九百二十一年的十月九日,正是旧历的重阳节,又是星期天。陈文雄想到这一年真是广州的太平年,孙中山做了非常大总统,战争只在广西进行,广州倒是出奇地安静,就动了个登高游玩的念头。他买了许多油鸡和卤味,又买了不少面包和生果,约了周

85

泉,带上周炳和陈文婷,那一天大早就动身,去逛白云山。他们出了小北门,走过鹿鸣岗和凤凰台,踏着百步梯,缓步登上白云山的高处。到了白云寺,他们看了看佛像字画,又看了看集的欧阳询所写的"怡云"两个大字,喝了茶,签了香油钱,就到寺门外面去眺望风景。这天天气极好,暑热刚刚退去,凉风慢慢吹来,太阳照着山坡,连半点云雾都没有,从高处望下去,可以望到很远很远的所在。有几十万人在那里忙碌奔走,在那里力竭声嘶地吵吵嚷嚷的省城,如今却驯服宁静,不像包藏着什么险恶的风云。珠江围绕着大地,像一根银线一样,寒光闪闪。周炳和陈文婷高兴得你追我,我赶你,满山乱跑。陈文雄忽然觉得万虑俱消,飘飘然有出世之感,就叹一口气说:"嘻,这真有诗意!"随后又用英文低声念了什么人的一些诗句,但是周泉并没有留心去听。她这时候觉着自己正站在整个地球的尖顶上,一切人都趴在她的脚下,她满足了,她知道什么叫作幸福了。逛了好一会儿,他们才下山往回走,沿着百步梯,弯弯曲曲地在山谷里转。后来,他们又到双溪寺去看了一会儿,才找了一座上下一色、全用白麻石砌成的古老大坟,在那地堂上坐着野餐。周炳和陈文婷哪里有心思去吃东西,只把面包掰开,胡乱塞上些肉呀什么的,就拿在手里跑开,去摘野花,拣石子玩儿去了。这里陈文雄看见周泉兴致很高,忽然想起一件事儿,想趁这机会和她说一说,就用试探的口气说道:

"爱情是伟大而崇高的,又是自私和残忍的,是么?"周泉不明白什么事儿,就把面包从唇边拿开,一面咀嚼一面说:"是呀,真是这个样子。"陈文雄把身体更向她靠近一些,一半是恳求、一半是威胁地说:"小鸽子呀,我的小鸽子呀,你知道我多么爱你,多么想完完全全地整个占有了你!我要用我的双手,把我自己的谷子喂饱你,让你为了我而更加美丽。只要我有一次看见你吃了别人的谷子,我的心就碎了,我就疯狂了。我完全不能够让别人的谷子,经过别人的手送到你的嘴里,而你却吞了下去。妒忌会撕碎我的心,会使我立刻就疯狂。一定会的!"周泉不明白他的用意,就用眼睛望着天空,不作声。陈文雄继续说道:"你为什么那样傲慢,不睬我?我要求你笑就对我一个人笑,说话就跟我一个人说话,走路就跟我一个人走路,总之,除了有我在之外,你就是一块不说、不笑、不动的石头。你能够答应我么?"周泉还是不明白,就说:"我不懂你的意思,一点也不懂。如果照你这么说,我自己还存在么?我还有个性么?我还有独立的人格么?"陈文雄说:"小鸽子,你要知道,爱情的极致就是自我的消失。从来懂得爱情的人都能够为爱自己的人牺牲自己的幸福。这就叫作伟大。"周泉轻轻摇着头,说:"按那么说,我应该……"陈文雄立刻接上说:"对,对。你个人的意志应该服从我们共同的意志。你的一举一动都应该得到我的同意。哪怕是看电影、吃冰淇淋那样的小事!"周泉这时候才明白了,原来陈文雄是指的最近她同何守仁去看了一次电影,吃了一次冰淇淋的事儿,她的脸唰的一下子绯红起来了。

"那不过是普通的社交,"她低声地、含含糊糊地解释道,"社交公开不是你极力主张的么?况且他不是别人,还是你的拜把兄弟呢!"

陈文雄非常固执地说:"社交公开是一回事,爱情又是一回事。我从来没说过爱情也可以公开。至于说到何守仁,那样势利卑鄙的小人,还是不提他为好。他对你既不存好意,对二妹也怀着歹念头。"

周泉很生气地说:"你太冷酷了。我保留我的看法,我保留我的权利。"

陈文雄盛气凌人地扭歪脖子说:"小鸽子,你过于傲慢了。这对你自己没有什么好处。就是对你周家全家也不会有什么好处。你要想清楚。"

周泉受了很重的打击。她的身体摇晃了一下,脸上立刻转成苍白。一对雄伟的山鹰,振着翅膀啪啪地掠过他们的头上,一阵微风送过来一片云影,石头缝里的小草轻轻地摇摆不停。周泉一声不响,浑身打战地站起来,也不告别,一脚高、一脚低地往山下走。周炳发觉了这种情形,飞跑前来,攥上了她。陈文婷拉着她哥哥的衣服,一个劲儿追问究竟。走到山脚下,周泉站着喘气,周炳就问她怎么回事,她余怒未消地说:

"不用说了。他干涉我的自由,还侮辱我的人格,还侮辱了咱们全家!"跟着把刚才经过的情形,一五一十地告诉了周炳,还叮嘱他不要对别人说。周炳听了也很冒火,就安慰他姐姐道:"我还当他是个侠义之人,原来也是一个坏东西。有钱的少爷没有一个好的!咱们回家去,不理他,让他跪在咱家门口三天三夜,也不理他!"周泉万般无奈地点点头说:

"对。咱们不理他!"

姐弟俩继续往家里走,谁都没有说话。可是走了半里路,周泉就停下来,眼巴巴地往回望。周炳不好催她,只有闷着满肚子气,站在路边等候。周泉望了半天,不见一个人影,就叹了一口气,继续往回走。这回没有走几步,又停下来了。周炳问:"累了么?"她说:"累极了。"就这样走走停停,停停望望,可始终没见个人影儿。来的时候兴致冲冲,回的时候清清冷冷。不知道陈文雄是坐在石头坟上不动呢,还是绕另外的道路走了,他们姐弟俩一直回到家,还没见他赶上来。周泉失望了,悲伤了。回到家里,也不吃饭,只是睡觉。周杨氏着了慌,怕她撞了邪,得了病,追问周炳,又问不出个究竟,急得不知怎么才好。一天过了,没见陈文雄来。两天过了,没见陈文雄来。三天过了,还是没见陈文雄来。周泉当真病了,连学校里也请了假了。周炳看见她这个样子,很替她担心,可是也没有什么法了。

谁知一个星期之后,有一天周炳和陈文婷放学回家,在三家巷口却碰上陈文雄和他姐姐周泉成双成对地往街上走,看样子怪亲热的。等周泉回家,周炳把她拉到神楼底自己的房间里,避开妈妈的耳目问她道:

"姐姐,你们怎么又好起来了?是他赔罪了么?"

周泉说:"没有。是我去找他了。"

周炳吃了一惊,连忙追问道:"你服从了他的专制了?"

她的眼睛红了,声音发抖地回答道:"我服从了。那有什么关系呢?自古说:'小不忍则乱大谋',不过是些小事情,也犯不着因小失大。"

一向老实和气,不容易发火的周炳生气了。他十分粗鲁地说:"你怎么那样没有志气?你失什么大?"

姐姐抚摩着他的刚刚留长了的头发说:"你年纪还小,你还不懂得这些个事情。俗语说,'穷不与富斗,富不与官争'嘛。你不懂这些个,因此你这几年做了不少的傻事情,不少的傻事情,哦,真是的,不少的傻事情!你跟老师闹翻了,你跟剪刀铺子东家闹翻了,你跟干爹、干娘闹翻了,你跟鞋铺子的小老板闹翻了,你跟药店掌柜的闹翻了,最后,你跟那管账的也闹翻了。他们纵有不是,可他们都是社会上的体面人物嗄!番薯、芋头,也没有个个四正的——

看开一点就算了!"

"屄头!"周炳恶狠狠地骂了一声,把周泉骂得哭起来了。从此以后,周炳整天跟爸爸、妈妈吵嚷,闹着要退学,要回到剪刀铺子去打铁去。

一一　幸福的除夕

平常的时间过得快,动乱年头的时间过得更快。还来不及计算打了几回仗,谁上了台,谁下了台,一下子就过了四年。大人们老了,孩子们长大了。一千九百二十五年一月底,旧历除夕那天晚上,皮鞋工匠区华一家人,正在吃团年饭。他忽然感慨万端地放下酒杯,对他的老婆区杨氏说了一句话。这句话说得很简短,但是说得那么斯文,简直使举座为之惊奇。他说:

"日子这个东西,简直像只老鼠。你望着它的时候,它全不动弹;可是你拧歪脸试试看,它出溜一下子就溜掉了。不是这样么,老伙计?"

老伙计笑了。其余的人都笑了,他自己也笑了。在桌上吃饭的,除了他俩是四十左右的中年人之外,其他两个女儿、两个儿子都是十几二十岁的年轻人,笑得搁下饭碗,掏出手帕来擦眼泪。大女儿区苏,今年二十岁了,是个熟练的手电筒女工,笑得很开心,但是还有点矜持。二女儿区桃,今年十八岁,在电话局里当接线生,人家都不叫她本名,只管她叫"美人儿"。拿省城话来说,就叫作"靓女"。她笑得恰合身份,既是无忧无虑的开怀大笑,又显得妩媚又温柔。第三是儿子区细,今年才十六岁,在一间印刷所里当学徒。他笑得前仰后翻,差一点儿坐不牢,摔在地上。小儿子区卓,才十一岁,在家里跟着学做鞋。他本来还没听懂什么意思,只是跟着大家笑。区华望着这一群儿女，又望着他的能干的老伙计，那车皮鞋面的巧手女工，就不管自己说的话是错是对，从心里面生出一种无边的乐趣。

区华这种感慨是有所指的。他想到自己家里，也想到住在三家巷的那两个连襟，周铁家和陈万利家，不过他嘴里没说出来。当初杨家老丈人把三个女儿陆续嫁给陈家、周家和他区家的时候，也是经过了一番挑选，斤两都差不离儿的。可是大姨妈跟着大姨爹先发了，享了福了，儿女穿鞋踏袜，粉雕玉琢的一般。二姨妈跟着二姨爹，前几年光景不大顺坦，这几年做工的做工，读书识字的读书识字，也看着要发起来了。只有三姑娘嫁到南关珠光里他区家，如今还得起早睡晚，做一天吃一天，儿女们也都没有半点文墨。幸亏他的老伙计那门手艺还不错，他在这一项上还夸得上口。这样，他虽比不上他那两家连襟，也就心满意足了。

说实在话，这四五年的变动也真大。单说周家：周铁的头发和满嘴的络腮胡子都花白了；周金右手的大拇指叫机器给轧扁了；周榕当了小学教师；周泉中学毕了业，在家里闲住着；周炳也从小学毕了业，如今在中学念书了。照区华看来，这就好像大家都在匆匆忙忙地奔赴前程，而他自己就老是对着那钉皮鞋掌的铁砧子，一点也不动弹。说到陈家，这几年更加锦上添花，叫别人连正眼都不敢望一望：陈万利越老越结实，生意也越做越大；大小姐陈文英当了军官太太；大少爷陈文雄当了洋行打字；二小姐陈文娣当了商业会计；三小姐陈文婕、四小姐陈文婷都在大学、中学念书。要是加上何家的何守仁读大学，何守义读中学，何守礼读小学的话，区华给他们算了一下，在三家巷里面，如今就有两个大学生，八个中学生，两个小学生。三家人的孩子个个念书，不能不说文昌帝君的心有点不公正。就算周金念书不多,可他总算念过正经的学堂。区家跟他们比起来,那是"八字都没有一撇"呢。区家三代都没进过学堂,也都没开过蒙,没拜过孔夫子。如今还算区桃自己争气,有了电话局一份工,晚上抽点休班的时间,自己买了些课本、簿子,请她表弟周炳教着认识一两个字。区华觉得日子过得快,觉得社会上确实发生了一些新的事情,就是这些了。至于社会上还发生了一些别的什么事,为什么许多人都兴高采烈地吵吵嚷嚷,刘震寰、杨希闵跟莫荣新、邓本殷有什么不同,蒋介石和陈炯明有什么差异,他就弄不大清楚,也没有心思去多管了。团年饭刚吃过,区桃换上一件浅蓝镶边秋绒短上衣,一条花布裙子,带上区细、区卓两个弟弟出门去了。周榕夹着几本小书,穿着黑呢子学生制服,从外面走进来。他最近正在帮助区苏她们组织工会,常常夹着些既不裁开又不切边的小书来,和她谈天,又和她一道出去找她那些工友。这个晚上,周榕看来心情特别好,他向大家问过安,没有马上到区苏房间里去,却在那皮硝味儿很浓的大厅里,紧挨着区华坐下来,东拉西扯地闲聊着,区苏也陪坐在一边。区华一面抽着生切烟,一面打着饱嗝,说:

"阿榕,如今这世界,到底是好了些了,还是坏了些了?"

周榕连想都不想就回答道:"自然是好得多了。"

区华轻轻摇着脑袋说:"何以见得呢?仗还要打。捐税还要缴。柴米油盐,一分银子都不减。"周榕热心地解释道:"三姨爹,那些事可不能急,慢慢会弄好的。咱们现在要革命,要打倒那些万恶的军阀,要打倒那些侵略咱们的帝国主义。等到那个时候,日子就会好起来的。"区华说:"那倒不错,可是你们拿什么去打倒人家呢?人家可不是空着手站在那里等你们打的呀!"周榕理直气壮地说:

"不错,咱们目前力量还差一些。可是俄国人会来帮助咱们的——孙中山已经同意了。现在有一股浪潮,正在用无比的威力推着全国民众向前冲,军阀和帝国主义虽有枪炮,是再也挡不住的!三姨爹,你想想看,全国的党派都到广州来了。这些不是力量么?像我大哥,他是共产党。像我的同学李民魁,他是无政府主义派。像表姐夫张子豪和文雄表哥,他们是国民党。像同巷子住的何守仁,他是国家主义派。这些党派都是了得的家伙!"鞋匠向他摆着手说:"好了。够了。别再往下宣传了。我问你:那无政府主义派如果坐了天下,政府没有了,所有的钱粮捐税都归谁得?"周榕笑着回答道:"那不过是理想中的事儿。"区华拍着手笑着:"着呵!我就晓得那不过是你们年轻人理想中的事儿!"说完他就走开了,剩下区苏陪着她表哥谈天。看看快到十点钟,周榕露出要走的样子,区苏舍不得他走,就说:"再坐一坐有什么相干?还早着哪。横竖年三十晚了。"周榕望一望她那张白净瘦削的、纯洁无瑕的脸,也有点舍不得走。但是想起表妹陈文娣和他有约在先,还是非走不可。几分钟之后,周榕带着负疚的心情在头里走,区苏带着迷惘的神态在后面送,两家都不说话。出了珠光里,到了永汉南路,区苏站住了。她过分用力地握了握她表哥的手,说:"你说了许多话给我听。有时想起来仿佛都是对的。可有时呢,又觉着不那么对。我该怎么办?"周榕没有回答清楚,不太愉快地分别了。他没有走双门底、惠爱路回家,却走了大市街、维新路、臬司前、贤藏街折进师古巷,准备上他舅舅杨志朴家里去坐一坐。谁知走到杨家门口,却遇着他表弟杨承辉恰好从屋里走出来,说是要去找区苏上街逛去。他知道杨承辉心里很爱区苏,可是区苏却不太喜欢他,就对他说道:"老表,我忠告你一句,你对姑娘们不能像对男人们那样暴躁,那样不耐烦,那样不留余地,懂么?"杨承辉匆匆忙忙地答道:"表哥,你真是我的知己!"说完就走掉。周榕这时候也不想进杨家了,就顺着师古巷横过四牌楼,走进云台里,又从忠襄里走出陶街,尽走一些小路。在陶街碰上一群逛街卖懒的少年人,那就是区桃、区细、区卓、陈文婕、陈文婷、何守义、何守礼和他弟弟周炳八个人。他只对陈文婕问了一句:"你娣姐在家么?"陈文婕挤眉弄眼地回答了一句:"不知道,你不会自己瞧去!"也没有多说话,就走过去了。在朝天街口,他又碰见了陈文雄和他妹妹周泉,两个人手臂扣着手臂在惠爱路上走,说是要逛公园去。他十分心急地一面走,一面搔着脑袋自言自语道:"怎么,真是不夜天了呀!"

不多一会儿,陈文雄和周泉两个走进了第一公园。他们向左拐,在音乐亭后面不远的地方,找着那张坐得惯熟了的、绿色油漆的长椅子,两人紧挨着坐下来。这地方灯光不太亮,也不是没有灯光。他们彼此只看见对方的身影,却看不清对方的面目。——没有比这里更好的去处了。陈文雄一只手围住周泉的斜削的、没肉的肩膀,一只手随意插在西装外衣的口袋里,感到非常幸福。周泉也不作声。她那半眯的眼睛望着那疏星点点的、黑沉沉的天空。轻微的寒气在花木之间流动着。她感觉得到坐在她身旁的男子那种混合着烟草气味的、身体上面散发出来的暖气。后来,陈文雄说:"泉,五四运动到现在,已经过去六年了。你的斗志还坚决么?打倒礼教,提倡欧化,解放个性,男女平权,你对这些还有劲头么?"周泉说:"当然。为什么不呢?"陈文雄说:"是这样:我觉得你二哥阿榕是真正要革命的,可是——"周泉抢先说:"你自己呢?你不是沙面罢工胜利声中的英雄人物么?"陈文雄说:"我自己自然也是真心真意,可是李大哥、大姐夫、何守仁他们,我看就难说。我也举不出确实的凭据。"周泉想了一想,就说:"人有时也得看环境,很难个个一样齐心。人家当了党官、军官、大学生,都是青云直上的人物,比你们这些洋行打字、小学教师,自然就不同一些。比方拿我自己来说,我又不能升学,又找不到职业,我真担心自己在社会上是不是能够保持独立平等的地位!"陈文雄说:"你怎么又傻起来了?有职业,不一定有独立平等;没职业,不一定没独立平等。在我的灵魂里,你永远是尊贵的,独立的,平等的,庄严的。"周泉嘻嘻地、满足地笑着,眼睛因为受了感动,充满了眼泪。陈文雄又说:"自然,你的生活应该有些变动。如果你想升学,我负完全的责任;如果你想组织一个幸福的新家庭,我也不敢有半点异议。"周泉的心突突地跳着,低声问道:"你呢?你怎么说呢?你知道,你说一句话,比我想三天还要来得清楚。"陈文雄说:"要按我的想法,我觉着咱们应该向新的乐园跨进一步。咱们果然能够创造一个最新式的家庭的话,这件事本身就是一个革命的、大胆的行动!咱俩会更加幸福,更加热烈,更加充满人生的勇气!"说到这里,他们热烈地互相拥抱起来了。他们热烈地吻着,说着幻想的、美妙的诗句,周泉的泪水沿着发烧的脸颊淌下来……

  这时候,在三家巷陈家的楼下客厅里,完全是另外一种场面。陈文娣完全像一个成熟的少女,雍容华贵地坐在那种棉花和干草做垫子的安乐椅里,她身上那件黑色的、闪光的薄棉袍,把她脸上的愠怒和恐惧映照得更加鲜明。何守仁在她磕膝盖前面的地板上缩成一团,好像一只受伤的野兽,也分不清他是在坐着,蹲着,还是跪着。挂钟滴答滴答地响。忽然之间,何守仁从地板上跳了起来,像和敌人骂阵似的说:"你还不开腔么?你还是那样残忍么?你要把我的心撕成碎片么?你要把我的生命整个儿毁掉么?你对我连一点点怜悯也没有了么?"这种腔调完全不是平日那种矜持、老成、悠闲、永远立于不败地位,像俗语所说,"永远站在赢的一边"的大学生何守仁的腔调。他的瘦小的身体,因为暴躁而更加瘦小了。那脸上的五官,也紧紧地收缩到一块儿去了。陈文娣除了感觉到威胁和厌恶之外,丝毫感觉不到别的什么有趣的东西。她一声不响地瞪大眼睛望着那求爱的男子,她那两只手藏在衣袋中,紧紧握着拳头。幸亏在这个紧急的危险关头,周榕推门进来了。何守仁看见有人来,立刻恢复了平时那种恬淡的尊严脸孔,对陈文娣说:"祝你新年快乐幸福!"说完,弯腰深深地一鞠躬,旁若无人地走出去了……

　　陈文娣立刻把手伸给周榕,气喘吁吁地说:"榕表哥,快来!他……压迫人家!不,怎么说呢,我像是做了一个噩梦!多么可怕呵!"周榕赶快跑上前去,紧紧抓住她两只冰冷的手,用温存的眼光望着她那张椭圆形的脸,看见她左边眼皮上那个小疤还在可怜地颤动着。陈文娣借着她榕表哥的力,从安乐椅上站了起来,把他的手拉到自己的胸前,说:"你看!在这里。它跳得多么凶!"周榕右手半搂着她的肩背,左手轻轻按住她的心窝,立刻感觉到她的心扑通扑通地,果然跳得十分厉害。他说了一些安慰她的话,把她搂紧一些,用嘴唇去亲她的前额。她温柔地抬起头,半睁着那棕色的眼睛,像喝醉了似的望着他。他俩深深地接了一个吻。这时候,才听见挂钟又滴答地走起来。远处,不知哪些人家已经稀稀疏疏地燃起爆仗来了。陈文娣把脑袋藏在周榕的胸前,藏了好一会儿,才抬起半边脸说:"表哥,春天已经到了。咱们该怎么办呢?"周榕低声回答着:"要是你爹不反对,咱们该结婚了。"她说:"是呀。爸爸也不一定就反对到底的。你叫你妈跟我妈讲。她们是嫡亲两姊妹,好说话。"表哥诚恳地问道:"你坚持么?"这句话虽然问得老实,但在表妹听来,却有点迂腐,不得体。当下她就笑着回答道:"我不坚持?什么叫作新女性?难道我不懂得什么叫作自由么?我不爱自由么?"说着,他两个分坐在两张安乐椅上。周榕沉醉在快乐的、勇敢的春宵里,一声不吭,只顾拿眼睛看她。陈文娣在心里自己问自己道:"你究竟是爱他,还是感激他?或者仅仅是他的举止稳重大方,博得你的好感?难道你对于何守仁,真是一点也不喜欢么?"因为对自己提出的这些问题,自己竟然回答不上来,她于是开始觉着茫茫然了……

区桃、区细、区卓、陈文婕、陈文婷、何守义、何守礼、周炳这八个少年人一直在附近的横街窄巷里游逛卖懒,谈谈笑笑,越走越带劲儿。年纪最小的是区卓跟何守礼,一个十一岁,一个才八岁,他们一路走一路唱:"卖懒,卖懒,卖到年三十晚。人懒我不懒!"家家户户都敞开大门,划拳喝酒。门外贴着崭新对联,堂屋摆着拜神桌子,桌上供着鸡鸭鱼肉,香烛酒水。到处都充满香味,油味,酒味,在这些温暖迷人的气味中间,又流窜着一阵阵的烟雾,一阵阵的笑语和欢声。这八个少年人快活得浑身发热,心里发痒。转来转去,转到桂香街,却碰到了另外一个年轻人。他叫李民天,是常常在三家巷走动的那李民魁的堂弟弟,和陈文婕是大学里预科的同班同学,年纪也一般大小,今年都是十九岁。他一看见陈文婕,就长长地透了一口气,站住了。大家望着他,他一面掏出手帕来擦汗,一面说:"你害得我好找!不说假话,我把每一条小巷子都找遍了!"陈文婕只是嗤嗤地、不着边际地笑。大伙儿再往前走,李民天和陈文婕慢慢落到后面;一出惠爱路,借着明亮的电灯一看,他俩连踪影儿都不见了。陈文婷噘着小小的嘴巴说:"咱们玩得多好!就是来了这么一个小无赖。咱们不等他了,走吧!"走到惠爱路,折向东,他们朝着清风桥那个方向走去。马路上灯光辉煌,人行道上行人非常拥挤,他们这个队伍时常被人冲散。有一次,区桃站在一家商店的大玻璃柜前面,只顾望着那里面的货物出神。那货柜可以说是一个国际商品展览会,除了中国货以外,哪一个国家的货物都有。周炳站在她后面,催了几次,她只是不走。陈文婷和区细、区卓、何守义、何守礼几个人,在人群中挤撞了半天,一看,连周炳和区桃都不见了,她就心中不忿地顿着脚说:"连周炳这混账东西都开了小差了。眼看咱们这懒是卖不成的了。咱们散了吧!"区细奉承她说:"为什么呢,婷表姐?咱们玩咱们的不好?"陈文婷傲慢地摇着头说:"哪来的闲工夫跟你玩?我不想玩了!"说罢,他们就散了伙。区细、区卓两个向东走去,陈文婷、何守义、何守礼朝西门那边回家……

周炳和区桃两个人离开了货柜,其余的人都找不见了。周炳正在暗中着急,忽然看见区桃那张杏仁脸上,浮起两个浅浅的笑涡,十分迷人。他知道她是使了金蝉脱壳之计,就笑着说:"阿桃,你倒聪明。"区桃拿那双细长的眼睛灵活地扫了他一眼,说:"学生还能比先生更聪明么?"凭着这迅速的、闪电似的一瞥,周炳看清楚了她的细长的眉毛:弯弯的,短短的,稀稀疏疏的,笼罩着无限的柔情和好意。周炳感到舒服,就更加靠拢一些,低声问道:"咱俩现在该怎么办才好?"区桃被他吸引着,也更靠近他一步,简短回答道:"表弟,随你。"到哪里去还没有定论,他们只顾信步往前走,你望着我,我望着你,不说话,也不分南北东西。在区桃的眼睛里,也没有马路,也没有灯光,也没有人群,只有周炳那张宽大强壮的脸,那对喷射出光辉和热力的圆眼睛,那只自信而粗野的高鼻子,这几样东西配合得又俊、又美、又匀称、又得人爱,又都坚硬得和石头造成的一般。走了一程,周炳提议道:"咱们逛花市去。"区桃说了一个字:"好。"这真是没话找话说。他俩哪里像是去逛花市呢?花市在西关,他俩如今正朝着大东门走去。又走了一程,两旁的电灯逐渐稀少了,区桃就提醒周炳道:"表弟,你看,咱们敢情把方向闹错了。"周炳挥动着他的葵扇般的大手说:"没有的事。走这边更好!"实际上,他们从大东门拐出东堤,沿着珠江堤岸走到西堤,又从那里拐进西关。也不知道走了多久,就把这广州城绕着走了一圈。到了花市,那里灯光灿烂,人山人海。桃花、吊钟、水仙、蜡梅、菊花、剑兰、山茶、芍药,十几条街道的两旁都摆满了。人们只能一个挨着一个走,笑语喧声,非常热闹。周炳看见人多,怕挤坏了区桃,就想拿手搂住她的腰。没想到区桃十分乖巧,她用手把周炳的手背轻轻打了一下,嘴里像相思鸟低声唱着似的说道:"你坏!"又拧回头对他用天生的、特殊的魅力露齿一笑,就往前跑,一眨眼就像一只野兔钻进稻田里去似的,跑得无影无踪了。在这乱哄哄、人头汹涌的花市里,这大个子周炳显得十分笨拙,他自己也知道,要想钻进人缝当中去追赶区桃,可不是一桩轻便的事儿。他努力向前赶,出了满头大汗。撞了人,赔不是;掉了鞋,拔不起——闹了多少笑话,可哪有半点影儿!

一二　人日皇后

"人日"那天的绝早,医科大学生杨承辉就起了床,急急忙忙地洗脸,刮胡子。他曾经和他的姑表兄弟姊妹周榕、陈文雄、区苏等人约好,今天要到郊外去短足旅行。同时他和他父亲杨志朴最近发生了一些政治上的争论,也急于到三家巷去找人谈论谈论,所以天不亮就醒了,再也睡不着。那杨志朴一直居住在四牌楼师古巷,现在已经成了归德门一带很有名气的中医生。他最近主张不管段祺瑞提倡的善后会议也好,不管共产党和国民党坚持的国民会议也好,只要使得中国不打仗,他都赞成。这一点,他的大儿子,今年才二十岁的杨承辉,大为反对。今天他的心情特别畅快,收拾停当之后,区苏和区桃就来叫他。三个人一同在书房里吃了稀粥和煎萝卜糕,一同出门,往西走去。到了三家巷,太阳才出来一会儿,那边也起得早,人都在忙着了。还差一年就要毕业的法科大学生何守仁穿着整齐的厚呢子制服,满脸晦气,没精打采地坐在东墙根的石头凳子上,好像他并不知道今天有郊游这么一回事。看见杨承辉和区苏、区桃三个人,也只是懒懒地打了一个招呼。杨承辉好容易抓住一个空闲的人,就和他谈论起来道:"我爸爸说善后会议和国民会议都可以,只要中国不打仗。我看这样说可不行吧!"何守仁冷冷地说:"为什么呢?杨大夫是很有见地的。你应该尊重他。况且,多数人也是这么想的。"杨承辉显然是失望了,说:"多数人?

谁？共产党和国民党都反对善后会议。"何守仁嘲笑地说："赫！共产党和国民党可不能算是多数。我爸爸就赞成善后会议。他说，光闹意气不行，得看实际效果。唱唱国民会议的高调，中听倒还中听，只怕一百年也开不成。他很坚持他的意见。"杨承辉急得什么似的问："你同意你爸爸的意见么？"何守仁还是慢条斯理地回答道："也不能说是全部同意。可是我看得出他是有理由的。咱们读书就在于明理。人家有法统，这且不说。你知道我是讲究法律观的。就照你们医家来说，身体极度衰弱的人也能够开刀么？咱们光说段祺瑞不行，只怕咱们当了段祺瑞那一份儿，乱子还要闹得大！"杨承辉乱了，也顾不得去陪伴区苏了，只是连声叫嚷道："算了，算了。咱们没有什么可谈的了！"正嚷着，陈文雄拉开矮铁门走了出来。杨承辉恭恭敬敬地站起来道："大表哥，今天还上工？人日呀！"陈文雄穿着崭新的翻领洋服，没有穿大衣，只在洋服里面加了一件英国制造的纯羊毛外套，风度潇洒，又很有身份地微微弯了弯腰，笑着说："我的职业是一种欧洲式的职业。人家洋大人又不讲人日、狗日，有什么办法呢？"杨承辉像掉在水里的人摸着了救生圈似的扯着陈文雄的西装衣袖央求道："你来得正好，你来得正好。你是爱国的。你是革命家。你替中国人争回了人格。你说说你对于善后会议和国民会议的看法吧！"自从去年陈文雄参加了沙面大罢工，并且取得了胜利之后，他的地位就十分醒目。在公司里，英国大班对他显然客气得多，并且总好像要取得他的好感。在三家巷里，他成了一个英雄人物，成了民族的良心。他每一次在政治问题上的发言都带着权威的性质。这时候，他审慎地想了一想，就说："要把问题说清楚，得有时间，改天吧。但是大体说来，我倾向于国民会议。好吧，再见。"最后那四个字，陈文雄觉着中文的分量轻了一些,就在说完了中文之后,又用英文重复说了一遍,才走了。这里,剩下杨承辉得意扬扬地对何守仁说:"听见了么?怎么样?"何守仁不甘示弱,就站起来,摊开两手说:"不怎么样。他的答案是早就料得到的。他没有时间做冷静的思考。但是我不同。我不是狂热的宗教信仰家,我不偏南,也不偏北。"

杨承辉正准备开口,来参加郊游的人都到了,就没有再谈下去。来的人当中,除了区苏、区桃之外,还有陈家大姐姐陈文英、大姐夫张子豪,李大哥李民魁和他的堂兄弟李民天,加上原来在这里的周榕、周泉、周炳、陈文娣、陈文婕、陈文婷、何守义、何守礼两个小孩子,登时把一条三家巷闹得乱哄哄的,又追又打,又说又笑,谁的衣服如何,谁的鞋袜怎样,有人忘了带手巾,有人嚷着带水壶,十分高兴。临出发的时候,何守仁说肚子疼,想不去。陈文娣走到他跟前,说:"你怎么啦?你看大家多么高兴。只当作你赏脸给我好不好?"他才勉强笑着答应去了。这十六个人当中,数陈文英年纪最大,已经二十七岁了,何守礼年纪最小,才八岁,其他多半是二十上下的青年人,个个都是浑身带劲儿的。当下沿着官塘街、百灵街、德宣街,朝小北门外走去。街上的人看见这八个男、八个女那么年轻,又那么兴致勃勃,都拿羡慕的眼光望着他们,觉着他们都是占尽了人间幸福的风流人物。出了小北门之后,他们沿着田基路走进一些小小的村庄,穿过这些村庄,向着凤凰台走去。走在最前面的是李民魁、张子豪、周榕、何守仁、杨承辉、李民天六个人,他们在继续谈论善后会议呀,国民会议呀;孙中山呀,段祺瑞呀;谈得津津有味儿。这些人多半都穿着黑呢子学生制服,有新的,有旧的。只有李民魁在国民党党部里面做事,穿着中山装,浑身上下,都闪着棕色的马皮一般的光泽;张子豪从中学毕业之后,又进了黄埔军官学校第二期,出来当了军官,因此穿着姜黄色呢子军服,皮绑腿,皮靴,身上束着横直皮带。这两个人都十分神气。加上大家谈话,都按着学校里的习惯,彼此称呼某君、某君,只有他两个彼此称呼,都叫"同志",这也使得他们的地位,十分新颖,十分出色。

走在当中的是周泉、陈文娣、陈文婕、陈文婷、区苏、区桃六个姑娘,加上一个小伙子周炳。他的左臂挂着一帆布口袋饼干,右肩挂着一帆布口袋甘蔗,还没有出城,就已经累得满头大汗。这些表姐表妹们都穿着漂亮的新衣服。周泉和陈家三个都穿着短衣长裙,有黑的、有白的、有花的、有素的、有布的、有绒的、有镶边的、有绣花的。区家两个是工人打扮,区苏穿着银灰色的秋绒上衣,黑斜布长裤,显得端庄宁静;区桃穿着金鱼黄的文华绉薄棉袄,粉红色毛布宽脚长裤,看起来又鲜明,又艳丽。在一千九百二十五年的广州,剪辫子的风气还没大开,但是她们六个人是一色的剪短了头发,梳成当时被守旧的人们嘲笑做"椰壳"的那种样式。区桃的头发既没有涂油,又没有很在意地梳过;那覆盖着整个前额的刘海儿,其中有两绺在眉心上叠成一个自然妩媚的交叉,十分动人。她们缓缓地走着,从远处望过去,就不觉得是一群人在走路,而是一大簇鲜妍的花儿在田基路上移动。不知道由于受了男子们的影响,还是由于什么偶然的原因,她们也在争论着一个什么问题,边走边谈,指手画脚,热闹得很。走在最后面的是陈文英大姐和何家两个小兄妹,他们对于青年们的论题也好,对于姑娘们的论题也好,都没有听出味道,就离开大家,拉在后边很远,这里看一看花,那边斗一斗草,倒也自在快活。

姑娘们的争论,是从陈文娣引起的。她在一间郊外茶寮的菱形窟窿眼儿篱笆上看见一张宣传标语,就气嘟嘟地说:"这是什么道理？到处都写着工农兵学商！那工就一定在最前,那商就一定在最后。算是哪道圣旨？"区苏在她近旁走着,就搭腔道:"这不过是人们说惯了罢了,哪里有什么意思呢？"陈文娣睁大那棕色的眼睛说:"没有意思,那就巧了。我把它颠倒过来,说成商学兵农工成不成？"区苏天真地笑着说:"娣表姐,那可不成。人家都不惯。"陈文娣紧接着道:"我说呢。这里面就有道理。不是我爸爸做生意,我就偏帮商人。依我看,商人对国家的贡献不一定最小,工人对国家的贡献不一定最大。"区苏觉着陈文娣不讲道理,就有点生气,声音也紧了,说:"劳工神圣这句话,你也打算推翻么？依你说,就是商学兵农工才对？"陈文娣一想,区家是她三姨家,那一家人全是工人,觉着不好说,就没有马上回答。大家沉默下来,在风和日暖的田野里漫步走着。菜田里是绿油油的一片,稻田里还漫着水,最初来到岭南的春光紧紧跟随着这一群出色的女孩子。一会儿,陈文婷插嘴进去说:"别怪我人小,不知世界。我看论功劳大小来排,应该是学商兵工农才对。学生应该领头。工人要是押尾,也有点委屈。农民虽然人多,但作用不大,又没知识,该掉一掉。"陈文娣说:"这我也赞成。五四运动就是学生搞出来的。带头也成。商人之中,那些有力量、眼光远大的新式商人,其实也都是学生出身的。还有外洋的留学生呢!"区苏说:"就是这样,我还要反对。谁能离开工人的两只手？没有工人,就什么也没有了。"区桃接上说:"我也反对。共产党也好,国民党也好,都承认工人最重要。"后来陈文婕加入了她姐姐这一边,周泉加入了区家姊妹那一边,就旗鼓相当地辩论不休。谁知越辩论越带意气,说话慢慢就离谱儿了。陈文娣赌气地说:"阿苏表妹,反正你说的话,我听来都不对头。你应该多读点书!"区苏也气了,就冷笑一声,高声说道:"这我知道。

娣表姐你饱读诗书,我没法给你争。可是你大人自有大量,何必多余我一个没要紧的人呢?"陈文娣一听,就听出了一些弦外之音,是沾到周榕的身上去了。她也不甘退让,就说:"谁跟你争来?你要是有什么不遂意的事儿,那该怪你自己,怪不得我。我是不屑跟你争什么的!"区桃还没作声,陈文婷就帮上去了,说:"苏表姐的话,反正我到死那天,也不能赞同。"区桃在旁,也接上说道:"大人日的,别说那样不吉利的话。我可是相反,娣表姐的主张,我无论怎样还是反对!"周泉和陈文婕都比较胆小怕事,就齐声劝阻道:"算了吧,谈别的吧。要不就让别人来谈一谈,咱们听一听,多琢磨琢磨。"区桃说:"对。"又拿手让一让到如今为止还一句话没说过的周炳道,"炳表弟,你说一说!"周炳好像很有准备似的,一点也不谦逊就说出来道:"我当过工人,如今又是学生,谁也不偏帮。说老实话,我是工农兵学商派。商人当然不能带头。带了头就出陈廉伯,办起商团来,从英国人那里弄来些驳壳枪,请孙中山下野。这是不行的。学生带头也不行。莫说学生不齐心,就是心齐了,顶多也不过罢课。帝国主义和军阀都不怕罢课,只怕罢工。这一点,这几年还看不清楚么?"陈文娣听了,觉得自己这边占了下风,就高声向前面叫道:"榕表哥,你来!"周榕丢下了善后会议,跑到后边来,听了听双方的议论,就说:"这问题很大。大家要慎重研究,不忙做结论。文娣提出来的疑问是有道理的。商人来领导革命是不是一定不好?学生坐第一把交椅是不是就不行?工人不带头是不是就算不重要?这些题目都很有趣味,值得咱们平心静气,坐下来慢慢探讨。大家知道,陈独秀就主张资产阶级来领导革命,资产阶级不就是商人么?"他说完,就赶到前面去了。周泉拍手笑道:"好呀,好呀。四票对四票,这个议案只好保留了。"陈文娣说:"不对。是五票对四票。你没有把陈独秀的一票算到我们这边来。"提起陈独秀这个响亮的名字,大家就不作声了。

姑娘们继续拨开山光和云彩往前走。路旁的柳树摇摆着腰肢,紫荆花抬起明亮的笑脸,欢迎她们。陈文婷感到胜利的骄傲,就像黄莺似的唱起区家姊妹完全不能领会的英文歌来。走了好一会儿,到快要爬山的时候,前面的男子们停住了。李民魁一面掏出手帕来擦汗,一面兴高采烈地对姑娘们宣布道:"我们六个人一致投票,选出了今天最美丽的姑娘做'人日皇后',她就是区桃!你们赞成不赞成?"周炳问:"皇后要做些什么事?"陈文婷插嘴道:"还没选定呢。你看你急的!"李民魁解释道:"今天的皇后专管游山。到哪里,待多久,食物怎样分配,都归她管。"陈文婷唧唧咕咕地自言自语道:"好大一个皇后,怎么不把婚姻也管上!"她越想越生气,就抢先说道:"我一个人,投一万张赞成票。论人才,除了桃表姐还有谁呢?咱们省城的大街小巷,哪一个不认得'美人儿'?光论相貌鼻子嘴,我倒认真赞成工农兵学商的排班次序呢!"说完,她就不理别人,一个劲儿往凤凰台山顶上冲上去了。她那心灵,刚才不久才叫胜利的喜悦滋润过,如今却又叫突然的失败给扯碎了。她淌着汗,又淌着眼泪。她掏出手帕来,既擦汗又擦眼泪。下面,大家伙儿又愉快又兴奋地往上爬着,享受着这个春节的假日。区桃和周炳紧挨着走,看样子真令人羡慕。她脱去金鱼黄的文华绉薄棉袄,搭在手上,露出里面那件和长裤一样颜色的粉红毛布短褂子来,在温暖的阳光底下,简直就像一朵那种叫作"朱砂垒"的牡丹花一样。她微微喘着气,对周炳悄悄说道:"表弟,你看她们把人欺负成什么样子?"周炳说:"你还不知道么?她就是那种脾气!你不要怪她就是了。"区桃说:"自然,我不怪她们。"说完,又灵慧地笑了。

一三　迷人的岁月

　　他们的学校预定在人日之后三天开一个规模盛大的恳亲会,那天晚上要演出白话戏《孔雀东南飞》。为了这件事儿,陈文婷连日来都烦闷得愁眉不展。早在去年年底,那出戏着手排练之前,周炳就来找过她。周炳这时候虽然只念初中二年级,因为过去停学的缘故,比陈文婷低了两年,但是却被选做学生会的游艺部部长。初级中学的同学当部长,这是破格的事儿。在《孔雀东南飞》的演出里,大家推定他演男主角焦仲卿。陈文婷看见他来,心里就跳了一跳,听说要叫她演戏,心里就跳得更厉害了。她说:"你打算要我演什么角色?"一面心中猜想,一定是要她演女主角刘兰芝。后来她知道是要她演焦仲卿的妈妈——一个恶毒的老太婆,直气得从那深棕色的眼珠子里溅出两颗泪珠来。她冷冷地说:"不管怎样,反正我不高兴演戏!"等到她知道了演女主角刘兰芝的是她的表姐区桃的时候,她对演戏这桩事儿本身,也狠狠地咒骂了一顿,她说:

　　"演戏这个玩意儿,到底算个什么行当?当着这么一千几百人,摸摸捏捏,挨挨靠靠,还有个羞耻?说起话来,尽说些肉麻的话儿,叫人听了,起鸡皮疙瘩!你在戏台上和桃表姐成了夫妇,你将来也能和她当真成为夫妇么?女孩子演上几回戏,不知道要赚来几个丈夫呢!"

　　她骂了这几句,觉着还没有骂够,停了一停,又说:

"人家桃表姐就是比咱们开通,人家是接线生,整天在电话上送往迎来,也不知道要应酬多少男人!怪不得磨得牙尖嘴利,嗓门儿高高的,正好演戏。不是我故意糟蹋桃表姐,人家都说没事儿也要拿起电话筒,找女司机聊天,还可以请看戏,请吃饭,来者不拒呢!"

看见周炳的漂亮的圆脸涨得通红,一声不响,露出使人怜悯的心神不定的样子,她觉着很快活,就继续说下去道:

"你别以为你不作声,可以使别人更加爱你。你不吭气,我就来告诉你吧:整条三家巷都在背后笑你了。你要读书,就得求上进,慢慢从一个下等人变成一个上等人;从没有教养的人变成一个有教养的人。可是你如今还整天跟那些做粗工的'手作仔'混在一起,跟高贵斯文的读书人沾不到一块儿,这不是笑话么?"

周炳点头承认道:"阿婷,也许你说得对,跟他们来往没什么好处。可是他们都是我小时候的朋友,我心里实在爱他们。你要是跟他们来往一下,你也会爱他们的!"

陈文婷说:"少说废话!对于女性,你最好多一些恭维和奉承!"

周炳热情地、没主宰地笑着说:"阿婷,你一辈子就是爱为难我。"

陈文婷说:"我不为难你。你答应我别演戏了吧,答应我吧,唔?"

周炳实在为难起来了。他红着脸,温柔地笑着。他那壮健的身体,到处都显出青年男子的劲头来,好像手呀脚呀都一个劲儿往外长,往大里长,不知会生长到多么粗壮才算数。陈文婷望着他那强硬有力的,像雄马一样的颈脖,就感到说不出的愉快和幸福。只

要周炳这时候能答应她不演戏,她就会跳起来,搂着他,吻他。但是周炳开腔了:

"好妹妹,"他说,"你能够从我的身上拿走我的生命,可是你不能阻挡我演戏。我多么爱演戏呵!"

陈文婷拿眼睛动都不动地望定他,要好好看清楚这世界上最美的动物和世界上最蠢的动物,这最美和最蠢又是怎样结合在一起的。后来,一片云雾遮住了她的视线。她长长地叹了一口气道:

"唉,炳表哥,你多么糊涂呵!"

可是周炳走了之后,她又十分后悔起来。最初,她想,周炳是喜欢演戏的,她自己却表示了相反的意见,这是她自己太笨了。其次,她想,演戏到底是在众人面前露头的好场合,不管演什么角色,都能引起大家的注意。跟着,她就越想越多,越想越深。她想到演刘兰芝的角色不一定就是好。那刘兰芝虽然和焦仲卿结成夫妇,然而最后却是要分离的,这明明是不吉利的谶语。和周炳演夫妻虽是一种快乐,可是和周炳分离却是一种不堪的痛苦。她又想到演焦仲卿的妈妈也不一定就是不好。那恶毒的老太婆虽然神憎鬼厌,可她却具有一种特殊的权利,她能够叫焦仲卿和刘兰芝分开,而焦仲卿只有服从的份儿,这却不坏。她就这么烦闷地想过来想过去,一直想到开场的那天晚上。那天晚上天气很暖和,她穿了一件圆摆白洋布上衣,一条黑洋布长裙,上衣外面披着一件纯羊毛英国薄外套,回学校里去担任招待员。天才黑,剧场里的电灯全亮了,五彩缤纷的观众成群结队地流进剧场。他们来自广州城的各个角落,有工人,有商人,更多的还是学生。陈文婷和每一个认识的人热情地打招呼,让座位,十分活跃。有几个从南关来的周炳的朋友,像手车修理店的工人丘照,裁缝工人邵煜,蒸粉工人马有,印刷工人关杰,清道伕陶华这些青年,都不认识陈文婷,只是望着这位人才出众的姑娘发呆。另外有几个从西门来的周炳的朋友,像年轻的铁匠王通、马明、杜发这几个,他们都是认识陈文婷的,就拿拐肘你碰碰我、我碰碰你,低声谈论起这位陈家四姑娘来。后来周炳的母亲周杨氏和区桃的母亲区杨氏,带着区苏、区细、区卓也来了,陈文婷立刻迎上前去招待他们。区杨氏说:"四表姐,你今天晚上为什么不上台,你要上台,那才算是真漂亮呢!"陈文婷高声大笑道:

"演戏,要能干的人才行,我这么笨,怎么能上台呀?"

她的声音这么高,这么清脆,这么动听,全场的人都听见了,都拧过脸来,羡慕地看着她。说公道话,在舞台前面的幕布还没有拉开之前,陈文婷已经演出了她的第一个戏了。

不久,锣声一响,《孔雀东南飞》正式开场。那时候,广州的观众对于话剧还是多少有点陌生的。他们看见幕布拉开,有一些厅堂的简单的布景,就感到惊奇而且高兴。等到他们看见有一些穿着清朝末年或民国初年的服装的"古人",涂着胭脂水粉,从帘子里大摇大摆走出来,说着广州话,做着一些细碎的动作,他们就有人说像,有人说不像,纷纷议论起来了。最先上场的是焦仲卿的母亲,焦仲卿的妹妹,和一个丫头身份的角色。焦仲卿的母亲完全是丑角打扮,脸上画着红道道,白道道,还贴着两块膏药。她叫观众哄哄闹闹地笑了几场,然后刘兰芝才上来。她一出场,上千的观众都静悄悄地没有一点声音。从观众第一眼看见她的时候起,她的天然的美丽,朴素的动作,温柔的性格,富于表现力的声音,把全部观众的心都给拴住了。她几乎完全没有化装,也好像没有涂过什么胭脂水粉,就是衣服,也是她平常喜欢的那种颜色:金鱼黄织锦上衣,粉红软缎长裤,只是加了一条白底蓝花围裙。额头上留下了一道一寸多宽、垂到眉心的刘海,只是后面装了一个假髻,看来更加像一个少妇。她在舞台上给婆婆斟茶,给婆婆捶背,收拾桌椅,然后坐下来织绢,那动作的干净、自然、妩媚,就好像她在家里操作一样。那女丑拼命地折磨她,打算用过火的滑稽动作和过多的、临时编造的台词博取观众的笑声,但是观众却不笑了。他们看着刘兰芝在受难,听着她在无可奈何的时候,用凄婉动人的声音对那凶恶的婆婆喊道:

"妈……"

他们就十分担心她的命运。那女丑越是滑稽,他们就越是憎恶。他们的心跳得很厉害,喉咙干燥,眼睛发痒,连气都出不出来,在等着解救她的人。陈文婷也是被感动的观众当中的一个,不过她不愿意承认自己受了感动,就经常提醒自己道:"这是剧情的力量,不是演员的本事,也不是她编对白编得好,叫我去演,一样能动人,一样能抓住观众。"周杨氏也悄悄对她三妹区杨氏说:"你听,阿桃喊一声妈,我的心都酸了!"正在这十分紧张的时候,焦仲卿上了场。他穿着湖水绉纱长袍,黑纱马褂,脸上搽了淡淡的脂粉,头上梳着从左边分开的西装,身材高大,器宇轩昂,真是一个雄伟年轻的美男子。区杨氏连忙碰了一碰她二姐说:"快看,阿炳,阿炳!"周杨氏歪着脑袋看了半天,都认不出来了,就惊叫起来道:"什么?什么?这是阿炳么?"旁边的人听见她这么高声叫嚷,不明白是什么缘故,都斜起眼睛望着她。

开头,焦仲卿的举动显得有点生硬,不大自然,不知道是由于不习惯穿那样的服装,还是由于其他的缘故。但是过不多久,他投进了那婆媳矛盾里面,他的感情在起着剧烈的变化,一会儿服从了那不合理的妈妈,一会儿袒护着那贤淑的妻子,他的对话编得矛盾百出,回肠荡气,把观众的情绪引进波涛澎湃的浪潮里,使每一个观众都在心里面叫绝。又过不多久,他写了休书,要休弃那纯洁无辜的刘兰芝,这等于他要亲手杀死他的心爱的妻子。这时候,他表现出了一种潜在的、隐秘的东西,这种东西使得他表面上服从了那吃人的旧礼教,实际上是越来越坚定站在刘兰芝这一边,站在真理的这一边。这使得每一个观众都变成了焦仲卿,都和他一道痛苦,一道悲伤,一道憎恨那吃人的旧礼教。

  随后,戏是一幕一幕地发展下去了。焦仲卿送刘兰芝回娘家,彼此相约,誓不变心。刘兰芝在娘家受了许多欺负,最后叫娘家把她另外许配给别人。焦仲卿听到这个消息,赶去和她做最后的会面,并且约定用死来做最后的抵抗。到这里,他们的坚定的爱情和斗争的意志发展到最高的峰顶。在这一场戏里,他们把互相的爱悦和义无反顾、一往直前的心情发挥到了淋漓尽致的程度。在那刘家的荒芜的后园里,他们没有编很多的话,却表演了很多的动作。这些动作大半是原来的剧本所没有,而由他们创造出来的。正是这些无声的动作,使他们的生命成为不朽。这时候,区桃觉着周炳美丽极了,英勇极了,可爱极了。他的身躯是那样的壮健,举动是那样的有力,面貌是那样的英俊,灵魂是那样的高贵,世界上再没有更加宝贵、更加使人迷恋的东西了。他的全身具有无穷的力量,任何的灾难都不能损害他,随便怎样凶恶的敌人也打不败他。他举头望天的时候,他的鼻子是端正而威严的。他拿眼睛直看着她的时候,他的眼睛黑得像发光的漆,那里面贮藏着的爱情深不可量。他拿嘴唇吻她的时候,那嘴唇非常柔软,并且是热情地在跳动着的。区桃是那样地爱他,觉着分离两个字跟他们连不在一起,谁企图把这个男人从她身边抢走,那不过是一种无知的妄想。而在周炳这边,也有同样的感觉。他也觉着区桃美丽极了,英勇极了,可爱极了。她的身材看来比平时高了一些,腰也细了一些,这使得她更加飘逸。在辉煌的灯光底下,她的杏仁样的脸儿像白玉一样的光润透明。她那狭长的眼睛和那长长的睫毛都蕴藏着凛然不可侵犯的愤怒,而她的哀愁甚至比她的笑涡具有更深的魅力。她的小小的鼻子,小小的嘴,那一绺不事修饰的刘海都表现出她的生命的顽强和她对于自己的将来的信心。周炳和每一个观众一样,感觉到她在战斗着,感觉到她在幸福的预感当中战斗着,感觉到她对于和她一起作战的男子的忠诚的信任。因此,他也和区桃一样,觉着他们一定会获得胜利,觉着一切的黑暗势力都将消失,觉着世界上还没有一种力量强大到能够把他们分开。就在这种感觉里面,他们忘记了舞台,忘记了观众,忘记了自己,使曾经在古代和黑暗势力搏斗过的,现在已经消逝了的生命重新发出灿烂的光辉。戏完了,观众给他们热烈地鼓掌,随后又议论纷纷,又叫着,嚷着,争辩着,许久都不肯离场。陈文婷也对着早已垂下来的幕布发呆——她也服了。

第二天,吃过中饭休息的时候,年轻的铁匠王通和马明都到正岐利剪刀铺子来找杜发聊天。他们不谈别的,尽谈《孔雀东南飞》那个戏。王通说:"唉,这个戏看不得。我一连哭了几场,回家睡觉,做梦还哭醒了呢!"杜发用他的黑手在嘴巴上擦了一下,使得脸上又增加了一道黑,说:"谁叫你这么笨,把做戏都信以为真。"王通说:"我不信你就没哭。"杜发说:"我不过哭了三回,没你这么多。"马明说:"真是呢。我一直对自己说:别傻,那都是做戏。可是眼泪哪里管得住,哗啦啦直往下淌!不过我后来又想,要是我,我可不去死!"杜发说:"你不死,怎么办?眼睁睁地望着别人把刘兰芝抬走?"马明说:"我不会一道逃走!"杜发说:"哪里有地方叫你躲?除非跑到深山野岭去,反正一样,活不成!"王通说:"那些神仙都到哪里去了?用得着他们的时候,偏一个都不在!"正在这个时候,周炳走进店中来了。杜发一见他,就喊道:"白天不说人,晚上不说鬼。焦仲卿,一说你,你就到。当心这里脏,把你的长衫马褂弄坏了!"周炳一拳撞在他的胸膛上,撞得他打了个趔趄,说:"叫你尝点厉害!我才没打几天铁,怎么就见这里脏了?我要是抡起大锤来,只怕你想跟还跟不上呢!"当下大家坐下,又谈起戏来。马明说:"戏还有什么说的?绝了!我不爱看白话戏,可这出不一样。我爱看这出戏,我愿意天天看。我简直分不清你们在那里做戏还是做真。后来,我自己也变成了焦仲卿,跟你一道发愁发恨。我总是想跟刘兰芝一道逃走,走金山,走南洋都好,一辈子都不回来!"周炳同情地笑了一笑道:"现在可以走,古时可不成。要那样办,她就是不贞,我就是不孝,叫差役拿住了,百般羞辱不要说,到头来还落得个碎剐凌迟呢!自然,碎剐凌迟,我们也不怕,就是让那些大老爷高兴,却值不得!你们说对么?"王通拍掌赞成道:"对极了,对极了。说来说去,还是出个神仙好!没人会扮神仙,我去扮也使得!"杜发推开他道:"几时又用得着你?你这不等使的东西!人家区桃表姐不是一个活神仙么?"大家纵情大笑了一阵子,杜发又接着说下去道:"怪不得我们东家说周炳虽有过人之力,却不是一个铁匠。你既然有这样的本领,你就一辈子演戏给咱们大家看,多好!说起戏来,我倒觉着马明说得对:你演得真极了!一直到如今,我还觉着你是一个焦仲卿。我睡觉也看见他,洗脸也看见他,吃饭也看见他。刘兰芝也演得的真。我一辈子也忘不了她!只有一桩不像的,就是那个婆婆。周铁大婶我很熟,却一点不像她那副嘴脸!"大家又乐得哈哈大笑起来。周炳撵着杜发要打,杜发一蹿就蹿出马路外面,周炳跟着后面追,追了半条马路,没追上,才算罢手。

　　晚上,周炳到南关去。在年轻裁缝邵煜的铺子里,他找了邵煜、丘照、马有、关杰、陶华这一伙子人。老裁缝师傅回家去了。他们正在谈得兴高采烈,又谈戏,又谈人,一见周炳进来,更乐得不可开交。清道伕陶华提议打酒,大家都赞成,他从邵煜的碎布箩里找出一个玻璃瓶子,拿起就走。印刷工人关杰跟着走出去,买了一包卤味,一包南乳花生。大家围着裁缝师傅的功夫案板,把酒倒进两只茶杯里,你一口、我一口地喝起来。后来,还是陶华先开口说:"刚才你进来的时候,我们正在谈论你们昨天晚上演的戏。我们都觉着,只有你,才配得上她;也只有她,才配得上你。"周炳放下茶杯,露出那痴呆有余的样子望着陶华,见那清道伕这时候不像在开玩笑,自己的脸唰的一下子就红起来,登时手脚都没处安顿。众人看见他的窘态,越觉着他忠厚可爱了。过了好一会儿,又连连喝了两口白酒,周炳才吞吞吐吐地说:"老朋友,你这话从哪里说起?"陶华笑着,没回答,关杰说了:"依我看,是戏做得好,你做得好,她也做得好,这叫作双绝。要是你做得好,她做得不好,看的人就会说:休了她就休了她,不值得为她痴痴缠缠!要是反过来,她做得好,你做得不好,看的人就会说:这是个薄幸郎,你犯得着为他上吊!两家都做得绝了,这戏就成了真事,没有别的法儿收科了!"陶华说:"你们看,就是咱们印刷工人有字墨。他不单会看戏,而且会批戏。叫我学着说这么一通我也学不上来。"马有也说道:"双绝!双绝!你那么漂亮,她也那么漂亮。"邵煜也说道:"你那么真情,她也那么真情。"丘照也加上说:"难得你那么坚心,她也那么坚心。"

我听看戏的人说:全省城再也找不出这么一对儿了!"周炳叫大家你一句、我一句,说得耳朵根都红了,只好拿些不相干的话搪塞道:"做戏的事儿,原是当不得真的。"陶华说:"自然,自然。做戏的事儿当不得真。戏尽管那样结局,你们两个永远不会分开。我看,你们索性在一起过活吧,像俗话所说的:把天窗拉上吧!"大家拍起巴掌来。于车修理匠丘照抢先说:"要是到了那个好日子,坐汽车我管租车,坐花轿我管定轿,仪仗、吹打,都归我包。我跟他们都熟,很要好。"裁缝师傅邵煜接着说:"那么,凤冠、霞帔、长衫、马褂,喜幛、彩屏、桌围、椅垫,全归我管。"蒸粉师傅马有笑起来道:"既然如此,所有的松糕、大发、糖人、糖马、春果、煎堆、红包、红蛋,理所当然是归我的了。"印刷工人关杰搔着头说:"吃的,穿的,坐的,都有了。该管的,你们都管了。我该做些什么呢?这样吧:我给你们印礼帖,发喜信,登广告,办证书吧!"清道伕陶华喝了一大口酒,说:"想起那年七月七,一晃眼五年了,你打那林什么的开泰却打得好!来,让我再喝一口。那时候咱们大家年纪都还小,我就想过:只有你才配得上她。那林什么的开泰还差得远呢!到了那么一天,我没有别的,只有把从南关起,到西门为止的整条马路,都给你们打扫得干干净净就是了!"大家都叫好,又哄堂大笑起来。周炳恳求道:"兄弟们,别乱说。这里说说不打紧,传到她耳朵里,她就要气坏了。她是受不了一点粗鲁的……"陶华拍着胸膛说:"自然,有谁对她粗鲁,我就跟他拼了!"

在这些赞美的舆论当中,周炳的妈妈周杨氏却另有一番见解。有一天,她对周炳说:"阿炳,你们年轻人,没事做做戏,那倒不要紧。可你们怎么不挑些吉利团圆的出头来演,却演这些苦情戏干吗呢?人们看戏不图个快活?大新正月不图个好意头?何苦弄得来一把眼泪、一把鼻涕!再说,那个做婆婆的,我看就不近情理。世界上哪有这样一个疯婆子?放着一朵花似的一个小媳妇,连心疼都来不及呢,还说去糟蹋她!"周炳对她笑着点头,没有回话。

一四　画　像

　　人日之后的第二个星期天,是旧历正月十五,又是一个昏暗的阴天。年纪约莫五六十岁的陈万利起来很早,也不等老妈子打洗脸水,就从二楼南边他所住的前房走到陈太太所住的后房去,从低垂着的珠罗蚊帐里面叫醒了她。陈杨氏也有五十多岁年纪,一面撩开帐子,一面打哈欠,说:"你又狂什么?大清早的!"陈万利坐在她床边说:"我昨天晚上睡不好,老在翻来覆去想着两桩大事。"陈杨氏说:"是呀,我昨天晚上也没有睡好。前面何家新买来的那个丫头,整整哭了一夜,讨厌死了。"陈万利摆着手说:"我也听见的,真哭得凶。先别管人家家里的闲事,我把那要紧事先对你说吧:我决定要加入国民党了。"陈杨氏一骨碌翻身坐了起来,连衣服都不穿,说道:"你又不是平白地疯了,发什么老瘟呢?孩子们年轻,玩一玩儿也没要紧,你多大年纪了,还出那个丑?"陈万利摇头道:"你三步不出闺门,什么都不懂得。如今国民党看着要当权了,不加入要吃亏的。"陈杨氏不相信道:"没得乱嚼牙巴骨子!你做你的出入口买卖,谁给亏你吃?"陈万利说:"你还没睡醒!官场里没有一点手脚,什么都闹不成功的。人家国民党现在还要做买卖的人,可是北洋派的官僚,像前边何家五爷那样有本事的人,人家还不爱要呢!"陈杨氏说:"你做事别光迷住一边想。人家将来迟早是要共产的。你舍得拿出来跟别人一起共么?不说别的,就是叫你拿出三百块钱和后面周家共一共,你恐怕也要收他的房契。"陈万利点头赞许道:"你所见这点极是。不然我为什么会整晚去想它呢?可是你要知道,国民党如果真正要共产,那咱们加入也好,不加入也好,反正是会共的,咱们也挡不定。不过加入了,好处还是大些:说不定能推迟它一年半载也好。不然的话,就是要共,也能事先透个消息。"陈杨氏穿衣服下了床,不再说话了。她觉着世界又要不好起来,有什么灾祸就要来到,可是她自己又没法抵抗,只好忍耐着,见一步,走一步。一会儿,她丈夫又说了:"你刚才提到周家,我还有句话要说。"陈万利说到这里,用手指一指对门做陈文雄书房的北边后房,低声说下去道:"咱们老大不在书房么?不要他听也好。你在你们杨家三姊妹之中是大姐,是能干麻利的人,是拿得定主意的人,你怎么不晓得咱们三家巷闹出了些什么名堂?什么姑换嫂呀,什么亲上加亲呀,你到底知道不知道?真是枉费了人家还把你叫作'钉子'!我看这钉子是生了锈了,不中用了!"说到这些事情,陈杨氏并不退让,她抗声说道:"我怎么不知道?你别当我是废物!我看见的比你听见的还要多呢!可是我有什么法子?这个世界,人家兴自由。用你管?"她在找什么东西,随房子转。陈万利的眼睛,也跟着她转,像海岛上的灯塔一般,一面转一面说:"怎么不能管?我就要管一管试试看!你去对你二妹说,咱们老大娶她家阿泉还将就说得过去,可是她家阿榕要娶咱们阿娣,那可万万使不得。说老实话,咱们阿娣也是娇生惯养的,周家房没个房,床没张床,连个使妈都不请,叫她怎么过日子?就是自由也没这个由法!"陈杨氏没办法了,只得说:"好吧,我只管去说说看,可你大清早,鬼哭狼嚎嚷什么呢?叫人听了好听!"

吃过早点之后,陈杨氏就走到她嫡亲二妹周杨氏家里来。两姊妹住在紧隔壁,本来可以像一家人一样经常来往的,可是两家都上了年纪了,家事又多,平常都没得闲在一处坐坐。周铁有些怪脾气,不让他老婆过陈家去。周杨氏也觉得自己穿没件穿的,戴没样戴的,一去碰到陈家亲戚朋友在打牌吃茶,映得自己孤饥寒伧,怪没意思,也就懒得去了。陈杨氏进了周家大门,经过周金、周炳同住的神楼底,经过周榕居住的头房,周泉居住的二房,一直走到周铁夫妇居住的后房。周家静悄悄的,好像没人在家。她拉开后房的"趟门",原来周铁也不在家,只有周杨氏正在梳头。陈杨氏说:"哎哟,二妹,什么时候了,大元宵节的,才梳头!"周杨氏比陈杨氏年轻得多,才四十五六光景,一见是她来,就连忙站起身来让座,说:"快坐,快坐。我这就给你烧水去。大姐,你过了年还没来过呢!"陈杨氏说不喝茶,叫她坐下,对她说道:"二妹,你知道不知道,何家昨天又买了一个丫头,说是他大太太外家的人,叫作什么名儿的。唉呀,真作孽!昨天晚上直哭了一整夜。还叫不叫别人睡觉呢?你看讨嫌不讨嫌!"周杨氏点点头:"是呀,大姐。我也影影绰绰听见一声半声。那女孩子要是她外家的人,就一定是从乡下来的。孩子一离开了爹妈,多可怜哪!五爷一家,又不是好相与的!"坐了一会儿,大姐用手指着那隔了个小天井的二房问道:"阿泉在家么?"二妹说:"在什么家?是不是还不天亮就同你们文雄出去了?"大姐说:"说开就说吧,你可听见人家在讲咱们,说是亲上加亲呢!"二妹说:"听见的。怎么没听见?还有好听的呢,说是姑换嫂呢。"大姐说:"那么,你打什么主意?"二妹笑起来道:"你问得好新样儿!我打什么主意?这世界不是兴自由了么?还跟咱们往时一样么?轮得到咱们主张么?"大姐说:"哼,看不出你倒开通!依我看,话可不能这么说。自由也得有个谱儿!同街同巷的,又是嫡亲姨表,别人能不说闲话?"二妹低头想了一想,还是不大明白,就走到后院子厨房里,把开水壶拿出来,替大姐沏了一扣盅六安骨茶,一边问道:"依你说,看怎么办才好? 大姐夫开了口没有?"大姐喝了一口茶,说:"这里没有外人,咱们又是亲姊妹,敞开说了吧。像这样的事情,准要叫人笑话。依我看,我们老大跟阿泉的傻心眼儿,就依了他们算了。我们阿娣跟你们阿榕再这样搞,那可不中。姑换嫂虽是历来都有的事儿,可是一对是表兄妹,两对还是表兄妹,人们不笑话怎的!"二妹哦地叫了一声道:"原来是这样。你们只进不出。你跟你们文娣说说看,我跟阿榕可说不来。他们要是悦意,怎么着都好。"大姐说:"你这个人怎么没点儿主宰! 老实跟你说,阿泉的脾气好,人又和睦,跟我相处得来。可是我们阿娣那脾气,你不是不知道的,她爹把她纵惯了,只怕你骑不住。我是替你想。"二妹不同意道:"哪有这个道理! 文娣哪桩都比阿泉强。我跟她也合得来。"大姐叹了一口气,说:"二妹你可真难缠。你也不想一想,阿泉过我们家,是打楼下挪到楼上,这自然容易;可是阿娣到你家来,那是打楼上挪到楼下,这就成了打边炉跟打屁股,味道全两样了!"周杨氏真是又拙又直,她还坚持道:"大姐,话也不能全朝那么说,有嫌穷的,也有不嫌穷的。文娣不是那样的角色。"陈杨氏没办法儿了。她站起身来,拍着自己的衣服说:"人家说我是'钉子',我倒还不像;说你是'傻子',那是一点也错不了!"周杨氏以为她要回去了,只对她和气地咧着嘴笑,可是一会儿,她又重新坐下了。

前面,周泉和周榕都出去了,周金没"出粮",也不回家,只剩下周炳坐在神楼底他自己那房间里,拿图画纸和铅笔在画着什么。陈文婷忽然走过来,拉开他的趟门,又不走进去,只探进一个脑袋,望着他说:"炳表哥,快出来看。何家又买来了一个小丫头。小得那个样子!比阿礼大不了一点点,好像还要吃奶哩。"周炳嘴里说:"何家已经用了三个使妈,还不够!"一面放下纸笔,跟着陈文婷走了出去。有几个小孩子在巷子里燃爆仗。一个是何守义,一个是何守礼,还有一个十一二岁的女孩子,他好像有点认得,又好像认不得。他向那小女孩子招手道:"你过来,你叫什么名字?"那女孩子听见有人叫她,先就吓了一跳。到她看清楚那是一个大手大脚的高大男人,她就认出来他是从前在震南村给何家放牛的炳哥哥。她哭了,又连忙退后几步,用身体紧挨着陈家的矮围墙。何守义替她回答道:"她叫胡杏,是我妈的侄女儿。昨天才打震南村来,要在我们家住几天。"周炳听说是胡杏,也呆住了,一时说不上话来。那女孩子听见她表哥说出她的名字和乡下的村子,登时惊慌万状,好像有什么祸事临头。那小小的圆眼睛闪露出黄金的光泽,那尖瘦的下巴像小牛牯似的磨动着。她的脸上没肉,罩着一层饥饿的青黄色的薄皮。身体又瘦又直,像根竹子。身上穿着男孩子的旧衣服,非常宽大,不合身。她的背后拖着一条又细又长的小辫子。天气还很冷,可是她没穿鞋子,一双赤脚冻得红通通的。何守礼跑到周炳身边,在他的大腿上打了一拳,拧回头鼓励胡杏道:"来,杏表姐。怕他什么?他是很好相与的,你瞧,我还敢打他呢!"陈文婷对周炳宠爱地望了一眼,然后献媚地对胡杏说:"过来吧,不要怕他。他外边粗鲁,里边可不粗鲁。他特别同情你们这样的穷人,是真正的人道主义者。正是金刚的外貌,观音的心肠。炳表哥,不是么?"周炳感慨万端地红着眼睛,走到胡杏面前,捧着她的脸看了又看,说:"杏子,原来是你!你长大了,又瘦成这个样子,我简直认不得了!别哭,别哭!——你姐姐好么?阿树、阿松都好么?你爸爸、妈妈怎样了?"说完又回过身来对陈文婷说,"阿婷,我跟她是老相识了,你少瞎扯!你——"话还没说完,只见区桃跟随着她母亲区杨氏,从官塘街外面走进三家巷里面来。周炳和她们打过招呼,又对胡杏说:"杏子,不要怕。三家巷是个好地方——过几天,你就会知道。"随后就甩开了文婷、守义、守礼,跟着区家母女回家去了。陈文婷没奈何,只得向地上啐了一口,骂道:"刘兰芝!好不害臊的狐狸精!"

区杨氏和区桃一直走进后房里,和大姨妈、二姨妈拜过年,三位老姐妹就坐下谈天。周炳对区桃邀请道:"走,到我前面神楼底去,我给你画一个像。"于是他俩就走了出来。神楼底很小,丁方不到一丈,摆了两张板床,一张书桌,一个藤书架,两张凳子,地方就显得很窄。周炳叫区桃坐在一张迎光的床上,自己坐在窗前的凳子上,就用铅笔在图画纸上替她画起像来。周炳说:"稍微向左一点。"她就把脸朝左边转过去。周炳说:"太多了,稍微正过来一点。"她就正过来一点。周炳说:"手放自然一点。别太用劲。"她的两手就放得非常柔软。周炳说:"小桃子,给你的老师轻轻笑一个。"她就浅浅一笑,露出两个难得的笑涡。周炳说:"这样正好,不要动了。"她就一点也不动弹,好像一座大理石的雕刻一样。她的敏捷的动作和控制筋肉的本领,叫周炳暗暗吃惊。到这个时候,他才真正地看出来区桃到底有多么美。在那张杏仁样的脸儿上,永远放射着那种惊人的魅力。五官是经过巧手雕刻出来的,非常精致。长长的凤眼含着饱满的青春,温柔和勇敢,配上窄窄的眉毛和长长的睫毛,显出自然的美丽,没有一点矫饰的痕迹。她的身材和四肢,是那样的合度,并且富于弹性和姿态,使她具有一种说不出来的美妙。区桃看见周炳那眼睁睁的怪模样,就忍不住笑倒在床上,说:"你怎么这样看我?敢不是发了神经?"周炳连忙分辩道:"我怎么发神经?画像就是要这样看法,才画得出来!"其实这句话他并不完全老实,他看区桃和画区桃完全是两回事。如果单要画,他满可以闭上眼睛把她一点不差地给画出来的。

正当区桃倒在周炳床上笑做一团的时候,他们的舅舅,那当中医的杨志朴也在这一天来姐姐家拜年。区桃斜眼瞥见一个身材矮小,满脸胡须的中年男子站在神楼底的趟门的门框当中,吓得一翻身跳了起来。周炳垂着手、躬着身叫了一声舅舅,她也跟着叫了一声舅舅。杨志朴鼻子里唔了一声,深不可测地笑了一笑,就走到后面去了。他一进周杨氏的房门,就跟他的老姐妹们开起玩笑来道:"哎哟,好齐全。这正是傻子碰了钉子,钉子吃了辣子!恭喜,恭喜。"区杨氏骂他道:"哥哥你老没正经,谁是辣子?"杨志朴挤眉弄眼地用嘴巴描了一描小院子对过周泉的房间,周杨氏说:"没人。早出去了。"他才说道:"我刚刚经过神楼底,他俩那么情投意合,叫我一眼就看穿了,不怕我当舅舅的说,就是二姐跟三妹你两家该做了亲,把阿苏配给阿榕,把阿桃配给阿炳才好,再也没有这样合适的了!"陈杨氏说:"可不?我也是这么说!"区杨氏抢着说道:"怎么?我可不答应!区家的姑娘没处塞了?都断了给周家?"她的话虽然说得厉害,脸上可是带着笑容。周杨氏像佛爷似的慢慢说道:"舅舅跟三妹一见面就斗口角,都是为老不尊。我跟你们癫什么?我一点主意也不拿,孩子们心爱怎样就怎样。"杨志朴点头称赞道:"噢呵,看二姐。贤德,贤德!"区杨氏说:"别高兴,她说你为老不尊呢!"

在神楼底里面,区桃坚持要到神厅外面去画,免得再有人来撞见,不好意思。周炳坚持不肯。区桃快走到神楼底门口,周炳连忙赶上前,双手抱住她,把她连抱带拉地拉到床前,让她坐在原来的位子上,口里连声说道:"不怕人看,不怕人看。我有办法,我有办法。"说完,就缓缓地把趟门拉上,把窗帘子也拉上,坐在凳子上,继续给她画下去。区桃经过这一场扰乱,脸也红了,心也跳了,坐在床上不动,可是嘴里却说:"不画了,不画了。坐得把人都累死了!"周炳专心一意地画着,没有睬她。不大一会儿,画好了。周炳觉着画得很像,又很漂亮,就得意扬扬地拿着画像坐在她身边,两个人一齐看。周炳说:"你看像不像?"区桃说:"像什么呢?连一点也不像!我哪有这么漂亮?"周炳单纯地笑着说:"她已经不错,你比她还要好得多!"说完,对着那画像深深地吻了又吻。区桃的脸又红了,笑涡一隐一现地跳动着,心忙意乱地对着周炳问道:"你这是什么意思?"周炳爽朗地说:"我要跟她在一起过活一辈子。除了她,我没有知心的人。我们会快活一百年,天天都像今天一样!革命也快要成功了。打倒军阀,打倒帝国主义之后,咱们这一代,不是最幸福的一代么?我觉着我完全是一个无忧无虑的人。一天对着她十二个时辰,我们的日子会美满得不能再美满!"区桃的杏仁脸儿跟真的桃花一样红了。她用那双激动的,充满了幻想的眼睛望着她的表弟说:"是么?真是这样么?你说的都是真话么?咱们这一代是最幸福的一代?"周炳十分自信地说:"那当然。难道你不这么想?难道你还能有另外的想法?"区桃把身体靠在周炳胸膛上,摇着头说:"不。我是跟你一样想的。可是,我想得没有你那么容易。"周炳说:"为什么?你看见了什么障碍么?"区桃斜斜地抬起头,向后仰望着他道:"也没什么。也不知是障碍,不是障碍。我觉得人们不大齐心。像我爸爸——你三姨爹,像文娣表姐,像文婷表妹……"周炳坦率地笑着说:"那不要紧。十个手指还有长短呢!

只要文雄哥,守仁哥,民魁哥,子豪哥这些人,大家齐心就行了。只要你和我,咱俩齐心就行了!"区桃又害臊起来了。她低着头,用蚊子一般微弱的声音重复着他的语气道:"你和我?你是真心的?你问过你妈妈——我二姨妈没有?"

一五　风　暴

白云山上的浮云时聚时散，晃晃眼又过了几个月，到了阳历六月下旬了。六月二十三那天的下午，一会出太阳，一会阴天，下着阵雨，十分闷热。陈万利吃过中饭，略为歇了一歇，也没睡着，就爬起来去找何应元。他走进何家的大客厅，没有见何五爷，却看见何守仁、李民魁和他的大女婿张子豪，在那里坐着。客厅十分宽敞。南北两边是全套酸枝公座椅，当中摆着云石桌子，云石凳子。东面靠墙正中是一个玻璃柜子，里面陈设着碧玉、玛瑙、珊瑚、怪石种种玩器；柜子两旁是书架，架上放着笔记、小说、诗文集子之类的古书。西面靠窗子，摆着一张大酸枝炕床，床上摆着炕几，三面镶着大理石。炕床后面，是红木雕刻葵花明窗，上面嵌着红、黄、蓝、绿各色玻璃。透过玻璃，可以看见客厅后面所种的竹子，碧绿可爱。陈万利是熟人，就随意躺在书架旁边一张酸枝睡椅上，和他们几个后生人拉话。他说："人家今天又有示威大游行，你们年轻人不去出出风头，却躲在这里做什么？"张子豪、何守仁笑笑地没作声，李民魁打趣着说："那么，你老人家为什么又不去凑个热闹？"陈万利装出愤激的样子说："我是想去，可是你们要打倒我。你们不是整天嚷着要打倒买办阶级么？"李民魁顺着他的语气接上说："正因为这样，我们就不去游行了。我们犯不着去给共产党捧场！"陈万利想了一会儿，才缓缓说道："按那么说，这回香港罢工回来的工人，都是共产党了？"何守仁见大家不作声，就说："话虽不能那么讲，可是共产党煽动了这次罢工，那是无可否认的。"陈万利鼻子里嗯了一声，再没说什么。后来他转向他的大女婿说："子豪，我还没仔细问你，到底你们东征得好好地，为什么又班师回朝呢？"张子豪说："爹，你不是亲眼看见的么？咱们要打刘、杨呀。"陈万利说："滇、桂军卝烟卝赌，果然是军阀，该打倒。陈炯明呢，你们打倒了没有？"张子豪笑嘻嘻地说："打倒了。"后来又赶快加上说："差不多！"陈万利豪迈地大笑道："我说了，你们这叫作枉费心机。一个小军阀都打不倒，还要打倒什么帝国主义！见过什么是帝国主义没有？我看赶快班师好。人家外国飞机、大炮、坦克、军舰是和你来玩儿的！"谈到这里，几个年轻人没和他多说，就退出客厅，走到对面何守仁住的书房里去了。

　　这里陈万利独自躺了一会儿，何应元才穿着透凉罗短打，珠花草底凉拖鞋，手里拿着一把鹅毛扇，缓步走出来。陈万利一见他，就从睡椅上坐了起来，说："五爷，才不见几天，怎么你越过越瘦了？"何应元唔了一声，说："像你就好，随便世界上出什么事，心里不烦。才不见几天，你就越过越胖了！"两人说笑了一会儿，才说到正经事。陈万利说："五爷，省府里的咨议问题，如今闹得怎样了？"何应元回答道："多谢你有心。这不是三天一小闹，五天一大闹，可总没闹出个名堂？如今总算暂时不撤销了。不是我小弟看中这份官职，贪恋这份钱财，可总不能让那些赤化分子独揽大权，为所欲为，别人在省府里连个说话的席位都没有！就是我小弟依了，展堂代帅肯依？"陈万利拍手赞成道："对呀，对呀！我们做买卖的人参不透你们政治佬的鬼把戏，可是说老实话，这半年我是过得胆战心惊，没得过一天好觉睡！一件跟着一件的怪事情，不由得你不糊涂！你数数看：今年二月闹东征，三四月闹追悼孙大炮；五月更好看了，劳动大会和农民代表大会一齐开，十万人上街，大喊大骂，还不是骂的你我？五卅惨案之后，跟着就打刘、杨，香港罢工！这算是哪道菜？你不见我挑担家什么周金、周榕、周炳那些孩子，眼睛发愣了，又发红了。这不比疯子还疯？谁许他们这么闹的？咱们的公安局哪里拉屎去了！"何应元不动声色地笑了一笑，说："买卖人到底是买卖人。闹有闹的好处，也不是全要不得。只是太过分了，那可不成！你看吧，他们总有一天要狠狠地摔下来的！他们之中，也是各色米养各样人，其中有一个蒋介石，就有点考究。现在，他好像还是左派呢！只有一桩，他跟展公有点一山不藏二虎的味道，这是他太狂妄。如果展公伏得住他，这人也有用处。"陈万利对这些他叫作"捉迷藏"的隐隐约约的事情，不大爱听，他就问起一些别的事儿道："五爷，他们那些狗杂种今天又要游神了，听说还要游到'沙面'去呢，你也有点风声么？"何应元阴险地笑着说："我怎么不知道？还不是'八字脚'搞的名堂！人家沙面当局都准备好了。一碰头，准是'摆路祭'！在上海有那么些冤魂，自然要到广州来找替身。这正是劫数难逃呵！"陈万利搔着花白脑袋想了一想，若有所悟地说："按这么弄，英国还是要强硬下去了。"何应元转为得意扬扬的神气，并且把鹅毛扇使力一摔道："自然啦！难道人家强硬不得？难道人家怕你？总之，我们只管看热闹，够好看的！"陈万利把声音压低了，问："你这消息来源可靠么？"五爷装出生气的样子说："可靠不可靠，谁知道？反正你晓得，我走的是外交路线！"

陈万利一言不发，走回家里，找着陈文雄，对他说道："阿雄，你今天下午不要回沙面去上班了。连请假也不用去，顶多打个电话回去就行。"陈文雄刚穿好大翻领衬衫，把西装外衣搭在手上，听见他父亲这么一说，就放下外衣，好奇地问道："为什么？有什么风声么？"陈万利严肃地低声说："人家准备干了！经过上海南京路的教训，你们还不收敛一点？光送命也不是办法！"陈文雄一听，脸上一红，心突突地跳。后来他勉强镇定下来，说："既然如此，不上班就是了。"说完，他走回房间里，躺在床上，好久没有动弹。后来他跑上二楼，想将这个消息对文娣、文婕、文婷她们说一说，但是她们没一个在家。他又匆匆忙忙跑到周家，想和他的表弟、表妹们说一说，但是周榕、周炳都不在。只有周泉在家，听了这么坏的消息，也只是干着急，没办法。陈文雄说："泉，不要着急。论道理，咱们中国人是对的。就怕的是那些帝国主义不讲道理。你知道，咱们两家的年轻人今天都去游行么？"周泉善良地摇摇头说："不知道。我只知道我们家那莽撞鬼阿炳，他是准去无疑的。"陈文雄用一只手捂着心坎说："愿上帝保佑！"

这时候，十万人以上的、雄壮无比的游行队伍已经从东校场出发了。这游行队伍的先头部分，是香港罢工回来的工人和本市的工人，已经穿过了整条永汉路，走到珠江旁边的长堤，向着西濠口和沙基大街前进。其他的部分，农民、学生、爱国的市民等等，紧紧地跟随着。区桃、周炳、陈文婕、陈文婷都参加了这个队伍。除了区桃和周炳两人在出发之前打了一个照面，彼此点点头，笑一笑之外，此外谁也没看见谁。队伍像一条波涛汹涌的大河，怒气冲天地向前流着。它没有别的声音，也没有别的指望，只有仇恨和愤怒的吼叫，像打雷似的在广州的上空盘旋着，轰鸣着，震荡得白云山摇摇晃晃，震荡得伦敦、华盛顿、东京、巴黎同样地摇摇晃晃。区桃在工人队伍里面走着，呼喊着。她听不见自己的声音，却听见另外一种粗壮宏伟的声音在她的头上回旋着，像狂风一样，像暴雨一样。

她听到这种声音之后，登时觉着手脚都添了力量，觉着她不是一个人，而是一个"十万人"。这是一个多么强有力的人哪！她一想到这一点，就勇气百倍。她希望赶快走到沙基大街。她深深相信这十万人的威力压在沙面的头上，一定能使帝国主义者向中国人民屈服。像这样的想法，周炳也是有的。他在学生的队伍里面，走得稍后一些，和区桃相隔约莫一里地的样子。他也在人群当中一面走，一面呼喊。他也听见一种粗壮宏伟的声音在自己头上回旋着，像狂风一样，像暴雨一样。他也觉着自己的手脚都添了力量，觉着自己不是一个人，而是一个"十万人"。他甚至在那十万人的巨吼之中，清清楚楚地听着了区桃的活泼热情、清亮激越的嗓子。他总觉着这十万人的呼喊口号是区桃在领着头的。他拼命提高嗓子，放宽喉咙，可是声音总不洪亮，好像字音才一离口，就叫别人的声音吞下去了，一点也听不清。他为这桩事儿十分苦恼。不久，走到海珠公园，离沙面越来越近了。周炳发现一种新的力量，一种更加坚决和勇敢的力量，从队伍的前头往后传过来。他的眼睛瞪得更大，他的拳头也握得更紧。什么声音他也听不见了，只觉着一股风暴在他耳朵边呼呼咆哮。他在许多年之后还有这种感觉，仿佛他们的队伍不是一个整整齐齐的四路纵队，而是彼此手臂扣着手臂，他扣着区桃的手臂，他们又扣着别人的手臂，排成一字横列式，向敌人压过去……向敌人无情地压过去……

　　一点不错，一阵愤怒的风暴向着沙面无情地压过去。那些大大小小的殖民主义者害怕了。就中有一个站在沙面"东桥"铁闸和沙包后面的外国下级军官，害怕得更加厉害。他本来已经接受了"在情况需要下可以向中国猪开火"的命令，这时不住地掏出手帕来擦汗。他亲眼看着英雄豪迈的工人们经过东桥，向"西桥"走去。

他感觉到那阵风暴的威力,他觉着自己站立不牢,好像快要晕倒似的。他觉着沙面马上就要被包围了,沙面的房屋都倾斜了,马上就要倒塌了。他想起他的儿子正从本国坐船来远东,要接任一家洋行的副经理。他想起广州的黄包车夫,他昨天还用皮鞋尖教训过他们。他想起他从来就有权利摸任何一个他认为应该摸的女人的奶子。他想起他的卧室里堆着的那些鸦片烟、金子和其他的走私货。……这一切,眼看着就要完了。他的心跳得那么厉害,脸上给吓得全白了。他觉得自己像一只被赶进穷巷的癞皮狗,谁也不会可怜他。他就要被打死。他的尸体将被抛进大海里,让浪涛把它漂回家乡。他想到这地方,就想哭,想叫。后来他就叫出来了:

"为了祖国的光荣,为了光荣的祖国,孩子们,冲呀!"

那些外国的兵士都听懂了他这句外国话,都用奇怪的眼睛望着他,不明白为什么这样一个人忽然说出那样一句话来。再说,也不明白应该怎么执行他的命令。他们的面前是一重紧紧关闭的铁闸,铁闸之内和桥栏的两旁还堆塞着沙包,叫人怎么往前冲呢?那外国军官看见大家不动弹,就拔出手枪朝群众开了一枪,其余的人才跟着放枪……这样,一场卑鄙无耻的血腥谋杀公案就开始了。

首先受到损害的是有着光荣的革命传统的广州工人队伍。区桃走在广州工人队伍的中段,越接近沙面,她心里越是生气。她清清楚楚地看见东桥上面那些端着枪向自己瞄准的外国兵,就使尽全身力量喊道:"打倒帝国主义!"她觉着这不是一句口号,而是她现在心里要说的一句话,她目前要做的一件事。突然之间,四五丈远之外爆发了一种巨大的声响。随着一阵密集的爆炸声。她知道是怎么一回事了。她看见她身边的工友倒在地上了。她什么也没有想,只是大声叫嚷着:"冲上去!抢他们的枪!打死他们!工人万岁！中国万岁！"一边嚷，一边就冲上前。枪声更密了。火烟挡住了她的视线。她这时才想起周炳没在她身边。要是周炳在，他是会跳上去，把敌人的枪夺下来的。现在，她得自己去做这件事。但是一眨眼之间，她觉得周围非常混乱，好像有一块沉重的石头把她的胸部砸了一下，她觉着眼睛看不见了，耳朵听不见了，想叫嚷，声音也没有了。她觉着很奇怪，她自己到哪里去了呢？只有夏天的太阳，她还依稀认得：那太阳老是那么明亮，那么明亮……开头，队伍乱了一下。有些人继续往前冲，有些人向两旁分散，有些人向后面倒退。整个十万人的队伍也顿挫了一下。几秒钟之后，人们理解了这枪声的意义，就骚动起来，沸腾起来，狂怒起来，离开了队伍往前走，往前挤，往前蹿。有些人自动地叫出了新的口号："铲平沙面！""把帝国主义者消灭光！""广州工人万岁！"周炳像丧失了知觉似的跟着大家往前冲。他什么也没有看见，什么也没有听见，只一心要找广州工人的队伍。走到西濠口，见前进的道路已经被警察封锁住，大队伍正在那里转弯，折入太平路向北走。一部分队伍已经解散，一部分队伍这里一堆、那里一堆地站立着，此起彼伏地在高呼口号。爆炸了的情绪正在不断燃烧。找来找去，总找不见广州工人的队伍，他回到警察封锁线的前面，掏出救护队的臂章套在袖子上，准备走进禁区。正在这个时候，一辆白色的红十字救护车飞快地开到他面前，车上有一个工人装束的人向他挥着手，大声说了几句话，他就攀上车头，在司机位子旁边的踏板上站着，像长了翅膀似的向东桥的出事地点飞去。到了马路的尽头，所有的人都跳下来，奔向沙基大街，大家一句话也不讲，严肃地、沉默地、迅速地工作着。整条沙基大街是静悄悄的。商店都紧紧关着大门。只看见一些灰色的和白色的人们在往来移动。刚下过阵雨，麻石街道上一片片的水光在闪亮。受难者们轻声呻唤着。他们鲜红的血液流在祖国的大地上，发出绚烂的光辉，而且深深地渗进石头缝子的泥土里面，就好像那里是红宝石镶成的一样。有一种沉重的预感压着周炳的心。他忽然发现一具仆倒在血泊当中的白色的尸体。他确信她是一个女的。他确信自己认识她。他向着她走过去。她俯仆在地上，两手向前伸，好像她准备跳起来，继续往前冲似的。她的下巴顶着石头，嘴巴愤怒地扭歪着，眼睛瞪得大大的，警惕地注视着敌人。周炳弯下身去，准备帮助她站起来，嘴里不断低低呼唤着："阿桃，阿桃，阿桃……"但是她没有回答，只是柔软而平静地躺在他的怀里，他举起拳头向沙面的凶手示威地挥动了几下，然后两手托起她，刚一举步，就不知怎的，一阵天昏地黑，两个人一齐摔倒了。

一六　永远的记忆

当时救护队把周炳和其他受伤的人一道送进了医院,不久,医生们把他救醒过来,又把他送了回家。那天晚上,他就发起高烧,迷迷糊糊地躺在床上说胡话,不省人事。第二天,烧得更加厉害,既不吃,又不喝,只是似睡非睡的,时不时大声叫嚷,把床板蹬踏得通通地响。他叫嚷起来的时候,又像和人打架,又像痛楚呻唤,听不清说些什么,只有他妈妈周杨氏约莫猜出来有几声是叫唤区桃的名字。周家的远近亲戚,周炳的南关和西门的朋友,还有几个小学和中学的同学,都来看他的病。他舅舅杨志朴大夫来给他诊过脉,说是怒火伤肝,外感风寒,痰迷心窍。周榕给他抓了药,烧好了,给他灌了下去,一时也看不出什么效验。一连吃了几天药,到第五天的早上,他的神志才清醒过来了,喝了点米汤,就要他二哥给他找出那张区桃的小照片。周榕把区桃的小照片给了他之后,他就把脸拧到里边,对着那张照片淌眼泪。周榕连忙把这种情形告诉了周铁、周杨氏和周泉,大家去看他,见他清醒过来,都在心里面暗自欢喜。

何家的丫头胡杏听说周炳清醒过来了,立刻跑过来看他。她走到神楼底门口,见他朝里躺着,不敢走近床前,只挨着趟门轻轻叫了一声：

"炳哥!"

周炳听见叫唤,知道是她,连忙抹干眼泪,翻身朝外,对她说道:"多谢你,小杏子。我好了一些了。你好么?柳姐姐来看过你么?"胡杏听见他问,一句话也回答不上来,只是簌簌地掉着眼泪,哭了一会儿,听见何胡氏在那边叫她,又赶快跑回去了。不久,隔壁陈家的四位表姐妹一道来看他。陈文英抓住他的手说:"炳表弟,愿上帝保佑你!阿桃是无辜的,愿她的灵魂早进入国!"陈文娣也站在床前安慰他道:"阿炳,达观一些吧。人死不能复生,多想也是无益的了。"陈文婕坐在他的床沿,用手在他的天堂上摸了半天,才用一种富于感情的声调说:"好好保重自己!阿桃是为国牺牲的,她死得可惜,可也死得光荣。"周炳没有答话,只是在枕头上微微点头,表示感激她们的好意。陈文英、陈文娣、陈文婕三个人在神楼底站了一会儿,又到周杨氏的后房里站了一会儿,就回去了。陈文婷独自一个留在神楼底,坐在周炳床前的一张凳子上,陪着他闲聊。她低着头,眼圈红红地说道:

"炳哥,你说人生到底有什么意义?有什么价值?像桃表姐那样的相貌,那样的人才,莫说千中无一,就是万中也无一呢!她为什么不能够永远存在,永远活下去,却像一朵花一样,一眨眼就谢了,消逝了?"

周炳连连点头说:"对极了。阿婷,对极了。你这一问,问到我的心坎上来了。我今天早上一清醒过来,就在想这个问题,到如今还得不到解答呢。你念的书比我多,你来给我一个答复吧!究竟一个人为什么有快乐又有悲伤,这些快乐和悲伤又都有些什么根据——都有些什么意义?"

陈文婷在鼻子里哼了一声,说:"有什么意义?什么意义都没有!人生不过是一片空虚,到头来你什么也抓不住。一切对于你,都只是一种欺骗。比方你说你在舞台上演戏的时候,觉着一切都是真的,在快乐的时候你是真的快乐,在悲伤的时候你是真的悲伤,其实舞台上什么都没有当真发生过,你不过是在欺骗你自己。我在舞台下面看戏,跟着你快乐和悲伤,其实不过是受了你的欺骗。到戏演完了,离开戏场,就什么都没有了。"

周炳深受感动地说:"好极了,说得好极了,恐怕事实就是这个样子。李民魁大哥是主张虚无主义的,恐怕就是看准了这一点。这样看来,咱们大家不过在命运的簸弄之下过着可笑的生活,谁也不能幸免。一切都是虚妄,一切都是假象,一切都是幻梦!"

陈文婷点头说:"除此以外,还有什么呢?——因此,有时我想,什么都不要去争,什么都不要去希望,什么都不要去努力,最好是找个知心的同伴,一道逃到深山野岭里面去,与人无碍,与世无争地过着原始人的生活,那也许是一种真正的幸福!"

周炳深深地叹了一口长气道:"阿婷,我为什么现在会心乱如麻?我为什么现在浑身上下,连一点劲都没有?我为什么会悲观、软弱到这个地步?我为什么会觉着眼前一片漆黑,好像到了世界的末日?我为什么有一种可怕的预感,仿佛自己不能避免地要遭到毁灭?"

陈文婷没有回答。她呆呆地望着周炳,觉着他的脸上露出一种病态。这种病态使他失去了平日的英雄气概和硬邦邦的戆气,变得有点柔弱可怜。她认为这个时候的周炳有一种反常的、病态的美,这种美比其他任何种类的美都更加动人。——就这样对面坐着,陈文婷把他足足看了十分钟,才轻轻地叹息着回家去了。她刚走,周泉就走进神楼底,坐在她刚才坐过的凳子上,和周炳谈区桃出殡的情况。她告诉周炳,区桃是和其他的烈士一起出殡的,殡仪举行得非常庄严,非常肃穆。在追悼大会上,就有十万人参加,以后全体参加者排成了雄伟无比的送殡的行列,沿途又有许多群众自动参加,浩浩荡荡地把那些灵柩送到凤凰台上。她最后说:

"这是哀荣!这是国葬!这是又一次悲壮热烈的示威!上年纪的人都说,他们一辈子都没有看见过这样的出殡。——多么伟大的场面哪!凤凰台以后就要成为反抗帝国主义侵略的纪念碑,永远竖在珠江边上了。"

周炳躺在床上,动都不动。眼光迟滞,脸上带着麻木不仁的表情。听到凤凰台这几个字,他的眉毛仿佛动了一下,嘴里沉吟地重复道:

"凤凰台!"

他姐姐肯定地说:"是呀,就是那凤凰台。"

他继续往下说道:"不管怎样,她是看不见的了!她永远不会回来了!"

周泉一听鼻子就酸了,眼圈儿也红起来。她把脸拧歪,不叫周炳看见,匆匆忙忙地,假装成有什么事情似的走出了神楼底。往后又过了三四天,周炳慢慢地能够坐起来了,只是头昏眼花,吃不下东西,身体非常虚弱。那天早上,他坐在神厅一张靠背竹椅上,捧着区桃的画像尽看,从左边看看,又从右边看看;眯起眼睛看看,又闭上一只眼睛看看。看了许久,都没有放下,后来又拿出那张小照片来和它比着看,看着、看着,就对那画像说起话来。他时而低声细气地说,时而高声粗鲁地说;时而甜蜜蜜地笑着,时而咬牙切齿地生气。几道阳光越过周家门口正对面的枇杷树梢投射到他身上,映得他的脸孔更加苍白。周泉看见他这个样子,又拉了周杨氏出来,两家站在神楼底旁边那条冷巷里悄悄窥探,却听不清他说些什么，只当是他的痴呆性子又发作了。好在不久，南关的印刷工人关杰来看他的病，才把他的傻劲支使开。那印刷工人一见他的面就大声嚷起来道：

"赫！整个省城都滚起来了，就是你还在安闲自在地养病呢！"

周杨氏和周泉连忙跑出来招呼他坐下，斟了一碗热茶给他，又替周炳分辩说他目前还吃不下东西，还得扶着墙才能走路。周炳自己却像没听见似的茫然说道："什么地方滚起来了？怎么滚法？你倒说说看。"关杰呷了一口热茶，就坐在他旁边慢慢谈起来。

"这真是山中方七日，世上几千年。如今的省城，整个变了样儿了。省港大罢工开始了！说是英国鬼子不答应条件，绝不复工！绝不复工！许多人都到西濠口去迎接从香港回来的罢工工人。听他们说，这回一罢工，不只是香港震动，伦敦震动，全世界都震动呢！"关杰这样开始说道，"你都没有走出去看看，满街满巷都在谈论罢工的事儿，满街满巷都看得见罢工工人的胸前都挂了个红条条，你一眼就看出来了。赫，那些罢工工人纠察队才威武，整整齐齐地，答、答、答、答地在马路上走着，除了木棍子之外，还有真枪呢！"说到这里，他看见周炳的眼睛眉毛有些活动起来，就停了一停，喝着茶，看周炳还有些什么反应。后来看见他没有什么反应，就又继续说下去："怎么呢，你好像什么都不知道。你榕哥没有跟你说过吗？好！我告诉你吧：省港罢工工人代表大会已经成立了！省港罢工委员会也已经成立了！都在'东园'里面办公。听说里面还分了文书、宣传、交际、游艺许多许多的部，苏兆征当了委员长。有一次我在区苏家里看见你们榕哥，他告诉我，你们三家巷这一笼子里的陈文雄、何守仁、李民魁、李民天，还有你的泉姐和榕哥他自己，都在交际部工作呢。另外还有周金大哥，我看也参加了罢工运动了,这三四天工夫,我看见他到我们印刷所来了五六回。"关杰感情激动地讲着,周炳只是呆呆地听着,好像一个白痴一样。只是在听到周金也参加了罢工运动的时候,他才有气无力地插问了一句,说:"怎么?我大哥也到省城来了?他怎么不回家过夜?按道理说,他们石井兵工厂不会在这个时候罢工……"关杰说:"是呀,我不也觉着奇怪!"往后关杰又谈了许多罢工工友的宿舍和规模很大的罢工工人饭堂的情形,差不多每一件事情都令他感觉到新鲜、满意和惊奇。但是周炳仍然似睡非睡、似醒非醒地听着,一直到关杰讲完了,起身要走了,他始终没有开口说过一句话。

就这样子,又过了三四天。杨志朴大夫照样每天来看病,开药。他的病一天一天好起来,已经能吃点烂饭,也能下床走动了,可是他的心却一天比一天更加痛苦。整个世界对他都是陌生的,而且没有什么可以察觉出来的吸引力。周榕和周泉每天很早就出去,夜深才回来,很少和他说话,也没有跟他说在外面搞些什么。不过他按照关杰的话来推测,大概他们是在搞罢工委员会的事情。奇怪的是周金也经常回家——每次回来只是在神厅里坐一会儿,或者换换衣服,问问周炳的病,又走了,既不在家吃饭,又不在家睡觉。周炳问他道:"大哥,你们兵工厂也罢工了么?"他善意地笑一笑,说:"不。我是请假回来的。我给省港罢工委员会帮点忙。这是好管闲事——他们叫我做'热心家'!"此外也没有多说什么。不知道根据什么原因,周炳判断他大概在很久以前就是一个共产党员。有一次,周炳正在午睡,突然被一种捶打木器的声音所惊醒。他睁开眼睛,就听见周金大哥在神厅里一面拍桌子,一面大声叱喝道:

"有内奸,有内奸,有内奸!一定有内奸!社会上有,政府里面有,罢工委员会里面也有!怎么会没有内奸?你们没听说,香港有军火运进来么?不是有人要解散罢工委员会么?不是有不少工贼在那里运动工人回香港复工么?这些还不能证明有内奸?如果没有内奸,咱们搞肃清内奸大运动做什么?"

周炳听着,同时就想象出周金那睁眉突眼,脸红脖子粗的神态。他说完,大家就静下来了。许久以后,周炳才听见有一个人说话支持他。这个人虽然也肯定有内奸,但是语气软弱无力,听起来好像是农科大学生李民天。后来有另外两个人说话,好像是周榕和陈文雄,他们认为社会上、政府里有私通帝国主义,破坏罢工的内奸,但是罢工委员会里是纯洁的,没有这种凉血动物。此外,还有一种主张,说是无论社会上、政府里、罢工委员会内部,都没有什么内奸,说有内奸的人,是由于他们自己神经过敏。这一派也有两个人,其中一个很容易听出是何守仁,还有一个声音不太熟悉,想来想去,有点像李民魁。大家你一言、我一语,争执得不可开交。可是约莫过了半个钟头,大家又一哄而散,神厅里恢复了原来的寂静。周炳听得不明不白,也没有留心去研究谁是谁非,听见大家都走了,他就缓步踱出神厅。原来人并没有走光,还剩下陈文雄在和他姐姐周泉悄悄谈话。周泉见周炳出来,连忙站起来,很有风趣地说道:

"阿炳,过来,我介绍你认识一位有名人物。这位就是省港罢工工人代表大会的代表——陈文雄先生!"

周炳跟着叫了一声:"大表哥。"

陈文雄今天穿着高尚华贵的笔挺的西装,显得特别漂亮而体面。周炳一眼就看出来,他的精神里面有一种比他的衣服更加华贵,更加使他自傲的东西。他很有礼貌地站起来,向周炳弯腰问

好,随后就精神抖擞,高视阔步地走到周炳跟前,缩起肩膀,摊开两手说:

"阿炳,你没想到吧?我们又罢工了!这一回,也跟从前随便哪一回一样,不达目的,决不罢休!"说完就和周泉一起上街去了。周炳把这几天来所见到的人、所听见的事想了一想,又把卧病这十几天来的生活回忆了一下,怎么也想象不出外面的世界发生了怎样的变化。——想来想去,不得要领,于是他叹了一口气,走回神楼底,又对着区桃的画像呆呆地看起来。

三天以后,周炳的病完全好了。那天一早,杨志朴大夫来看过,认为不用再吃药,只要注意起居饮食,过几天就会复原。舅舅走了之后,周炳也觉着身体有了点劲儿,在家闲着也闷得慌,就胡乱吃了两碗白粥,穿起衣服鞋袜,上街去溜达溜达。出了三家巷,他信步往北走去,经过百灵街、德宣街,一直走出了小北门。半年之前,旧历正月人日那天的情景,活生生地出现在他的眼前。他能够看得见周泉、陈文娣、陈文婕、陈文婷、区苏、区桃这六个姑娘簇簇拥拥地走在他的前面,他自己左肩挂着一帆布口袋饼干,右肩挂着一帆布口袋甘蔗,满头大汗地跟在后面,经过这些街道——经过这些茶寮、小店、元宝香烛铺子,凿石碑的铺子,卖山水豆腐干的铺子。他还能够看得见这六个姑娘都穿着漂亮的新衣服,他姐姐和陈家表姊妹都是短衣长裙打扮,有黑的、有白的,有花的、有素的,有布的、有绒的,有镶边的、有绣花的。区家两个表姐是工人打扮,区苏穿着银灰色的秋绒上衣,黑斜布长裤,显得端庄宁静;而区桃呢,她穿着金鱼黄的文华绉薄棉袄,粉红色毛布宽脚长裤,看起来又鲜明,又艳丽。他又看得见她们的头发的样式是一色的剪短了的款式,辫子没有了,长长的刘海覆盖着整个的前额,而这种发式使她们在当时的妇女界中成为爱好自由的革新派。在这当中,区桃之所以显得特别动人,是由于她的头发既没有涂油,又没有很在意地梳过;那额前的刘海,在眉心上叠成一个自然妩媚的交叉,随着吹来的微风,缓缓摆动……以后,他于是又看见大家沿着田基路走进一些小小的村庄,穿过这些村庄,又穿过一些菜田和稻田,拨开山光和云彩,掠过碧绿的杨柳和开着花的紫荆,向凤凰台走去;他又听见大家慷慨激昂地争论工农兵学商——该谁占第一位的问题。……最后,他陪伴着一朵牡丹花一样的"人日皇后"爬上凤凰台,他听到区桃轻轻喘气的声音,他闻到区桃身上散发出来的香味儿,他按着区桃的命令把饼干和甘蔗送给每一个人,然后在区桃身边坐下来。……

忽然之间,这一切都没有了。周炳喘着气,发现自己坐在荒凉寂寞的凤凰台的阳坡上,周围是重重叠叠,一穴紧挨着一穴的坟墓。他再一细看,正对着他的这一座小小的草坟当中,竖着一块小小的石碑,石碑上刻着:

"二姐区桃之墓"几个大字,又用银朱油把那些字填红了。

旁边的小字刻着年、月、日和立碑人区细、区卓两个人的名字。周炳到这时候,才觉着自己已经浑身酸痛,精疲力竭。他就坐在这坟前左边的山首上,默默无言地流着眼泪。也就在这个时候,他才认真感觉到,过去的那一切全都完了,全都不存在了。他用发抖的声音对着那坟墓说道:

"桃表姐,你听见我跟你说话么?你怎么这样狠心,连告别的话都不跟我说一句?我对你说了一千句话,一万句话,你都听得见么?你为什么一句话都不回答我?"

这时候,东边的太阳忽然从厚厚的云层里钻了出来,阳光直射在那新坟的深红色的地堂上,把那红土照得逐渐透明起来。透过这层深红的土壤,他仿佛看见了区桃的脸孔。她还像活着的时候一样的鲜明,一样的秀丽,在那覆盖着整个前额的刘海下面,露出那妩媚的微笑。她的神气跟那张画像一模一样,就是只笑着,不说话。周炳对着她呆呆地看了足足有一个钟头。他不敢动,不敢说话,甚至不敢用力呼吸,就那么一声不响地看着——后来,乌黑的云层又遮蔽了太阳,区桃的笑脸也逐渐变成愁惨的面容,并且逐渐暗淡,逐渐消失,一直到完全看不见。墓地上仍然是一层又冷又厚的深红色的山土。他望望天空,天空虽然那样广阔,那样宏伟,但是阴森愁惨,空无一物。他望望四周,四周是重叠拥挤的坟墓,寂静荒凉,没有牛羊,没有雀鸟,没有任何生物的踪影。他望望下面的山谷和山谷以外的平川,山谷和平川的秧田和菜地虽然都是一片新绿,但大片的禾田却没插秧,现在也灰暗无光,静悄悄地没有人迹。他再望望那远处的珠江,只见一片灰蒙蒙的烟雾,慢慢蠕动,又像上升,又像下降,又像往前奔,又像往后退,看来十分空洞,十分臃肿。他无可奈何地叹了一口长气,捂着脸对坟墓说道:

"一切都完了,一切都完了。你再不回来了。这是千真万确的了。这世界怎么这样空虚,寂寞?人生怎么这样悲伤,痛苦?什么都是徒然的,什么都是灰暗的,什么都是残酷无情的!你能够知道你什么时候生下来,可是你不知道你什么时候会突然死去。世界上最美好的东西,也没有人爱护,也没有人惋惜,一下子就破坏了,毁灭了,阴消阳散了!生命不过像一颗露珠,一根小草,一片破瓦,一块烂布……美丽,智慧,温柔,妩媚,都不过是一种幻象!唉,这里还剩下什么有意义的东西,值得我去留恋,去羡慕,去珍重,去奋斗的么?没有了,没有了,一样都没了!我不如跟着你去,在漫漫的长夜里陪伴着你,在安静的黑暗里一道消逝……"

他这样哭了又诉,诉了又哭,没有层次,没有段落,没有开头,没有结尾,反复缠绵地对着那坟墓说话,不知不觉地太阳西斜了。这时候,冷不防有人在他背后叫了他一声:"炳哥!"他大吃一惊,仿佛从那虚无缥缈的云层当中掉落地上。他从那山首上跳了起来,定神一看,原来是陈文婷,就结结巴巴地问她道:"你怎么跑到这儿来?"她狡猾地笑着说:"家里面大家都担心着你,二姨更是急得不得了。我说:'蛇有蛇路,鼠有鼠路,让我来找。'我就一个劲儿跑到这里来了。走吧,跟我一道回去吧。桃表姐已经升了仙,你还是一个凡夫俗子,你撑不上她。走吧!"周炳带着感激的心情说:"阿婷,你对我真好。可是,你不想念桃表姐么?她生前对你是很好的!"陈文婷说:"我很想念她,我也知道她对我不错,可是,咱们走吧,天不早了。"周炳带着一副麻木不仁的脸孔跟着她下了山,沿着来路往回走。到家的时候已经黄昏了。陈文婷回家吃饭,他很想喝酒,就又披起衣服,到惠爱路正岐利剪刀铺子去找他的老伙计杜发,两个人一道去喝酒。他们刚走进"平记"炒卖馆门口,杜发眼快,一眼看见里面有两个人对面坐着,有说有笑,在一张桌子上喝酒,立即把周炳拖着往后退。周炳说:"干什么?"杜发露出很神秘的样子,低声说:"你没看见,那里面有两个人在一张桌子上喝酒?一个是你榕哥的拜把兄弟李民魁,一个是'茶居'工会的工贼梁森,怪不怪?"周炳再转回"平记"门口,探头往里仔细一看,果然见李民魁和一个蛇头鼠眼的人在喝酒。那家伙正是广州的著名工贼梁森。他过去曾经因为破坏罢工,被三个工会开除过,最近又混进了茶居工会,还当了一名执行委员。周炳认识他这个人,又听哥哥们谈过他的事儿,心里也觉得奇怪,可是他这时候不想多管闲事,就甩了一

甩手,说:

"不管他!咱们另找一个干净地方喝咱们的!"

不多久,他俩就相跟着走进一家叫作"富珍"的小炒卖馆子里坐下喝酒。这酒馆不大,只有一个直厅和一个横厅,到处都密挤挤地摆满了小方桌子和小方凳子。他们拣横厅西南角上一个静处坐了,点了一个生筋田鸡,一个豉汁排骨,两个菜。菜还没到,每人先要了一碗四两重的双蒸酒,一口气咕噜咕噜喝了下去。以后每人又要了一碗,一面吃菜,一面慢慢地喝。越喝,酒馆里的客人越多。到他们喝完了两斤酒,吃完了另加的茄汁牛肉片和咕噜肉两个菜,每人又吃了一碗白饭之后,酒馆里已经坐满了客人,到处都高声谈笑,乌烟瘴气,连彼此说话都听不清了。一个唱曲的女孩子走到他们面前,要给他们唱曲,拉二弦的师傅站在她后面,笑眯眯地听候吩咐。杜发酒量本来浅,先就醉了。他拉住那女孩子的手,把一个双角子银币按在她的掌心里,含糊不清地问道:"你叫什么?住在哪里?"那女孩子狡猾地笑了一笑说:"我叫阿葵,住在擢甲里二百号,怎么样?"旁边知道擢甲里并没有二百号的酒客都因为她答得俏皮而哈哈大笑。杜发醉眼矇眬地望着阿葵,伸手去拧了她一下脸蛋,说:"走吧,等一会儿我到你家里去过夜。"阿葵走开之后,周炳和杜发也会了账,从富珍酒馆走了出来。晚风一吹,喝下去的酒直往上涌,两个人一面打着嗝,一面东倒西歪地迈着步,又不断说着胡话,全都醉了。

周炳回到家,一脚跨进神楼底,就看见有一位姑娘坐在灯前等候他。他心里十分诧异。开头,他以为那是区桃,仔细一看,又不太像。再一看,那位姑娘变出了七八个化身,在他的眼前来回旋转,又都成了区桃了。他高兴得快要发狂,大声叫嚷道:"区桃,桃表姐!"她却垂低了头,没有睬他。他纵身一跳,跳到她眼前,抱着她,在她的头上、额上、脸上吻了又吻,一面含糊不清地叫着她的名字:"桃子,桃子,小桃子……"那位姑娘开头全不动弹,任凭他吻着,后来突然发了脾气,用力把他一推,嘴里说道:"看你胡说什么!看你醉成什么样子!我不是区桃,我是陈文婷!"一面说,一面走出神楼底。周炳叫她一推,站立不定,倒退几步,就跌在自己的木板床上,醉吗咕咚地睡着了。

一七　雨过天青

七月十三日是区桃的"三七"。七月十二晚上，区家请了几个师姑来给她念经。才过午不久，周炳就穿起白斜布的学生制服，意态萧索地来到了南关珠光里区家。他看见这整个皮鞋作坊都陷在愁云惨雾之中，好像很久都没有开工了。东西乱七八糟，摔得满地都是。一块硝过的红牛皮，半截泡在水盆里，也没人管。他走到区桃的供影前面装了一炷香，默默地站了一会儿，觉着寂寞难堪，就没多流连，一直进去找区苏表姐。体态苗条的区苏看来更加瘦削，脸上显得苍白，眼睛也显得更大了。她把周炳领到自己的房间里，说："阿炳，你也瘦了。你的脸没有从前那样红润，也有点变长了。"周炳摸摸自己的脸颊道："真的么？我自己倒不觉得怎么的。"区苏说："自从阿桃死了之后，我们这一家人的日子过得就不像日子！你要多来，常来，给你三姨、三姨爹解解闷。不要像别的人那样，十天半月都不上门来一趟！我们那电筒工会的事儿，他也帮着我张罗一下。"周炳听得出来，那所谓"别的人"，就是指他二哥周榕。从前周榕时常来邀她去看戏、逛街，又帮助她筹备电筒工会的事儿，如今周榕都忙在省港罢工委员会那一头，得闲的时候又顾得和陈文娣在一起，就顾不得上她这儿来了。他想安慰安慰区苏，可是说不出话来，只好连连点头。后来区苏又说了：

"咱们舅舅家的杨承辉表哥倒是经常来的，不过这个人冒失得很,不会同情别人,不会体贴别人,不会安慰别人,我不高兴他!"

周炳用富于同情的圆眼睛望着她,用深知一切的神气点着头,虽然没说一句话,却使她感到一点安慰。她得到别人的了解,也就纯洁天真地微笑了。这时候,陶华来找区苏,请她给补衣服,大家又出到神厅外面来坐。区苏接过衣服,就低着头补起来。陶华没事,就和周炳闲谈,他说:

"阿炳,近来怎样了?听说你喝了很多的酒。"

"是呀,喝得不少。"周炳说,"醉了比醒着好。死了比活着好。"

陶华高声大叫起来了:"为什么?醉了比醒着好,这就可以了。为什么死了会比活着好?我不信。我说受苦受难,还是活着好!"

周炳说:"心都死了。人活着有什么味道?你不记得《孔雀东南飞》么?你不是说桃表姐跟我做得像真的一样么?刘兰芝死了。焦仲卿能活着?"

区苏叹息道:"话是那么说,可做戏到底还是做戏。"

周炳抗议道:"不!做戏跟真的一点也不两样!"

陶华用更大的声音驳斥他道:"不!你们跟他们完全不同!他们除了死,没有别的法子。区桃并不想死。她是叫帝国主义强抢了的,叫帝国主义谋杀了的,叫帝国主义暗害了的!如果我是你,我就不那么孱头!我一定要给她报仇!"

周炳叫陶华骂得哑口无言,脸上红得像朱砂一般。他向区苏求救似的说:"表姐,你说呢?我想死了比活着好,这是孱头么?"区苏点点头,不作声。周炳更是羞得脸上发红发涨了。这时候,恰巧周金大哥背着一捆旧皮鞋走了进来。陶华一见就开玩笑道:"怎么,共产党人还收买皮鞋呀?"周金笑着说:"共产党人不拘干什么,只要对革命有利。不过这些破家伙却不是收买来的,是那些罢工工友的，要找人补。人手不够，我就背出来了。"说罢，他看见周炳坐在一边，脸红筋胀，郁郁不乐，就问起情由。区苏把刚才的情形告诉了他，他就说出他的意见道：

"这当然是陶华说得对。咱们要打倒帝国主义，要摧毁这整个旧社会，就要进行阶级斗争。这好比拿枪上战场和敌人打仗一样！难道在打仗的时候，你的好同伴倒下了，你不是更加勇敢地去打敌人，却逃回战壕里去自杀么？没有这种道理！"

周炳用两手捂住脸说："好了，好了，不谈这个了。留下那些烂皮鞋，叫我来给你补！"周金说："这样才是。免得我一个人东奔西走，张罗不过来。你想，十几二十万罢工工人一下子回到省城来，那衣、食、住、行的事情该多少人来办才办得通！"区苏说："大表哥你尽管放心，阿炳的手艺是不错的。爸爸说过，他本来应该是个皮鞋匠。"陶华也高兴了。他指着区桃的供影说："周炳，你要是打瞌睡的话，只要一想起她在旁边望着你，你就精神百倍了。你用锥子使劲戳下去，就好比戳在帝国主义的心上；你用铁锤使劲打下去，就好比打在帝国主义的头上！这样子，包管你通宵不睡也不累！"周炳不断地点头，没再说话。不久，师姑也来了。周炳找区华和区杨氏闲谈了半天，随便吃了点饭，就坐在神厅里听那些师姑念经。约莫二更天，吹鼓手敲起铜钹和小鼓，吹起横笛和筷管；师姑们拿着手卷，念着经文；区细和区卓捧着区桃的灵牌，到门口外面去"过桥"。桥是竹枝扎成的，上面糊着金色的纸和银色的纸，一共有两座，一座叫金桥，一座叫银桥。正位师姑宣读了手卷，吹鼓手奏起"三皈依"的乐章来，师姑们齐声念唱。每唱一节，正位师姑用手卷在桥上一指，灵牌就往上挪动一级。到了桥顶，又往下降；过了金桥，又过银桥。周炳一直看到过完了桥，才告辞回家。

从此以后,周炳找到了一件可干的事情。他参加了省港罢工委员会庶务部的工作。那一大捆破皮鞋,他只用了一个晚上的时间,就通通修理好。跟着,他就四处奔走,找地方开办新的饭堂。找好了地方,又要找工人;找到了工人,又要找桌、椅、板凳、碗、筷、锅、盆。开了一处新饭堂,过几天又不够用了,还得再开一处新的,又要大大倒腾一番。光是饭堂还不算,此外还得建立宿舍、洗衣馆、理发馆;光吃、住、洗、刮还不够,又要搞夜校、图书室、俱乐部等等,把周炳忙得一天到晚只在街上团团转。他使唤了不知道有多么高的,自己都不能控制的热情去工作,拿陈文婷的话来说,就像发了狂一样。奇怪得很,他不知昼夜,不知饱饿,不知冷暖地工作着,他的身体倒反而好了,比从前更粗壮,更健康,也更英俊,更漂亮了。在半个多月的时间里,他完全变成了另外一个人。他不再感觉到悲伤和丧气,不再感觉到缥缈和空虚,也不再去追究人生究竟有什么意义,只是高高兴兴,精力饱满地活动着,淹没在紧张繁忙的工作的大海里。有时半夜回家,他就在书桌前面的小凳子上坐下来,对着书桌上的区桃的画像出神。有时他就吻她一下,对她说:

"小桃子,你笑一笑吧!我要摧毁那个帝国主义,我要摧毁那整个旧社会!你瞧,我浑身都是劲,一天可以干二十四个钟头。咱们的同志多得很哪,简直数不清有多少。咱们要不了几个月,就会胜利的。那时候,北洋政府就会叫咱们砸个稀巴烂,帝国主义就会乖乖地撤走军队和战舰,把所有的租界交还给咱们,把所有的海关、邮政、矿山、学校、轮船、工厂一齐交出来。你说怎么样?好,你笑一笑吧!"

他看见区桃对他点头微笑,感到非常幸福,就又吻了她一下,说:"桃表姐,你太好了!"说完也对着她傻笑,一面笑,一面淌着眼泪……

有一天,别人告诉他,省港罢工委员会委员长苏兆征同志有事要找他。他一听说,就高兴得跳了起来。他感到说不出的光荣和愉快,但是又有点紧张和胆怯,到他见着苏兆征同志之后,才放下了心。苏兆征同志看来三十多岁年纪,瘦瘦的中等身材,神气清朗,待人十分亲切。他一见周炳,就抓住他的手说:"我听说你工作很努力,大家都很喜欢你。你演戏演得很好,不是么?我们要把你从庶务部调到游艺部,你给咱们演一出戏,好不好?咱们的条件很差:第一没有人,第二没有钱,第三没有服装道具。咱们现在只有一个剧本,是工友们自己写的,要在八月十一日把它演出来。那一天,咱们要举行'肃清内奸大运动',要游行示威。那天晚上,应该演出这个戏来助一助威。时间也不多,大概只有两个星期了。你看怎么样?"他的坚定有力的气概深深地感动了周炳,周炳毫不踌躇,用同样坚定有力的语调回答道:"没问题,准在八月十一日晚上演出来!"随后他就去找游艺部长,把剧本拿回家,一口气读完了。这剧本名叫《雨过天青》,讲香港一对青年男女的恋爱故事。男的是个海员,女的是那只轮船上买办的女儿。男的要回广州参加罢工,希望女的同去,女的有点动摇。那买办想破坏罢工,就要他女儿把男的留下来,并且派了一个被他收买了的海员在工人当中进行破坏活动。这个工贼在工人当中和那对青年男女当中挑拨是非,企图引起妒忌和冲突,使工人们和那对恋人都陷在分裂状态中,不能一致行动。后来经过一些曲折,买办和工贼的阴谋被揭破了,那双青年男女痛骂了他们一顿,和其他的工人一道回了广州。老实说,这剧本只是一个故事提纲,连分幕、分场、动作、对白都还

没有的。周炳把剧本读完了,就用双手捂住脸,反复地在想。后来他放下了手,又看见区桃在书桌上对他微笑着,他就说了:

"小桃子,你演那个女的,我演那个男的,够多好!可是你如今往哪里去了呢?这角色,你演最合适。样子好,人又勇敢,不用化装都可以上台。你说怎么样?……哦,不。你不能演。这是一个买办的女儿,你不会答应的。是呀,你不会答应的。可是你为什么不和我说一句话儿呢?说一句吧。哪怕只说一个字也好。"等了一等,他又低声向她喃喃发问道:"你怎么了呢?我跟你说了一千句话,你可是一句话也不说!这个戏,你是不肯演的了,那么,叫我找谁演呢?找婷表妹演好不好?她倒当真是个买办的女儿,可是她肯么?她能演得好么?你说一说吧!"但是区桃只是对他微微笑着,一声不响。当天晚上,他就把陈文婷找到神楼底来,认真严肃地和她说道:

"自从那次你在凤凰台上提醒我,说我只是个凡夫俗子,区桃表姐是升了仙的,我怎么也攀不上她之后,我倒得到了一种新的启示。我对于人生的问题,有了一个新的想法。人生到底有没有意义呢,这要看怎么说法。如果能够打倒帝国主义,摧毁整个旧社会,重新建立一种美好的生活,那么,人生就是有意义的;如果不打倒帝国主义,不摧毁整个旧社会,不重新建立一种美好的生活,那么,人生就是毫无意义的了!你说怎么样,你能够同意我的想法么?"

"哎哟,看你变得多快!"陈文婷笑了一笑,又露出深思的样子说,"才十天半个月工夫,你就变成一个革命家了!好,我同意你的想法,一点保留也没有!"

周炳高兴了,用很快的调子说下去道:"我们一家不用说。大哥经常向兵工厂请假,回省城来参加罢工运动。二哥也不管下学期有没有聘书,一天到晚搞交际部的事情。姐姐中学毕了业,还没找到职业,可是她除了奔走找事之外,也参加了交际部的活动。我自己在庶务部,忙得吃饭、睡觉都没时间。不说这些,就说你哥哥跟何守仁、李民魁、李民天这些人吧。他们都是有钱、有头脑、有社会地位的人,不是都参加了交际部的工作了么?只有你们四姊妹没有参加罢工委员会的活动!大表姐有家,又是信上帝的,难怪她了;二表姐当了兴华商行的会计,这也难怪;三表姐学校里有事,她又是个不爱活动的人,也算了。你呢?你为什么不参加工作呢?要是区桃表姐还在,她一定是豁出命来参加的!"

"对呀!我怎么早没想起来?我一定参加!"陈文婷想都不想就说:"从前桃表姐在的时候,她可以干许多事情,如今她不在了,这些事就该由我来干。我应该做她的替身,对么?"周炳见她答应得爽快利落,不像调皮开玩笑的样子,就也十分欢喜。当下两人就把剧本研究了一番,甚至有许多重要对话都预先拟想出来了。周炳问她愿不愿意演那个女的,她想这女的和那刘兰芝不同,是大团圆结局的,也就高高兴兴地接受了。随后两个人又研究其他的角色如何配备,服装道具如何筹措,排练如何进行等等,谈得十分投契。看看事情各方面都计划得大致不离儿了,只差一个八九岁的小女演员还没找到,再就是演出费用两百块钱还没出处。陈文婷说:"不要紧,让我给咱想办法。"时间已经十二点多,就散了。

第二天,陈文婷果然展开了紧张的活动。她先找周泉,说明演剧的事情,要她和陈文雄商量经费的问题,约好了晚上八点钟碰头;其次又找二姐文娣,也说明演剧的事情,要她跟何守仁商量经费的问题,同样约好了晚上八点钟碰头;最后把何家的小姑娘何守礼邀到自己楼下的客厅里来,拿了几颗香港制造的巧克力糖给她吃,然后问她道:"我就要做戏了,你愿不愿意做?要做就做我的妹妹。"何守礼虽然才八岁年纪,看来倒像十岁。身材高高瘦瘦的,那副尖尖的嘴脸,大大的眼睛一会儿露出孩子的神气,一会儿露出大人的神气。她先装成大人的样子回答道:"不,我不做戏。爸爸不叫作。"等到陈文婷说:"唉,那多可惜!在台上做戏,大家都望着你,都说你漂亮、可爱,多么出风头呵!"她又变成小孩子了,说:"也好,算你赢了,我做!"陈文婷点点头说:"这才对!今天晚上八点钟上这儿来吧。"到了晚上八点钟,陈文雄、陈文娣、陈文婷,这边的周泉和周炳,那边的何守仁、何守礼,果然都陆陆续续来到了陈家楼下的客厅里。客厅正中的酸枝麻将桌子上,摆着一盘饱满、鲜红、喷香的糯米糍荔枝,一盘滚圆、橙黄、蜜甜的石硖龙眼,大家一面吃着,一面谈论演戏的事情。周炳一提起经费的问题,陈文雄先望了望周泉,看见她用一种默契的微笑对着自己,就通情达理而又慷慨大方地说:"既然如此,我捐一百块港纸。你们知道,资产阶级并不是没有用处的!三大政策的联俄、联共,叫谁去联呢?叫资产阶级。扶助农工,叫谁去扶助呢?还是叫资产阶级。钱,我是出了,可是你们不能让爸爸知道。我出了钱,四妹出了人,我们一道来骂买办,这是说不过去的!"何守仁也先瞅了一瞅陈文娣,看见她的眼睛充满着善意的期待,也就爽朗明快地说:"陈君既然乐善好施,我自然也当仁不让。我捐一百块大洋!你们知道,我是不理会什么党派,什么阶级,而只知道爱国的!不管是谁,只要他爱国,我没有不乐于成全的。"后来谈到何守礼演戏的问题,他却为难起来道:"要我出钱容易,要我去说这桩事儿却难。家父的脾气,你们不是不知道的。"何守礼一听,像当头泼了一盆冷水,呜呜地就哭了起来。陈文娣仍然没作声,只是用恳求的眼光望着何守仁,后来,他到底还是答应下来了。

事情解决得这么顺利,又这么轻而易举,周炳心中不由得生出一种感激之情。他瞪大他那双诚实的大眼睛,把陈文雄、陈文娣、陈文婷、周泉、何守礼都轮流望了一遍,好像在向大家致谢。这时候,他特别崇拜陈文雄、何守仁这两位兄长辈,崇拜得简直要站起来,对他们两人说些赞美的话。他想起四年之前,他们刚从中学毕业的那个晚上的情景。那个不平凡的夏夜,他两人曾经和李民魁、张子豪、周榕换帖结拜,发誓要互相提携,为祖国的富强而献身。看来他们五个人都是正人君子,说得到做得到的。想着想着,周炳不知不觉站了起来,对着陈文雄、何守仁说:

"你们真是热心家!我有满肚子的话要说,可是说不出来,你们……就……等于……用不着说,不只罢工工人感激你们——凡是中国人都会……感激你们!"

陈文雄摆了一摆手,表示不在乎的样子。何守仁缩着脖子,耸起肩膀笑。大家又闲谈了一会儿,周炳回了家,陈家姊妹和周泉、何守礼几个人到三楼上姑娘们的书房去了,客厅里只剩下陈文雄和何守仁两个人。何守仁对陈文雄说:"周炳以读书人的身份,整天和工人们周旋,过去曾经成为笑柄。想不到省港罢工爆发以来,他们平素喜欢跟工人来往的,倒占尽了便宜。你听见没有,说他们周家兄弟好话的人,的确不少呢。尤其是这个周炳,他在罢工工人里面,简直成了天之骄子!"陈文雄点头同意道:"不错,他是一个戆直的人。戆直的人往往就是一条心!共产党最喜欢这种头脑简单的材料了。对于我们这种有点头脑的人,共产党就一筹莫展。"何守仁说:"对极了,对极了。说到共产党,我倒要向你请教,你看国共合作长久不长久?"陈文雄笑道:"这就要看共产党的态度了。如果他们乖乖地跟着国民党走,那么合作就长久;如果他们硬要工人登上皇帝的宝座,那么合作就很难维持。"何守仁故作吃惊的神气说:"工人?皇帝?可是我不明白……你自己怎么看这个问题,你不也是一个工人么?难道要你当皇帝,大家都服从你,那还不好么?"陈文雄摇头道:"我是一个工人,但是我不是一个共产党!"往后他们就谈起国民革命该怎么革法,联俄、联共、扶助农工对不对,怎样才能够打倒军阀、打倒帝国主义,省港大罢工还要坚持多久,谁领头来办这一切事情等等,一直谈到深夜。在那个时候的广州,这样的谈话已经成为一种十分流行的风气了。

到了八月十一日,白天举行了肃清内奸大运动的示威游行,晚上就在东园的大礼堂里演出话剧《雨过天青》。这里原来就是一个剧场,设备虽然陈旧一点,还算是很不错的。天还没黑,观众早就坐满了。他们都是罢工工人,在场里面兴高采烈地谈白天的示威游行,又打又闹,又说又笑,有些年轻人不停地吹着呼哨,催促开场。陈文婷早就化好了装,但是她没给工人演过戏,听见台下嘈闹,自己就显得很紧张,老是揭开幕布向外面张望。周炳安慰她道:"不要紧的,婷!把信心提高一点,我们互相信任就行了。别看他们粗野,其实他们是很敏感的,很富于共鸣的。"陈文婷用手按着心窝说:"好,我听你的话。你看——我现在安静了。"其实周炳心里也感到紧张和混乱。那不是为了别的,而是因为他在这吵嚷忙乱的后台的环境中,老听到一种他很熟悉的声音,十分像区桃在对谁低声说话,等到他仔细一听,又没有了。他使劲搓捏着自己的耳朵,又喝了一杯冷开水,可是过了一会儿,那声音又听见了。这样反复了四五次,他心里有点着慌。后来他把区桃的小照片掏出来,竖在他面前的化妆台上,对她说道:"桃表姐,你帮助我把注意力集中起来,给我足够的勇气,让我把这个戏演好吧!"以后,果然慢慢地镇定下来了。那天晚上,整个戏演出得很顺利。每一个演员都感觉到观众对他们不是漠不关心的,而是支持和爱护的,任何感情上的轻微的波浪都能引起迅速的反应。这里面,只有陈文婷出了一点小差错。她的性格本来应该是两面的。一面是爱国,同情周炳的行为,想跟他一起回广州;一面是怀疑和动摇,舍不得家庭生活,舍不得香港的舒适和繁华。但是她突然觉着这样不带劲儿,不够理想,配不上周炳的坚强性格,她就自动把英雄那一面加强了,把软弱消极那一面减少了,说了一些不该她说的大言壮语,使得整个戏几乎演不下去。后来大家在后台围着她,把她劝说了一顿,她才勉强改正了。戏一幕一幕往下演,陈文婷开始想拖住周炳了,工贼出来了,这对青年男女之间,他们和其他工友之间的纠纷开始了。最后全部的纠纷都集中到一个场面上,事情弄得不可开交,罢工几乎流产,周炳决定不顾一切,抛弃爱人,带领愿意罢工的部分工友回广州的时候,工贼的阴谋被揭露了。大家明白了一切,陈文婷又震惊、又惭愧,只是哭,她那买办父亲还想用威逼利诱的办法来分化工人,周炳对那买办发出了词严义正的斥骂。他满怀仇恨和义愤,又压着这些仇恨和义愤,用激动的调子,圆熟的嗓音,沉重的吐字,指着那买办骂道:

"你自己想想看,你还有一丝一毫的人性没有?你为了多赚几个臭钱,就给帝国主义当走狗,当内奸,当奴才,破坏我们工人的团结,破坏你的儿女的幸福,要大家变成祖国的罪人!你要是还有一点儿人样,你能够忘记沙基大街上面的鲜血么?你能够忘记南京路上面的鲜血么?你能够忘记无数先烈在祖国大地上洒下的鲜血么?回答我,回答我,回答我!你敢回答我?不,谅你也不敢!你不过是一条小虫,你不过是一缕黑烟,你不过是一片云影!我们的祖国是光明的,我们的劳工是神圣的,我们的事业是胜利的,任你诡计多端,也不能损害我们分毫!你不过是秦桧、吴三桂之流,枉你人生一世,只落得千秋万载的臭骂!兄弟们,走吧!我们和帝国主义结下了深仇大恨,我们忘记不了那些奇耻大辱,他们欠下我们的血债,必须用血来偿还!走吧,我们到广州去,那里有无数的亲人等着我们,那里是革命的首都,那里有自由和幸福,我们一道走吧!"

他的表情是真挚和自然的,他说的每一个字都充满着仇恨,又充满着英雄气概,而从头到尾,他给人的整个印象是深沉、镇定和雄迈。他那深藏在心里的刻骨的仇恨随着他的眼光,他的字音,他的手势,甚至随着他的头发的跳跃,衣服的摆动,感染了每一个观众,使得大家跟着他愤恨起来,紧张起来,激动起来。他说完了这段话,台上的工人走到他这边来,买办的女儿也走到他这边来,他们一道从门口走出去,胜利了。观众叫嚷着,吹着呼哨,喊着"打倒帝国主义!""打倒内奸!"跟着就是长时间的情绪饱满的鼓掌。周炳抓住陈文婷的两手说:"婷,你听,我们演成功了!"陈文婷说:"英雄,英雄,你完全是个激动人心的小英雄!"以后,他们白天晚上都演,没有一场不成功。《骂买办》那一场戏成为大家谈话的资料,大家学着周炳编的那段台词,学着周炳的腔调和姿势,像他们学粤剧名演员朱次伯和盲歌伶桂妹师娘一样。在这些紧张的演出里,周炳觉着人生的前景光明灿烂,预感到革命成功的幸福,如痴如醉地过着高兴的日子。

一八　在混乱的日子里

　　一千九百二十五年八月二十日,周炳和陈文婷仍然在东园里面给罢工工人演日场。按照周炳的想法——也是当时几乎每个广州人的想法,参加省港大罢工的工人就是世界上真正的主宰。再过一些时候,他们就会逼使英国退出香港,而最后,他们就会收复沙面上的租界,赶走各国的军舰,夺回海关、邮政、工厂、矿山、学校、银行和军事、文化、政治、经济各方面的一切权利。到那个时候,大家就会给区桃修一座崇高巍峨的纪念碑,永远表扬她的刚烈的精神。区桃的仇恨得到申雪,国家也就一天天富强,大家都过着和平、自由、幸福的好日子。他把这个想法告诉了陈文婷,她也是同意的。他就带着这样的想法出场,去给那些世界上真正的主宰演戏。这一场的观众和前面十几场的观众一样,十分喜欢他们的演出,并且他们都听说过有《骂买办》一场好戏,于是就趁着换景的时候,在下面纷纷猜测。可是,突然的事变发生了!罢工委员会派人到后台来对大家宣布一个不幸的消息:
　　"廖仲恺先生被人暗杀了!"
　　廖仲恺先生是一位革命意志非常坚强,非常得到人民爱戴的革命领袖,又是一个坚决反对内奸,全力支持省港罢工的人,一听到这个坏消息,周炳就哭了。戏正演到半拉子,因为这里马上要开紧急代表大会,不能不腾地方,只好临时宣布停演,一下子戏场里的秩序搞得很乱……

每一个广州人恐怕到现在还能够回忆起来,在从一千九百二十五年八月二十日到一千九百二十六年三月二十日这七个月里面,他们经历了一次多么严重的精神上的混乱。在早些时候,他们曾经这样想过:所谓进行一次国民革命,就是联俄,联共,扶助农工,大家一起来打倒军阀,打倒帝国主义。为了达到这个目的,他们应该采取罢工、罢课、罢市的方法,甚至不惜最后诉之于战争。他们可能想得过于天真了一些,过于简单了一些,过于直线了一些,然而他们是真正热情地这样做过来的。有些人,比方说像区桃,就是在这种信念之下,献出了自己的生命。但是一千九百二十五年八月二十日,距离区桃被帝国主义者阴谋杀害还不到两个月,廖仲恺先生在中央党部门口被人暗杀了。这不能不在人们的精神上引起极度的混乱。区桃被人谋杀,那是容易明白的。至于廖仲恺先生,他是意志坚定,热情澎湃,精明强干,为人们爱戴的革命领袖之一,为什么要谋杀他呢?谁谋杀他的呢?怎样谋杀他的呢?这些问题,在那个期间,谁也弄不明白。因此,在这七个月里面,每一个人都在谈论着国民革命到底要往哪里走。人们问道:国民革命还干不干?联俄,联共,扶助农工还要不要?军阀还打倒不打倒?帝国主义还打倒不打倒?省港大罢工还要坚持多久?谁领头来办这一切事情,是共产党?是国民党?是胡汉民,是汪精卫,还是蒋介石?诸如此类。

九月二十日,当事情发生了一个月之后,在张子豪家里有一个小小的叙会,也在谈论这些问题。张子豪自从当了连长之后,把旧房子退掉,另租了一幢新洋房的二层楼居住。这里是朝南的一厅三房,十分宽敞。旧的家具都卖掉了,换了全新的藤制和杂木家具。他和陈文英都换了新衣服,他们一个七岁的男孩子叫作张纪文的,和一个五岁的女孩子叫作张纪贞的,也都全身上下换了新衣服。连招待客人的"雅各"牌饼干,"新基士"金山橙子,"伦敦"制造的杏仁奶油糖果,"斧头"牌白兰地酒等等,也都给人一种全新的感觉,好像这一家人是刚从别的星球来到广州似的。这天,张子豪、陈文英夫妇做主人,客人有李民魁、陈文雄、何守仁三个人。李民魁到得最早。六点钟吃饭,他五点钟就到了。到了之后,他结结实实地把张家的每一样事物恭维一番,然后说:"老学长,你这里的的确确象征着一个全新的中国。什么都是新的。但是我希望你那颗伟大的良心,还和从前的一模一样。"张子豪感慨地说:"那怎么变得了?我如今虽然投笔从戎,但是我还记得咱们刚毕业的那个夏天的晚上。在三家巷里的那一切,仿佛还是昨天的事儿。"李民魁说:"是呵。那时候,咱们都是多么天真可爱的人!算你有见地,你找到了一个盖世英雄的蒋校长。可是我呢?我该投奔谁呢?唉。"张子豪说:"怎么,你们陈果夫、陈立夫两位老板腰杆还不硬么?"李民魁又叹了一口气道:"嘻,那还是不定之天。咱们姑且走着瞧吧!"没多久,陈文雄跟何守仁也都来到了,大家一道入席喝酒。酒入欢肠,大家都兴高采烈。张子豪举起酒杯说:"这几年来,我想过许多事情。不能够说我没有一点心得。我们座上有共产党员么?我想没有。那好吧,干了这一杯再说吧。"说到这里,他停了一停,望了一望大家,大家都说没有共产党在座,于是干了一杯。张子豪做了一个虔诚的姿势,两手交叉着放在前胸上,说:"工人不能领导国民革命。农民、学生、商人也不行。共产党不能领导国民革命。国民党也不行。只有军队能够领导国民革命。只有蒋校长能够领导军队。你们说怎么样?如果是这样,一切妨碍国民革命的东西都应该肃清。包括陈炯明、刘震寰、杨希闵、邓本殷和其他一切的一切在内。你们说是么？民魁，你是无政府派，守仁，你是国家主义派，舅舅，你是英美派，我愿意听听你们的高见。"李民魁说："立夫先生常常对众人谈起，蒋先生是总理以后的第一人。这是没有话说的。蒋先生肯实干，不像汪先生那样多嘴浮夸，可惜各方面还没有完全服他。不过吴稚老断过：将来总有一天，大家都会服他的。"张子豪笑道："吴稚晖是你们虚无主义老祖宗，他说了，你就信。"陈文英插嘴说："既然有这么好的一个人，愿上帝收留他。愿他成为一个虔诚的基督教徒。"何守仁非常诚恳地说："如果拿胡、汪、蒋三个人来比，自然该推胡先生第一。论才学，论老练，论渊源，别人都无法相比的。但是他既然要出洋，也就没办法了。剩下汪先生虽然热情英俊，但是不及蒋先生多多了。人家说汪先生治党，胡先生治政，蒋先生治军，其实能够这样也不错。我的议论还是比较公正，不做左右袒的。"陈文雄大模大样地嬉笑道："什么左右袒不左右袒，我都清楚。大姐夫为什么拥护蒋校长？道理很不复杂：这房子、家具、衣服、食品，蒋校长都给换了全新的，连我这两个小外甥都重新打扮了，为什么不拥护？至于我呢，可就不一样了。共产党胡闹，这一条没有问题。谈到拥护谁，是左派，是右派；是无政府派，是国家主义派；是黄埔派，是太子派；我想最好先别忙。让大家先看一看，谁真心从事国民革命，谁有本领驱逐帝国主义，安定政局，振兴实业，改善民生，大家就拥护他。我不吃谁的饭，不穿谁的衣，不住谁的房子，也不盲从谁。"张子豪打趣道："说得好极了。除了'共产党胡闹'五个字以外，全是一派共产党口吻。其实共产党也为衣、食、住。难道他不吃饭？不穿衣？不睡觉？不过不要紧，舅舅既是反对共产党，咱们就是一家。难就难在将来的舅母,不知是否也一样齐心!"往后,话头就转到周泉身上。大家都觉得她人好,不固执,没成见。谈到周榕,大家觉得他有时跟周金走,有时跟陈文雄走,没有定性。大家又觉得,既然同学一场,又起过誓要互相提携的,就应该拉周榕一把,使他走上正路。这样吃吃喝喝,谈谈笑笑,不觉一直闹到二更过。

九月二十日是阴历八月初二,也是中医杨志朴的生日。同在这一天的下午,杨家也大排筵席,在师古巷的住宅里请亲戚朋友吃饭。陈杨氏、周杨氏、区杨氏都早来了,区华也到得很早,周铁提前收工,也赶来了,只有陈万利没到。小一辈的周金、周榕、周泉、周炳、区苏、区细、区卓、陈文娣、陈文婕、陈文婷都到了,只有陈文英、陈文雄姐弟俩,说有事不能来。杨志朴为了陈家父子三个都不来,觉着很不高兴,但也只放在肚子里,没有说什么。酒饭过后,周金、周榕、周炳、区苏四个人跑到杨承辉的房间里聊天,也谈起国民革命的问题。周金坐在杨承辉的床上,身上所穿的运动背心卷到胸前,露出半截身子,右边的裤管也卷到大腿上,露出满腿的黑毛。他用手拍着床前的书桌,嘴里一面骂着粗话,一面说道:

"我操他祖宗十八代!那些内奸,你们把他当成人看?我只当它是畜生!我早就说有内奸了,你们不信,如今怎么样?千真万确:社会上有,政府里面有,罢工委员会里面也有!如果没有,为什么连苏兆征都有人造他的谣?"周炳、区苏、杨承辉都拿眼睛望着周金右手那只叫机器轧扁了的大拇指,没有作声。周榕踌躇了一下,就缓缓说道:"不是我们不信,文雄表哥和我都认为社会上、政府里有内奸,只是罢工委员会里不会有。李民魁大哥和守仁哥他俩是说过不论哪里都没有内奸的话,不过他们也是出于好意的,顶多是过于忠厚罢了。"周金十分生气地说:"忠厚?我不相信你那些大哥、小哥是什么忠厚的角色。我只知道,有些人是五分钟热度,有些人是压根儿就没有什么热度,你不妨拿怀疑的眼光去看看你那些大哥、小哥,还有表哥!"听见他这么说,大家全把脑袋搭拉下来。周炳特别感到不满意。他暗自思量道:"按大哥这么一说,李民魁、何守仁、陈文雄都是可疑之人了,那怎么会呢?不,不会的!他们都是纯洁的青年,都是爱国的志士,都是全力赞助省港罢工的好人……"想到这里,他不觉脱口说道:"要是这些人都不可靠,那么,剩下国民革命叫什么人去干呢?"周金说:"怎么会没有人干?真是小孩子说话!共产党不在干么?国民党左派不在干么?还有工、农、兵、学、商,你怕没有人?内奸总是祸害,不肃清不行!"周榕说:"要是那样干,国民党里面的达官、贵人、名流、学者都会跑光的。于是,国、共就会分裂,国民革命就会流产。那未免太可惜了。"杨承辉说:"那有什么可惜的!革命就是要革个彻底,对那些人迁就一定会给革命带来损害。我倒认为干脆点好。谁不干,就滚开!我们有了工人,有了学生,就算没有其余的人,你怕那些军阀推不翻,你怕那些帝国主义打不倒!"周炳听了,虽然觉得也有道理,但是心中的疑团究竟解不开。当天谈到很晚,才各自回家。又过了几天,有一次,周炳在陈家的客厅里碰见陈文雄和何守仁,他问他们国共是否会分家,省港罢工是否会失败,他们都异口同声说不会,这使他更加觉着周金的怀疑没有道理。他和陈文婷谈起,两人都觉得纵然社会上动荡不安,革命的前途还是光明的、乐观的。

忙忙碌碌又过了半个多月,到了阳历十月双十节。那一天清早,何应元在第二进北房他自己的书房里,把何守仁叫了进去,说:"阿仁,我那宝安税务局的差事,昨天发表了。我以为他们不会要北洋余孽办税务,谁知也不尽然。我把这桩事儿告诉你,等你也欢喜欢喜。"何守仁穿着藕荷色绸衫裤,白缎绣花拖鞋,勉强笑了一笑,就坐下来,又是方才那愁眉苦脸的样子,并没表露多大的欢喜。这一年来,他自从向陈文娣求婚被拒绝之后,就成了个悲观主义者,觉得人生漆黑一团,毫无意义和价值。何应元虽略有所闻,但也无法为他宽解。过了一会儿,何五爷又说:"听说你在什么地方瞎捧了胡展堂一阵,有这回事么?"何守仁说:"有这回事。"五爷说:"这就不对了。展堂固然好,但也不能一成不变。你是学政治、法律的,你应该知道政治上的事情不能一成不变。最近我看,介公的才华手腕,不但不比展堂弱,那见地魄力,还有过之。就是北洋大老之中,也找不出几个这样的角色。目前他固然还有些轻狂的言论,但是一旦到了成熟期,他一定会成为一个中流砥柱。"何守仁觉得没有趣味,就漫应道:"哦,是么?那往后瞧吧。"五爷觉着没办法,就单刀直入地说了:"你已经二十三岁了,大学也快毕业了,我看结婚算了吧。"何守仁一听,连忙站起来抗争道:"不,不,我不愿意结婚。我要独身过一辈子。"五爷也生气了,大声训斥道:"胡说!我要你马上结婚!你应该有点上进的志气,不应该在男女家室的小事情上,一成不变,弄得呆头呆脑!"何守仁用细弱的尖声大叫道:"不行,不行,我要坚持我的独身主义!"说完转身就走。五爷又好气又好笑,他用手搔着耳朵背,喃喃自语道:"独身还成为一种主义,真是不通之至!真是妙不可酱油!"吃过早点,他就去找陈万利,告诉他宝安税务局的事情,还问他对蒋介石的观感。陈万利说:"过来过去,还是你们当官的好。你们腰缠万贯,没人知道。我们背了万载的臭名,人家天天骂洋奴买办,实地里却弄不了多少。说到蒋介石这种人,你看人有独到之处,我不敢驳,至于我自己,我宁愿多看两天。有朝一日,他把共产党杀光,我就相信他。"何应元说:"原来你也要杀共产党的。我还当你要跟共产党对亲家呢!"陈万利捧着脑袋说:"五哥,别提了。我们陈家的姑娘好像一点本事都没有,只会找共产党的新郎,把我的肚皮都气破了。"何应元说:"也不是我敝帚自珍,实不相瞒对你说,我家阿仁和你家二姑娘,倒是天生一对!"陈万利说:"那敢情好。我也不是毫无所知,可是我有什么办法?人家讲自由哇!"何应元临走的时候,向陈万利献计道:"你应该给令爱讲清楚,共产党猖狂不了几天……蒋介石是个深谋远虑、奇智大勇的人……廖仲恺身上所受的不过是第一枪……如此这般!"客人走了之后,陈万利果然把这些话对陈文娣说了,文娣又将这番话对文婕和文婷说了,霎时间把这三位姑娘吓得坐立不安,心惊肉跳。

到阳历十一月,秋风一天比一天紧了,鞋匠区华家里的牛皮也因为天气干燥而翘起来了。有一天,吃过晚饭之后,区苏和她爸爸说:"爸爸,你要能够去周家跑一趟才好。我们大姨妈家是大财主,人家迟早是要拿共产党开刀的。可是我们二姨妈家那些表兄弟姊妹,都把陈家那些少爷小姐,当作香橼,当作蜂蜜,闻了就不放手,吃了就不走开。有一天,终是个祸患!"区华把他大姑娘细看了一番,觉着她说的是,就欣然同意,放下皮鞋,换了布衫,从城东南走到城西北,去对周铁说去。见了周铁,他第一句就说:"二姐夫,我是不相信什么省港罢工,也不相信什么国民革命的。那全是空话。都因为吃饱了饭,没有事情干。几时见米便宜了一两,柴便宜了一斤?阿桃死,是白送死。人家说她死得英雄,我说她死得冤枉。你得跟那些年轻人说一说,也开导开导他们:别那么相信那些官场的话。他们高兴了,要你罢工。他们不高兴了,也可以要你回'老家'去!"周铁叹口气说:"你说的真是金玉良言,可得他们听!那些混账东西就是不安分。咱们忍辱偷生,一辈子还过得这么艰难,现在他们这样不安分,怎么了局?"区华第二句就说:"二姐夫,我一齐说了吧:我们阿苏对你们阿榕,是有点傻心眼的。她只怕她知识不高,攀不上。你看给他两个拉在一起,怎么样?"周铁顿着脚道:"嘻,真是!在这些表兄弟姊妹堆堆里,我最心爱阿苏。人品性格,手艺针线,都没得说的。可是你叫我怎么办?人家天天都讲的是自由,叫我连嘴都不敢张!连隔壁阿婷,年纪都那么大了,半夜三更还跟我们那个小的在房间里说这说那。我只能当作没看见。"区华见不得要领,没坐多久就走了。客人走了之后,周铁走进神楼底,和周炳说:"这几个月来,就听到许多不好的消息。罢工的事情,是勉强不得的。不要帝国主义没打倒,自己倒先到了望乡台!你大哥停工的天数,一个月比一个月多了。你二哥的学校里,也请了别人代课了。我说了多少回不听!光罢工行了?连饭也不用吃了?你千万不要这样。白天上课,晚上不温习,光到罢工委员会去胡搞,那是不行的。将来要后悔的。"周炳听了,一声不响,铁青着脸儿走出门口,坐在枇杷树下的石头长凳上。何守义、胡杏、何守礼都在巷子里闲耍,周炳把他们叫到跟前,问道:"帝国主义打死了咱们的同胞,咱们就要站起来打倒帝国主义,可是有人要当内奸,要破坏省港罢工,这些人是不是卖国贼?"八岁的小演员何守礼立刻回答道:"卖国贼,凉血动物,怎么不是?"十一岁的丫头胡杏点点头,笑一笑,不作声,好像怕周炳给她当上似的。十三岁的何守义打着他哥哥何守仁那副腔调说:"唔,帝国主义很凶,像老虎一样,会吃人的,这谁不知道?偏你要去惹它!"周炳苦笑一声,又不睬他们了。

十二月,北风起,形势更加险恶。对罢工委员会什么好听的话都传出来了。周金、周榕、周泉、周炳、杨承辉、李民天六个人,这天喝过午茶之后,都回到罢工委员会交际部办公室来,一直继续谈论国民党对国民革命的态度问题。杨承辉坚持自己的意见道:"哪一个工人不清楚:国民党是没有诚心去干革命的。他们只想争地盘,升官发财!国民党里面有少数好人,也是束手无策!工人们都知道,要革命,只有依靠共产党。"周金说:"所以嗄!共产党如果把这些肮脏东西全都揭开,对全体民众讲清楚,我相信工人、农民、军队、学生,都会站到这边来的。这叫作你不干拉倒,我来干。"李民天说:"周大哥,这恐怕不行吧。广东是人家的地盘,人家就是主人,咱们只是客人。喧宾夺主,怕对大局不利。段祺瑞正在说咱们赤化,咱们当真赤化了,不是凭空给他添些口实?"周榕接着说:"不添口实又怎么样?这我倒不怕。我是相信共产党的。我只怕倘若国民党当真不干了,咱们的力量太孤单,干不成器!"周泉小心翼翼地两边望了一望,才说:"我真怕听你们这些人讲话。动不动就是打打杀杀的!怎么干得好好的,又想起散伙来呢?我想存则俱存,亡则俱亡,这才是正理。大敌当前,自己人只当少说两句。受得下的就受,忍得下的就忍!"李民天最后说:"我看总想得出一个办法,既能实行共产党的主张,又能使国民党的大老们满意的。"周金讥笑道:"这个办法到哪里去找?你回去翻翻书看有没有?"李民天听他这样说,不觉满脸绯红。周金也有点懊悔,就转口说:"我不过是说万一国民党当真不干,咱们还要坚持下去。其实现在,咱们还是拥护国民党来领导的。共产党有政策在,我是要服从的。咱们大家从今天起,还是分头去活动,尽量争取更多的人来支撑大局才是。只要咱们自己团结得紧,敌人是作不了大恶的!"这才把大家说得重新高兴起来。

不管怎么说,周泉的心里总有一道阴影,有一个解不开的疙瘩。她和陈文雄的关系,一天比一天密切。但是她看见陈文雄和自己几个兄弟的关系,却一天比一天疏远。这样发展下去,将来会怎么样呢?她把这个问题,足足想了一个月的时光。在一千九百二十六年一月的一天晚上,她把自己的种种疑虑一齐告诉了陈文雄。那年轻的,别人管他叫"外国绅士"的工人代表笑起来了。他说:"你担心什么呢,小鸽子?别让纷纭的世事损坏了你纯洁的心灵。我们的意见有分歧,可那碍着谁的事呢?我自信是比较公正的。我不轻易同意阿金、阿辉他们,也不轻易同意张子豪、李民魁、何守仁他们。阿金、阿辉他们是豪爽的人,是一条肠子通下肚子里的,这我也知道;大姐夫,李大哥,何家大少爷,他们各有各的鬼名堂,这我也清楚。"周泉低声妩媚地说:"表哥,你不觉得我大哥、二哥、阿炳他们和你更亲近一些么?你要是和他们一致,对我来说,会更加好处一些么?"外国绅士笑得更加甜蜜了。他说:"你还是不明白。政治就是政治。政治上的亲疏跟血统上的亲疏完全是两回事。外国很多父子不同党的。小鸽子,你把爱情跟政治分开吧。让我们来享受爱情的甜蜜,把政治上的烦恼抛到九霄云外吧!"周泉一听也对,就再不说什么了。

像周泉这样的苦恼,陈文娣也是有的。她还多一重烦恼。因为她爸爸陈万利越来越明显地反对她和周榕的恋爱。二月间,阴历新年过后不久,她有一次和周榕去公园散步,顺便提出了这个问题。周榕热情激动地说:"娣,不要有任何一分一毫的怀疑。我可以用人格保证,也可以用生命保证,共产党是对的。我请求你,娣,你应该帮助我把你大哥拉到真理这边来,要他鲜明坚定地站在共产党这一边。你能够答应么?"那兴华商行的女会计感到他的爱和他的信任,就说:"我当然答应。你要什么我都可以给你的。"后来想了一想,她又加上说:"可是,我自己还没有想得透彻呢!"周榕紧紧搂住她的腰肢,孩子撒娇一般地追问道:"为什么?为什么?为什么?你不是说过永远跟我在一起的么?"陈文娣平静地回答道:"是这样。永远的永远。自从我中了'丘比特'的箭之后,我就决定献身给他。二表哥,我的感情整个是属于你的,但是我的理智不完全是这样。为了证明我是一个'五四'时代的新青年,为了爱情和自由,我不怕任何障碍,我什么都能够做出来。但是在政治上,我怀疑你是偏了一点。"周榕没法,摊开一只左手,半晌说不出话来。

类似的争吵,在周炳和陈文婷之间也经常发生。关于动荡不安的政局的种种流言、传说、揣测、疑惑和争论,他们都是听见了的。开头,他俩还相信一定会像他们所演的戏一样,《雨过天青》。可是后来,周炳照样相信国共不会分裂,国民革命不会停止,省港罢工不会失败,但是陈文婷却相反,觉得国共分裂不能避免,国民革命很快就要停止,省港罢工就要收束。这样,他俩之间就出现无穷无尽的争吵,一直吵了将近半年。一吵,周炳就赌气不理她,只顾没早没晚地和区桃的画像说话。对于学校的功课,他感到越来越厌倦;对于陈文婷,也感到越来越厌倦。可是过不几天,陈文婷又在神楼底门口出现了。她总是十分胆怯地说:"炳表哥,不生我的气了么?我又找到了一条花手帕,是桃表姐送给我的。让你看一看吧!"这样来买周炳的欢心。

一九　快乐与悲伤

一千九百二十六年三月十九日,就是段祺瑞在北京打死刘和珍、杨德群他们许多人的第二天,陈文雄和周泉举行了文明结婚礼。这在当时,是一种豪华、名贵、有地位、有教养,足以称为"人生快事"的大典。有充足的外国味道,很像基督教的仪式,而又不完全是基督教仪式。婚礼在一间大酒店的礼堂里举行。时间是那天下午五点钟。在四点半钟的时候,新郎和新娘坐着红绸装饰的汽车,由另一部汽车上面的乐队引导着,来到酒店门口。全广州的人几乎都看见了他俩。新郎穿着黑色燕尾大礼服,头戴高顶大礼帽,手上戴着白手套;新娘穿着雪白的轻纱大礼服,浑身上下,都用轻纱和素缎围绕着,好像她刚从云雾之中降落到人间来的一般。新郎先下车,举着新娘的手指尖,把她搀下车来,然后用手臂勾住她缓缓前进。主婚人、证婚人、介绍人等等在前领路,男女傧相在两旁护送,孩子们和亲友中的至亲至交,在后面跟随,走到电梯前面,才分批上去。在电梯当中,只有文雄、周泉和一个司机,新郎用英文对新娘说:"你今天美丽极了。你的颜色比雪还要洁白,你每一个微笑都包含着一千种的涵义。"新娘低声对新郎说:"你今天漂亮极了。你的身材比哪一个童话里的王子都要壮伟,你的一举一动都深沉而且豪迈。"新郎用英文说:"你快乐么?"新娘这回也用英文说:"超过你一千倍。"陈文雄压低了嗓子,改用广州话对周泉说:

"可惜我们都不是基督教徒,不能全部采用宗教仪式。不过等一会你看一看吧,也就跟一个英国公爵结婚差不多了。"周泉快乐得不能再快乐,也就没听清他讲什么,只是笑着点头。出了电梯,只见大厅上张灯结彩,金碧辉煌;贺客们一个个衣服华丽,笑语迎人,好像走进了一个桃红柳绿、鸟语花香的神仙境界似的。到了五点整,乐师们奏起婚礼进行曲,两边亲友闪开一条小道,让这双英俊漂亮的夫妻缓缓通过。以后主婚人、证婚人、介绍人、双方亲友都说了些冠冕堂皇的吉利话,使得新郎新娘不论在门第上、学问上、性情上都更加圆满完备。以后又是交换戒指、行礼、拍照,乐声不断地此起彼伏地奏着,足足搞了那么两个钟头。婚礼完成之后,大家兴高采烈,但是斯文镇静地到餐厅里去参加宴会。这一切都经过得那么平安、美妙、高贵、热烈,简直连一点小小的遗憾也找不出来。

在陈文雄和周泉向餐厅走去的时候,陈文娣从一个小休息室里走出来,正碰着他俩。周泉拉住她的手问道:"娣妹,你快活么?"陈文娣说:"快活极了。今天的印象,我一辈子也不会忘记。从你的身上,我看见了五四精神的真正胜利!"说完,她掏出一封信给陈文雄道:"大哥,这是一个秘密。你答应我,到今天晚上十二点钟才把它拆开。你守信么?"陈文雄严肃地点了点头。陈文娣就一把搂住周泉,亲切地低声叫了一句:"大嫂!"叫完才走开了。他俩向前走不到几步,周榕从另一个小休息室里走了出来。好像他跟陈文娣早就约好了似的,他也掏出了一封信递给周泉道:"妹妹,这是一个秘密。你答应我,到今天晚上十二点钟才把它拆开。你守信么?"周泉也学她丈夫的样子,严肃地点了点头。陈文雄走上前,和周榕亲切地拥抱着,说:"二舅,你应当给我说几句话!"周榕温和而善良地笑着说:"首先,我应该表示的就是:我羡慕你!"陈文雄明白他是指自己的父亲反对他和陈文娣结婚的事情而言,就笑着点点头。周榕接着往下说:"其次,我希望你不要因为环境顺利而忘记了自己的抱负。你还记得我们中学毕业时候的誓言么?记得?好极了。无论什么时候都不要把它忘记吧!"说完又使力拥抱了一阵,才分手而去。

餐厅除了一个大厅以外,还有六个小厅。显贵的客人都聚集在小厅里。各人按照自己的兴趣,自然也按照社会地位,分成一小堆、一小堆的,喝茶,嗑红瓜子,聊天。看得出来,大家都在忙着,都在享受着生命的快乐,都在精神奕奕地迎接一个漫长的良夜。最主要的谈话在一个靠边的小厅里举行。陈万利亲自当主人,何应元当招待。这里面有不少的总经理、行长、局长、主任之流的人物。最不足轻重的谈话在大厅里举行。周铁亲自当主人,有名的中医生杨志朴当招待。至亲好友,同学同事,兄弟叔伯,三姑六婆全在这里。新郎和新娘各处走动,全没停脚。这些芸芸众生当中,也有几个不尽如意的人物。那就是何守仁、区苏和周炳。何守仁本来坐在张子豪、李民魁、李民天、杨承辉、陈文英、陈文婕、陈文婷这个小厅里,席面上还给陈文雄、周泉、陈文娣、周榕都留了座位。可是他坐了一会儿,不见陈文娣露面,就不安起来。他一个小厅、一个小厅地找,凡有堂客的地方都仔细观看,就是没有。有几位小姐叫何守仁拿眼睛贼里贼气地望过,觉着很不舒服,就在私下里议论他的为人。他躲在一个僻静的角落里,苦苦地自思自想道:"我再不能拖了。我的忍耐到了尽头了。我必须和她彻底长谈一次,该圆就圆,该扁就扁。必须当机立断!"区苏本来在大厅里坐着。可是不久就站起来,到处望。后来因为要洗手,甚至来回两次经过那些小厅。她故意走得很慢,以至于任何小厅里坐着的任何一个男子,她都看得清楚:就是不见周榕。她回到大厅里,在区杨氏身旁低头坐着,雪白的脖子上沁出细碎的汗珠。周炳本来到处乱窜,这里打打,那里闹闹,跟任何人都开个玩笑,看来是因为替他姐姐和陈家大表哥的喜事高兴,忘记了自己的烦恼了。谁知有一次在大厅的西窗下边遇见了调皮鬼何守礼。她自从参加《雨过天青》那个戏的演出以后,和周炳变得十分亲热,十分要好。他问那调皮鬼道:"胡杏呢?她为什么不来吃喜酒?"那调皮鬼回答道:"为什么?丫头也能吃喜酒?"周炳认为无论什么时候都该坚持真理,他就指出那九岁小女孩的错误道:"不对。她是你的表姐,不是你的丫头。"何守礼不高兴了,她说:"大个子周炳,你才不对。她就是我的丫头,不是我的表姐。你怎么样?气死么?"周炳没法,就说:"人家是跟你说真话,又不是跟你斗嘴。"过了一会儿,那调皮鬼忽然问道:"雄哥和泉姐今天结婚了,你也是个大个子,你今天为什么不结婚?我在《雨过天青》里听见你亲口对婷姐说过,一回到广州,你就要和她结婚的!"

这句笑话把周炳问住了。他闷闷不乐地走开。八九个月以来的烦恼一齐兜上心头。他自思自想道:"是呀。我为什么不结婚?我本来不是也可以在今天结婚的么?"这样一想,他觉着头很痛,嘴里透不出气来。他立刻悄悄离开了餐厅,连升降机也不用,一直从楼梯跑出马路外面。他沿着宽阔的太平路、丰宁路,一直向西门口走去。他找着从前在剪刀铺当学徒的时候几个最要好的朋友王通、马明跟杜发。他们有的比他大一岁,有的比他小一岁;有的和他在同一个字号里当学徒,有的在隔壁的字号里当学徒;如今都出了师,当了年轻的正式工匠了。他们碰在一道的时候,就商量往哪儿喝酒去。周炳说:"今天我做东。我看不是平记,就是富珍。"大家就往平记炒卖馆走去。在那里喝酒,一喝就喝到三更天气。等到喝得差不多了,周炳才迈开歪歪扭扭的步子,大声唱着《宝玉哭灵》开头那几句曲子:"春蚕到死丝还有,蜡烛成灰泪未收!好姻缘,难成就……"唱着唱着,慢慢走回家里,一进那一砖一石都非常熟悉的三家巷,他就看见有人在巷子当中摆了桌席在喝酒。他以为拐错了弯儿,正待抽身往回走,却被人叫住了:"阿炳,来呀,来喝一杯!"他再看看清楚,并没有拐错了弯儿,这里正是三家巷。那些喝酒的并非别人,正是陈家的使妈阿发、阿财、阿添,何家的使妈阿笑、阿苹、阿贵,还有一个年纪才十二岁的小丫头胡杏。这些使妈都是青春年少的女人,在名义上有结了婚的,有没有结过婚的,有拖儿带女的,也有自称"梳起"不嫁的,大约都在二十多三十岁上下,只有阿发年纪最大,大概四十出头了。周炳走到桌前,开玩笑道:"七姐妹都下凡了。怎么这样吃法?七个人一桌,又全是属阴的?"这六位"娘姨",全是开玩笑的好手,也就全不惧怕。其中最年轻的阿添就说:"那么,你这个属阳的,有胆量就来吧。我们一个人敬你一杯。你敢坐下来不敢?"周炳摇摇头说:"敢倒是敢,不过还是不坐下来的好。……我不能把你们七个人一气喝下去……我已经喝了很多了,不过……不是喜酒,是自己的酒!"其中最漂亮的,年纪约莫二十六七的阿苹举着杯站起来说:"今天就要喝喜酒,没有喝喜酒的不算数。我先敬你……"周炳用转动不灵的舌头说:"谁敬都可以。可是要说明,有什么理由。……这个理由,是自己……是自己……是自己身上的……"大家一时面面相觑,说不出理由来。却不提防那小小年纪的胡杏,忽然举着杯站起来了。她说:"炳哥,我来敬你。那一回我叫开水烫了手,你给我涂了药水,没肿没烂就好了。这一杯你该喝。"周炳望着她的脸,见那上面一纵一横地涂满了锅煤,但那乌烟却遮掩不住那莲子脸儿上的娇憨的笑容,十分天真,十分可爱。他点点头,举起杯,酒刚沾唇,其中最机灵的阿贵按住了他的手道:"不行,阿杏满满一杯,你才半杯。你们换了喝!"周炳说:"我已经喝脏了。"胡杏说:"我也喝脏了。算了吧。"其中最狡诈的阿财立刻接上说:"喝脏了有什么要紧?你没看见人家还喝交杯酒呢!"周炳、胡杏没法,只得换了杯子,喝了下去。其中最老实的阿笑,看见周炳那醉吗咕咚的模样,就说:"不闹了吧,让阿炳歇去吧。"大家还是不肯。

正在闹着,陈家四小姐陈文婷独自走进三家巷,大家就静悄悄地不作声了。她扶着周炳回家。周杨氏给他们拉开神楼底的趟门,相帮着把周炳平放在床上躺着,就去烧开水。陈文婷坐在床边,对周炳说:"刚才一下子不见了榕表哥,不见了我二姐,也不见了你……我就知道你触景生情,心里不快活了。我吃也吃不安乐,坐也坐不安乐,看见他们后来一面赌博,一面叫嚷,更不安乐。……你为什么老是要喝成这个模样,拿身子去糟蹋?"周炳说了一些听不清楚的话,就噢噢地哭了起来。陈文婷说:"你哭有什么用?她已经死了,你哭也活不转来。除了她,世界上再没有你惦记的人了么?你要替她报仇,光哭也不济事。要打倒帝国主义,你得像演戏那会儿一样,像一个英雄似的站起来,还有许多事情等着你去做呢!"周炳叹了一口气道:"对,你说的对。可叹的就是人心不齐,各怀异志。你说,你坚决替区桃报仇么?"陈文婷严肃地说:"我是坚决的。我可以起誓:凡是区桃表姐没有做完的事情,我都甘愿替她做完。我完全听你的话,你要我朝东我就朝东,你要我朝西我就朝西。要是有半个字假话,叫我不得善终。"周炳听了,十分高兴,一面说:"太重了。说得太重了。"一面把头枕在她的丰满的大腿上,长久都没有动弹。这时候,全广州市都在白云山脚下睡熟了,什么声音都没有,只听见断断续续的几声鸡啼。

在大酒店里参加婚礼的人们吃饱喝醉之后,就开始各种各样的赌博。光"麻将"就开了八桌,其余牌九、扑克、骰子、十点半,应有尽有,还有抽鸦片烟的,还有听卖唱曲子的,男男女女,尽情欢乐,把一间大酒店变做了一个大赌场。这样,一直闹到半夜十二点钟,陈文雄和周泉才把全部客人陆续送走。他们都觉着十分疲倦,坐着小汽车回家,连话都不愿说。到了家,在富丽堂皇的二楼的新房里刚坐下,周泉就想起她二哥给她的那封信,一看表,已经十二点半,早过了十二点了。她连忙从口袋里找出那封信,拆开来看,只见上面很简单地写着:"泉妹,我到上海去旅行,一个月后回来,请告诉爹妈。祝你幸福!"她把这封信交给陈文雄看,文雄说:"时间晚了,别惊动二姨爹跟二姨了,明早告诉他们吧。"周泉正在踌躇,忽然想起陈文娣也有一封信给她丈夫,就说:"二妹不是也有封信给你?看看说些什么!"陈文雄说:"哦,真是。你不提起我倒忘了。不过——明早看吧,累死人了。没什么好看的!"周泉坚持要看,他只好找出那封信来,两个人拆开看了。信上面也是很简单地写着:"雄哥,我到上海去旅行,一个月后回来,请告诉爹妈。祝你幸福!"陈文雄看完信之后,把信捏成一团,握着拳头,大骂一声:"畜生!"周泉指着头顶上三楼文娣的住房道:"你先上去看看还有人没有!"陈文雄跑上三楼陈文娣的房间一看,果然没人。这时候,住在三楼上的陈文婕和陈文婷都醒了,陈万利夫妇也起来了,大家集中到二楼的前厅里来商议。三个使妈本来没睡,也从楼下跑到二楼上来了,周铁夫妇叫周泉喊醒,也披着夹袄跑上这边二楼的前厅来了。周、陈两家,除了周金不在家睡,周炳沉醉没醒之外,所有的人都惊动起来,乱作一团。

　　这时候,一只叫作"济南"的海轮刚刚离开白鹅潭不久,向珠江口贡隆贡隆地驶去。夜深了,甲板上风很大,很冷。陈文娣紧紧挨着周榕,周榕紧紧搂着她的腰,两个人像一团火似的站在铁栏杆前面,不愿意回到舱里去。他们都愿意多看一眼广州。事实上,广州已经退到茫茫的黑夜里面去了。他们还愿意多看一眼那半边橙红色的天空。望着那天空,他们就想象得出广州的人们如今在做些什么活动。陈文娣说:"大哥他们的筵席,这时候一定散了。"周榕说:"对,一定散了。西门口那间富珍炒卖馆,如今也该收市了。"陈文娣说:"对,该收市了。"周榕忽然感慨万端地说道:

　　"我们到底获得了绝对的自由了!"

　　"对,"陈文娣也应声说道,"我们到底获得了绝对的自由了!"

　　彼此都感到自由,他们于是靠得更紧。好大一会儿,都默默无言。后来,还是周榕先开口道:"为了这个自由,我们付出的代价是很大的。但是正因为这样,这自由才更加珍贵。我们总还是幸运的。像区桃表妹,她为她的自由付出了更高的代价。不,她是付出了最高的代价了。世界上没有什么更高的代价了。"陈文娣觉着非常激动,觉着自己的灵魂这时候特别崇高而纯洁。她抬起头,吻了周榕一下,说:"的确是这样。但凡我碰着失意的事儿,一想起区桃,就什么都不害怕了。我这回出来,也下了这个决心。万一有什么,我准备付出最高的代价。"周榕一边嗅着她的头发,一边说:"这倒没有什么可怕的。一个人反对我们,我们反对一个人;一街人反对我们,我们反对一街人;全市的人反对我们,我们反对全市的人。有什么了不起! 只要我们携手奋斗,永远在一起! 不过你有没有想过,是谁把我们心爱的广州抢了去的呢?"她重复着那年轻教师的话道:"是呀,是谁把我们心爱的广州抢了去的呢?"一时寻不出答案,两人又沉默起来。后来还是周榕自己来解答了,他说:"还有谁? 就是去年在沙基抢去了咱们的区桃,昨天在北京抢去了咱们的刘和珍的那一伙子野兽! 你说对么?"陈文娣听了,长久没有作声。那时只听见机轮贡隆,江水哗啦,拼命在那里冲击茫茫的黑夜⋯⋯

　　三家巷已经夜静无人了。陈家漂亮洋房二层楼上的前厅里还放射出明晃晃的灯光。大家还照样坐在那里,推测了又推测,假设了又假设,争论了又争论,没有个完。李民魁忽然慌慌张张走进三家巷,慌慌张张跑上陈家二楼,慌慌张张对大家说:"不好了! 政局又要变了! 我回不了家了! 在你们这里住一宿怎么样?"大家问他到底出了什么事,他又说:"东园已经被军队包围了! 就是说,省港罢工委员会已经完蛋了! 现在全广州都戒了严,哪一条路都走不通了!"他这番话只能叫大家乱上加乱。正在乱得不可开交的时候,大姑爷张子豪也来了。他是全副武装,枪头一挺一挺地,马刺咣当咣当地响着走进来的。大家看见这位连长,都倒抽了一口凉气,仿佛他本人的出现,就是一个不祥之兆。他不打招呼,也不坐下,只是站着对陈文雄说话,好像他正在下命令似的。他说:"共产党要暴动。中山舰擅自开进黄埔。现在中山舰长李之龙已经扣留了。省港罢工委员会已经查封了。苏联顾问已经监视了。大局已经转危为安了。只是文雄,你明天可不要再上罢工委员会去。弄上一点政治嫌疑就不大好办了。没有什么事的,大家歇去吧!"大家听了他的话,都像木头人一般,丝毫也没有动弹。每个人都有他自己的心事。谁能够去睡呢? 那天晚上,除了周炳之外,周、陈两家的人没有一个睡得着。

二〇　分　化

一天早上,是阳历四月天气,院子里的杜鹃花都开了。何应元叫使妈阿苹给陈万利送去两瓶蚝油,一包鱿鱼,说五爷刚从税务局回来,想过去坐一坐。陈万利赶紧叫人泡了好茶,自己先下到楼下客厅里坐着等候。何应元不久就过来了。他满面春风地谈了些税务局的情况,紧接着就谈起"中山舰事件"来。陈万利说:"我虽然还没看准,不过我得承认,蒋介石这个角色还是有两下子的。"何应元说:"万翁,你这句话就不对了。这姓蒋的岂只有两下子而已?说实在话,简直是出类拔萃,剑胆琴心。我早就说过,国民党开什么代表大会,谈什么三大政策,其实是上了共产党的当。从此就自然要引狼入室。孙文是老实了一点。蒋介石迟早会用铁腕来矫正的。"两个又说笑了一番,才去了。

陈万利叫使妈阿财来,对她说:"你去叫他二姨爹过来,我有话讲。"旁边最年轻的使妈阿添插嘴问道:"老爷,要不要重新泡上一壶茶?"陈万利还没开口,阿财就挤眉弄眼地说:"行了。这壶茶才泡的。五老爷喝得,一个打铁匠还喝不得?"陈万利点头笑道:"到底阿财知悭识俭,明白道理!"阿财去了不大一会儿,周铁就过来了。他长久没有进这华贵的客厅,这里摸一摸,那里捏一捏,不知站着的好,还是坐下的好。陈万利也没多让座,就发问道:"你儿子有信回来没有?"周铁摸摸自己两条大腿,仍然站着回答道:"没有。"陈万利说："看,看！这不是不负责任？我们阿娣倒有信回来了,说不久就到家。"周铁好像想往沙发椅上坐,又没有坐下去,说："是呀,去久了,论理也该回家了。"陈万利恶狠狠地说："好一个论理！这简直就是共产公妻。论起理来,我就要到法院去告你！"周铁拧歪脸望着玻璃窗外的天空,驯服地微笑着,没有答话。陈万利又说："咱们到底要做仇家,还是要做亲家,你浑不用脑子去想上一想？"周铁还是赔着笑脸,没有开腔。陈万利没法,只得缓和下来说："二姐夫,不是我说你,你不能冷手拣个热'煎堆',混了一个便宜媳妇就算的。你至少该替他们弄间房子,买一张大床,还有桌、椅、板凳,哪样少得？不是你家阿泉过我家来,我头头尾尾也使了几千银子？他们到家,你总得有个地方给他们住,不成叫他们住到旅馆里面去？"周铁走到茶柜旁边,拿起茶壶自己斟了一杯香茶,可是举起茶杯又放下了,说："事情我是想办的。可是我没有地方,又没有钱,怎么办？我们那房子,你是知道的,怎么叫阿娣进去住？要不你在那张房契上重新押几个钱给我使唤,要不索性把它卖断给你！"陈万利好笑起来了,说："既没地方,又没有钱,学什么人家娶老婆！说起你那张房契,真有一篇故事呢！五年前,我就把本利一笔勾销,白白地双手奉还给你了。如今你又祭起那个法宝,拿它来讨钱使？世界上哪有这样好玩的事儿！我就是白送钱你花,也不要你那宝贝。你那房子,我也不想要。我的房子尽够住。要把它通通拆掉,改作花园,我如今又没有这样的闲心！"这样子谈来谈去,两位亲家总谈不出个所以然来。最后,陈万利又严厉、又沉痛地教训周铁道："亲家老爷,我实实在在对你说了吧。这几年的事情,从大到小,都是错了的。民国世界,搞成什么样子！阿娣和阿榕的行为,根本就不对！我早就给你们说过了,可是你们谁都不管。你们大姐是佛爷,不管。你们夫妇又不管。阿娣不管,阿榕也不管。这怎么能不出事情?事到如今,你们通不管,我也懒得管了。随便闹到哪里算哪里吧。可是我还得提醒你一句:你得好好跟阿榕说清楚,别当那什么共产,什么主义,都是好玩的东西,看见它就像看见了蜜糖似的。说不定什么时候惹来杀身之祸!"这场谈话,就算得了个这样的结果。

过不几天,到了四月下旬,周榕和陈文娣就从上海回来了。他们一到家,都回到三家巷去。周榕回周家,陈文娣回陈家。白天,周榕还是到罢工委员会去工作,学校来请他回去教书,他只推不得闲,仍然请人代课;陈文娣还是回兴华商行当她的会计。晚上,有时两个人逛逛街,看看电影;有时就不回家,到旅馆去开开房间。对于结婚、请客,以后怎么办等等问题,两家都绝口不提。亲戚朋友的、社会上的舆论都来了。大家认为这是"新样",推测共产党结婚,大概就是这个样子。老年人看见他们,只是不冷不热地打个招呼,背过脸去就笑。或者等他们走远了,就感慨万端地说:"什么?如今民国了,革命了,什么都不对版了!"年轻人用惊奇和羡慕的眼光望着他们,老是追问他们上海如何,杭州又怎样,对他们有些尊敬,又有些害怕。听各种流言蜚语听得太多,陈文雄觉着面子实在下不去,就有点忍耐不住了。有一天早上,他拖了周榕到"玉醪春"茶室去喝早茶,准备把他父亲所没有解决的问题好好解决一下。他们跑上楼去,找了一个最好的房座,泡了一盅上好的白毛寿眉茶,一盅精制的蟹爪水仙茶,叫了许多的虾饺、粉果、玫瑰酥、鸡蛋盏之类的美点,一面吃、一面谈。陈文雄绕了许多弯子,才谈到正题上,说:"你们的纯洁和勇气,按'五四'精神来说,是绰绰有余的了。可是你们有没有想到组织家庭的问题呢?你们准备怎样解决这个问题呢?"周榕没有立刻回答。陈文雄掏出一个美国制造的金属香烟盒子,抽出一支特别为客人准备的"三炮台"香烟,递了给他。周榕吸着烟,把房间四周那些镶嵌蓝色字画的磨砂玻璃槅扇屏门看了又看,才慢吞吞地回答道:"是呀,还没想过这个问题。现在想起来,重要的是爱情本身,不是社会上的承认,或者不承认。你说是么?"陈文雄说:"是倒是。这一点我能够理解。可是与其弄得社会上一般人哇哇叫,倒不如将就着点儿更好。"周榕说:"是喽,是喽。我承认你这种观点。我们的举动是鲁莽了一些。"说到这里,他们就无话可说了。正沉闷着,忽然有一个青年男子推开门走了进来,一面走,一面大声说:"我当你们躲到哪里去,原来在这里!好呀,喝茶都不打个招呼呀!"原来是何守仁,开茶坐下之后,又添了许多点心,话头也就跟着转到别的方面去了。何守仁兴高采烈地开头道:"老周,你知道么? 世界变了!"陈文雄阴沉地微笑着。周榕老老实实地说:"我不知道。倒是怎么个变法?"何守仁说:"变化太大了。共产党飞扬跋扈的时代过去了。人家把他赶下了指挥台。他以后如果想投身国民革命之中,他就得乖乖地听别人指挥。就是这么一回事!"周榕做人,一向和气,这时也按捺不住,就挖苦他一句道:"按那么说,看来该轮着国家主义派上台指挥了。"何守仁冷笑一声道:"那也不一定,共产党下台是无可挽回的了。红肿得太厉害了,就该收敛一下。这也是天理人情。除非他退出国民革命,否则他就得去其私心,听从指挥。"陈文雄插进一句道:"老何讲的话,不是全没道理的。这是目下大家都在议论的事情。"周榕感到势孤,就说:"这我也知道一点。可是不管怎么说,政治上谁对,谁就是指挥;谁不对,谁就得听指挥。这不是很公道的么?"他说完,拿眼睛望着陈文雄,好像向他求援。陈文雄也有他的风度。他只是笑笑地不作声,何守仁把桌面上的点心通通吃光之后,又喝了一口茶,才说:"这样看,还不准确。应该是谁指挥,谁就对;谁听指挥,谁就不对!至于共产党跟国民党的政见,哪个对,哪个不对;甚至托洛茨基派和斯大林派也好,西山会议派和东山会议派也好,他们的政见,谁对、谁不对,我都抱着超然主义。"陈文雄是第一讲求效率的。他看见这样尽纠缠没有味道,就看了一看手表,推说有事,起身会账。

陈文雄也是真有事儿。他从玉醪春出来,坐着人力车,到处跑,差不多跑遍了整个广州城。看看快到十一点钟,他又坐着人力车赶到省港罢工委员会东区第十饭堂。这座饭堂实际上是一个很大的敞厅,能摆八九十张方桌子,每顿饭分三批,能容两千多人吃饭。它的前身本是一间茶居,后来因为债务纠葛,被法院封闭了,又由罢工委员会出面借来使用的。这里除了大厅之外,还有两三个工人住房。罢工委员会的苏兆征委员长,也经常来这里吃饭。饭前饭后,他有时也约了一些人到那工人住房里谈话,了解情况。约莫到十一点半钟,陈文雄来到了东区第十饭堂。他一直走进靠南边那间工人住房,苏兆征委员长已经在那里等候多时,便站起来和他握手,给他倒茶、让座。苏兆征是一个英俊、和气、中等身材、尖尖嘴脸的年轻人。头上梳着从左边分拨的发式,身上穿着燕黄色的中山装。陈文雄望着他那高高的颧骨和那双深深的眼睛,觉着从眼窝里闪射出一种热情而坚定的光辉,令他肃然起敬,令他不好意思说出不中听的话来。但是踌躇了一下,他还是说了。他说:"苏大哥,我真难开口。我这个代表当不下去了。人家都不听我的笛子了。罢工罢了十个月,沙面这边的工友都疲了,支持不下去了。我看最好把香港的问题和广州的问题分开,让我们和沙面当局先谈判,条件如果可以,就先复工。我看这样做法是聪明的。"那香港海员的脸上变得有点紧张。他习惯地用左手摸着眉毛,在陈文雄的脸上呆呆地望了一会儿,就知道事情已经无可挽回,反而平静下来了。他说:"好吧。如果你们都已经决定走这步棋,那就提到委员会上作最后的讨论吧。对于你们这个问题,委员会已经讨论过七八次了。"陈文雄垂着头说:"但是如果委员会做出了不符合大家愿望的决定,请苏大哥你另外派人去解释。我解释不了。我这个罢工工人代表反正是要辞职了!"苏兆征站起来,走到他面前,用力抓住他的肩膀,勉励他道:"不要紧,老陈,为难什么呢?罢工总是这样子的:越到后来越困难,越困难,就越接近胜利。你们如果有好条件,先复工就是胜利,有什么不好?香港的工友是说得清楚的,不会误会你们拆台。可是你们也不要投降。如果向帝国主义投降,那就是分裂,那就会成为广州工友历史上的瑕疵!"

他们在工人住房里谈论,大厅上靠东南角也有几个人在一面吃饭,一面谈论。这一桌人离苏兆征和陈文雄谈话的房间不远,坐着八个位子。他们是香港海员麦荣,香港电车工人何锦成,香港洋务女工章虾,沙面洋务女工黄群,香港印刷工人古滔,沙面洋务工人洪伟,游艺部的干事周炳,和另外一个不知姓名的工人,看来也像是香港回来的。先是麦荣告诉大家一个消息道:"喂,老朋友,我刚才听见别人讲,沙面的工友要单独复工了。黄群,你怎么说?洪伟,你又怎么说?"这个消息立刻引起了一阵狂风暴雨,大家都乱哄哄地骚动起来,连附近几张桌子的人听见了,都连忙走过来打听,并且大声叫骂。一时情况非常恶劣。香港印刷工人古滔头脑比较冷静,他看见群情汹涌,就安慰大家说:"大家先别吵,咱们不是有罢工委员会么?咱们不是有代表大会么?咱们这一桌上就有四个代表：麦荣、黄群、洪伟，还有我。代表大会一定会做出决定的。大家信任咱们！别乱嚷！事情还没弄清楚，还不知是真是假，先不要中了敌人挑拨离间的诡计！"黄群接着就说："我是沙面做洋务的，我都没听说过这回事，只怕是谁胡诌出来的！"洪伟也是在沙面做洋务的，他站起来，热情地挥着手臂说："这倒不一定是假话！这倒不一定是假话！咱们要谨慎提防。我也听到一点风声了。谁要在代表大会上提出来，我一定反对到底！"香港洋务女工章虾气愤不过地摔下饭碗，怨天尤人地说："真没良心，真没良心！谁不是养儿育女的？干这号没天理的事，不怕雷公劈！我们回来错了。天没眼，我们回来错了！"说得直想哭。性子刚直的香港电车工人何锦成早就气得涨红了脸，跳起来说："咱们的纠察队呢？咱们的纠察队哪里去了？咱们的纠察队应该封锁沙面。谁要去复工，咱们就把他抓起来！"老成持重的香港海员麦荣正接着说："何锦成，你安静一点吧。你不作声又没人会说你哑巴！"可是人们早哄起来了。大家嚷道："对呀，对呀！把那些狗东西封锁起来，抓起来！"他们桌子上那个不知姓名的人腾的一声站了起来，直着嗓子叫嚷道："我们都错了！我们上当了！我们受骗了！看广州的小子们对我们多好！我们不是人！我们的心不是肉做的！打呀！谁敢破坏罢工，我们就打！打死一命偿一命！"这个人这么一嚷，不知道什么地方有人拍起桌子，什么地方有人砸了凳子，什么地方有人砸了饭碗……砰啷一声，登时乱将起来。

苏兆征委员长正好和陈文雄谈完，送他出来。陈文雄低着脑袋，眼睛不望人，在愤激不安的人群当中穿过，像一只胆小的兔子一样。周炳看见情况不对，就站上凳子，用那已经开始变粗发沙的青年嗓子大声说："各位工友，各位工友！安静些，安静些。"这大个儿小伙子站得那么高,大家伙儿都立刻认出是《雨过天青》里面的英雄人物,不知他有什么要说,就静了下来。周炳又开口道:"现在事情还没弄清楚,大家不要忙。怕的是忙中有错。那时候就中了敌人挑拨离间之计了!"大家一听,也有道理,就站着,望着他,等他说下去。周炳就继续发问道:"刚才是谁讲的,咱们上了当?咱们受了骗?叫他出来给咱们说清楚:咱们上了谁的当?咱们受了谁的骗?为什么咱们都错了?来吧,出来吧,给大家说清楚吧!那家伙是谁?如今跑到哪里去了?"大家你望望我,我望望你,刚才那主张打人的角色不见了,哪里也找不着了。群众当中,开始发出窃窃私语的声音,都在估量着那主张打人的角色是什么样的人。周炳停了一停,再说下去:"各位工友,我能够证明广州的工友没有骗咱们,没有把当给咱们上。没有!一点也没有!我亲眼看见广州的工友流了鲜红的血!广州工友的血和咱们的血是在一起流的!"周炳的眼睛叫眼泪给弄模糊了,当前的景象一点也看不清。人们垂着头,纷纷退回自己的座位上,不作声了。苏兆征看着这一切经过,心里着实疼爱这年轻小伙子。周炳把眼泪擦掉,正在发愁,不知道怎么收场,忽然一眼望见苏兆征在他身后不远,笑眯眯地站着,他就如获至宝地大声提议道:"大家看那边!请苏委员长上来讲两句好不好?"大家鼓掌欢迎。苏兆征从容镇定地站上凳子,对大家说:

"大家不要急。周炳说得很对。他家是世袭工人。他自己也是工人出身。广州的工人是想复工。条件还没商妥。如果条件合适,那有什么不好?那就是胜利呀!广州工人的胜利,可以促进我们的胜利。但是如果广州工人屈服,我们就不赞成。咱们大家应该一道坚持,一道胜利,分什么彼此?咱们什么都没有错,咱们有共产党,咱们会胜利的!罢工委员会和代表大会都要讨论这些事情。我负责给大家做详细交代。吃饭吧!不吃得饱饱的,怎么和敌人作战?"

经他这么一说,大家才又有说有笑,高高兴兴地吃饭了。吃过饭,苏兆征约周炳到工人住房里,和他谈了许久。苏兆征告诉他,陈文雄是动摇了,现在还摸不清是什么缘故。罢工委员会已经专门派人去和他谈话,另外又委托了周金、周榕、周泉几个人去劝他,要周炳瞅着有机会也劝劝他。周炳回家,先找周泉商量,她只是唉声叹气摇头道:"我在他们家里算得什么呢?一个废物!一个影子!一个杉木灵牌!几时轮得到我来说话?不要说这么大的事情,就是再小些的事情,也没人来和我商量一句半句呀!"他没办法,只得去找陈文娣,把陈文雄要辞掉省港罢工工人代表的事情说了一遍,央求她设法道:"二嫂,帮个忙吧!你看我别的什么事情都还没有求过你呢。"陈文娣用深明事理的神态笑了一笑,说:"别的你求我一千件、一万件,倒还容易,只是这一件,却无法可想。你雄表哥是头脑精明,极有独创性的人,他想过的事情,不但他自己认为不会错,就是别人也很难找出漏洞来的。目前,我倒听说,不光他要退出罢工委员会,连那边的何家大哥也要退出呢!"晚上,陈文婷到他家神厅来坐,他又把白天的事情都说了一遍,要她帮忙。陈文婷说:"哥哥正跟何大哥在我们客厅里闲坐,我跟你一道去劝劝他们好不好?"于是两个人一齐来到陈家客厅。陈文雄果然正在那里跟何守仁商议退出罢工委员会以后,应该做些什么事情,看见周炳和陈文婷进来,他们就不说话了。沉默了好一会儿,周炳开口说道:

"这件事很不好说,也不该我来说。可是,姐夫,何大哥,我一向是尊敬你们的,我觉着你们是爱国的人,是有抱负的人……我一直在心里……我就是天天这么想：要怎么样才能够永远跟随着你们……可是现在，这里有一桩很不名誉的事情！就是做梦——总跟你们多年来的志向连不起来的。求求你们：回心转意吧！阿婷，不是这样么……"

陈文婷跟何守仁都没作声，陈文雄胸有成竹地说了：

"小炳，凡人做事，要抓两件东西：第一是看时势，第二是看实情。时势要罢工，咱们就罢工；时势变了，咱们也得变。实情是什么呢？实情就是要看工友们还能不能坚持下去。光我一个人罢工，罢一万年我也罢得起。可是别人有老婆孩子，光罢工不吃饭，也是不成的。不能一本通书看到老！"

周炳声音变紧了，态度也有点粗鲁，甚至有点放肆，说：

"不，实情是这样！在沙面做洋务的黄群和洪伟就不赞成屈服！"

"屈服？"何守仁耸了耸肩膀说，"这种字眼，连我们学法政的人都懂不来。也许黄群和洪伟有俄国卢布津贴，他们有他们的办法。可是你要知道，蒋校长是不太喜欢俄国人的。"

陈文婷有点不耐烦了，就尖声叫道："哎哟，算了吧，别扯太远了吧！"

周炳低头自语道："我总觉着，区桃的仇，不能不报！"

陈文雄大笑道："这就对了。区桃的仇，是一定要报的！但是'君子报仇——三年'……别说三年，就是十年二十年，能报了仇，总不失为君子。与其这样无益地僵持下去，倒不如回过头来，先把国家弄富强了再说！"

谈话就这样无结果而散了。周炳虽然心中不忿，也没有别的法子可想。

二一 出 征

六月二十三日下午,张子豪、杨承辉两个人约了李民魁、李民天,一共四个人,相跟着来到罢工委员会交际部,打算邀人去逛荔枝湾。交际部一个人也不见。他们转到游艺部那边,只见周炳一个人趴在桌子上,用铅笔在练习本上划来划去,好像在写字,又好像在画画。听说要到荔枝湾划船,就推说有事不去。杨承辉说:"怎么,要考试了么?在温习功课么?下学期升不升高中?"周炳冷冷地回答道:"不。我已经决定不升学了。我打算报名参加北伐军里面的省港罢工工人运输大队。"张子豪说:"还是升学好。升学将来可以做大官,做一个比李民魁的官还要大几倍的官。"几个人说说笑笑就走了。到了荔枝湾,租了一只装饰华贵的花艇游玩。这花艇有白铜栏杆,白铜圈手座椅,正中悬挂红毛大镜,两旁挂着干电池红绿小电灯。那舱篷下吊着一个很大的茉莉花球,比小桌上铺的台布还要洁白,又散发着扑鼻的芳香。他们叫船头的"艇妹"歇在后头,自己轮流出去划桨,小船就在弯弯曲曲的碧绿的水道中,穿过两岸的树荫款款前进。迎面过来的船不少,后面跟着的船更多,都一排排,一行行,腾着笑语,泛着歌声,摇摇摆摆地在水面上滑行着,真是风凉水冷,暑气全消。到了宽阔的珠江江面,他们吃过了油爆虾和炒螺片,喝过了烧酒,每人又喝了一碗"艇仔粥",张子豪忽然慨叹道:"生活多么美好,可惜为着解同胞于倒悬,我不久又要重上征途了!"李民魁说:"是呀,这北伐是古来少有的英雄事业,难道你舍不得这区区的荔枝湾?将来你凯旋回来,连红棉树都向你弯腰让路呢!有朝一日你传下令来,要来荔枝湾游玩的话,那还不是鸣锣开道,把所有的游人赶走,才让你老兄独自欣赏?"张子豪心满意足地说:"话倒不是这样说。醒握天下权,醉枕美人膝。——你我还够不上。大丈夫志在四方,做一番大事的痴心倒是有的。将来回到家乡,一个礼拜能来逛一次,就算享福了。可是北伐是困难重重,知道哪一天才是回家之日——解甲归田呢!"李民魁说:"是呀。魔障虽多,却都比不上共产党。这好比孙行者钻进了铁扇公主的肚子里,实在是个心腹之患!"张子豪同声相应地说:"可不!现在军队将领里面,都知道'一个党、一个主义'的真理!"杨承辉见他们越讲越不成话,就用拐肘碰了碰李民天,然后对张子豪说:"表姐夫,想不到你们孙文主义学会的英雄豪杰,却跑到荔枝湾来反对共产党!该玩儿的时候就玩儿吧。如果真是一个党、一个主义,人们挑选哪个党、哪个主义,还是很难说的呢!"张子豪叫这年轻人抢白了几句,心中老大的不高兴,但又不好怎样,便只是用鼻子冷笑一声作罢,表示不予深究的意思。

到了下午,太阳落到屋脊后面去了的时候,周炳才精神饱满地回到三家巷里。他不知从哪里搞来了一棵白兰花的树苗,有三尺来高,上面是绿叶婆娑,下面树头还带着泥土,用干禾草扎得好好的。他把那棵树苗斜斜地靠在枇杷树下那张长石凳旁边,又不敢碰着它的枝叶,自己脱去白斜布学生装,只穿着一件白色运动背心,坐在旁边,对着它发呆。一会儿,他自己对自己说:"怎么办呢?怎么办呢?要是叫我拿一块生铁烧红了,打出一棵这样的白兰花来,我还好办得多!可是这是一棵活的白兰花!白兰花呀,叫我拿你怎么办？"正想着，胡杏拿着一个马口铁畚箕出大街外面倒垃圾，回头顺便走过来看看。她用手珍重地逗了一逗那棵树苗，说："好壮的小苗儿！"周炳不怎么在意地瞅了她一眼，没说话。这时候的胡杏，又和三个月前给他敬酒的胡杏不一样了。三个月前，她还是一个肮脏顽皮的小孩子，这时候，她忽然长高了许多，整齐了许多，长条条的好身材，一头乌黑黑的头发，一张浅棕色、微微带黑的莲子脸儿，虽然才不过十二岁，已经有了几分成人的模样。她笑着，又没敢放胆笑。她那浅棕色的眼睛望着周炳，好像两粒燃烧的火炭。后来她说：

"炳哥，你要种树呀？"

周炳点点头说："是呀，我要种树。"

她又说："那你还不种？"

周炳说："对，我这就种。"

胡杏笑着，不肯走开，还笑得比刚才放肆。周炳觉着她是看穿了自己不会种树了，就说："小杏子，你在家里种过地么？我在你们村子里给何五爷放牛的时候，你年纪还太小，后来就不知道了。"她没有说话，只用鼻音甜甜地、短促地唔了一声。周炳说："好极了。你给我帮个忙怎么样？"胡杏一面点头，一面说："行。可这个时令种树，不准能活。"周炳说："那有什么法子？我专门挑的这个日子！可是，你看咱们把它种在哪儿好呢？这儿成不成？"他说着，用手指一指他座位旁边的草地。胡杏摇头道："不成！哪有把白兰花栽在枇杷树下面的？慢说有东西把它盖住了，长不成；要是真的长大了，你看它不把你的枇杷树撑坏了！这玩意儿，你知道它长的有多高！"后来商量来商量去，就定下了在周家和陈家交界的地方。她还说："和枇杷树还是离得太近了。不过也没法子。再往南，又要碰着那盏电灯了。"一定下来就动手。一动手,就显出了她的非常的才能,热心和熟练。她一下子就把铁铲、剪刀、铁桶都寻了出来,又立刻动手刨了一个约莫一尺见方的坑,倒了一桶井水进去,等水渗完了,才铺上碎土,把白兰花树头轻轻放了进去,又用剪刀剪断了包扎的干草,就连那些草秸儿一道用土填紧。她简直把这当作一桩最要紧的事儿,全心全意在干,汗水流过那微微带黑的脸,沁透了那褪了色的黑布衫。她真是里手。那灵巧的动作,那准确的手势,那浑身的劲儿,把周炳看得都给迷住了。他像个呆子一样,叫一桩,做一桩,也不过是提一桶水,拣拣碎石子罢了。栽完之后,周炳蹲下去,在树苗的周围拍成了一圈隆起的土棱子。胡杏就笑他道:"你弄这个干什么?正经寻几根篱竹来,四面插一插,免得人碰它要紧!"周炳果然寻了十来根篱竹来插上了,又对那棵小小的白兰花低声说话道:"但愿你绿叶常青!"这会儿胡杏又变成个顽皮的孩子了。她歪着头,眯起一只眼睛说:"你和它说话干什么?它难道是个人?"周炳严肃起来道:"谁说不是?她是一个人。她离开这个世界刚好一年了。可是她一定还活着。你看这棵白兰花就知道。花活着,她就活着。不会错的。"胡杏装出懂事的样子在深思着,想了一会儿,就恍然大悟地说:"是了,是了,我知道了。你说的谁?你说的桃姐,是么?"周炳说:"就是她。今天是她的忌日。自从她离开了这个世界,她把我的幸福也带走了。留给我的只有这么一点孤独、烦闷。"胡杏不理解地说:"她死了,你不另外找个人?"周炳摇摇头说:"哪里有她那样好的人?"胡杏说:"在咱们这三家巷里,还找不出像她那样的人?"周炳说:"不要说三家巷,就是全世界,也找不出像她那样的人呢!"胡杏抿了抿嘴说:"唔?不信,不信!"说完就走开,拿起铁畚箕回家去了。他们在下面种白兰树,没想到陈文婷在三楼北边的阳台上坐着,把他们看得清清楚楚。她想,周炳这个人真有一股子痴心傻气,很像《红楼梦》里面的贾宝玉,怪不得大家都爱他。后来她听周炳说全世界都找不出区桃那样的人,心里很生气,自言自语起来:"区桃顶多算个晴雯,有什么了不起!就是不算晴雯,算个黛玉,又值得什么?反正你算不上宝钗。宝钗的角色,该着我来演!"这时候,下面的人都走光了,她忽然觉着很害臊,脸全红了,又自己骂自己道:"啐!好不知羞!你想他想疯了!"骂完,赶快回自己房间躲起来。从这天起,周炳每天早晚不消说要给白兰花浇水,有时还对着那棵小树呆呆地看上半天。果然是胡杏的好把式,那棵白兰花慢慢地发芽出叶,种活了。

　　七月的一天晚上,陈家和周家都举行了家宴,为出征的男儿饯行。陈家出征的是大姑爷张子豪,周家出征的是老三周炳。北伐了。张子豪这时候已经升做营长,周炳也参加了省港罢工工人组成的运输大队,这一两天就要出发了。在陈家这边吃饭的有陈万利、陈杨氏、张子豪、陈文英、陈文雄、陈文娣、陈文婕、李民魁、李民天、何守仁十个人。在周家这边吃饭的,有周铁、周杨氏、周金、周榕、周泉、周炳、区苏、杨志朴、杨承辉两父子,加上陈文婷,她自己一定要在这边吃,一共也是十个人。陈家这边电灯明亮,电扇皇皇,吃的都是燕窝、鱼翅、鲜菇、竹生之类清甜鲜美的东西。周家这边大叫大嚷,热闹不拘,吃的都是大盘大碗,大鱼大肉。一边是谈笑风生,一边是猜枚痛饮,各得其乐。喝到一半,陈文英举起杯子对张子豪说:"来,我也来跟你喝一杯。打仗不是好玩的事儿,……你又是不知进退的人……又没人在你身边……愿上帝经常和你在一起就是了……"言下颇有凄然之意。张子豪一口把酒喝干了,意气豪壮地说:"我有分数。一个人老死家乡,有什么出息?如今天下正在变,出去闯一闯,也不枉人一世,物一世!有一天,中国人脱离了水深火热的苦难,我一定息影家园,不问世事。放心吧!"大家听了,都很佩服。在周家这边,大家正喝得好好的,陈文婷忽然掏出手帕,捂着眼睛,呜呜地哭了起来。大家连忙问她什么事,她断断续续地说:"看你们这高兴的劲儿,好像明天你们家里是多了一个人,不是少了一个人!"周金说:"看,你还是小孩子!有什么多了、少了,一两个月还不是就回来了?"陈文婷摇头顿脚说:"不,不。一两个月回来,说得倒怪美!人家学校都开了课了,还让你注册么?"周金又举起酒杯说:"来吧。什么混账学校,连北伐都不赏脸?别管它,来干这一杯!"大家喝了。陈文婷始终觉着不如意。

喝完酒之后,陈家这边的主客都到前面的客厅里喝茶,吃荔枝,闲谈。李民天跟着陈文婕上了三楼,走进那专供小姐们使用的书房里。这是三楼东北角上的一个前厅,宽敞幽雅,显得比楼下的客厅还要松动。李民天坐不定,一会儿走到北窗前,望着周家的小院落,一会儿走到东窗前,望着官塘街的昏暗的夜景,望着官塘街以东那一片房屋的静悄悄的屋顶和晒台,不住地搓手、擦汗,好像他准备飞出去似的。陈文婕看见,觉着奇怪,就问他道:"民天,你的精神为什么这样不安静?"李民天走到她的跟前,竭力压抑着自己,说:"是呀,婕。我对北伐十分兴奋。看样子,咱们的教育权、海关权,都要收回了。那不平等条约,那治外法权,那数不清的苦难和耻辱,都要一扫而光了。你不觉着激动么?"陈文婕闭了一闭眼睛,说:"容易激动的人也容易消沉。你的高兴不会太早了一点了么?现在北伐才刚刚出师,还没打一次仗,还没有克复一个城池,你怎么看得到那么远?"李民天不愿意在这美好的时刻提出不同的意见,就顺着她道:"是呀,这是我的短处。如果真的一帆风顺,打到北京,到那阵子,或许我反而很平静了。我现在冲动得不得了。我简直想到:在这样的时代里,咱们为什么还躲在学校里念书?这念书还能有什么意义?"陈文婕用温柔的祈求的眼光望着他,似笑非笑地说:"天哥,你该好好地听一听学界和商界的舆论。他们都嘲笑呢。都说北伐、北伐,听腻了呢。大部分人预言这是蒋总司令的一场春梦。百分之九十的人都说:只怕有去无还!"李民天忍不住说了一句:"这北伐也不是他姓蒋的一个人的事情。"陈文婕立刻接上说:"好了,好了。咱们既不南征,也不北伐。咱们哪儿也不去。咱们有科学救国的伟大理想。咱们要手拉着手,为这个理想做许多事情。对不对?打令!"这末了两个字,是英国话"爱人"的意思。照那时候上流社会的习惯,是只能用英国话说的。说到"打令",李民天就没话说了。

　　周炳和陈文婷走出门外,在枇杷树下的长石凳上坐下来。他们之间也发生了激烈的争论。陈文婷认为北伐是全国国民的事情,共产党和国民党的作用是一样的,没有区别。周炳认为共产党是真正革命的,国民党的革命是不彻底的,每一个人都该站在共产党这一边,做个彻底的革命者。经过很长时间的唇舌之后,陈文婷是屈服了。她瞪着她那疲倦了的圆眼睛说:"炳哥,你这样好口才,我辩得你赢?只怕汪精卫也辩你不过呢!现在我承认了,我应该站在共产党这一边。也就是说,应该站在你这一边!"周炳说:"别说傻话,小婷!我不是共产党。你既是站在共产党这一边,你就应该好好地工作。罢工委员会那里,不要去一天,不去一天。我走了之后,你应该把游艺部我那份工作顶下来。"陈文婷低着头想了很久,才说:"替你的工作倒容易。可是学校开课怎么办?我……唉,我……"说着说着又哭了起来。周炳抓着她一只手,轻轻地拍着,抚摸着道:"为什么要这样?快别这样!有什么话不好讲!"陈文婷忽然倒在他的怀抱里,呜呜咽咽地说:"是呀,你明天就走了。咱们这样就离开,怎么行呢?你一点也不了解我!不管我对你怎么好,你对我总是冷冰冰的!你对别人就不是这样。枉费我对你一片心机,枉费我积极工作,到头来有什么代价!"周炳抱着她,轻轻吻了她一下。她问道:"你是真心的么?"周炳说:"是真心的。"她又问道:"你不后悔么?"周炳又说:"我不后悔。"陈文婷就不作声了。这一秒钟以前,她想象这一段不平凡的谈话,不知道会引起多么大的激动的热情,双方不知道会说出多少如痴如醉的疯话,甚至不知道要经过多少酸、甜、苦、辣的曲折,但是如今一下子就说完了,过去了,过去得风平浪静,连一点波涛都没有——她该怎么办呢?她想起她二姐陈文娣和周榕的婚事所发生的许多纠葛,就反而没了主意了。过了一会儿,她才说:

"炳哥,你要真爱我,你就不要去北什么伐!"

"怎么?"周炳这时候忽然激动起来,大声吆喝道,"你这话从哪里说起?"

陈文婷说:"我看你值不得。大姐夫去北伐,可以升官发财,他会升团长、旅长、师长、军长。你去挑子弹,抬伤兵,运粮食,就算北伐成功了,又与你何干?还不要说兵凶战危,有生命的危险了!"

周炳放开了她的手,叹口气道:"嗐,你说的不是没有道理,可是我心里面着实想去。去了,我就会快活!我能够跟那些罢工工人一起玩,一起乐,一起吃,一起睡;我能够爬上很高的山,渡过很宽的河,走到很远很远的地方去,走到长沙、武汉、郑州、北京去……唉,那多有意思!"

陈文婷说:"这我知道。你的样子虽然长得漂亮,你的神经却不健全！要不,人家怎么会说你是戆大,管你叫痴人和傻子？你那样玩,那样走,我看你就能过一辈子？你不替自己想一想,也不替我想一想,咱们两个怎么了局？"

周炳说:"依你看呢？"

陈文婷说:"依我看,你应该好好地把高中念完。将来最好能念大学。否则念完了高中,熬了个小小的出身,也对付着可以组织个甜蜜的小家庭……"

周炳失望地说:"哦,这就没有办法了！我自己没有钱念书,又不愿意拿你哥哥的钱念书。从前,拿他的钱不过是耻辱;如今,拿他的钱就成为工贼了！"

陈文婷惊呼起来道:"炳哥！"

周炳说:"他自然是工贼！不单他,连何守仁、李民魁都是工贼！省港罢工还没有取得胜利,英国帝国主义还没有投降,死难同胞的冤仇还没有申雪,他们就退出了罢工委员会,这不是工贼是什么？尤其是你的哥哥,唉,我的姐夫,他污辱了罢工工人的代表的神圣称号,他破坏了罢工工人的团结,他挑拨了省、港两地工人的仇恨,如今,他正在运动沙面的罢工工人复工,他正在踩着死难同胞的鲜血去向洋老板献媚,想一想吧,他岂止是工贼？他岂止是奸细？他已经是反革命分子了！……好呀,周炳拿了这样的钱,去熬一个小小的出身,多有意思！我曾经受过他们的欺骗,我曾经崇拜过他们,我曾经对他们存过痴心妄想,现在不了,现在,我只是痛恨他们！"

在日常生活当中,周炳是和平而谦逊的,照陈文婷看来,好像有人踢他一脚,他都不会生气。她从来没看见他这么慷慨激昂,深恶痛绝地说过话。她想起《雨过天青》里面《骂买办》那场戏,那时候的周炳就有那么一股在她看来是冷酷、苛刻的劲儿。不过《雨过天青》是一出戏,这会儿,他在骂着一个真人,这个人就是她的亲哥哥。想到这里,尽管天气十分闷热,她仿佛从心里哆嗦起来了。

二二　敌与友

有一天中午吃过饭之后,周榕夹了一本《中国青年》杂志,急急忙忙地走进陈家的矮铁门。花圃里的花开得正欢,那鹰爪花的香味嗅着分外浓郁。陈家的使妈阿财正在楼下客厅门口打扫,见了他,就冷冰冰地问道:"阿榕,你来干什么?"他一听就愕然站住了。阿财既不像平时那样和他打招呼、问好,又不像平时那样称呼他"二姑爷",那种明显的、没有礼貌的态度令他吃惊。他有点胆怯地回答道:"来找二姑。她在家么?"阿财拧歪脸,说:"不知道。你自己看去吧!"周榕急急忙忙跳上楼梯,因为心里面还有别的事,就把阿财忘掉了。到了三楼的前书房,陈文娣正在看报,陈文婷在看一本厚厚的小说,陈文婕不在家。陈文娣对周榕说:"看你扬扬得意,是不是阿炳有信来了?大姐夫真奇怪,自从来过一封信之后,就没再见过一个字。"陈文婷也说:"二姐夫,你看叫人不挂到心烂?"周榕说:"不关这些事。我送一篇好文章来。"她两个都问什么文章,什么题目。周榕捧起那本书,念那题目道:

"《中国社会各阶级的分析》。"她们问他是谁写的,他又回答道:

"毛泽东。"两姊妹互相询问了一下认不认得这个作者,就要求周榕念那篇文章。他接着从头念起那篇文章来:"谁是我们的敌人?谁是我们的朋友?这个问题是革命的首要问题……"一直念了三十分钟,才把文章念完了。他合上书本,把眼睛闭了一会儿,在回味那书中的道理。那两姊妹都瞪着眼睛,呆呆地对着天花板出神。后来还是陈文婷首先苏醒过来,说:"这就奇怪。一个社会好好的,有家庭,有亲戚,有朋友,怎么一下子就能划成四分五裂!阶级究竟是一种什么东西,能看得见么?"周榕笑着摇头道:"叫我说,也说不清楚。有时看得见,有时看不见。在工厂里看得见,在街道上好像看不见。平时好像看得模模糊糊,有起大事情来,就看得比较清楚。大约是时隐时现的东西。"陈文婷耸耸肩膀道:"不明白。"周榕望着陈文娣,她就说了:"我看这是一个哲学上的问题。哲学,本身就是不好懂的。不过咱们也来从实际方面看一看:你说,你是什么阶级?我是什么阶级?"周榕和平地、驯良地笑着。陈文婷替他回答道:"二姐,你真傻。你问这个不是平白吃亏?他自然捞了个无产阶级。"陈文娣说:"那么我呢?"周榕仍然没开腔。陈文婷又说:"那还用问?我说二姐夫不怀好意的。你自然是个买办阶级!"陈文娣说:"买办阶级?中产阶级就可以了吧!"周榕站起来说:"我不过拿来给你们研究研究,怎么就认真起来了。我到交际部去了,阿婷,你去不去?"陈文婷说不去。陈文娣要把那本书留下看一看,周榕把书放下,就走了。

那天下午,陈文娣把那本书带着去上班,在写字楼里面把那篇文章看了又看,琢磨了又琢磨。下班的时候,她带着一颗失望的、疲倦的心,回到家里。陈文婷又把那本书抢了去看。吃过晚饭之后,两姊妹就躲上三楼书房,低声细气地谈论起来。陈文娣长长地叹了一口气,说:"嗐,自由,自由,多少人为你而死,你又欺骗了多少人!"陈文婷茫然问道:"为什么?难道自由是错的么?难道它不是又美丽又崇高的么?"姐姐说:"是呀。怎么不是?不过那只是一个崇高、美丽的幻影。谁要真的去追求这个幻影,他就会受到痛苦的折磨。我是一个得到了自由的人,像一匹染黑了的布,想重新变白,是没有希望的了。我现在不知多么羡慕那些盲婚的姊妹。她们的生活过得多么平静和幸福!"妹妹抗声说:"二姐,你怎么能这样说!你又有职业,又有恋人,是得到了独立和自由的!多少困在封建牢笼里的姊妹,都拿羡慕和惊奇的眼光望着你,希望变成你一样,哪怕只有短短的一天也好!你自己,为什么反而变得庸俗起来?"姐姐并不觉着激动,还是平静地继续说:"庸俗?是的。我现在一点也不讨厌这样的评价。当初,如果有人侵犯一下我的神圣的自由,不许我跟男子们来往,现在不是要好得多么?可就是没有!大家都尊重我的自由,这才把我害得这样惨!"陈文婷觉着闷热,觉着烦躁,觉着心惊肉跳,她从座位里跳起来,拿扇子噼里啪啦乱扇,窗外的暮色仿佛也压得人喘不过气来。陈文娣平静地坐着,全不动弹,好像一切都已经无可挽回,她也就不着急了似的。突然之间,妹妹尖声叫道:"二姐,你害怕贫穷了?你害怕流言了?你害怕你们要变成政治上的敌人了?你为什么这样怯懦?"姐姐坦白承认道:"对,都对。在你面前,我装什么假?你也清楚,我们结婚已经半年了,但是我们连个窝儿也没搭起来。经济情况是一下子改变不了的。社会上对我们另眼相看,也不是一下子改变得了的。政治上的事情,我更加胆战心惊。你不能不懂得:政治是多么冷酷无情的呵!"妹妹充满同情地说:"是呀!就是那些阶级斗争的邪说把他迷住了。他自以为看见了真理,就会胆大妄为。说不定哪一天,我打赌,他就会有充足的胆量宣布我们是他的敌人。他敢的!他做得出来的!"姐姐擦去脸上的汗,说:"可不!那就是悲剧的顶点。那位姓毛的先生如果早半年把真相告诉我们,事情就会完全两样。现在可是迟了,迟了,迟了。"妹妹突然坚定地站住了,张开鼻孔,翘起嘴唇,斩钉截铁地宣言道:"不,不,还不迟!他要把我们当作敌人,我们就把他俘虏过来!"整个书房来了长长的一段沉默。一分钟,两分钟……十分钟……陈文婷好像也觉着自己的话说得过于肯定了一点,就坐下来,顺手拿起一张纸片撕着,扯着,把它扯成碎片。街上,叫卖绿豆沙的小贩的声音远远地传过来。后来,她又满怀心事地说:"二姐,你看我和阿炳的事情会变成怎么样?我们差一点就超过友谊的界限了。"陈文娣还是没精打采地回答道:"依我看来,你的想法过于天真。天真,是危险的。"陈文婷努着嘴问:"你指我对于周榕的想法,还是对于周炳的想法?"姐姐说:"对两个人的想法都过于天真。"妹妹不服气地再问道:"你不支持我跟阿炳恋爱么?"陈文娣甩了一下手道:"是的。我不支持。我应该成为你的前车之鉴!"听见姐姐说得这么决绝,陈文婷再没话可说了。为了这句话,她整整一个晚上都没睡好。

不久,陈文雄当了兴昌洋行经理,在玉醪春请客,何守仁也去了。这天到的,大多是穿西装的客人,像什么总经理、协理、经理、司理、代理这一类理字号的人物。他们聪明漂亮,谈话很多,喝酒很少。大家有礼貌、有节制地尽欢而散的时候,陈文雄向何守仁提议不坐车子,慢慢散步回家。在路上,何守仁十分感慨地说:"雄哥,你算是在社会上露出头角来了。"陈文雄谦逊地说:"这算得什么,不过是一个平凡的出身就是了。你呢,你所谋的差事也有点眉目了么?"何守仁愤愤不平地拿鼻子哼了一声道:"不要提了。提起来卑鄙龌龊,令人发指。想不到咱们在学校满腔热情,天真纯洁,一出校门,就跟这些混账东西为伍!"陈文雄安慰他道:"改造社会也只是耐着性子,慢慢儿干就是了。你性急,拿它怎么办?"何守仁说,"不管怎么说,我是羡慕你们这一行。你们这一行是公公道道,明来明去,讲道德,讲规矩,讲信用的!"陈文雄说:"这倒是真的。在规矩、信用、道德、人格这些方面,外国人比咱们中国人更加考究。你比方拿我来讲,我搞过两次罢工,叫公司受过相当大的损失,但是公司还是把我提升了经理。这种气量,这种风度,你在中国找得出来么?"何守仁点头附和道:"不错。这真叫作中国不亡无天理!"陈文雄得意地笑着说:"这是一个国家主义派讲的话呀?"何守仁大笑起来,陈文雄也跟着大笑起来。

又过不几天,何守仁的差事也发表了,是广州市教育局里面的一个科长。这又是一件大事情。左邻右里都说,今年的吉星都拱照了三家巷。何守仁在"西园"酒家请客,那规模,那排场,都在陈文雄之上。到的人除了穿西装、理字号之外,还有穿长衫马褂的书香世家,还有穿中山装、戴金丝眼镜的官场新贵,真是华洋并茂,中西媲美。那些人吃起来、喝起来都豪迈大方,没有一点小家气。酒席散了之后,何守仁和陈文雄缓步回家,在何家的大客厅里,重新泡上两盅碧螺春细茶,一直谈到天亮。这一个晚上,何守仁和陈文雄两个人,重新订下了生死莫逆之交。他们谈到了政治,道德,人生理想;评论了所有他们认识的人,所有他们经历的事;对于何守仁的"独身主义",谈得特别详细。他们发现了彼此之间都是第一次倾吐出肺腑之言,而且几乎找不到什么不相同的见解。曙光微露的时候,何守仁拜托陈文雄秘密地向周家的人打听一个叫作金端的行踪不明的人的下落,说局长很重视这件事,看样子好像还是上峰发下来查问的,陈文雄也一口答应下来了,才分手而别,各自准备上班。

三天之后的一个黄昏,晚饭刚吃过不久,陈文雄走上三楼,在东北角的前书房里找着了陈文娣。陈文婕、陈文婷都出去了,只她一个人在家。陈文雄提议道:"一个人闷在这里干什么?我们看电影去吧!"陈文娣懒洋洋地摇头道:"你跟嫂嫂去吧,我懒得动。"陈文雄问:"阿榕呢,没上咱家来么?"陈文娣说:"没来过。不知在家不在。好像说罢工委员会有事。"陈文雄笑着说:"罢什么工委员会!罢工委员会早就不兴了,瓦解了,不存在了!"说着,走到北窗前面,从打开的窗口往下望,望见周家的前院,也望见周家的头房,还望见周榕正趴在窗前的书桌上,在埋头埋脑地写着什么。下面黑得快,已经扭亮了电灯了。陈文雄又说:"他哪里也没有去,你来看一看,敢情是躲在家里作诗呢!"陈文娣坐着不动,也不答话。陈文雄随手也扭亮了电灯,走过来他二妹身旁坐下,试探着说:"这两天看见了守仁没有?他做了教育局的科长了。平心而论,他这个人到底是不错的。咱们对他是过分了一点。"陈文娣冷冷地说:"咱们对他有什么过分?我不喜欢装模作样,口不对心的人,不管他是科长还是总长!"陈文雄摊开一只手说:"看!现在离开五四运动已经七八年了,你还是当时那股劲儿,尽说些傻话,尖尖酸酸的,有鲁迅的味道!我老实告诉你吧:守仁如今还坚持他的独身主义呢!这自然是个笑话。他是坚持给你看的。他还爱着你!"陈文娣的雍容华贵的脸叫痛苦给扭歪了。那棕红色的、椭圆形的脸蛋变成了纸一样的苍白。她尖着嗓子叫了一声:"大哥!"就离开座位,跑到东窗前面,望着下面的三家巷出神。陈文雄也站起来,跟着走到窗前,站在他妹子旁边往下望,很久都没有开腔。三家巷的黄昏,像平常一个样。长长的石头凳子,茂盛的枇杷树,矮小的白兰花,昏暗的电灯,碧绿的青草,都还是熟悉的老样子。只是这时候静悄悄的,望不见个人影儿。陈文娣知道他在旁边,也不望他一望,只是恳求地说:"大哥,别再说了吧。你已经伤害了我的自尊心了!"陈文雄奸诈地微笑着,说:"那就请你原谅吧。我的本意并不是那样。我只是说了几句实在话。"这时候,区桃的姐姐区苏突然从官塘街转进了三家巷,兴致勃勃地走进了周家大门口,那皮拖鞋打在白麻石道上,踢踏踢踏地响。陈文娣不高兴地说:"你看她劲头那么大,不知是不是中了头彩!"陈文雄安慰她道:"算了吧,你也不必看得过于眼紧,反正他们是藕断丝连的。"兄妹俩在窗前站了一会儿,就回到原来的座位上。陈文雄又说:"我有一件事,是一个朋友托我打听的,你替我问问阿榕好不好?"陈文娣漫不经心地说:"什么事?"陈文雄说:"是这样的:有一个朋友要打听一个叫作金端的人的下落。这个金端好像不是广东人。是哪里人,什么职业,多高多矮,都不清楚。有人说阿榕认识他。他现在干什么,住在哪里,你给我打听一下好不好?"陈文娣见他鬼鬼祟祟的样子,就干脆拒绝了他道:"我不管你们这些闲事。你们是换帖兄弟,你自己问他去!"这样,又坐了一会儿,陈文雄就起身下楼去了。

这里剩下了陈文娣一个人。站也不是,坐也不是;谈心既没有人,看书又看不进去。她几次走到北窗前面,站在那里往下望。见下面周榕的房间里灯火辉煌,区苏坐在窗台下,他坐在书桌后面,两个人有说有笑,十分融洽。他们到底谈些什么,仔细听,也听不清楚。只是他们的清脆的笑声,有时从那小院子里直冲上来,好像胡椒冲上了她的眉心一样。满天的繁星都像是不怀好意地在窥探着她,使得她烦恼不安达到了极点。好容易,等到区苏走了,她才气嘟嘟地跑下楼,进了周家大门,一直走进周榕所住的头房里。周榕很诚恳地接待了她,问她:"没有出去么?怎么这样晚?"陈文娣说:"晚么?你也还没睡呢!"周榕说:"是呀。刚才区苏来坐了一会儿……呵,我想起来了,那本书你看完了没有,你有什么心得?人家还催着我还呢。"陈文娣说:"这会儿不谈那个问题。我想向你打听一下:你认识的朋友当中,有个叫作金端的人么?他是什么地方人,做什么的,住在哪里?"周榕有点愕然了。他想不到陈文娣会问起这个人。他把陈文娣的脸孔端端详详地看了又看,连她那左眼皮上的小疤痕也看了个够,面自己在考虑,是告诉她认识好,还是告诉她不认识好。后来他说:"你问这么个人干吗?"陈文娣负气地说:"不许问么?不许问我就不问。原来你对我还是保守了那么些秘密!"周榕说:"不是秘密。是人家叫我不要说的。告诉你吧:金端是个共产党员。好像是上海人。没有固定职业,也不知道住在哪儿。告诉你不打紧,你可不能告诉别人!"陈文娣笑起来了,说:"我还当谁呢!一个共产党员,有什么秘密?我又能去告诉谁呢?好吧,不谈这个了,谈一谈咱俩自己的生活吧!"周榕也笑起来了,说:"是呀,这才是正经。我坦白对你说,自从你毅然摆脱一切,同我结合以来,我只是感到无边的快乐和幸福,其他都没考虑过呢!"陈文娣的脸突然变成紧绷绷的了。她说:"昨天没考虑,今天就应该考虑了。"周榕还是不假思索地指了一指后面的二房,说:"既然如此,你搬到从前阿泉的房间来住好不好?"不要说他这句话的本身叫陈文娣觉着不受用,就是他那种漫不经心的态度,已经够叫她生气。他俩默默无言地对着坐了一会儿,陈文娣就赌气回家去了。

二三　控　告

　　看看到了九月中,学校里的聘书只是没有送来,周榕就知道这是学校把他解了聘了。也就是说,他在这个社会上变成一个失业的人了。他的兴趣在罢工委员会,不在那间小学校,解聘的事实并没有令他觉着难过。但是他却感觉到这个社会对他是仇视的,他也憎恨这个社会。过去,这一点不是十分明显的,现在变得明显了。不知道为了一种什么缘故,他把这件事瞒着所有的人,连周金也不说。每天还是到罢工委员会做事,好像他上学期请人代课的时候一模一样。他自己暗中考虑:这样一来,陈文娣那建立小家庭的希望是完全落空了,这且不去管它;可是周炳自从拒绝了陈文雄的援助之后,那升学的问题怎么办呢?学费从哪里弄来呢?要是借的话,向谁去借呢?这些问题却叫他很苦恼。后来他决定了:一定要让周炳升学,不管采取什么办法来达到这个目的。

　　一直到九月底,周炳才和省港罢工工人运输大队一起回到广州。他整个地变黑了,变高了,也变瘦了。头发剃光,整个头部显得小了,但是胸部和两肩显得更加雄壮,两只眼睛闪闪发光,说话也更加显得有风趣。在三家巷,在东园,在南关,在西门,他立刻成了一个凯旋的英雄人物。人们一看见他,就立刻把他包围起来,要他讲打仗的情形和冒险的故事,要他讲湖南的风土人情,要他讲为什么管没有叫作"猫",管小孩叫作"伢子",为什么吃饭非吃辣子不可。他回到家,见自己的书桌上铺满了灰尘,就立刻动手收拾,并且整理那些乱丢着的纸张笔墨,书籍信件。在这个时候,他发现了学校给他的一封信,还没有拆开过的。最初,他以为是什么不关重要的通知,顺手把它一揉,就撂到字纸篓里。后来他又把它拾起来,撕开口看了。原来是学校决定开除他的学籍的正式通知。开除的理由很简单,就只有"操行不良,难期造就"这么几个字眼。他看了之后,随手把它扯得粉碎,摔进字纸篓里,嘴里只低声骂了一句:"娘卖屎!"他也跟他哥哥周榕一样,不知道为了一种什么缘故,也把这件事隐瞒着所有的人,连周榕也不说。每天还是到游艺部走动,通不提学校的事,连陈文婷他也躲着,不和她见面。他自己想道:"这样才正合我的意。我本来就不愿意再拿那工贼一文钱,也不喜欢念你那些书。家里又难,我做工赚钱去!"周金和周榕催了他好多回,要他赶快到学校看看;陈文婷差不多每天来一趟,劝他赶快回学校缴费注册。他不肯明说,总是推游艺部事忙,不得闲。陈文婷认为他是坚决不肯要陈文雄的钱,也就无法可想。这时候,她看见周炳越过越"成整",越过越像个大人,像个英伟的美男子,甚至仿佛嘴唇上都长出胡须来了,一想起他,就心跳,害怕。可是越心跳,害怕,却越想看见他。

这样又挨磨了十天半月,周炳总是嚷着要去做工,弄得家里的人都摸不着头脑。有一天,周榕千辛万苦借了五十块钱回家,假说是发了薪水。他高高兴兴地拿了一半给母亲,把其余的一半交给周炳,要他去交学费。周炳不肯接,把钱推还给他。他奇怪了,说:"老三,你哪来这么大的脾气?你不花你姐夫的钱,难不成连我的钱都不花么?说实在的——我这不过是迟了一点,就值得那么大的不高兴?也得人家出粮才有呀!"周炳抱着脑袋说:"我又没有不高兴！人家只是不想念书，想做工。念书有什么用？念完了又去做什么？反正这样的一个社会，你念书也是一样，不念书也是一样！"周榕认为他过于任性了，就规劝他道："兄弟，话可不能这么说。学了知识，谋生有用，做别的事也有用。你原来闹着要念书，后来总算凑凑合合，对付过了这几年，怎么又变了卦？你如今初中毕了业，正是个半桶水，文不文、武不武的，倒要怎么办？"周炳叫哥哥逼得没办法，只好把学校开除的事情告诉了他。周榕听了，紧绷着那和善的脸孔，许久才说了一句道："哦，原来如此！"周炳只是不作声。周榕向前移近一步，说："钱你先拿着，以后再说。你跟学校有什么过不去的事儿么？没有？哦……你有没有得罪过哪个老师跟同学？没有？哦……你的功课成绩好不好？还好？哼，那就是了！就是因为你参加了省港罢工的活动了！好呀，咱们是在闹国民革命，可是这里的学校要开除革命的学生，也要开除革命的老师！"周炳急着追问道："怎么开除革命的老师？"周榕承认道："我也跟你一样，瞒着大家。我失业了。可是我没有过失。我对省港罢工不能够袖手旁观，不管拿什么来威胁都好！可是我不明白，这社会上怎么一点也不讲人道！"说到这里，弟兄俩抱着哭了起来。正哭着，周金从外面回来，正好碰上，连忙问他们什么事。那两兄弟把各自的遭遇说了一遍，还要周金替他们保守秘密。周金睁大了他的圆眼睛，一言不发。每逢他睁大眼睛、一言不发的时候，他的容貌神气，都十分像爸爸周铁。大家沉默了约莫五分钟，周金的眼睛开始活动了。他用眼睛望了望那两个垂头丧气的兄弟，然后露出勉强的笑容，用那叫机器轧扁了的右手大拇指搔着自己的腮帮，说："这有什么好哭的？这有什么好保守秘密的？这有什么好垂头丧气的？这社会上，从来没人跟咱们讲过人道。你们看我这大拇指就明白。咱们动手打击了帝国主义和封建军阀,人家就不回手打击咱们?天下有这样的道理?你们碰到帝国主义和封建军阀的帮凶了,自然是免不了要遭毒手的。这不是咱们的羞耻,不是咱们丢脸,咱们怕什么?我看你们就该昂起头,挺直腰杆来做人!你们不记得咱区桃表妹么?人家连性命都拿了出来啦!咱这算得什么?"一番话把那两兄弟说得重新活跃起来了。

一个星期六的下午,陈文娣放工回来,在何家大门口遇见何守仁。那矮个子科长耸起尖尖的鼻子对她说:"来,陈君。我告诉你一个秘密消息。有人说,周榕已经被学校撤了职了。开头我还不信。我是尊重周榕的为人的。他的革命热情是同学之中少有的。怎么会出这样的事?后来一打听,倒好像是真的呢!"他这番话最初只是引起了陈文娣一种强烈的憎恶。后来,她害怕起来了,从心里面发起抖来。她用手扶着墙,轻轻地问:"那是为了什么缘故?怎么我还一点都不晓得?"何守仁拧歪脸,避免和她的眼光接触,说:"这也奇怪。也许因为他交友不慎,也许因为他说话随便,也许因为他和同事相处得不好,谁知道呢!总之,给他留心找个职业吧。你令尊手脚大,这点事不费难的。"陈文娣听了,没有说什么,只和他点头作别。回了家,晚饭也没有好好吃,准备晚上去找周榕,把这件事问个明白。谁知天黑以后,周榕自动来找陈文娣,把学校辞退他的事情对她直说了。最后,他还理直气壮地加上说:"娣,你瞧,咱们现在要革北洋军阀的命,可是咱们的社会是一个多么黑暗、多么残酷的社会!像鲁迅所说的,这是一个人吃人的社会!"陈文娣望了他一眼,觉着她面前坐着的这个男人,她简直一点也不能了解,就说:"这个社会自然还不是理想的天堂,也没听说就能坏到那步田地。叫你学校攃出来了,难道不是你自己的责任,而是社会的责任么？听你刚才说的话，好像你自己一点也不感到耻辱似的，这就奇怪了。社会是什么？社会就是亲戚，朋友，上司，下属。难道你能够那样蔑视他们么？如果是这样，那只有两条路：一条路是你把这个社会毁灭了，按照你的意思重新建立一个社会；一条路是社会依然是这个社会，你自己毁灭了你自己！"周榕笑嘻嘻地说："如果你赞成的话，我愿意跟你一道走第一条路，可千万别走第二条路。"陈文娣生气了，说："你好像一点也不了解我。谁跟你整天嬉皮笑脸开玩笑呢？"周榕拙笨地辩解道："不，不。你误会了。我说的是真话。"陈文娣气冲冲地站起来，走回自己的房间，砰的一声把门关上，不出来了。

正当陈文娣和周榕谈话的时候，陈文婷和周炳也有自己的一番谈话。他们两个并排儿坐在周家的神厅里，亲切地低声交谈着。神楼上的玻璃盏发出微弱的光，周围瞧着暧昧和神秘。她听见周炳说学校把他开除了，第一个反应是惊愕。她想来想去，都想不出开除他的理由。她甚至以为周炳想去做工，不想念书，因此跟她开这个玩笑。后来她知道那到底是真的了，她就坚决站在周炳这一边，认为学校不讲道理。她坚持他应该念书，不应该做工。她觉着周炳一旦离开学校，就会不属于她的了。她做了许多建议，把周炳弄得无所适从。她建议他向学校递个呈文，请求学校收回成命。她建议他向别的学校提出申请，暂时做一名旁听生。她建议他进英文补习学校，到明年再考高中。……总之，和陈文娣比较起来，她表现了更多的热情和温暖，连半句责备的话都没有。最后，周炳有几句话，是他经过了十次八次的考虑之后，才决定告诉她的。他说："有一个问题，我在战场上想过，在荒山野岭上也想过，我一定要把它告诉你。……"说着，他做了一个温柔的、真心的微笑。灯光很暗,但是陈文婷为这个微笑感到幸福和骄傲。她静静地等候着,随后就听见他说下去道:"开头我曾经想过,你哥哥、何守仁、李民魁这些人破坏省港罢工,是有人唆摆的。回家之后,听说你哥哥当了经理,何守仁当了科长,这问题就证明了。是杀死廖仲恺先生和杀死区桃表姐的凶手教他们这样做的。那些凶手都串通了——他们在管看这整个的世界……"陈文婷听了,长久地默默无言。……

第二天是星期天。陈万利不到公司去。吃过早点之后,他走上三楼书房,把三个女儿都叫到跟前,对她们说:"你们三个以后都不要到罢工委员会去。听见没有?那罢工委员会马上就要解散了。那里面有许许多多的流氓,地痞,坏人,赤化分子!"这个问题跟陈文婕关系不大。她有时陪李民天去玩玩,也没有做什么事,去不去在她是无所谓。她拧歪脸,不作声。陈文娣的脸一下子红了。她只是点头,没作声。罢工委员会,她很久都没去了。但是她不能不连带想起她和周榕的关系,这关系如今使她既觉着羞耻,又觉着痛苦。她想了一下,就转了一个弯儿,说:"我们不去容易,你叫嫂嫂也不去么?"陈万利说:"你们先听我的话,不要去。嫂嫂那里,我另外跟她说。她是陈家的人,她能不走陈家的道儿么?"到底是陈文婷年轻,她不服气地问道:"这是为什么呢?省港大罢工是国民政府赞成的。那里面有没有坏人,我不晓得。按我认识的人来说,他们都是蛮好的,蛮好的。"陈万利生气了,脸孔变得十分难看,用手在矮茶几上拍了一下,毫不留情地说:"谁?谁蛮好、蛮好?既然这么好,你为什么不去嫁给他!"他这句话叫陈文婕也震动了一下。不用说,陈文娣、陈文婷是受了重伤了。她两姊妹同时放声大哭起来,陈文婕在旁边看着干着急,也没有办法。哭了一会儿,声音收住了,陈万利又说:"我不是存心叫你们难过,实在也是没有别的法子。你们想想看,他们把咱叫作买办阶级,要打倒咱。如果不是蒋总司令有眼光,有魄力,有手腕,说不定咱已经叫人家打下去了。这是什么好玩的事儿?有他没咱,有咱没他!你们就不可惜我这副家当,难道连我们两个老鬼的骨头都不想要了?罢工委员会全是那样一笼子人。周家这几个我不敢说,反正也好不到哪里去!"陈文娣看见她爸爸说得那样斩钉截铁,加上自己从读书得来一点理解,觉着他讲得很有道理,事情多半就是这样的了;另外她看见她爸爸两鬓风霜,已经都是六十的人了,还歇不下来,一天只管奔波劳碌,吃不安、睡不宁的,也觉着十分可怜,就从心里面软下来了。她用手帕擦了擦眼睛,说:"我可以不再去罢工委员会。我还可以劝榕表哥也不要去。不过他这几天心事不宁,学堂里叫人辞退了,不大好说话。"听的人差不多一齐叫了起来:"谁?谁叫人辞退了?"后来把事情弄清楚了,陈文婕只是一味子摇头叹息,陈文婷吓得用手捂着嘴巴,倒抽凉气,觉着天下事就有这么凑巧,这么可怕。陈万利打蛇随棍上,说:"你们这回可看清楚了。赤化不会有好结果的!撤他的职不过是给他点颜色看看,还算是顶客气的。如果他不懂得回头是岸,还有够他好看的呢!你不尊重旁人,你也别指望旁人会怜悯你!"说完就带着一脸难消的怒气走了。听着他果然下了楼,这里陈文婷就叫唤起来道:

"我的好姐姐,我的顶好的、顶好的姐姐呀!你们看这不是约好的是什么?这一定就是他们大家跟爸爸约好了的!二姐夫叫学校撤了职,炳表哥也叫学校开除了!如果说事有凑巧,我第一个就不信!"

陈文娣说:"别姐夫长、姐夫短地吧。叫人怪腻味!你把周炳怎么叫人开除的事,好好给咱讲一遍。"陈文婷一五一十地讲了,就求她二姐,好歹去跟何守仁说一声,要何守仁去跟他们校长说说情,让周炳回学校念书去。陈文娣也答应了。过了一会儿,她就去找何守仁,说明周炳的情形。何守仁闭着眼睛听了之后,就睁开眼睛说:"我答应给你说去,但是有一个交换条件。"陈文娣一听见"交换条件"四个字,怕他说出什么不好听的话来,脸就红了,心也跳了,硬着头皮问道:"什么交换条件?"何守仁说:"你替我再向周榕打听一下,那叫金端的人哪里去了。可不能说我问的。听说那姓金的专搞什么农会,不知到什么乡下去过的。"陈文娣听说这个条件,才安了心,说:"那没什么,那容易。"正说着,忽然想起上回她大哥也打听过这个人,就感觉奇怪起来道,"你们为什么老打听这个人?"何守仁笑一笑,没说话。

区桃的两个弟弟,区细和区卓,一个十七岁,一个十二岁,半大不大的,这天来他周家二姨妈家吃中饭。周炳闲着没事,就和他们有层有次地玩做一处。吃过饭之后,区细和区卓在大门口和何守义、何守礼两兄妹玩耍。区细和何守义在下"捉三"棋,区卓和何守礼坐在地上"抓子儿"。这些小孩子在聚精会神地玩儿,浑不知世界上正在发生了什么事,玩儿得那么有味道,真叫周炳羡慕。淡淡的、温暖的阳光照着这些小孩子,他们就在阳光之下,无拘无束地生长,这多么有意思。周炳再看看那棵白兰花,也是在温暖的秋阳之下,无拘无束地生长着,比六月间刚种下去的时候长高了一个头,那丫杈,那又绿又嫩的小叶儿都旺盛葱茏,好像会说话的一般。最后想到自己,周炳悄悄叹了一口气,他觉着自己比不上他们,既比不上天真烂漫的区细、区卓、何守义、何守礼,也比不上那无忧无愁的白兰花。正在想着,忽然看见何家的丫头胡杏从大门里面滚了出来,像是叫人使劲摔了出来似的。她一面号啕大哭,一面用手在空中乱抓,好像她想抓住什么东西,以免自己往下沉落的一般。矮小干瘦的何守义回头瞅了她一眼,随口骂道:

"真讨厌,哭包子!"

周炳站了起来,说:"不,不。她可好呢!"他走过去,掏出手帕替她擦眼泪。她温柔帖服地站着,让他擦。可是周炳一问她为什么这样伤心,她又号啕大哭起来了。周炳没法,只好带她回家,把她交给周杨氏慢慢开解。过了半个钟头,胡杏静悄悄地走了出来。一定是周妈使用了什么出奇有效的办法,像"黄狗毛"止血似的止住了她的忧伤。她在她自己那娇媚的脸上强行涂上了一层严肃的色彩,使得它越发可爱。这时候,有个卖甜食的挑担走进巷子里来,周炳叫他给每人盛了一碗糯米麦粥。胡杏赶快吃了,重新钻进刚才把她摔了出来的那个地方去。周炳付了钱,区细、区卓、何守义、何守礼他们也陆续散了。他百无聊赖,跑回自己的神楼底,坐在书桌前面,用一叠书把区桃的画像支起来,对她诉苦道:

"这些,你都看见了的,你教教我怎么办吧!我的眼睛蒙了,我的耳朵聋了,我的心眼儿堵住了。公事、私事、大事、小事乱做一堆。你能把我甩开么?你忍心么?"

区桃并不答话。只是用一种一切不出所料的神情微笑着。那整整一个下午,周炳就那么对着她,一秒钟,一分钟,一点钟,两点钟……约莫到了下午四点钟,区细、区卓已经回家去了,忽然门外人声嘈杂,何胡氏的辱骂声,胡杏的哭嚎声,其他人的议论声,混成一片。周炳走出门外一看,见一堆女人围着何胡氏跟胡杏,那女主人拿着藤鞭子正在痛打那丫头。胡杏躺在地上,蜷曲着,哆嗦着,翻腾着,嘴里吐出血丝,衣服扯破了好几处,露出肉来。旁边在看

的人只管议论纷纷,却都不去阻挡。周炳气愤极了,忍不住大声叫嚷道:

"卑鄙!卑鄙!卑鄙的社会,卑鄙的人!"

陈文娣挤在人堆里面,听见他这样说,就使唤那种严肃坚毅的"五四腔"质问他道:"阿炳,你说谁?你说什么人卑鄙?"周炳连望都没有望她一眼,毫无礼貌地说:"我指那些只图自己快意,不管别人死活的混账东西!我指那些仗势欺人的衣冠禽兽!我指一切的工贼和奸细——不管他是内奸还是外奸!"陈文娣一听,就知道他又在骂陈文雄、何守仁、李民魁这些角色,脸上由不得唰的一下子红了起来。她心里暗自惊奇,怎么这素来老实忠厚、平和易与的戆汉,今天就这般气势汹汹,出口伤人!她想回他两句,竟找不出适当的话来。周炳也没有留心看她,只顾分开众人,大步抢上前去,一举起瓦筒般粗的胳膊,顺手就夺下了何胡氏手里的藤鞭。何胡氏没想到他这般粗鲁,吓得倒退了几步,嘴唇都白了。周炳高声对胡杏说:"起来!不要哭。你没有外国人做你的干老子,又没有厅长、局长做你的父兄,你哭给谁听?站起来,把你的二姑拉到警察署去,问问他们,看如今养丫头还算不算犯法!"何胡氏听说要到警察署,更加没主意了,早就有旁边那些自以为好心肠的闲人,纷纷进行劝解。周炳不管这些,一手拉了胡杏,往西门口的警察署走去。警察署里面有一个弯腰驼背,一根胡须都没有的老人家接待了他们。胡杏不敢说话,周炳就不管三七二十一,也不管他是什么官、什么职,一口气把刚才的情形讲了一遍。那弯腰驼背的老人家戴着一个非常巨大的黄铜眼镜,一面听,一面用毛笔在一个厚本子上吃力地写着。大概写了二十来个字,周炳就讲完了。那老人家停下手,从镜框上面瞅着他问道:"你姓什么?叫作什么?男的还是女的？住在哪里？做什么生意？"问一样，填一样，后来又问，"你是她的什么人？"周炳答道："我是她的邻居。"那老人家用怀疑的腔调重复了一句："邻居？"跟着就把那管只剩下很少几根毛的笔放下来了。胡杏看见那种情形，连忙接上说："他小的时候在我们乡下放过牛，跟我的亲哥哥是一样的！"那弯腰驼背的老人家笑了，说："好，好。"随后就掏出一个纸包，卷了一根又粗又大的生切烟。他一面擦洋火点烟，一面继续往下问："她的主人家还有些什么人？有别人动手打过她没有？她偷过主人家的东西没有？她打烂过什么东西没有？她和别人打过架没有？"胡杏连忙分辩道："哪里有过那样的事儿！我不偷吃，不打架，不偷钱，不吵嘴，到他家快两年了，连一个小匙羹也没掉过下地呢！"周炳说："她家有两个少爷，都打过她。那大少爷本来参加罢工委员会工作的，后来当了工贼，到教育局里当什么鸡巴科长去了。她紧隔壁住着一家姓陈的，也出了一个工贼。陈家那个少爷原来也是罢工工人代表，后来破坏了罢工，给红毛鬼子当了洋奴了！"那弯腰驼背的老人家很感兴趣地听着，一面点头、一面说："哦，原来这样。原来这样……"最后，到他觉着案情已经全部明了，没有什么可以再问的了，就对周炳和胡杏说："这样就行了。你们回去吧。"

　　从此以后，果然有那么几天工夫，何家的人没有再殴打胡杏。但是左邻右里的人们都发觉，胡杏从此也很少露面，大概是主人家把她关了起来，不让她自由行动了。人们就议论纷纷道："只有石头砸破鸡蛋，再没有鸡蛋砸破石头的！""世界上有不是的丫头，哪有不是的主子！""人家买来的丫头，爱打就打，爱杀就杀——狗抓老鼠，要你多管闲事！""那是个呆子！学堂把他开除了。何家替他去说情，他却倒打何家一棍！他的傻性发作，只怕他老子也得让他三分!"但是在东园的罢工委员会里,在南关和西门的朋友圈子里,大家都认为他是血性男儿,比以前更加器重他。就是在三家巷的陈、何两家人当中,也不尽是瞧不起他的人。何守礼年纪虽小,但因她是三姐何杜氏所生,时常要受大奶奶何胡氏和二娘何白氏的气,因此她十分同情胡杏,也十分同情周炳。陈文婷总觉着他越想念区桃,就越显得他这个人拿真心对人;又觉着他越戆、越盲、越痴、越傻,就越显得他这个人淳厚刚勇——总之,是越发可爱。更不要说他长得一天比一天更漂亮,更像个成年男子,使她更加着迷了!有一天,她对周炳哀求道:

"论道理,无疑是你的道理长。可是你既然和我要好,又整天骂我家里的人,什么工贼呀,奸细呀,洋奴呀,整天挂在嘴唇边,那怎么个了局?求求你吧……你要我做什么我都肯……"

周炳摇摇头叹息道:

"当真不是冤家不对头!我这也是由不了自己。你该记得:我是怎样崇拜你哥哥跟何守仁他们来着!那时候,我以为他们是忧国忧民,有志气、有热血的'五四'青年;我以为他们能够舍己为人,坚持真理,替穷人谋幸福,替区桃表姐报仇雪恨。但是我上当了,我受了欺骗了,我叫他们一脚踢开了!我所崇拜过的人物竟然卑鄙无耻,忘记了区桃表姐的深仇大恨,忘记了千千万万的罢工工友,去投降了万恶的敌人!你叫我难过不难过!"

陈文婷无可奈何,捂住脸说:

"算了,算了。他们是他们。我们是我们。往后再别提了!我的心都叫你磨碎了!不管怎么说,我总是爱你的。只要你知道这一点就行了!"

二四　破　裂

十月十日,罢工委员会正式宣布了对香港的封锁已经取消。震动世界的省港大罢工进入了善后工作的阶段。下午,陈文雄从茶馆里喝了茶回家。他踏着轻快的步子,吹着英国名曲《甜蜜的家》的口哨,走进了客厅。一看见杨承辉和李民天一人一个口琴,坐在那里对吹,他就说:"哈罗,年轻人,别吹了。你们的调子已经过时了。听见罢工委员会解散的消息没有?"杨承辉说:"只听说结束,没听说解散。"陈文雄抖了抖他那件又窄又长的白色外衣,说:"结束——解散,半斤——八两。我早几个月就看出这个下场了,你们都不信!"那两个年轻人不理他,又吹起口琴来。他对他们摆手道:"好了,好了,别吹了。我今天要在这里宣布一个更加惊人的消息!承辉,你去把何守仁、周榕、周炳叫来;小天,你上去把文娣、文婕、文婷、周泉她几个请下来。人一到齐我就宣布,快去!"两个年轻人把口琴放在口袋里,就走出了客厅。

那一天,三家巷多了两个从农村来的客人,一个十八岁的姑娘和一个十六岁的少年。他们是胡杏的大姐和大哥,一个叫胡柳,一个叫胡树,当天一早从南海县震南村步行四十里路来省城看他们的妹妹,还挑了两盒香蕉、柿子、糯米、白菜干之类的礼物来送给他们的二姑和二姑爹。何守义的亲生母亲大奶奶何胡氏款待了这一双侄男侄女,让他们跟阿笑、阿苹、阿贵、胡杏一道吃了中饭。吃过饭,胡杏把他们带回下房,看看旁边没人,就抱着她大姐胡柳哭起来。胡柳也哭,胡树也哭。大家都不敢哭出声来,只是咬紧牙齿,呜呜咽咽,凄凄切切地哭。哭了半个时辰,胡杏才诉起在何家受尽虐待、欺负的苦楚来。又说了半个时辰,胡柳听着只是摇头。后来胡柳怕主人家见怪,就拦住她道:"好了,别尽说这些了,说些好玩儿的吧。说些省城的见识吧!"于是胡杏又告诉她哥哥跟姐姐省城的许多新鲜事情,把那两个乡下人听得直眨眼。她又带他们到何家各处看了一遍。在客厅里,胡树坐在地上,对他大姐说:"人家说震南村有一半是咱二姑爹的,怪不得他家这么有钱。他这里的地比咱们的床还要干净多了呢!"胡柳敲了他一记脑壳说:"少多嘴!"后来,胡杏又带他们出门外去看那棵白兰花,并且介绍道:"这是咱们那高大的周炳哥哥种的,我也帮了手。他说种这棵树是纪念一个姐姐。那个姐姐死了,是个美人儿。你看咱这哥哥傻不傻?"胡柳一听见周炳的名字,脸就羞得通红,她强作镇定地说:"那总是他好情意。他怎么样,还是小时候那么俊,那么好玩么?他帮你么?"胡杏说:"对!他比小时更漂亮,更和气。人家说他越发傻了,倒长得有屋檐那么高。他的妈妈叫周妈,这两个人哪,我敢赌咒,是全省城最好的两个人!"说完,她又带他们去看周妈。这时候,周炳因为何守仁替他说情,已经恢复了学籍,正在念高中一年级了。不过,他自己并不知道是谁说的情。他只知道他二哥周榕替他奔走,给他学费,此外全不知道。至于这里面还有陈文娣的一份活动,还有何守仁的交换条件,他更加想不到了。这天因为是星期日,整天没有课,闲在家里。他和周妈一道接待了这几位小客人。尽管胡柳小时候跟周炳很熟,整天笑、骂、打、闹,哥哥前、哥哥后的,如今过了五六年,大了,就矜持起来,只是低着头,红着脸,不和周炳多说话。杨承辉来叫的时候,他们大家都在周妈的后房里谈得正好,只有周榕跟着杨家表兄弟走过陈家客厅这边来。

陈家姑嫂们都下来了,又等了半天,何守仁才穿着条子彩色绸睡衣,脚上套着绣花拖鞋,睡眼惺忪地走进来。陈文雄用庄重的、缓慢的、拖长的声音对那四男四女宣布道:"刚才英国领事馆接到上海方面的特急电报,证实咱们国民革命军今天早上克复武昌!有消息说,是叶挺部队首先进的城!"一时之间,四座沉寂。后来忽然爆发了一阵呵呵哇哇的欢呼声。喊声刚一低下去,周榕大声说:"这多有意思!今天正是十五年前武昌起义的日子呵!"大家的欢呼声又飞腾起来。陈文雄上楼去,把他父亲喝剩的半瓶正"斧头"牌白兰地酒拿了下来,在茶柜里拿出了九个高脚小玻璃杯,每人斟了小半杯。陈文雄首先举起杯子邀请道:

"干杯。中国国民党万岁!"

杨承辉少年气盛,又不知进退,也唰的一声直挺挺站了起来邀请道:

"干杯。表哥,让我加一句:中国共产党万岁!"

大家都愕然。你望望我,我望望你,不知怎么办。姑嫂们更加担心,又不好作声。陈文雄冷笑着说:"怎么啦,你!在我的家里喊起共产党万岁来啦?"杨承辉毫不相让地抗声说:

"不,我没有想到在你家里。我想我是在中国的土地上。"

陈文雄放下酒杯,走到杨承辉跟前说:"老表,你是不是共产党员?"杨承辉说:"我自然不是。可是我相信北伐的胜利,是共产党唤起民众的功劳。"陈文雄说:"那么你咸吃萝卜淡操心干吗?你不会让那些真正的共产党员操心去?"何守仁打了一个哈欠,懒洋洋接上说:"天下奇闻!从总司令到一名下等兵,都没有一个共产党员,北伐的胜利忽然变成了共产党的功劳!所以我看西山会议派还是有眼光的。国共就是应该分家!不只军队是如此,党部、机关、学校,到处都是如此。"李民天不愿意再沉默下去了,他觉着他应该出来主持公道。虽然陈文婕用眼光示意企图阻拦他,他也不管了。他说:"我看还是联合在一起比分开好。合则势大,分则势孤。帝国主义和北洋军阀不是仍然很强大么?"陈文雄立刻接上说:"外国人不一定都反对咱们。就是反对,他也不一定敢动。至于军阀,那是强弩之末了。照这样打下去,三个月可以打到北京,说不定可以打到沈阳。谁要走谁就走吧。我们自己可以干得了。"李民天公正地摇头道:

"这样更加不漂亮。快胜利了,快享福了,倒把别人一脚踢开。千秋万世之后,后来的人会说什么话?何况这联合又是孙总理的遗教,谁敢反对?总之大家有份儿,二一添作五,不也就得了么?"他这番话,把陈文雄、何守仁两人,说得一时无言可答。趁着这个机会,周榕也心平气和地开言道:"光看这个省港大罢工,就知道共产党做出了多么大的贡献。民众热情澎湃,敌人丧魂失魄,这贡献还不大呀!"看来这番话又是铁案如山,谁也驳不倒的。客厅里又是一阵沉默。正在这个时候,周炳走了进来。他看见大家的脸都像烧焦了的锅巴一样,不说,不笑,又不动,就感到了好像没处容身似的,随便在一个角落里悄悄坐下。不久,就听见陈文雄没头没脑地说了这么一句他万万料想不到的话:

"省港大罢工?算了吧。那是一个彻底的失败!"

"不!"周炳立刻跳起来反驳道,"省港大罢工是一个伟大的成功!"

陈文雄坚持道:"是失败!"

周炳也坚持道:"是成功!"

何守仁突然振作起来,说:"成什么屁功!人家香港那方面理都不理。几十万人坐着吃了这么一年多,如今到处流浪,无工可做,无家可归。这样的成功不是天下少有?"周榕虽然是个慢性子,这时候也有点着急了,结结巴巴地反驳道:"香港本来愿意谈判,准备屈服了的。就是咱们家里有内奸,在政治上拆了台,动手压迫共产党,敌人才反悔了的!罢工工人就是饿着肚子,也不屈服,这是爱国气节,不是成功是什么东西呢?"杨承辉快嘴快舌接上说:"难道个个人都要像大表哥那样当了经理,罢工才算胜利么?"周炳也立刻接上说道:"正相反!那只能算是没有气节,只能算是耻辱!奇耻大辱!"陈文雄用手在矮茶几上拍了一下,说:"这是什么话!我允许人家反驳我的意见,但是不允许人家侵犯我的人格!"说完就站了起来。李民天高声叫嚷道:"大家冷静点,大家冷静点!不要离开了绅士风度!"但是那"外国绅士"的忍耐像是已经到了尽头,也不再讲什么风度不风度,一言不发,噔、噔、噔地上楼去了。跟着杨承辉、周榕、周炳一走,李民天坐不安稳,也走了。周泉气得把脚一顿,也上楼去了。客厅里只剩下何守仁和陈家三姊妹,还有就是那九杯芬芳馥郁,还没有人尝过的白兰地酒。何守仁用两个手指拈起酒杯,喝了一杯,又喝了一杯,一面咂着舌头,一面说:"味道真不错。嗐,干吗这年头,大家的肝火都这么旺盛呀!大家和和气气坐下来喝酒不好么?"陈文婕说:"是呀。其实也没有什么了不起的大事。就是大家都不冷静。"陈文婷说:"话也不能这样讲。看来不是他们之间的事,是社会外头的事儿。"说完,两个人也相跟着上楼去。何守仁看见陈文娣呆呆地坐在沙发椅上不动,就细心熨帖地走上前,抓住她一只手说:

"娣,你看见了,一场在客厅里发生的阶级斗争!"

陈文娣点头同意道:"没有什么可以怀疑的了。改变这种状况的痴心妄想全都完蛋了。悲剧的结局已经拉开前幕了。但是,我憎恨我自己软弱,我憎恨我自己没有勇气。"何守仁用一种服从的、弯腰的姿势说:"如果你认为忧愁于你无损,就再等一个时候也好。"但是陈文娣突然冲动起来,鼓起那棕红的两颊,竖起左眼皮上那个小疤,宽厚的嘴唇发抖地说:"不,不!我立刻就和他说清楚!我马上就跟他离开!你去把他叫来,我就在这里和他谈判!"何守仁拿起了一杯酒,又给陈文娣递了一杯,两家碰了碰,都一口喝干了,然后何守仁才转身走出客厅,过周家那边去。一会儿,周榕就在客厅门口出现了。他听说是陈文娣叫他,又看见差来叫他的人是何守仁,就变得非常谨慎和拘束,站在客厅门口,没有立刻进去。陈文娣示意他进去,并且请他坐下,然后用一种生硬得可笑的神态跟语气提出了问题道:"我考虑了很久。我很抱歉。我们的性情,我们的习惯,我们的政治信仰,我们的人生理想,我们的社会处境,都是合不来的。与其勉强维持这种不合法的,不愉快的,不健康的,不充实的,不美丽的关系——让理智之神来替我们主宰一切吧:我们不如干脆分手,离开了好,省得双方痛苦。"说完,她就拧歪了脸。周榕仔细地把她从头到脚看了一遍,又把她座位的周围看了一遍,就向她弯低了腰,好像鞠躬的样子,说:"好。我尊重你的意见。我完全同意。"说完就走了出去。谈判就这样结束了。谈判结束得这么安静、平稳、融洽、确实,大大出乎陈文娣意料之外。周榕已经走了很久了,她才像是突然惊醒了似的,四围张望了一下,自己问自己道:

"这是怎么回事儿?刚才发生过什么事情啦?"

那天整整一个后晌，周榕只是关起房间的趟门睡觉。周妈留胡柳、胡树两个孩子吃晚饭，他也不出来吃。吃过晚饭，周炳陪他两个去看电影，一路解答了他俩所提出的数不清的疑难问题。这些疑难问题是每个乡下孩子对城市生活都会提出来的，从电灯为什么会亮，电影为什么会动，一直到汽车为什么会走。晚上，因为何家没有地方住，这两姐弟就借周家的地方住一宿。胡柳住了周泉原来的房间。胡树和周炳同房，睡在周金的床上。已经睡下了，灯都灭了，胡树还只顾问周炳道：

"你们和陈家是亲戚，又对了两头亲家，为什么他家那么有钱，你家那么穷？"

周炳笑起来道："你不是个傻子？皇帝也有三门穷亲戚呀！亲戚是天生的，穷富是后来变的，你有什么办法？你们跟何家也是亲家，为什么他家那么有钱，你家那么穷？"胡树说："不。她虽然是我们的二姑，可是很疏的，不是很亲的。她有她的亲兄弟、亲姊妹，那就都是有钱的了。我们乡下跟城里不一样，穷家跟富户不对亲家！"周炳糊里糊涂地应着他道："是咯，睡吧。"胡树静了一会儿不作声，好像是睡着了，可是忽然又叫起周炳的名字来道："炳哥，炳哥，你们这里一家人一个姓，我们乡下跟城里又不一样，我们乡下只有两个姓，你不姓胡，就得姓何，没有别的法子。"他这么说，把周炳逗乐了。周炳在黑暗中插嘴道："为什么？你姓周不行呀！"胡树争辩道："行？就不行！你别打岔。你知道什么！我们乡下有个人叫作何不周，倒是真的，可他还是姓何呀。大家都说，姓胡的再有钱，也比不上姓何的；姓何的再有钱，也比不上何不周！他是给我二姑爹管账的。年纪看来差不多，他还是我二姑爹的叔叔呢。你记得他么？"周炳好一阵子没吭气，后来打了一个哈欠，说："哦，不是那二叔公么？不是那肥猪么？怎么记不得！快睡吧！"谁知过了几分钟,胡树又叫周炳道:"炳哥,炳哥,你睡着了？我这又想起来一桩事儿,很要紧的事儿。我们乡下有一件事跟你们城里是一个样儿的:没钱的人总比有钱的人来得善,好相与。"周炳半睡不醒地回答道:"这是什么要紧的事儿？明天再说,睡吧!"和他们隔一个小天井的周榕的房间,本来也是灭了灯,黑黢黢的,这时忽然听见周榕的声音插嘴道:"讲得蛮有趣儿,让他讲完嘛,你急着睡干什么！昨天晚上没有睡觉么？"这边神楼底的周炳跟胡树大笑起来了,后边二房里一直没作声的胡柳姐姐也大笑起来了。

第二天一早,胡柳就来和周炳告别。她淌着眼泪,求周炳多多教导她妹子,多多扶持她妹子,说她妹子身子从小就弱,怕受不了过分的熬煎。周炳觉着没有别的话说,就都一一答应下来。随后她用感激的眼光默默地望了他一阵子,就跟胡树去向周妈告别。她千道谢、万道谢,感谢她时常照顾胡杏,又感谢她留饭和留宿,说了一会话儿,才去何家,辞别大奶奶何胡氏、二娘何白氏、三姐何杜氏三位主妇,又和胡杏对着哭了一阵,才回家去了。客人走了之后,周炳又找着何守礼,要她多多留心帮助胡杏,有什么事情,就赶快告诉她母亲三姐,要不然就来告诉他。何守礼也就一一答应了。从昨天中午胡杏带她姐姐哥哥二人进周家的时候起,陈文婷就特别注意这两个陌生的客人。她是站在三楼东北角书房的窗下,偶然发现了他们的。以后,她就在这书房和三楼北后房她自己的房间,居高临下地朝巷子里和周家的天井里窥探,好歹也把胡柳和胡树的活动情形,看了个几成。这两姐弟走了之后,她接着就下楼,走到周家门口,把周炳叫了出来,两个人坐在枇杷树下面说话。陈文婷忽然没头没脑、气势汹汹地问道:

"阿炳,昨天你和那眼睛长长的黑炭头睡了一晚?"

周炳受着这样猛烈的冲击,不免震动了一下。他一听就明白"那眼睛长长的黑炭头"是指胡柳而言,于是十分生气地回答道:"你疯了。怎么说出这种话来?"陈文婷说:"你才疯,我一点也不疯!三更半夜,你不是灭了灯和她说话?你笑,她也笑,那狂,那浪,叫谁听得下去!"周炳说:"快不要这样。这对咱俩有什么好处?"陈文婷说:"我就是要这样的。你爱我,就得服从我。你爱我,整个就得属于我所有。你爱我,你就应该只对我一个人表示忠诚!"周炳觉着不是受到宠爱,而是受到侮辱。他哂笑地说:"你还说不疯?你是想把一根绳索,一头套住我的脖子,一头系在你的裙带上,把我牵着到处走不是?你把我浑身上下看一看,我像那种裙边狗么?"陈文婷说:"好呀,不拴住你,尽你跟人去逛街,上馆子,半夜回来,黑啦咕咚地笑!"周炳摇头叹息道:"你这不是爱情,是专制。我要对你也这样,你受得了?"陈文婷把头一抬,非常骄傲地说:"我不怕!我就是要对你专制!爱情是粗暴的,野蛮的,是无可理喻的,是绝对自私的!难道爱情不是专制,还是德谟克拉西?"她这里所说的"德谟克拉西",是民主的意思。周炳斜斜地瞅了她一眼,觉着她小时候是身材苗条的,现在变得又矮又圆了,在这又矮又圆的身躯中间,散发出某种兽性的东西,也是她从前所没有的,因此,他只是毫无意义地顺口说道:

"唔,是的。德谟克拉西!咱们回学校上课去吧。"

中午放学回来,周炳就听见姐姐周泉在和妈妈谈陈文娣决定要和周榕离婚,周榕自己也同意了的事情。她们就坐在神厅,敞着大门谈,对谁都不避讳。周炳听着,觉着这场悲剧是注定要发生的了,谁也不能挽回的了。他很伤心,就走回神楼底,对着区桃的画像低声说道：

"一万年都是咱俩好！你瞧，那都能算爱情！"

吃过中饭，他不想回学校，就跑到第一公园去，在那观音大士的雕像前面坐了一个多时辰。他翻来覆去地想道："完了，完了。周家跟陈家的关系算是完了。就是忍耐力再强的人，这回也不能忍耐下去了。陈家的人尽是卑污龌龊的，简直没有一个好人！如果我不站出来表示一下我的深恶痛绝，我还算什么顶天立地的男子汉？我怎么对得起纯洁忠耿的区桃表姐？"往后他就离开第一公园，在广州市的街道上毫无目的地闲荡了一个多钟头，到太阳偏了西才回家。回到家，他拿出纸笔，就给陈文婷写信道：

婷妹如晤：

从今天起，我宣布跟你们陈家的人绝交了！此刻我的心中情绪沸腾，痛苦万状，不是语言文字所能形容。多少年来，我看到你们陈家的人那种种言论行为，尽是卑鄙恶劣，令人发指；最近发生的一连串事实，更是黑白颠倒，无义无情！我在感情上和理智上，都不愿和你们保持亲戚、朋友、同学、邻居的关系，特郑重宣布如上。盼你珍重！

下面签了名字，写了"民国十五年双十节后一日"的日期，他就把信封了口，在信封上写了"陈文婷君亲启"六个字，下面写了"内详"两个字，从陈家的矮铁门投了进去。把这一切事情做完了，他觉着心安理得，就告诉妈妈不回家吃晚饭，上南关去找清道工人陶华、印刷工人关杰、蒸粉工人马有、手车修理工人丘照一道上裁缝工人邵煜铺子里喝酒去。他一边喝酒，一边把他给陈文婷写信绝交的事情告诉他们，大家都认为他做得挺对。

晚上回家，陈文婷已经坐在神厅等他。周杨氏陪着她闲谈，见周炳回来,就悄悄回房去了。这里陈文婷也不说别的,直接就谈起那封信的事儿。她用动人怜悯的声调说:"咱俩都不是小孩子了,咱俩都快要走进社会——做人处世了,你怎么还只管任性胡来呢!想想看,给我写那么一封信,还不如把我杀了的好!我有什么罪过?我坚决跟着你革命,你叫我做什么,我就做什么,我不过乞求你那一点多余的爱!我是无辜的!就是我家里的人不好,跟我有什么相干?你怎么不分一点青红皂白?"周炳只管搭拉着脑袋,不作声。禁不住陈文婷再三哀求,他终于心软下来了。他长长叹了一口气道:

"你真是一个奇怪的动物,一个叫人猜不透的姑娘!你明明看见是火,却一定要扑下去!看来,你跟他们到底是有些分别的。不过,你可曾想过:你这样做,会给你带来多少多少的痛苦,痛苦,痛苦?"

陈文婷站了起来。她动都不动地站着,也不说话。她那雪白的大襟衫、长裤子在昏暗的电灯光下显得非常圣洁,像第一公园里的观音大士一样。

二五　血腥的春天

半年之后的一个春雨之夜。周家三兄弟都在神楼底里待着。周金躺在自己的床上，周榕躺在周炳的床上，周炳坐在写字台子前面，拿铅笔轻轻敲着桌面。忧郁和沉闷笼罩着人间，无声的春雨跟着缓缓的凉风从窗户飘进来，院子外面久不久一滴、一答、一滴、一答地响着，和周炳的铅笔敲打声互相应和。这时候，周榕失业已经半年多了，离婚也半年多了。周金因为前两天听说上海的总工会叫蒋介石查封了，工人纠察队叫国民党军队缴械了，上海的血腥屠杀开始了，就赶回省城来，一直忙着没回石井兵工厂去。周炳虽然恢复了学籍，仍然在高中一年级念书，但是跟学校总是貌合神离，对功课根本提不起一点兴趣。这天晚上一吃过晚饭，他们就是这样躺的躺，坐的坐，到现在还没有人开过腔说话。抽了数不清的生切烟之后，周金到底开口了：

"辛亥革命没有成功，是因为出了个袁世凯。这回国民革命眼看着要成功了，却又出了个蒋介石。工人阶级的命运好苦呵！"

周榕接上说："是呀！可咱们该怎么办呢？这两年来，我一直就没闹清楚。为什么我们对国民党那样好，他们对我们总是那样坏！我们吃小份儿，他们吃大份儿。可是我们过的心惊肉跳，他们倒是大不咧咧地满不在乎。现在对工人，对共产党员，对革命的青年男女，又是这个样子！这论交情，论道义，论天理，论良心，都是说不过去的!"

周金把床板拍了一下说:"可不就是咱们把那姓蒋的惯坏了!他要雨就雨,要风就风!去年三月二十日中山舰的事情能放他过去,什么事情再不放他过去!你瞧着他还要当总统、皇帝呢!你能奈他什么何?"

周榕阴沉地说:"话是这样讲了,可也是形势所逼:那会儿人家是主,我们是客;人家是领头,我们是跟后;人家本钱大,我们本钱小。你又能怎么样?何况那时候姓蒋的还是个左派呢!"

"左他娘个屁!"大哥粗暴地吼喊起来了,"欺骗!上当!耻辱!人家坐轿子,我们抬轿子。人家是东家,我们是扛活儿。人家叫住就住,人家叫走就走。我们兵没个兵,官没个官,钱没个钱,权没个权。什么把柄都抓在他姓蒋的手里。这是革的什么命!"

周榕在床上翻了一个身,长长地叹了口气道:"嘻!多气闷哪。时势如此,也说不得那许多了。总之是早知如此,何必当初就是了。人家当头做主,你不是在人家手指缝里讨生活又怎的?现在希望国民党还有一点革命良心就是了!"周炳也拍了一下桌子,发脾气道:"这不可能!他能解散总工会,缴工人纠察队的械,杀了那许多人,还有什么革命良心?这不跟吴佩孚、孙传芳、段祺瑞一个样儿了么?除非咱们工人纠察队能够把上海占领下来,跟他硬干一场!除非咱们干脆和那姓蒋的决裂了,把他的命也给革了下来!咱们组织咱们的工人政府!"周金又抽上一根烟,说:"也许这是个好办法。也许哪一天用得着这个办法。什么国民革命,我看是没有指望的了。"周榕又翻了一个身,又叹了一口气,说:"恐怕还不能这样说吧。这太过于悲观颓丧了。大局还有可为,总是不走这一着好。咱们还有大敌当前,这是大家都看得见的。蒋介石难道看不见?就说国民党,他们还有汪精卫呀,还有那个左派呀。咱们还是忍耐着瞧吧!"

正说着,门外忽然响起了砰砰砰的急急的敲门声。大家的精神都振作了,神经也紧张起来了。两个青年男子跳了下地,周炳也唰的一声站了起来。周金对大家说:"不要慌张。没有什么可怕的!什么时候都不要忘记自己是个革命男子汉!"然后叫周炳去开门,自己站在窗前,仰望着那黑沉沉的天空,慢慢地吸烟。周炳扭亮了神厅的电灯,打开了大门,跳进来一个漂亮而壮健、大眼窝、大嘴巴的年轻小伙子,原来是杨承辉。他把雨衣一扔,就冲进神楼底,气急败坏地说:

"坏了,坏了!出事儿了!反革命分子动手了!快走吧,走吧,走吧!"

周家兄弟让他坐下来慢慢讲,他就勉强坐下,把刚才他怎么回学校开会,怎么远远地看见大批宪兵和警察包围了学校,怎么向附近小铺子打听,那小铺子老板怎么告诉他是抓共产党,已经抓走了一百多人等等情形,给他们讲了一遍。周榕说:"是了。照上海的方子抓药了。"周金说:"那自然是的。还有什么不是的呢?你刚才还说,不要过于悲观颓丧,话是说得早了一点,如今倒真的用得着了。也值不得大惊小怪,本来事前应该料得到的。我是一个共产党员,我要走了,你们不是党员,你们怎么样?"杨承辉说:"我是学医的,平时又没有怎么出头露面,我用不着走。榕哥是要避一避风头的,他太红了。"周炳说:"如果大哥、二哥走,我也走。"当下决定三个人都走,就吩咐杨承辉去通知区苏,再去通知印刷工人古滔,要他们转知所有的朋友,暂时不要上周家来。杨承辉和他们依依不舍地道了别,就走出黑黢黢的官塘街,去找古滔。这古滔本来是香港的罢工工人,后来罢工结束,很多人留在广州做工,他也在普兴印刷厂找到了一份工。他听了情况之后,又和杨承辉约定,每逢阳历五号、十号的晚上,在海珠公园的东南角上会面。这边三家巷周家的人,也立刻行动起来。杨承辉前脚一走,他们三兄弟跟着就带上一点现款,对周铁和周杨氏只说要上韶关去几天,就连夜溜出来了。

他们出了三家巷,一个劲儿向南走,经过官塘街,窦富巷,走进擢甲里,又由擢甲里穿过仙羊街,这样朝长堤走去。一眨眼之间,他们就变成无家可归的人了。他们并没有觉着害怕,也没有觉着哀愁,只觉着有一股无名的愤怒填满了胸膛。天上的雨好像住了,到处是湿漉漉的,很不好走。人家都关上了大门,小铺子都显得冷清清的,每一盏街灯距离那样远,又都是那样昏暗无光,好像整个广州城都叫那黑色的怪物吞到肚子里面去了。他们出了长堤,朝西拐,一直走到黄沙火车站,又回头朝东走,一直走到大沙头,只是在珠江边上徘徊,浑找不到归宿。他们想遍了亲戚朋友,都没有合于藏身的地方。想到旅馆去开房间,又觉着不妥当。想找间空屋破庙,倒也不难,只是叫人撞见了反为不美。想来想去,还不如租一只小艇子在珠江上过一夜,明天再做打算。主意拿定,他们就雇了一只小艇,讲明六毫钱过夜。三个人上船之后,叫艇家把船从珠江北岸摇到珠江南岸——河南的堑口附近湾泊。他们上岸,找一间叫作"二厘馆"的那种炒粉馆喝过茶,吃过宵夜,才回船上去睡。周金和周炳一倒下就睡熟了。只有周榕一个人睡不着。他靠着船篷的窗口坐着,望着面前的迷蒙雨景出神。那雨夜的珠江平静地、柔媚地打他的窗前流过,只听见十分细碎的脚步声。在笨重的黑夜的掩盖之下,一点也看不清它的颜容。远处,西濠口的灯光像大火燃烧一般地明亮。他望着那广州,想起那广州城里面的甜蜜的往事,想起陈文娣和他在一只大轮船的甲板上,心贴着心地站着,一道向上海冲去的情景,禁不住感慨万分。忽然一阵腥风夹着雨点从广州那边吹了过来。他嗅着那一股又腥又咸的凉风,仿佛有人血的味道,不觉用手捂住脸孔,唉地长叹了一声。

第二天,周炳按照大哥周金的吩咐,到沙面找着了洋务工人黄群。他把大局的情形告诉了她,要她通知洪伟、章虾和其他曾经参加省港罢工的工人,让大家特别小心,没事就在沙面住几天,不要回家去。那年轻活泼的女工听到这些话,当堂就哭起来了。后来谈到找房子的问题,黄群自己走不开,她告诉周炳怎样去找她的表舅母冼大妈想办法。这冼大妈住在芳村市头后面的一间竹寮里,是一个四五十岁,无依无靠、无亲无近的寡母婆,每天只靠担了筐子,到酒楼菜馆去收买菜脚、下栏,又把它转卖出去度日。当下她听说是黄群叫来找她借地方住的,一口就答应了。跟着就把竹寮的外间收拾干净,支起一个大铺来,又把一把钥匙交给周炳,自己担上筐子去干营生去了。这三兄弟得了个暂时安身之所,就把房租和米饭钱都交给了冼大妈,又帮她挑水破柴,烧饭做菜,大家一道过日子,好像一家人一样。几天之后,他们看见冼大妈是个忠直慈善的妇人,就把她认作了干妈,并且把省港工人如何罢工、国民革命军如何北伐,国民党、蒋介石如何独裁、分裂,如何屠杀共产党人和革命工人等等事情,都对她说了。她听了之后,义愤填膺地说:

"你们别看我年老,不通世情,蒋介石这样的坏心肠,我可看不上眼!一个人不讲天理良心,看他当堂就会得到报应。不要紧,你们就安心住在我这里。你们只管对人说我是你们的干娘,包管你们没事儿。那姓蒋的也不会长久的,等他倒了台,你们再回家不迟!"

从此之后,他们就躲藏在这芳村冼大妈的竹寮里。白天,看看书,看看报,下下棋,喝喝酒;晚上,周金和周榕就出去活动,经常搞到深夜才回来。他们把周炳留在家里,不让他出去,他只好整夜整夜地跟着冼大妈东拉西扯,聊天过日子。冼大妈听得多了,也就慢慢明白。后来,她不单给她这几个干儿子买东西,洗衣服,也逐渐给他们送信,传消息,和他们的朋友都相熟了。有一天,冼大妈从区苏那里带回来一个口信,说陈文娣要在五月四日那一天跟何守仁结婚,周炳叫她千万莫把这个消息告诉周榕,又把陈文娣和他二哥的关系,陈文婷和自己的交情一五一十都对冼大妈说了,希望从她那里得到一点支持和安慰。但是冼大妈吐了一口唾沫说:"呸!我守寡二十多年还没嫁,他男人还活着倒嫁了。这样人家的姑娘有什么好稀罕的?你那个表妹,依我说,万万要不得!"这真是把周炳弄得心乱如麻。他本来悄悄写下一封信,准备寄给陈文婷,约她到西堤"大新公司"会一会面,听见冼大妈这么一说,又不寄了。时局一天比一天坏。那些传说广州就要暴动的消息看来总不能证实。说海陆丰农民已经暴动起来,已经夺取了县城,并且已经成立了人民政府,又不知是真是假。"就算是真的吧,海陆丰离广州多远哪,"他想道,"什么时候才能来到广州呢?"可是那些讨厌的消息却一天比一天多。不是说某某人被枪毙了,就是说某某人失踪了,某某人逃走了。周炳看得出来,他大哥跟二哥的脸色一天比一天难看,一天比一天沉重,后来简直整天整夜地躺着,既不看书、下棋,也不出去活动,最后连吃饭都吃不下去了。他问他们,他们什么也不说;他要出去看看,他们又不允许。这一下,把周炳急得实在按捺不住了。他左思右想,越想越不得开交。最后,他把写给陈文婷的那封信拿给大哥、二哥看。周榕看了,只是平静地说:"照目前的情况来看,她不会跟你见面的。"周金却暴跳如雷地骂道:"给她写信?约她见面?你想想看,她家有的是买办、奸细、卖国贼、忘恩负义之徒,哪里有过一个好人!"周炳觉着无话可说,把信又收了起来。

到了五月四日那天早上,时局更加紧张,情况更加危险,周金、周榕都出去了,剩下周炳一个人在家,再也沉不住气。他先拿出区桃的小照片看了那么一个钟头,然后珍重地把那小照片放进口袋里,觉着浑身都不自在。他走到竹寮大门旁边,大门从里边闩着。他从门缝里朝外边窥探,看见外面那一片菜地上,如今正种着黄瓜,瓜蔓缠在竹架上,正拼命地往上攀。上面是热烈的太阳,是广阔的天空,是自由自在的春风——那春风,掠过瓜棚,把一股清香,微带苦味儿的清香从门缝里吹进来,闻得人心清肺润,十分舒服。他不由得自言自语道:

"光明的前途,幸福的预感,紧张的生活,毁了!东园,南关,西门,三家巷,许多的好朋友,最心爱、最心爱的舞台——没了!我自己把自己拴在这竹寮里,唉,孤独呵!苦闷呵!寂寞无聊呵!我如果像那一片云,那一只相思鸟,那一只小蝴蝶,出去飞一下,多好!"但是他又立刻回答自己道,"不行,不行,哥哥们不叫出去!"于是他只好拿起周金的生切烟包来,卷了一根很粗的烟来抽。他不会抽烟,呛得很厉害,可是他等呛完了,又使劲再抽。

过了一会儿,他的全身筋肉都跳动不停,他实在熬不住了,于是又自言自语道:"这十几二十天没有得到我的消息,不知道她会多么难过!究竟把我当作活着呢,还是死了呢?留着呢,还是跑了呢？不知道她多少晚上失眠，流了多少眼泪，咬碎了几个绣花枕头！我能够这么忍心，连字条儿都不捎个给她么？陈家没有一个好人，何家也没有一个好人，但是陈文婷、何守礼、胡杏这些，究竟是一些例外！陈文雄的心肠是毒辣的，陈文娣的心肠也是毒辣的——她今天晚上就另有新欢了，出卖自己的灵魂了。陈文婷可不一样呀！她在家庭里面也是孤独的，苦闷的，寂寞无聊的。一定是这样！我怎么能够残忍到这般田地，把她甩开不管，让她孤立无援，痛苦难堪，抱怨天下男子无情无义呢！"这样子，他偷偷在信封上贴了邮票，打开竹寮的大门，走上街去，把那封写好了、压下来的信给陈文婷寄去了。

五月四日那天晚上，何家为了何守仁和陈文娣举行婚礼，在有名的西园酒家大摆筵席。到的客人之中，有何应元的朋友和同僚，有何守仁的同学和同事，有陈万利和陈文雄的同业，也有陈文娣的同行，再加上何、陈两府的亲戚世交，简直是古语所谓冠盖云集，洋洋大观，比陈文雄跟周泉结婚时候，那气派和排场，又胜一筹。这些贺客，有坐汽车来的，有坐轿子来的，有坐包车来的；有穿长衫马褂的，有穿西装革履的，有穿中山装、学生装的；堂客有穿旗袍的，有穿长裙的，有穿西服的，有穿大襟衫、长裤的，也有穿学生衫裙的；有说广东话的，有说外江话的，有说英国话的，还有说法国话的；简直把个"西园"酒家装扮得五光十色，燕啭莺啼。客人都安好座位之后，宴会就开始。一时燕窝、鱼翅、鸭掌、凤肝，大盘大碗地捧上来，猜枚饮酒，笑语娇嗔，十分快活。在一个单独的小厅里，新婚夫妇何守仁和陈文娣，陪着陈文雄、李民魁、李民天、杨承辉、陈文英、周泉、陈文婕、陈文婷做一桌。这陈文英大姐是最受欢迎的人物之一。她是刚从她丈夫张子豪的驻地上海归宁回来，昨天才到家的。张子豪最近升了团长,她也就成了团长夫人。她做了祈祷之后,才开始吃菜,一面吃,一面给大家讲上海的风光,听得大家津津有味儿,都羡慕那十里洋场,豪华富丽。陈文雄温文尔雅地问他大姐道:"上海的清党办得好不好?把共产党捏得干净不干净?"陈文英说:"谁爱管你们这些魔鬼的事情?我倒是听过你姐夫说,上海的清党是清得最干净的,比用泻盐清的还要清,说是连一个都没有留下了!"

"连一个都没有留下?"陈文雄很有礼貌地挺起腰杆问,又自己回答:"子豪未免太自豪了!我承认上海人是欺软怕硬的,共党分子尤其如此。大姐夫有兵权在手,事情自然好办。可是,难道说租界也能进去么?"陈文英含糊不清地说:"这个,我就不知道了。"陈文雄又指着杨承辉说笑话道:"大姐,还有好笑的呢。不久之前,咱们这位表少爷还大叫共产党万岁,哪里知道连一岁都没有,就完了。"大姐跟李民魁哈哈笑了两声,其余的都没笑。杨承辉风度翩翩地微笑道:

"大表哥,请允许我说一句不知进退的话,你未免太乐观了。共产党怎么就算完了呢?"

李民魁插嘴道:"就算你还数得出一两个,什么大不了的气候是没有的了。这叫作天下事大定矣!"

李民天提醒大家道:"不管怎么说,兄弟阋墙,只能说是民族的灾难。咱们有什么感到特别快活的理由呢?"于是陈文雄、李民魁和李民天、杨承辉这两位大学生,四张嘴对吵起来。新娘和新郎今天保持着超然物外的幸福的态度。周泉和陈文婷想起周榕和周炳,觉着很痛苦,老搭拉着脑袋。陈文英和陈文婕总想找机会加入一方,可是那机会总没碰着。一会儿,新郎和新娘站起来道歉,要到外面去敬酒,争论才暂时中断了。陈文婕就趁着这个机会,向陈文英提出一个疑问道:"大姐,按照基督教的教义,是提倡慈爱和平,反对凶残杀戮的,对么?"陈文英望了她一眼,慈和地笑着说:"三妹,你又是一位大学生。不错,我们是崇尚仁慈的。但是对于魔鬼,有什么仁慈可说呢?"陈文婷抗声道:"无论如何,我不能赞成把任何一个共产党员都看成魔鬼!这是不公平的。"周泉咬着嘴唇,扭歪着那苍白的瘦削的脸孔,自始至终,一言不发。

二更过了,酒正喝到热闹处。何家的小小姐,年方十岁的何守礼瞌睡了,由那十三岁的丫头胡杏伴送着,步行回家。一出西园门口,何守礼倒不瞌睡了。她问胡杏道:"刚才那肥猪一样的人是谁?他光望着我爸爸笑,又一个劲儿地打躬作揖,那嘴巴咧开,像吃了屎的一样!"胡杏说:"你连他都不认得?他是你爹的管账,叫何不周。在乡下,他的威风可大呢!说起来,他还是你爹的叔叔,是你的叔公。在我们家里,大家管他叫二叔公,都说光他那一身膘,就足够二百斤重!"何守礼说:"算了。谁愿意倒霉,要这么个二叔公!"过了一会儿,她俩走进窦富巷口,她又问胡杏道:"杏姐,告诉我,今天陈家二姐和我大哥吃喜酒,你不觉着奇怪么?"胡杏说:"我不觉着奇怪。"何守礼说:"别哄我。她不是早就嫁给周家二哥的么?怎么忽然间又嫁给我大哥?"胡杏承认道:"要按这么说,那倒是有点奇怪了!不过这样的事情,咱们是弄不清的。你知道那些大人心里面尽想什么?"何守礼说:"为什么周家今天光来了个姐姐,几个哥哥都不来呢?他们是不是跟我大哥怄气啦?"胡杏说:"不,不是怄气。周炳他三兄弟早就逃走了。"何守礼说:"为什么要逃走?他们是坏人么?"胡杏不想往下说了,就只推说不知道。何守礼哪里肯依,就苦苦纠缠着,要她讲。她们回到家,洗了澡,何守礼的妈妈、那三姐何杜氏还没回家,胡杏就伺候她回到那第三进的北房,要她先睡。她怎么说也不答应,一定要胡杏给她分辨那周家三兄弟是好人、是坏人。胡杏叫她逼得没法,只得说了实话道:"依我看,他们都是好人!"何守礼又追问道:"好人为什么要逃走?"胡杏说:"那我可当真不晓得了。敢情是有坏人要害他们咯!你快睡吧……冉不睡,我又要挨揍了!"何守礼不得要领,只好带着那个疑团睡下了。

何守礼睡着之后,胡杏又悄悄地跑到周妈那边去,替她擦桌、椅、板凳、茶几、杌子。自从周家三兄弟离家出走之后,胡杏一抽得出空,就上周妈家里去,陪她做针黹,陪她谈闲天,有时也替她打水,破柴,扫地,倒痰罐;有时还替她洗衣服,擦桌椅。周杨氏也很喜欢她,疼爱她,总爱买点香脆好吃的东西,像咸脆花生、蚝油蚕豆、鸡蛋卷子、南乳崩砂之类,放在茶食柜子里,见了她,就塞给她吃——一面看着她吃,一面自己淌眼泪。慢慢地,她俩就像两母女一样,相依为命,一天不见,心里就犯嘀咕。那天晚上,擦桌椅擦到神楼底,胡杏看见区桃那张画像,还随便放在书桌上,没收藏好。她知道这是周炳心爱的东西,就有心替他收藏起来。她跟周妈商量了好半天,没个合适处。后来她看见神厅里、墙壁上挂着一个玻璃镜框,镜框里嵌着一张全家福的照片,觉着合适,就把那镜框除了下来,撬开底板,把区桃的画像打横垫在照片后面,放了进去。周杨氏坐在一旁,看着她装上底板,钉上钉子,重新挂在墙上,还是那幅全家福照片,谁也猜不出有一张画像在底下。这几下手脚做得那么轻巧,那么敏捷,那么细心,那么妥帖,不由得周妈不想起当年的美人儿区桃来。胡杏收好画像,擦完桌椅,又从井里打起一桶凉水,提到巷子当中去,浇在那棵白兰树的树根上面,一面浇、一

面说:

"要浇才行,要浇才行。别把它旱坏了。他要骂人!"

周杨氏看着,一面频频点头,一面想:"这孩子的心有头发丝那么细!她多有肠肚!她对阿炳多么好!"

二六　假玉镯子

有一天晚上,陈文婕和陈文婷正在三楼书房里温习功课。陈文婷忽然把铅笔扔在练习本子上,长叹一声说:"唉,到底咱们这样念书有什么意思?三姐,说真的,我对那些考试啦,升班啦,连一点兴趣都提不起来了。我只想离开学校,远走高飞,飞到新疆、蒙古那些荒漠地带,一万里寻不上一个人,让我孤孤独独地生活下去。"陈文婕在灯下仰起那高耸的、平静的颧骨,淡淡地问道:"你怎么会这样想的?你以为咱们离开了广州,也可以生活下去么?我也是不想念书的,不过我跟你的傻心眼儿不一样。我只是想去做生意,办工厂,不爱弄这文科!"陈文婷把周炳寄给她的信从口袋里掏出来,递给她姐姐看。等陈文婕看完了,她就问:"三姐,你瞧他约我今天晚上跟他会面,我去呢,还是不去?"陈文婕没有回答去不去,只是说:"按道理,阿炳的确算得上一个英俊雄伟的青年,不过就是粗野一些,呆笨一些,恐怕他不肯走正路。"陈文婷反问道:"不走正路又有什么不好?"正说着,陈万利无声无息地走了进来。他在完全不受欢迎的气氛下面坐了下来。也不管人家正在温习功课,就打开了话匣子道:"清党以后,你们该看得清楚了。蒋介石是有本事的。他算得上一个史无前例的怪物。你们想一想,我从前说的话,就没有一句错。你们的二姐,她算是想通了。你们看她如今多么快活自在!比起去年,哼!如今是体面的丈夫有了,家也有

了,幸福也有了。做父母的总是希望儿女能够这样才好。"陈文婕还没有作声,陈文婷就笑起来道:

"还说体面呢,站起来不到民天哥哥肩膀高!"

把她姐姐也逗的忍不住笑了。陈万利说,"你们笑什么?人不可以貌相,海不可以斗量!你二姐夫的前途是不可限量的。周家那几位表少爷,你们看得见的,不用说了。就是杨承辉、李民天那些毛孩子,跟着共产党哇哇叫,这回清党算侥幸,再不回头,也没有什么好看的。李民魁就常常骂他堂兄弟不学好。什么时候我看见你们舅舅,我也要把阿辉的事情对他好好说一说。年轻人浑不晓得什么叫作危险!"陈文婕告饶道:"好了,爸爸,不要多说了,老谈这些干吗呢?"陈文婷不服气地说:"到底清党对谁有好处?大头李一说起来就唾沫横飞,也没有见他升了一官半职!"陈万利露出十分生气,又把气忍住了的样子说:"阿婷,你年纪轻,什么东西也还不明白。这样的话,在家里说说不要紧,要拿到外面去乱嚷,你准能惹祸。清党对谁好?对我们好。对我好,对你妈好,对你哥哥好,对你姐姐、姐夫们好,对你们自己也好!"陈文婷伶牙俐齿地接上说:"对帝国主义也好!"陈万利气得没办法,就笑了,说:"世界上哪里有什么帝国主义?都是人家瞎编的。就算有,大家和了不就算了么?一定要惹得人家军舰开炮,那才算数?"陈文婕、陈文婷不想和他多说,就陆续回房里去了。陈万利一眼望见陈文婕的案头有一封信,就拿起来看,看不清楚。想摸眼镜,却没有带在身上。他就着台灯翻来覆去地辨认了一会儿,知道是周炳写来的,就连信封一道揣在口袋里,回二楼自己的房间去了。他把信看完之后,想不出什么对策。想找他儿子商量,问周泉,却说陈文雄没回来。他没办法,又带了信去找二姑爷何守仁去。何守仁看了信,把信封也颠来倒去地仔细看过了。两个人商量了整个钟头，除了严密防止陈文婷和他见面接触之外，竟也想不出别的办法。

第二天一早，这位万利进出口公司总经理连早点都不吃，就出了门。他没有回公司，却坐了人力车，一直朝宪兵司令部侦缉课长贯英的办公室走去。他把周炳的来信，周家三兄弟平日的行为举动，周榕和陈文娣、陈文娣和何守仁的关系都详细说了一遍。贯课长虽然只有三十多岁年纪，但是办事却很老练。他一听情形，就知道这个案子不会构成什么耸人听闻的案件。但是他十分尊重陈万利这个人，因此他装成很留心的样子在听着，勤快地做着笔记。他十分仔细地问三家巷的全部居民的情形，又问了周、陈、何三家人的全部亲戚朋友的情形，就说："陈老伯，这件事交给我办吧。区区微劳，不足挂齿。我也十分痛恨共产党。我的先父就是去年在曲江乡下遇难的。共产党煽动了农民，搞得简直是人间地狱！你早上多半在哪里喝茶？玉醪春还是惠如楼？我一定趋前领教。"陈万利把周炳的来信交给了他，又千拜托、万拜托，才辞别出来。他想这贯课长的相貌虽有点不正，但是人却有热肠，好相与，很觉满意。他坐上人力车，才走了几步，就看见了何守仁在人行道上迎面走来。他垂着脑袋走，没看见陈万利，好像心事重重，看样子也是上宪兵司令部去的。陈万利自言自语道："他又上那儿干什么呢？那不是好人去的地方。唉！"但是人力车一下子就拉过去了。

何守仁果然是去找侦缉课长贯英的。他掏出自己的名片，在那上面写了"公事谒见"四个字，请传达给他递进去。那个侦缉课长先把刚才和陈万利的谈话记录翻看了一会儿，将何守仁和陈、周两家的关系弄清楚了，然后板着脸孔在办公室里和他会面。何守仁一进去就用公事口吻说："贯课长，我来报告一件跟您的职务有关的事情。"贯英冷冷地回答道："欢迎，欢迎。请何科长坐下谈吧。不论跟小弟的职务有关还是无关，我都欢迎。"于是何守仁就开始讲他所发现的几个"共产党员"的行踪的问题。他一面讲，一面用眼睛去打量那个侦缉课长。贯英一面听，一面也用眼睛去打量何守仁。有时四只眼睛碰在一处，彼此互相盯着，长久都不移动。贯英在心里骂道："好个无耻的乌龟！"何守仁也在心里骂道："十足凉血的王八！"后来两个人又用相对一笑岔开，何守仁这才继续往下讲。他已经发现这位侦缉课长对他很不尊重，对他所讲的话好像根本没有用耳朵去听，然而还是勉强把话讲完了，并且加上判断说："照这样看来，这些共产党员一定是躲在芳村一带的什么地方。"贯英拍手笑道："何科长真内行！"随即把周炳那封原信从卷宗夹里面拿出来，摆在何守仁的面前，说，"这上面所盖的邮戳就可以证明这一点。"何守仁很不高兴地说："贯课长，既然你得到了原信，那么，一切你都十分了然了。你为什么不早说呢？"贯英摇头笑道："不，你所讲的话很有价值。我只知道这周炳和你的小姨子很要好，我也知道那周榕和你是同学，又是换帖的好朋友，但是这些人是否共产党员，我却没有任何证据。你知道，我们是凭证据小事的。"他一面讲，拿眼睛望着别处。那眼睛不停地眨，脑袋不停地摆动，好像是一种毛病。何守仁反问道：

"怎么不是共产党员？不是共产党员为什么要逃走？"

"那倒也不能这么说。"贯英又眨两下眼睛，摆动几下脑袋，说，"有些人因为害怕，就逃了。还有些人吓疯了的。都不是共产党员。"

何守仁坚持己见道："我相信他们是共产党员。"

贯英用一种比冷笑更令人难堪的声音哼哈一阵，说："如果他们真是共产党员,那么,你的邻居,你的小姨子的情人,你的换帖的同学,都要这样了!"他用手在脖子上比了一比,加上说,"当然,阁下是有功劳的。阁下这样做,是大义灭亲。遇着好的上司,往往因此擢升,也是常有的事。"何守仁感到一种难以忍受的侮辱,他的尖削的脸一下子红起来了。但是他不甘示弱,因此仍然装出一副正人君子的超然面孔说:"贯课长,我想这个地方虽然是个宪兵司令部,也是个讲真理和正义的地方。我到这里来,是被一个普通公民的正义感所驱使。这一点,仁兄该是明白的。"贯英搓着两手,用一种十分狰狞的无赖神气笑着说:"真理和正义,好极了。我们都是为它而活着。我们的同志可真不少呢!"随后他打开他办公桌的一个抽屉,拿出一本捐款簿子,上面写着"雄心社社员乐捐芳名"九个字,递给何守仁看,又加上说:"我们这个雄心社,每个人都有一颗消灭共产党的雄心。我们认为这就是真理和正义。但是我们绝不向外募捐的。现在那些招摇撞骗,假公济私的玩意儿太多了。我们只收社员自己的捐款。你如果有心,你也可以入社。我们将来,彼此也有个帮助。"何守仁打开捐簿一看,有捐一百元的,有捐三百元的,也有捐五百元的,名字都不认得。但是不管怎样,看见这捐款簿子,何守仁是安下心来了。他登时恢复了镇静的神态,看来真是又矜持,又老成。他用轻蔑的眼光把那贯课长横扫了一眼,觉着这个人如今五官局促,嘴角下弯,顶发秃落,丑陋异常。于是他拿起笔来,在簿子上写了一百元的捐款,并且慷慨地说:

"贯课长,凡是合乎真理和正义的事情,兄弟总是乐于追随的!"

事情就这样结束了。何守仁告辞之后,贯英一面收起捐款簿子,一面鄙屑地咒骂道:"真没见过这样的吝啬鬼!收买三个朋友的性命,才使一百块钱!说人心不古,就是人心不古。"

这天早上,约莫当何守仁和贯英初次会面,彼此躬着腰说客套话的时候,周家三兄弟的干娘冼大妈正从市头上买菜回家。她正在路上走着,不料横巷子里撞出来一个游手好闲的老年人,把她缠住了。这个人叫作冯敬义,年纪约莫六十岁,单身一人,并无亲戚子女,也在市头外面搭了个茅寮居住,离冼大妈的竹寮只有五六丈远的光景。他应了个名儿是做收买破烂的生意,实地里他的活动范围要广泛得多,可以说是什么都干,并不严格的。他的真本事是把不值钱的东西改造成为值钱的东西,好像把铜做的东西改造成为金子做的东西,把破了、断了、缺了、穿了的东西改造成为完整无缺的东西等等;遇着有他合意的东西,别人又不太在意的时候,顺手带走件把子,也是有的。他顶爱开玩笑,更加爱开冼大妈的玩笑。当时一见冼大妈手里提着鲜鱼、牛肉、青菜,他就指指点点地说:"怎么,发了达了,天天吃好的了。想不到你还有几年老福享呢!"冼大妈拨开他的手,骂道:"少胡说,别招你姑姑生气!那是给我几个干儿子做的饭。"冯敬义涎皮赖脸道:"好不值钱的干儿子!你有多少干儿子、湿儿子,我还不清楚?那是你的哪一个丈夫经手的?说是养的小汉子,倒还有个说的呢!"冼大妈生气了,说:"你再破嘴烂舌的,看招你姑姑一顿好打!"冯敬义伸了伸舌头,缩了缩脖子,说:"哪来这么大的火气?天生人,天养人。莫非有了油水,只兴你一个人独吃?你不让我喝点菜汁儿,你瞧我给你嚷出去、不给你嚷出去?"冼大妈没法,只得跟他说实话道:

"干儿子倒是真的干儿子,只不过他们是共产党。如今丧尽天良的官府要害他们,因此上我家里躲儿天。你知道共产党是跟咱穷人出冤气,打抱不平的。你敢坏了你姑姑的事儿,你姑姑就能收拾你的狗命!这里没有什么好打打敲敲的,你趁早给我滚开,井水不犯河水。"

冯敬义见她说了真话,把头点了几下,表示赞成道:"这还像句正经话。我碍不着你们的事儿。可是万一我查出他们不是共产党,你可别怪我翻脸无情。"冼大妈说:"趁早,趁早。快挑起你那担破箩,多卖两只'朱义盛'的假金耳环子是正经!"冯敬义笑了笑,就走开了。当天中午过后,他吃了饭,挑上他那担破箩,转了几条街,走到市头上一家木屐铺子前面,碰见了几个生面的、可疑的人。那些人态度横蛮,毫无礼貌地在向开木屐铺子的老板打听附近有没有生面人搬来居住。老板想了一想,说没有。那几个人又向卖青菜的小贩打听,也说没有。那几个人再问开熟烟铺子的老板,也不得要领。后来问到了那间"华道馆",那个给人画符拜忏的华道人却回答道:"要么看看市头后面冼大妈的竹寮里,是不是新来了几个什么亲戚。"冯敬义一看这几个人的扮相:黑通帽,黑眼镜,黑绉纱短打,黑鞋黑袜,每个人的肚子上面,都隐约看得出夹带着什么硬邦邦的东西。不用说,这是"侦缉"了。他立刻掉头,抄横巷子赶回冼大妈的竹寮,打算给那几个共产党员通风报信。可是当他刚一转过"吉祥果围",离冼大妈的竹寮还有十来丈远的光景,他看见冼大妈那两个年纪轻些的干儿子正埋头埋脑地朝家里走,而后面那几个黑咕隆咚的家伙也紧跟着嘻哈大笑地走过来了。这正是千钧一发、危险万分的时候,冯敬义虽然足智多谋,也是毫无办法。想喊不能喊,想叫不能叫,想说不能说,想停不能停,眼看着那两个活生生的棒小伙子自投罗网去送死,他可是一筹莫展。说实在话,他连那两个年轻人的姓名籍贯,都还不曾知道呢。后来情急智生,他忽然从怀里掏出一对假玉镯子来,对走在他前面五步远的周榕、周炳两个人高声喊道：

"王大哥、王二哥,你们要买的真玉镯子有了货了!"

冯敬义所以要使唤这样大的嗓子吼叫,是要让后面那些侦缉们听见。果然,周家兄弟听见的时候,那些黑家伙也听见了。冯敬义见他俩拧回头,连忙向他们使了一个眼色,急急忙忙低声说:"随我来,冼大妈有话说!"周榕和周炳刚才那一拧回头,也发现了那几个黑家伙,知道出了事情,就跟随冯敬义闪在路旁,蹲下来,和他假意看镯子,论价。等那些侦缉走过去了,冯敬义才低声告诉他们道:

"那些是侦缉。快逃走吧!"

两兄弟异口同声地说:"屋里还有我大哥呢!"

冯敬义生气了,骂道:"混账! 快走! 逃出去之后,找人搭救他! 这时候婆婆妈妈算哪一经? 难道你们要死在一块儿?"周榕、周炳低声向老人家道过谢,又回头望了冼大妈的竹寮一眼,才淌着眼泪,匆匆忙忙地抄横巷子逃到渡口。他先坐渡船过河南,再从大基头坐船过省城,一直奔向四牌楼师古巷他们舅舅杨志朴、老表杨承辉的家里。杨承辉没在家。杨志朴正在客厅里睡午觉。他们叫醒了他,把刚才发生的事情对他说了一遍,求他想法子救大哥的性命。杨志朴眯起眼睛,鼓起那方形的腮帮,竖起那满嘴的胡须,愁容满面地听完了他们的话,紧接着问道:"按这么说,你们都加入了共产党了?"他们两个都回答说没有,舅舅又说:"没有加入就不要再加入了。党派的事情我看得多了。龙济光、陆荣廷、岑春煊、莫荣新、陈炯明、孙中山、胡汉民、汪精卫,如今又多一个蒋介石,像走马灯一样,看都没看清楚就过去了。什么党,什么派,看来看去不是差不多? 这几年来,除了省港罢工是反对异族侵凌,还有点道理,其余的我都不赞成。你打倒段祺瑞,换上张作霖又如何?你打倒张作霖,换上蒋介石又怎样?我看南征也好,北伐也好,这样打法只是苦了老百姓,没有一点意思!"周炳不作声,周榕轻轻地说:"当时没有料到蒋介石是这样一个人。"杨志朴说:"是呀。流氓政客,都是见利忘义的。北伐才到了长江,就拿自己人开刀了。你们就是些傻子!跟我二姐一模一样!跟你妈妈一模一样!上回省港大罢工,你们死了个区桃;这回北伐,你们又得赔上个周金。人家是成者为王,你们是败者为寇!你们捞到了一点什么?我看政治这个东西,再没有什么是非可说的了。谁能把天下搞太平了,谁就是好皇帝。什么党派,哪一个不乌七八糟?"周炳听到这里,觉着很不耐烦,那股愣劲就冲上来了,说:

"不,不是这样的。共产党要解放全世界的无产者。共产党的理想是远大的,神圣的!"

杨志朴只顾自己穿衣服,懒得去跟周炳两个辩论。穿好衣服之后,他告诉他两个外甥,在河南同福西街,他跟人合伙开的那个"济群"生草药铺有地方住。他们只要说明是他的外甥,因为身体有病,要到那儿静养,小心不要出门,就可以了。周榕还不明白济群药铺是个什么地方,老在嘀咕着,周炳说:"就是郭掌柜那里嘛,我给他当过伙计的嘛,冤我偷他的钱的嘛!一转眼都七年了!"周榕这才想起来,重复说道:"是呀,是呀,是呀……"临走的时候,杨大夫又加上一句道:

"我看你们现在不是共产党,将来不免还要变成共产党!"

说完他就在前面走,周榕和周炳在后面跟着,一句话没有说,三个人一道朝着河南的方向走去了。正当他们过河南的时候,国民党省党部干事李民魁带了一位新朋友到沙面兴昌洋行去找陈文雄。这位朋友是浙江人,叫作宋以廉,现在当着财政厅秘书,年纪已经三十岁了,还没正式结过婚。他听说陈文雄有个最小的妹妹,年纪才十九岁,长得很漂亮,还没出嫁,就央求李民魁,一定要介绍他跟陈文雄做朋友。当下两个人会了面,陈文雄见他身材高大,和自己相仿佛,脸孔白净,戴着宽边眼镜,只是稍微发胖了一些,真算得一表仪容,心里早有几分高兴;再一交谈,就觉着他知识多,交游广,一口英语,虽略带外江音,也算得漂亮流利,便十分倾心。他心中暗自思量:官场中有这等新式人物,真是难得。三个人闲谈客套一番,就一道出来,到"十八甫"的天龙茶室饮茶。这茶室非常拥挤。顾客都是中上流人物,依然弄得人声嘈杂,烟雾弥漫。他们站在二楼过道上等了十几分钟,好容易才找到了一个那种用柚木雕花板障间隔,像火车上的座位一样的"卡位"。李民魁要了一盅普洱茶,陈文雄要了一盅铁观音,宋以廉要了一盅杭菊花,又写了几样咸、甜点心,像"鸡批"、虾盒、粉果、蟹黄酥、奶油蛋盏、冰花玫瑰卷等等,又写了一盘上汤鸡茸水饺,一盘鲜菇蚝油拌面,大家一边吃喝,一边畅谈。因为初次见面,所谈都是东堤旧事,陈塘新欢之类。只有李民魁在临走的时候质问陈文雄道:"怎么你们告发共产党,不找我们党部,反而去找宪兵司令部?不帮衬自己人,却帮衬外头人?"并且说出今天"捕获"了周金的事实。陈文雄坚决否认,说是毫不知情。李民魁自叹道:"干党务就是没发达。你们团长的团长,经理的经理,科长的科长,我这老大还是个干事,没发达!"宋以廉凑趣道:"不要紧,你只要多害死几个人,便可以发达的。"大家于是一笑站起来,会账下楼去了。

二七　夜深沉

自从阳历四月半以来,何家的二少爷,那年方十五岁的何守义,不知不觉之中得了个神志不清的毛病。那病起因,除了胡杏之外,谁也不晓得。本来周家三兄弟逃走出外,陈文娣跟何守仁结婚之后,何守义就有点闷闷不乐,时常痴痴呆呆的样子。有一天,那丫头胡杏打外面买茶籽饼回来,刚想进门,就见何守义跟一个叫作罗吉的小同学坐在陈家门外石凳上说话。那罗吉生来身体宽横,四肢粗短,背上拱起一块,胸脯凹陷下去;眼睛很大,却老是不怀好意地到处窥探。胡杏走过去一看,见他手里拿着一张相片,是周炳、何守义、罗吉三个人合照的,对何守义说:"坏了!这周炳是共产党。共产党是坏人,都要杀头的!我们跟他照过相,短不了也要杀头!"从此以后,这位二少爷天天追着胡杏问共产党到底是好人还是坏人。胡杏哪里知道这些事儿呢?她只知道周炳是个好人。叫何守义逼得没法儿,她就安慰他道:"表少爷,你担心什么呢?那共产党是好人也说不定的。现在又没人来抓你,你怕那个干吗!"何守义把她的话告诉了妈妈,那大奶奶何胡氏一听说胡杏把共产党认作好人,不觉心中大怒,把胡杏往死里毒打了一顿,又要问清楚她这话是哪里听来的,又要追问何守义还有些什么书友经常来往。胡杏一面挨打,一面哭着嚎叫道:"炳哥救我呀!打死人啦!炳哥救我呀!"谁知越喊周炳,何胡氏打得越重。胡杏痛得死去活来,更不敢说,只是紧闭着嘴巴,把那罗吉恐吓何守义的事情,半个字也不敢吐露。这样子,何守义看见说共产党是好人就要挨打,不免越想越糊涂,就疯起来了。开头还只是傻傻地坐着,不言不语,后来就变成哭笑无常,不吃饭,不睡觉了。每天一早起来,就闹着要看报纸,说要看有没有枪毙共产党的新闻。看了报纸之后,就到处问人:共产党是好人还是坏人。后来人家知道他一定要说好人,才肯罢休,就都回答说好人。这何胡氏当初嫁到何家,好几年都没孩子。后来何应元娶了十六岁的二娘何白氏,第二年就生下何守仁。到何守仁九岁上头,大奶奶、二娘看样子都不生养了,何应元又娶了另外一个十六岁的女子,那就是三姐何杜氏。谁知娶了三姐的第二年,大奶奶何胡氏居然养下了何家的第二位少爷何守义。论年纪他小,论地位他却大。因为他虽是弟弟,却是嫡出。何胡氏认为这是皇天有眼,何门积德所致,所以自小就对何守义十分惯纵偏宠,完全不给他一点教导约束。谁知何守义偏不争气,一向长得孱弱瘦小,脸色苍白,加上浑身干癞,整天露出萎靡不振的样子,急得何胡氏一个劲儿求神拜佛,访医问卜,可惜终不见效。自从他一疯,大奶奶更是进香许愿,乞药请符,扶乩问亡,镇宅禳解,最后跳茅山,做道场,什么都来了,但是到底还看不出一点灵验。平常遇到没有法子的时候,就打胡杏一场出出气,骂她胡诌什么好人坏人。

有一天早上,何守义玩了一个新的花样。他拿出那张周炳、罗吉、他自己三个人的照片问大家,那上面照的是不是好人。最后问到他亲生妈妈,那何胡氏一天叫他嚷闹一百几十回,心中烦闷不过,回话迟了一点,何守义就当场把照片撕得粉碎,一把放进嘴里,使劲嚼着,要把它咽下去。过了一会儿,他又四处找那张照片,找不到就号啕大哭,没命地叫嚷道:

"坏了,坏了!有人把照片偷走了!要杀头了!快给我照片哪!"

何胡氏又打了胡杏几个嘴巴,骂她还不赶快去找。她找不着。何家的使妈阿笑、阿苹、阿贵一齐动手找,也没有找着。何守义躺在地上,口吐白沫,竟昏死过去了。后来胡杏幸亏找到了另外一张照片,和原来那张一模一样的,还有一块玻璃底片,等他悠悠醒来,把照片给了他,才算哄过一阵,使他安静下来。何胡氏立刻叫人拿了那玻璃底片去翻晒,准备他什么时候哭闹,就什么时候给他。乱了这么一阵之后,胡杏悄悄对何守礼讲起罗吉的事情,又叮嘱她千万不能对别人讲。何守礼听了之后,由不得十分迷惑起来。她问胡杏道:"表姐,那罗吉到底是个什么人?怎么一下子就把哥哥吓疯了?"胡杏说:"谁知道他是个什么?说是个小孩,又不像个小孩。那身体像个大冬瓜,那手脚像些大节瓜,那两个大眼睛像两朵绿幽幽的鬼火,怕死人!唉,跟你说有什么用?你又没见过那鬼火!"何守礼捂住耳朵说:"不要说了,不要说了。再说我都要叫他吓疯了。他哪里是个人哪?分明是个妖怪!妖怪总是要害好人,把人家弄疯弄病的。你说,那妖怪只来过一回么?"胡杏使鼻音否定她道:"唔!一回?十回都不止!除了头一回之外,回回都跟你哥哥要钱。你哥哥人已经糊涂了,就把口袋里什么都掏出来给了他!"何守礼说:"他下次来,咱们拿扫帚拍他。人家说妖怪怕扫帚。你敢不敢?"胡杏说:"敢倒是敢。只怕你哥哥不依。好了,这些话你答应不对别人说么?"何守礼说:"我一定不说。"胡杏说:"你敢赌咒?"何守礼当真赌了咒,胡杏才放心了。

何家这边的乱,也惊动了左邻右里。那天早上,杨志朴约了他妹夫区华来看他二姐周杨氏和二姐夫周铁。周铁已经上剪刀铺子开工去了。周杨氏见他们来了,就让在神厅坐,连忙烧水泡茶。泡好茶之后,她就陪他们坐着闲谈,说:"三姨爹,舅舅,你们看国民党尽干些什么好事!把咱们阿金拉去坐了牢,把阿榕和阿炳弄得不知往哪里蹦了,如今又把何家那样好的一位二少爷给吓疯了,多作孽!"杨志朴和区华问清楚是何守义疯了,都不免叹息一番。区华想起前年自己死了的女儿区桃,就愤慨之至地说:"我还以为帝国主义和军阀专门害咱们手作人家,哪里晓得连大财主家里也免不了。他们都是有钱人,也真算得自作自受!"杨志朴笑着指正那皮鞋匠道:"妹夫你又来了!人家说军阀,是指的段祺瑞、张作霖、吴佩孚、孙传芳那些人,你怎么把蒋介石也叫作军阀呢?人家不兴这么说的!"周杨氏接上说:"我也不管他是蒋介砖还是蒋介石,谁害了咱,谁就是军阀!还不只是军阀呢,还是鬼阀呢!"那中医生说:"二姐这么说,情理上也通。"区华一面从口袋里掏出一把银角子来,放在茶几上,一面说:"二姐说的话,总是通情理的。我说的话,总不通情理。你就会护着你二姐!算了,不跟你扯这些咸屎淡菜了。二姐,说不定这几天你们等钱使,你三妹叫我给你送五块钱来,你先胡乱凑个零数使着吧。"杨志朴说:"别信他的鬼话。三妹一定是叫他拿十块钱来的,他倒打起一半'斧头'了!"说完,他自己也掏出一卷用纸包得好好的,像一根香肠一般的银角子来,加上说:"二姐,我也先送来十块。"周杨氏说:"三把手剩下他爹一把手,难是难。不过目前还不大使什么钱,你们收着再说吧!"后来,他们又谈起找门路给周金说人情的事儿。一翻开这个题目,大家的话儿就不多了。皮鞋匠瞪着两眼出神。中医生结结巴巴地说:"二姐呀,你的脸皮太薄了,你不拽住大姐,死活要她出个主意,那怎么行?陈家的局面大,认识的人多,眼看着三个姨甥不管怎的!剩下

我们这几个人,连个衙门的门房都没巴结得上呀!"周杨氏还是有气无力地说:

"大姐那边,我一天还没说上十万八千回?阿泉也跟文雄说得差点儿没翻了脸!陈家的老的小的,只是个一退六二五,说他们做买卖的人素来不结交官府,推得干干净净!想不到当共产党比那些偷摸拐骗,忤逆乱伦,还要讨人嫌!唉,老大只好由他去了,听菩萨做主吧!只是老二、老三那两只小猴子又不晓得窜到哪里去了,叫人牵肠挂肚的,又不寄封平安信回来!"

说到老二跟老三,杨志朴和区华才重新活跃起来。他们互相使了个眼色,扁了下嘴,点了点头,才由杨志朴开口道:"二姐,你又来了。他们如今是在逃的犯人,他们怎么给你写信呢?一写信,别人倒知道他们的行踪了。那是万万使不得的!不过我们今天来,是要来告诉你一个好消息。"周杨氏一听,脸皮登时就松开了,追问道:"谁的好消息?是老大的?是老二、老三的?"区华说:"是老二、老三的。我们知道了他们的下落。"周杨氏站起来,朝区华走过去,嘴里说:"菩萨保佑!你这就带我去看看他们!"区华把眼睛望着杨志朴,她又朝她弟弟走过去。杨志朴的脸色严肃起来了,说:"二姐,你别急。我这就告诉你。他们住在河南我那间生草药铺的后进房子里,就是原先阿炳在那里当过几天伙计的地方。我关照那合伙的掌柜,说是我的外甥,在那里养病,包管万无一失。可是他俩说了,第一,除了你跟二姐夫之外,谁也不要告诉。连阿泉都不用说。第二,你们都不要去看他们,只怕人多走动,惹起外界疑心。现在,我跟妹夫都不去的,我们只让阿苏一个人上生草药铺走动。她天天到河南的工厂去做工,别人不会疑心。"周杨氏努着嘴抱怨道:"这是什么王法?亲娘不能去看亲儿子?"区华帮嘴说:"不是不叫你去看。怕你去看了,要连累他们。"两个人好生费劲说了半天,才把周杨氏说通了,包了几件衣服,又包了一扎荔枝,要他们带给周榕和周炳。

当天下午,区苏就把衣服和荔枝给周榕和周炳捎了去。这两兄弟每天只盼望区苏给他们带报纸、书籍和什么好消息来,今天却带来了母亲的心意,更加喜欢得说不出来。当下三个人把一扎荔枝吃光了,说笑了半天,周炳还唱起他自己最心爱的歌子来。这一天,他两弟兄过了一个高兴的、两个多月以来不曾有过那么高兴的下午。但是快乐的时光总是容易过去的。不久就黄昏,吃了晚饭,又不久就黑下来了。他们的住处是在生草药铺后进一个横院子里。这小院子有一明一暗两间南屋,他们就住在套间里,平时掌柜也好,伙计也好,掌柜的家小也好,都不到这横院子里来,非常寂寞。到了晚上,周榕和周炳商量道:"今天吃了妈妈送来的荔枝,我的心里到现在还不平静。我们这样住着,和外界都隔绝了,这不是个办法。我如今心痒痒的,脚痒痒的,就想出去走动走动,找些人打听一下情况。你说怎么样?"周炳也觉着该出去走动走动,他认为最好让他去,危险性比较小些。后来拗不过,还是周榕去了。周榕去了之后,他灭了电灯,准备睡觉,但是翻来覆去睡不着。他望望窗外,只见天空黑洞洞的,看不见星光,也没有一点月影。他叹了一口气,坐起来,也没开灯,就走出外间。外间是一个小厅堂,桌上堆的,墙上挂的,全是一包一包的药材。他站了一会儿,端了一张竹椅,走到院子外面坐下来,轻轻地自言自语道:

"婷,婷,婷!你听见我叫你么?"

没有什么可以疑心是回答的声音。周围像昨天一样,像前天一样,老是那么静悄悄的,好像什么东西都约好了,都埋伏起来了,准备在他冷不防的时候，就全都会跳出来做对他不利的事情一般。他茫然地四面望了一望，即使在黑暗中，他都认得出来，还是那些熟悉的小花盆，小花盆里面还是那些熟悉的、叫作"金线吊芙蓉"的药草。但是在他的对面不远，那珠江北岸的广州城，如今正在过着怎样的生活呢，他却一点都看不出来了。这时候，他说不出来有多么想念他的表妹陈文婷。他想起好几年前，陈文婷劝他读书的时候，那种热情和娇气；陈文婷给他钱，他不要，就把钱摔在地上，那种骄横和任性；陈文婷模仿哥哥姐姐们的追逐、爱恋，和为了崇高的理想而发出的盟誓。他又想起前年旧历除夕，陈文婷和他一齐卖懒玩耍；旧历人日，大家一齐出小北门外游逛，陈文婷怎样和别人争论怄气；往后，陈文婷怎么对工作积极起来，他们一道演出《雨过天青》，彼此都深深地陷在爱情之中。他还想起去年他跟省港罢工工人运输大队北伐出发之前，陈文婷怎样着急地要肯定他们的爱情；他回到广州，被学校开除之后，陈文婷怎么鼓励他，同情他，替他奔走；后来，陈文婷怎样妒忌胡杏的姐姐胡柳，怎样表示爱情是专制和自私的；又后来，他怎样给陈文婷写绝交信，陈文婷怎样哀求他收回成命等等。这一切都是那么天真和幼稚，想起来仿佛有点可笑。但是这一切都充满了真情，都是那么可爱，都放射着那么巨大的魅力，使得他简直无法抗拒。他觉着陈文婷的任何行动都是美丽的，甚至连她说过的"爱情是专制和自私的"这句话也很美丽。他幻想着自己飞了起来。他飞到那黑洞洞的天空里，飞过那即使在黑暗中还是一样闪光而柔媚的珠江，飞过从长堤到惠爱路那一片灰色、忧郁、不歇地叫着闹着的房屋，从陈家那三层楼的窗户里飞进陈文婷的房间。他正准备揭开陈文婷的帐子，俯下身去吻她那睡熟了的、紧闭着的眼睛，忽然有一个人站在他的面前吃喝道：

"你在这里干什么？"

这样，一切都破灭了，都溶化在墨汁一般的黑暗里面了。周炳把那个人看看清楚，原来是周榕。他摸摸自己的衣服，都叫露水打得发潮了，就一声不响，跟着哥哥走进屋里。周榕扭开了电灯，告诉他空跑了一趟，一个人都没找到，然后两个人互相对着叹气。忽然之间，他们听到一种十分熟悉的敲门声音，不晓得是谁在敲谁家的门。又忽然之间，他们从窗口看见一个熟悉的身影从正屋走进这横院子，霎时间，区苏走进套间里来了。周榕一看是她，着了慌，抓住她的两只胳膊，像摇一根木桩似的摇着她问道：

"阿苏！这么晚！干什么？干什么？干什么！"

区苏坐在他们的木板床上，不回答，只顾低着头擦眼泪。周炳知道事情不好，急得顿着脚追问道：

"谁？谁？谁？唉，不能是……大哥？"

区苏捂住眼睛点头。周榕追问道："事情到底是怎样的呢？你也讲一讲呀！"区苏一面哭、一面说："我也不知道详细。总之，大表哥是不在人世了！"完了。可怕的不幸的日子终于到来了。周榕抱着一个瓦枕头，躺倒在床上。区苏在他的肩膀上轻轻拍打着，抚慰着。周炳忽然觉着他的全身都麻木了。眼睛看不见，耳朵听不见，鼻子闻不着，脑子也不会想东西，手脚也不能动弹。他站在窗前，像一棵枯树。初升的月亮从他们的屋顶后面射到院子对面的白墙上，几缕微弱的光反映在他的迟钝的脸上。夜深了。院子外面静悄悄的。从小屋子里发出一个年轻姑娘的沙沙的声音，好像在讲述一个冗长的故事，偶然穿插一两声男子哭泣的声音，就是站在窗前也听不清楚。区苏走了之后，他们整整一夜没闭过眼睛。刚和衣倒在床上,迷糊一阵又醒来,已经是第二天了。药铺伙计给他们送来的报纸已经搁在他们身边。周炳先拿起报纸,望了一望就放下。他发现这一天是一千九百二十七年六月二十四日。他叫了一声"唉呀",一骨碌翻身下床,走出院子外面,坐在昨天晚上坐过的那张竹椅子上,从口袋里掏出小记事册,找出夹在里面的区桃的照片来,呆呆地看着。在短短的几分钟里面,他想起了两年前沙基惨案发生的那一天的全部情景。那么多的人,那么长的队伍,那么激昂的情绪,那么响亮的口号,那么巨大的威力!这一切,人们在白云山脚下生活了几十个世纪,都没有看见过。最后,他把区桃的照片贴着自己那颗跳跃的心,就像那一天他把那叫帝国主义杀人犯夺去了生命的美人儿抱起来,她十分安静温柔地藏在他的怀里的时候一样。他的牙齿慢慢越咬越紧,从区桃的身上发生了一种不可探测的力量,传到他的心里,传到他的四肢和全身。他忽然对着深蓝无云的天空吼叫道:

"好的,动手吧!干吧,干吧,干吧!你欺负谁!你试试看吧!"

周榕手里拿着那张报纸,从房间里走出来念给他听:"阿炳你听,昨天沙基惨案纪念日,罢工工人有三万人!他们还提出了口号,你听,第一条:释放一切政治犯!这不错吧。还有,第二条:保持四月十五日以前与资本家所订条约!这也不坏。这都证明了咱们工人还是强有力的!"但是周炳茫然地望着他,好像他并没有听见。

这一天晚上,三家巷的陈文婷忽然从三楼书房的窗子看下去,望见巷子东墙下面那棵小小的白兰花,她也想起区桃来。她记得自己曾经说过要继承区桃的抱负,要积极参加革命的话,现在好像并没有做到,心里很不舒服。她亲自提一桶自来水去浇了那棵如今没有人打理的白兰花，整个黄昏都没精打采。周金遇害的消息，她已经知道了。她想这件事对于整条三家巷来说，只能成为一种凶兆，而不能成为一种吉兆。她自言自语道："唉，天下从此多事了！"偏偏这个晚上宋以廉来缠她们去跳舞，她怎么也不答应。宋以廉坐在楼下客厅里等候，陈文雄和何守仁陪着他坐。周泉外家有事，不去。陈文娣和文婕都打扮好了，站在陈文婷房门口催她换衣服，她只是不动。陈文雄也上来催她道："别再留恋过去了。周金走的这条路就是周榕、周炳和李民天要走的路。周家最明白的人就只有周泉！"陈文婕抗议道："你胡扯什么？李民天不是这样的人！"陈文婷无可奈何，只得叹了一口气道："唉，真讨厌！人活着究竟有什么意思！"叹完气就站起来穿衣服，穿好衣服就和大家去跳舞去了。

这时候，在河南济群生草药铺的后院里，周炳独自坐在一张靠背竹椅上，对着黑沉沉的天空呆望。周榕出去了，院子里静悄悄地，和昨天一样，和前天一样，寂寞得叫人心慌。天空里什么也没有，什么也看不见，连一颗星星，一片微光，也没有。他觉着自己掉下了一个万丈的深渊里，黑暗像高山压着他，像大海淹没了他，话也说不出来，气也透不出来，世界上没有任何一种痛苦能够和他此刻所感觉的痛苦相比。这种痛苦是那样锐利，那样深刻，又是那样复杂，那样沉重。坐着、坐着，他就忍耐不住，用一种激动的心情跳起来，走进屋里去，拧开了电灯。经过这几个短促的动作，他又回到院子外面，重新在那张靠背竹椅上坐下来。电灯发出暗淡的黄色的光线，透过玻璃窗，投射到他的身边。尽管是那样微弱的灯光，也能够稍稍减轻他的痛苦。他又抬起头，呆望着天空，漫无边际地想起那种种不如意的事情来。

最初,他想起自己的小学教师。那教师曾经毫无道理地诬蔑贫穷的人蠢如鹿豕。他为了咽不下这口气,曾经离开了学校。其次,他想起正岐利剪刀铺子的东家,仅仅因为他看了一场戏,就把他辞退了。跟着,他想起卑污龌龊的陈万利,怎样跪在使妈面前,用磕膝盖走路,他不过照实在情形说了真话,人家就把他撵出大门口。他想起南关青云鞋铺的少东家林开泰,只许他动手拧区桃的脸蛋,不许自己拿铁锤打他的胳膊。他想起这儿的伙计郭标,漏了柜底反而恶人先告状,使自己蒙了恶名。他想起震南村的何不周,只为自己拿了两把米给胡柳,就打破了自己的饭碗。此外,他又想起周铁跟他说的,何应元和陈万利不过靠死人发财。又想起区桃跟他说的,何应元曾经拦路调戏她。又想起李民魁,张子豪,陈文雄,周榕,何守仁曾经立誓互相提携,为中国的富强而献身,但过不了几年,其中一大半竟当了内奸和工贼。又想起周泉应了个名儿是自由女性,实际上不过是屈服在别人的虐待下面的可怜虫。又想起区桃是何等美丽,何等灵慧,何等会演戏,何等有大志,却叫那万恶的帝国主义杀害了。又想起陈文娣假意爱慕自由,到头来却欺骗了周榕,出卖了她那丑恶的灵魂。又想起胡杏本来是有爹有娘,聪明能干的小姑娘,如今却卖了给人家做丫头,饿得皮黄骨瘦,还时不时叫人殴打得遍体鳞伤。又想起陈文婷多年以来的骄纵嫉妒,喜怒无常。这回出走后,曾经寄信约她在西堤大新公司门口见面,却不见她依约前往。不知她是没接到信,是怕危险,还是变了心。——最后,他从这里又想到他的大哥周金。这才真是"福无双至,祸不单行"。头天晚上陈文婷没有践约,累他空等了一晚;第二天,周金就被捕了。开头,他还自己问自己道:"他们为什么要抓大哥?他们为什么要杀共产党?他们怎么会知道我们住在芳村的一间竹寮里?"到周金遇难之后,他就越想越明白了。如今,他看得很清楚:蒋介石和国民党那些大官们叫的什么联俄、联共、扶助农工,全是一派胡言。他们利用共产党搞起省港大罢工,利用共产党流血牺牲去东征陈炯明,南讨邓本殷,平定刘震寰、杨希闵,北伐吴佩孚、孙传芳;等到打下武汉、南京和上海,他们自己的身价高了,就抛弃省港罢工工人,解散革命的工会和农会,屠杀共产党员和所有要革命的人,把整个国民革命出卖给帝国主义。在这些险恶的风云当中,区桃死了,周金也死了。陈文雄、何守仁、李民魁、张子豪却升官发财了。他自己和他二哥却流浪街头,有家归不得了。不用再过多久,区桃和周金就会被人家忘记得干干净净,而他自己和他二哥纵然不叫国民党抓去枪毙,也会被整个社会所抛弃,穷病交迫地活活饿死。想到这里,他把靠背竹椅的扶手重重地拍了一下,跳起来叫嚷道:

"革命吧!革命吧!不革命——还有什么路走呢?人家说我又痴又傻,我可不是什么痴傻的人!就算是痴是傻,那痴傻也不犯罪嘎!为什么要杀死我的表姐跟大哥?为什么要把二哥跟我,加上爹跟妈,都赶到一条绝路上去呢?"

周炳正想得慷慨激昂,万分悲愤的时候,济群生草药铺的掌柜郭寿年拖着木屐踢踏、踢踏地走进后院子来。自从那年周炳受屈走后,郭掌柜的侄儿郭标的偷窃行为不久就败露。郭掌柜赶走了郭标,就常常想念起周炳。后来他知道周炳到乡下去了,就没再提到周炳回药铺子的话。再后又听说周炳念了书,当了中学生,又参加了省港罢工委员会的工作,更在杨志朴面前,把周炳夸奖得不得了。这回周炳弟兄俩到他药铺来"养病",他也尽心尽意地招呼他们,一有空闲,就上后院子来坐。他并不知道周炳弟兄俩为什么要从河北搬到河南来住,也不知道周金被捕、牺牲的事情,但是由于他的好心肠,他每次都要想法子安慰周炳几句。当下他端了椅子,和周炳对面坐着,就劝解他道:"阿炳,你那年要是不去学堂念书,回到这里,跟我一道采采药,治治病,说不定倒能吃上一碗安乐自在饭呢!"他的一番美意,叫周炳着实感激。周炳就顺着他的意说道:"是呵,敢情好得多呵!"郭掌柜说."你舅舅顶不喜欢为官作吏的人,我也是这样。我看你老实和气的,你也不要跟那些人交往,要吃大亏的。你舅舅说你爱跟官府作对,这就是你的不是了。那官府如狼似虎,谁不恨他?可是恨——放在肚子里就行了。你出头跟他作对,斗得过他么?官府都是一个样子:贪赃枉法,鱼肉百姓!你斗得了一个,还斗得了一千个、一万个?"周炳点头回答道:"是咯,我该记住你的话。我有时一看见暴虐横行,阴险毒辣的事儿就沉不住气。我的毛病就在这里。"这样,两个人谈得很融洽。

二八　密　约

　　三个月之后。周榕住在河南生草药铺里,正是百无聊赖,心情十分抑郁的时候,忽然有一天,区苏带了一封杨承辉的信来给他,约他晚上到海珠公园见面。周榕高兴得非同小可,登时觉得浑身都来了劲儿。自从他们离开芳村冼大妈的竹寮之后,他就没和杨承辉会过面,别的人又一个也找不到,好像断了线的纸鹞一样。好容易盼到天黑,他就坐小划子过了江,从长堤再转进海珠公园,会见了杨承辉。两表兄弟手握着手,一句话说不出来,只是在黑暗中,相对垂泪。他们谈了约莫三十分钟的话,就分了手。临走前,杨承辉告诉他,金端约他明天早上九点钟在这里会面,但是他不能把这件事告诉任何人。这一夜,他的精神兴奋得简直没有闭过眼睛。第二天,果然在阳光灿烂的珠江江心里会见了金端同志。这是一个三十多岁的江苏人,长条身材,皮黄肌瘦,方脸孔,高颧骨,浑身热情,带着一点神秘的味道。他们亲切地互相问了好,就在树荫下面找了一张长椅子并排坐下,细细地交谈起来。

　　"陈独秀犯了错误!"金端这样开头道,"可是现在不要紧了。现在南昌暴动起来了,湖南的平江、浏阳也暴动起来了。南昌的军队很快就要开进广州,到那时候,广州还跟从前一样,恢复革命首都的地位。"

　　周榕从来没有听过这样迷人的话。这些话所包含的内容,太令人陶醉了。如果这些话在明天实现,明天他就恢复自由,他就能回家,他就能替周金报仇,他就能像从前一样,每天到罢工委员会或者别的工人团体去活动,过一过像人的生活。他说:"这恐怕是预告一个伟大的、理想的世界就要到来了!应该在广州成立苏维埃政府,然后讨伐蒋介石,然后再讨伐张宗昌,张作霖。是这样的么?"金端眯起眼睛望着珍珠一般闪耀的江水,傲慢地回答道:"差不多就是如此。难道还有别的途径么?咱们确信这个世界已经掌握在工人的手里。咱们确信咱们自己有力量。这就决定一切。不过咱们这个伟大的理想跟一般的理想不同。一般的理想是按年计算的,理想的实现在遥远的将来。咱们这个理想是按天、按星期、顶多是按月计算的,说不定三天,三个星期,也说不定三个月,就要实现!"周榕又和他重新握了一次手,说:"金端同志,你的话太叫人感动了。我这几个月躲在地洞里生活,差不多成了瞎子和聋子。看见你,好像看见了光明的化身。你给了我不能计算的勇气和力量。那么,你说吧,我现在这全身的力量应该怎么使用?"金端点点头说:"是呀。"接着又把附近寥寥可数的几个游人仔细观察了一下,才说下去道,"理想究竟还是理想。咱们目前还处在人家的淫威底下,咱们损失了很多的革命的同志。你看,咱们的活动还是秘密的,像咱们过去在上海、北京、天津、汉口的活动一样。你有那样的决心么?"周榕说:"你这是哪里的话,我自然是有决心的。无论什么事情我都愿干,只要是革命的事儿。"金端说:"能够这样子,那是好极了。你参加一个时事讨论会吧。那是几个工人组织起来的。目前由李民天领导着。这个人不很坚定。——可是你看情况,要是他领导不起来,你就接替他的领导职务。你必须把咱们那个伟大的理想在那些工人当中宣传鼓动一番,使得大家都起来,为它而奋斗。你要知道,目前还不是每个人都有坚定的信仰的。自从四月十五日以来,有些人害怕了,动摇了,在国民党的刺刀面前发抖了。这自然只是极少数的人,那些一向投机的人,才是这样。"后来他们又谈了许多话,谈得十分投契。最后金端又把那个时事讨论会的时间、地点告诉了他,两人才依依不舍地分手了。

周榕回家,把这些情形一五一十地告诉了周炳,把周炳羡慕得嘴唇唧唧地惊叹不停。他羡慕哥哥有这样的幸运,他羡慕哥哥有这样光荣的职务,说:"二哥,这可能有点危险。"周榕有点害羞地笑着回答道:"正是因为有危险,才值得去干哪!"第二天晚饭后,天一黑,周榕就从生草药铺里走了出来,从大基头过了江,穿过一条一条的小街窄巷,走到第七甫志公巷黄群的家里。公共汽车卖票员何锦成,普兴印刷厂工人古滔,沙面洋务工人洪伟,洋务女工章虾、黄群,还有正在招商局走沪、粤班船的海员麦荣,都在那里等候他。但是原来领导这个讨论会的农科大学生李民天,这个晚上却缺了席。这些都是省港大罢工时候的熟人,大家一见面就谈起当年罢工的热闹情景,天南地北地无所不谈。章虾说:"周榕,整年不见,你总算把我们忘记了吧?"洪伟开玩笑道:"当然啦,他记得他的陈家表妹就行啦,记住你干什么?"大家嘻哈大笑一阵,周榕正经地说:"别再提她了。我们是阶级不同,不相为谋;分开了。可后来又听说,她已经另外嫁人了。可是说到你们大家,我可没有一天忘记过。大哥在世的时候经常说,无产者和无产者才是亲戚,无产者和资本家只是敌人。我总不理会这句话。我跟陈家的事情就错在这个上头,没有听他的话。我总以为她是真心革命的,我总以为'五四'精神会指引她前进,但是现在看起来,'五四'精神并不可靠。真心革命的还是你们!"提起大哥,大家都觉着很难过,整个堂屋没有一点声音。这堂屋在白天是一个小小的纸盒工厂,附近人家有七八个妇女来做纸盒。如今到处都堆满了纸料,糊料,盆子和刷子。正在晾干的纸盒叠得像屋顶那么高,空气里面可以嗅到一股酸腐的糨糊气味。黄群沉着地,非常得体地说:

"金哥有一种脾气,叫人永远不能忘记。他总是想着别人,不太想他自己。快二十岁了,还没置个家。可是一提起别人的事儿,他立刻就豁出命来!这样子,你最好是在发愁的时候去找他。"她的话引起大家对周金的回忆。大家想起他的坚定,他的勇敢,他的强烈而显露的感情,他的矮胖的身躯,他的无穷无尽的长处。大家都觉着奇怪:为什么有许多非常显著的特点,大家在他生前都没有看到。何锦成一声不响,只顾垂着脑袋听着,后来忽然抬起头,把桌子一拍,说:

"国民党杀死咱们许多人,咱们就坐在这里慢慢讨论!我看咱们拼他一阵算了!你给我一根枪,我至少结果他十个给咱看!"

说完,他就站起来,寻了一个玻璃瓶子,抓在手里走出去。一会儿,他打了一瓶白酒,买了一包卤猪肚回来。大家一面喝,一面谈。章虾和黄群不会喝酒,只喝茶。黄群的守寡母亲黄五婶也来凑热闹,吃了两片猪肚才走开。后来,他们又谈到南昌暴动和平江、浏阳暴动,谈到红军什么时候开进广州的问题,所有的人都激动起来了。章虾带着非常虔敬的神气问道:"南昌暴动里面,不知道有些什么人?"周榕说:"你听,都是些了不起的人物:周恩来、朱德、叶挺、贺龙,还有其他许多许多人。"黄群歪着稍微仰起的头,脸上因为兴奋变成深红色,接着问道:"湖南呢?湖南这边又有些什么人在搞革命呢?"周榕说:"湖南这边我只知道两个人,他们的名字叫作毛泽东、刘少奇。"

"哦,我晓得了!"古滔插进去说,"这位毛先生是咱们那个时候的宣传部长,他写过一篇文章,叫作《中国社会各阶级的分析》,又当过'农民运动讲习所'的所长,是一位有文才的大人物,可没料到他还会打仗!"

周榕拍手道:"对了!就是他。听人家说,他又会讲,又会做,又会指挥军队,好了不得!有听过他演说的人讲,一千个人听,那讲堂里就像不曾坐人的一样;忽然间哄堂大笑,就像平地打了一个大雷。他那篇《中国社会各阶级的分析》,就像一篇宣战书,当时不知引起多少辩论哩!"章虾和黄群差不多异口同声地问道:"他们准能来么?"洪伟说:"我看一定会来。"周榕说:"金端说得千真万确,一定来的。不要很久。三天,三星期,顶多三个月,就来到了。"所有的人都在幻想红军到来那一天的情景。大家都不作声,各人按照自己习惯的姿势坐着。黄群像做梦一般地说:"真有那一天,咱们就算有出头之日了。咱们又可以挺起胸膛走路了,咱们又可以开几百人、几千人、几万人的大会了。咱们可以给金哥,给那许多兄弟姊妹……报……"她说到这里说不下去,就呜呜地哭了起来。章虾也跟着哭了起来。大家都用手捂着脸。宝安人何锦成使唤土音很重的广州话说:"红军一来,我就不当什么卖票。我参加红军,"他用拳头在桌子上捶了一下,加重他的语气道,"我背枪去!有了枪,我的事情就好办!"周榕举起杯子,跟他碰了杯,把里面剩下的残酒一口喝光。这个晚上的讨论会,周榕感到非常满意。他还从和这些人的会面当中,感到一种以前没有过的幸福。他把这一切都告诉了周炳,只有李民天无故缺席这一点,他不愿意说出来。听说大家这样忆念着周金,周炳就又伤感起来,默然不语。这几个月来,他有时想起来,觉着周金是死了;但有时又觉着他还活着。如今听朋友们这样谈起他,他竟是当真死去了,永远不会再活转来了。周金的为人,周炳也是熟知的,但是经朋友们这样一说,他才确实领悟:原来他大哥是那样一个有价值的人物!后来,两兄弟又互相诉说了许多怀念周金的心事,又再一次忖度周金不幸被捕的原因。自然,种种推测还是跟以前一样,得不到结果。……最后,他们又一起在幻想着革命的美丽的前途。周炳对于金端所宣告的、三个月就能实现的理想,虽然深信不疑,但总感觉到有点模糊,不具体。

　　有一天,周榕一吃过午饭就出去了。周炳一个人在家,睡觉睡不着,又找不到事儿干,就又把六七年来的往事翻出来,一桩一桩地去回忆。凡是他回忆起来的事情,他都给它下一道评语。哪桩对了,哪桩错了,他都给它分了类。谁做得好,谁做得坏,他都公正地做了判断。但是过去的事情想完了,未来的事情又是怎样的呢?他应该做些什么呢?怎样做才是对的,怎样又是不对的呢?想到这一些,他就想不出个所以然,思路逐渐凝固起来了。他从周榕的书堆里偶然翻出一本《共产党宣言》来,随意翻看了几段,就重新从头一段一段地看下去。越看,他的眉头皱得越紧。他只想找寻一个关于未来世界的简单的答案,却没料到那本小书里面一下子钻出来了那么一大堆问题,使他招架不来。他不能够理解那许多问题,更不能理解那些问题对他所关心的"未来"会发生什么作用。他一向认为共产党领导工人、农民起来打倒军阀、打倒帝国主义,就有好日子过。如今还是这样想。如果蒋介石反对这样做,那么他也是一个军阀,也在被打倒之列。只有把蒋介石连同北洋军阀、帝国主义一齐打倒了,中国也就太平了。他觉着事情应该朝这么办,就开始幻想打倒蒋介石、北洋军阀、帝国主义之后的情景。按照北伐的速度,这样做,大概得花整整一年的时间。他想:"一年就一年吧,那是没有办法的事儿。到那个时候,幸福之神就降临广州!"他甚至想到幸福之神一定会给他们带来五彩绚烂的礼物:他爸爸周铁会增加工资,他三姨爹区华接受的皮鞋订货会忙得做不过来,他表姐区苏每天可以缩短两小时的工作时间,他哥哥周榕可以回到原来的小学里去教书,他自己可以回到中学里去念书,何家的丫头胡杏可以解放回家去种田。至于他大哥周金和他表姐区桃的坟墓,大概可以很快就修建起来,墓前竖起庄严高大的石碑,碑上写着烈士的名字和事迹,让后来的人们去景仰。三家巷中,他和胡杏亲手种的白兰花将会长到他家的屋檐那么高,那白玉雕成一般的花朵将会开得比今年多两三倍,那浓郁的香味将会使人们觉得生活更加美好。

　　区苏抽出中午休息的时间来给他们买买东西,送送信,收拾收拾房间。这天没有什么可做,看见他两兄弟堆着一大堆换下来的衣服不洗,她就拿了木盆,端了张小凳子,在横院中替他们洗起来。周炳把红军快回广东的消息,以及红军回到广东以后,世界上将要发生什么变化等等,都和区苏说了,还加上问她道:"要是取消那个每天延长工作时间两点钟的规定,你拿什么来谢我?"区苏说:"又不是你来取消规定,我谢你做什么?"说完,她就张开两片薄薄的嘴唇,缩起那个小小的鼻子,在快活之中还是十分正经地笑着。周炳看看她,觉着她是在一天天瘦下去。前两年,她的身材和区桃差不多,是又苗条、又丰满的,现在变成细细长长的,显得又高、又单薄了。他暗暗替她担心,嘴里却没有说出来。区苏洗完衣服,要走了,周炳忽然想起一件事,就对她说:

　　"表姐,你替我给阿婷捎个口信好不好?"

区苏迟疑地把他从头到脚看了一遍,然后坚决地拒绝道:"不行。咱舅舅吩咐过叫我不要上三家巷去,我已经好几个月不上那边去了。阿婷的事情,你还是收了心吧。人家高门大户,三朋四友的,你不能太当真!"说完,就带着一种刚好让周炳看得出来她是生了气了的面容走掉了。周炳百无聊赖,就走出门去闲逛。他拣人少的地方走,信步向"南石头"那个方向走去。走到凤安桥附近,忽然碰见一个五十来岁、肩上挑着一担箩筐的老大娘,周炳立刻迎上前去,甜甜地叫了一声"干娘"。原来住在芳村吉祥果围后面竹寮里的冼大妈,正从"下涌"渡口过江到河南来。他们一道走回济群生草药铺,冼大妈把当日周金如何不幸被捕的情形,后来她听黄群说周金遇难,她心里怎样难过,怎样整整哭了一夜的情形,一面走、一面对周炳说了一遍。在生草药铺里,周炳又求她带口信给陈文婷,她也满口答应,坐了一会儿才走了。

冼大妈也顾不得去收买菜脚下栏,挑了箩筐就过江。到了河北,按着周炳说的地址找着三家巷;又按着周炳的意思,不找陈文婷,却假冒震南村来人的名义找到了胡杏。胡杏一见这位老大娘,说是震南村来的,自己又不认识,正在满腹狐疑,后来和她坐在大门口的石凳上细谈,听说是周炳那里来的,才明白了。冼大妈告诉她,周炳想约陈文婷明天晚上八点钟在第一公园西北角会面,要她把这句话转告给那位小姐。当天下午,胡杏瞅着陈文婷下课的机会,在陈家门口把周炳的约会非常忠实地转告了她。陈文婷听了,满脸通红,低声向胡杏道了谢,进门去了。

第二天下午,周榕有事情要到附近的乡下去走一趟。临走之前,他违反了平常的习惯,非常严厉地吩咐周炳,要他守在家里,连大门口都不要出去。他又告诉周炳,最近时局很紧张,国民党正在拼命抓人,李民天就叫这种白色恐怖吓坏了,开了小差了。周炳痛苦地沉默着。过了许久之后,他才试探着说:"白色恐怖我倒不怕。今天晚上,我想到公园去散散步,难道那也不行么?"周榕非常果断地说:"那也不行!你应该知道咱们的处境是什么样的一种处境。到公园去散步不是目前要做的事儿。"说完就走掉了。

吃过晚饭之后,踌躇再三,翻来覆去地想,想烂了心肝,周炳还是下不了决心。最后,他想:"不管怎么说,总应该和陈文婷会一次面!"就从座位上跳了起来,胡乱穿了衣服,三步两步冲出门口,莽莽撞撞地走到大基头,从那里过了江。到他快要走到第一公园的时候,他的心跳动得那么剧烈,以致他的四肢都不停地发抖。惠爱路和维新路交叉的十字路口当中竖着的公共时钟,正指着八点过五分。他的脚步加快起来。他身旁的任何东西,他都没有看见。准备好了几句出色的抱歉的话之后,他像一支箭似的飞进了灯光幽暗的第一公园。从八点十分到十点十分,他在公园里到处旋转着,像一只失去了舵的船。连一块路边的小石头,他都仔细看过了,就是不见陈文婷的踪影。他判断这是由于他误了时间。最后,他不得不抱着对陈文婷犯了严重罪行的心情,懊丧地离开了第一公园。

二九　冰冷的世界

　　台风一来,秋高气爽的南国就变成一个阴阴沉沉的愁惨世界。鲜明艳丽的太阳叫横暴的雨点淋湿了,溶化了,不知掉到什么地方去了。风像一种恐怖的音乐,整天不停地奏着。花草仆倒在地上。树木狂怒地摇摆着,互相揪着,扭着,骂着,吵嚷不休。满天的黑云像妖魔一般在空中奔跑,使唤雷电和石头似的雨点互相攻击。他们慢慢去远了,把广州的光明和温暖都带走了,但从白云山后面,另外又有些更沉重、更可怕的,一卷卷、一团团的黑云追赶上来。这样子,周炳孤独地面对着一个冰冷的、潮湿的、黑暗的世界。他觉着四肢无力,沉闷而且疲倦。他想找一个人问一问自己的脸色怎样,是不是生病了,可是他发现自己的周围,连一个人影儿也没有,这横院子竟把他和人间社会隔绝了。他曾经几次走到窗前,对着那铺满雨点的玻璃照一照自己的脸,但是除了照出自己接连打了几个哈欠之外,什么也没有瞅见。他拧着自己的脸,捶打自己的胸膛,又觉着都是好好的,什么病痛都没有。他在窗前瘫了似的坐下来,拼命回忆从前的热闹的景象。他想起他二哥周榕在中学毕业,行了毕业礼那天晚上,在三家巷中举行盟誓的场面。他想起几年之后,他们都长大成人了,在旧历除夕的时候,像孩子似的在街上卖懒。他想起那一年的旧历人日,他们朋友兄弟,姐姐妹妹在小北门外游春,区桃在那一天获得了"人日皇后"的荣誉称号。他想起在省港罢工的时候,十万人在东校场集合,开那样动人心魄的示威大会。他想起每天吃饭的时候,大家挤在饭堂里兴高采烈地叫、骂、吵、嚷。他想起他自己给他们上时事课和识字课的时候,他们表现得多么热心,粗鲁,又多么能干,聪明。他想起他自己给他们演戏或者开音乐会的时候,他们是多么会欣赏艺术,又是多么会玩会乐!他凄然发问道:

"这不是叫作幸福么?这不是理所当然的么?"

他给自己做了答案:这样的生活就是幸福。至于说到罢工工人,那么,他们是在外面受了欺负的孩子。在家里,他们所干的任何事情都是理所当然的。他从来没有听说过共产党是可以侵犯的;也从来没有听说过除了共产党所宣布的真理之外,还有什么其他的真理;更加没有想到罢工工人的生活权利和一切行动有任何值得怀疑的地方,正像没有想到他周金大哥的言语行动,待人接物有任何值得怀疑的地方一样。这一切仿佛都是理所当然的。他想起他自己曾经有过一个希望。他希望就按照那个样子罢工,一直罢下去,罢他十年八年。那么,他就可以把他自己的青春,整个儿泡在那兴奋、激动、热情、幸福的罢工活动的大海里。等到罢工结束那一天,他将满足地发现自己已经是一个中年人。他自言自语道:

"但是不幸得很,这一切全都毁掉了!"

根本不和他打招呼,就把他心爱的东西毁掉,这件事不能不使他愤恨。他用手摸一摸身旁那张潮湿的、冷冰冰的、空着没人坐的竹椅,叹了一口长气,又拿起那本读了不知多少遍的《共产党宣言》来。这时候不过是下午三四点钟光景,天色已经昏暗得跟黄昏一样。他把那印刷模糊的书本凑近脸孔,低声念道:

"共产党人底最近目的是和其余一切无产阶级政党底最近目的一样:使无产阶级形成为阶级,推翻资产阶级的统治,由无产阶级夺得政权。"

念完这一段,他就静悄悄地看下去,看到把对于共产主义的各种责难都驳斥得体无完肤之后,他又低声念起来道:

"前面我们已经看见,工人革命中的第一步是无产阶级变成为统治阶级,争得民主。"

以后,他又静悄悄地往下看,碰到了许多似懂非懂的地方。这些地方讲到法国、英国、德国许多人和许多事,他读来读去都不能彻底了解。最后,看到整篇宣言结束的地方,他竟高声朗诵起来道:

"共产党人认为隐秘自己的观点和意图是件可鄙的事情。他们公开声言:他们的目的只有用强力推翻全部现存社会制度才可以达到。让那些统治阶级在共产主义革命面前发抖吧!无产者在这革命中只会失去自己颈上的一条锁链。他们所能获得的却是整个世界。

"全世界无产者,联合起来!"

这个宣言说得太好了,太对了,简直叫人兴奋,叫人激动。但是这个宣言已经公布了八十年,为什么除了苏联之外,其他地方还不能够实行呢?中国前两年好像就要实行了的,为什么后来又不实行了呢?想到这个地方,周炳放下书本,禁不住十分气愤。他用右手握着拳头,狠狠朝左手打下去,说:

"要毁灭这个丑恶的世界!"

说完了这句话,他就低声唱起《国际歌》来。那歌声越唱越高,好像要压倒窗外一片昏暗迷蒙之中的风声和雨声。歌还没唱完,他的脸上已经热泪纵横了。又过了十五分钟。他把《共产党宣言》里面提出来的问题,一个一个地重新思考起来。他想到要用强力推翻资产阶级的统治——这几乎是肯定没有问题的了,但是,谁来推翻呢?什么时候推翻呢?用什么办法推翻呢?他想到这些问题,他自己做了回答,然后自己又把那些答案推翻了。这样子,经过三番五次的苦思焦虑,仍然找不到完全满意的解决途径。他想到这时候能够问一问大哥多好,周金对任何问题都是那么肯定、明确地做出强有力的判断的。但是,现在没有这种可能了。现在,他没有可能再拿什么事情去问大哥,他只能够自己拿主意。后来,他又想,再约陈文婷见一次面,和她商量一下,也许是个好办法,于是他拿起笔来给陈文婷写信。"亲爱的,我绝对信任的,无日无夜不思念着的婷,"他这样起了个头,随后写道,"我最近读了一本《共产党宣言》,这本书写得多好呀!它提出一个医治咱们这个万恶的社会的药方。我敢打赌,你听都没有听过这样奇妙的秘方,你一定会跟我一样喜欢它。老实说,这个药方,跟二表姐、三表姐都不大好谈的,只能跟你谈。我们应该共同来研究,一起来行动……"往后他又写了些爱慕想念的话,最后又约定了时间和地点。全信写完之后,他重新看了一遍,又把《共产党宣言》五个字涂掉,改成"我最近读了一本很有趣的书",然后把信纸折起来,搁在一边。自从搬到生草药铺之后,周榕禁止他往外寄信,而区苏表姐是不肯替他带信到三家巷去的。这封信怎样才能送到陈文婷的手里,还是一个问题。但是无论如何,他写完了信之后,好像和一个亲近的人畅谈了一次似的,心里舒快了很多。现在,他能够平静地坐下来,等候区苏的木屐的声音。每天下午这个时候盼望区苏来临,已经成了他的生活中一种新的习惯。不久,区苏果然来了。她打着雨伞,穿着木屐,穿过横院子走进来。周炳给她讲自己的新发现,她就微笑地、善良地听着,一面打开头发,在整理她的大松辫子,好像一只白鹤用嘴巴在整理自己的羽毛一样。她一面听,一面点头表示赞成。听完了之后,她只说了一句:"这些事情,你问过你二哥没有?"周炳说:"那还用问么?二哥一定是赞成的!他的想法一定跟我的想法一样!"区苏也只是点点头,没有再理论,又坐了一会儿就走了。

不久,台风刚静下来,周榕就从乡下回来了。他告诉周炳,他要去香港走一趟,什么时候回来,很难说定。他又告诉周炳,黄群家里有一个时事讨论会,要他接手去搞。最后他把跟金端碰头的地点和时间,也告诉了周炳。周炳喜出望外,又惊疑不定地接受了这个在他认为是极其崇高的委托,只简单问道:"你到香港去,不用跟妈妈说一声么?"周榕眼圈红了,想了一会儿,说:"不告诉他们吧。只叫区苏一个人知道就算了。免得叫他们多操一份心!"周炳心里想道:"看样子,二哥好像是个共产党员了。"可是又不好问的。往后他想到自己这回可以结束半年来那沉闷无聊的潜伏的生活,可以和心爱的朋友们嬉笑谈天,大家一起商量革命的大事,那喜悦之情从心里深处像喷泉一般直往上涌,才把那疑问冲淡了。坐下不久,周榕就把一个新买回来的藤箧子打开,动手收拾行李。周炳帮着他递这递那,一面把自己读了《共产党宣言》之后所想的事情,大概对他讲了一遍。周榕一边听,一边笑着点头。后来周炳把写给陈文婷的信,拿出来给他哥哥看,并且说陈文婷曾经发过誓,是要真心革命的,应该叫她也参加工人们的时事讨论会。周榕看了那封信,仔细想了一想,就说:"阿炳,只有你这一点,我不能够赞成。说老实话,陈家这几姊妹,我很难看出她们之间有什么区别。至于发誓,那是不能当真的。不,我是说他们的发誓不能当真。你记得么？李民魁、张子豪、陈文雄、何守仁，加上我，我们早几年以前就发过誓要革命的，可那又算得什么呢？难不成你当真去质问他？"周炳听到哥哥拿李民魁、何守仁这些人去比陈文婷，心中大不以为然，但是又不好说什么，就闭起嘴巴不吭声。

周榕去了香港之后，十月一日那天晚上，周炳到"西来初地"里面一条又脏又窄的小巷子参加时事讨论会。这里是公共汽车的卖票员何锦成的住家。他家里如今只有一个六十好几岁的老母亲，和一个两岁多的儿子，小名叫"多多"。他老婆何大嫂原来也是香港的工人，罢工回来之后，在一间茶室里当女招待。去年十月，有一次反动的茶居工会派出许多武装去捣毁酒楼茶室工会，她为了保卫革命的工会，和那些化了装的侦缉、密探冲突起来，当场中枪身亡，到如今已经整整一年了。周炳到了他家，跟何锦成谈了谈外面白色恐怖的情况，不久，沪、粤班船海员麦荣，普兴印刷厂工人古滔，沙面的洋务工人黄群、章虾、洪伟都到了，大家就谈起来。讨论的题目自然而然地集中在国民党的逮捕、屠杀等等白色恐怖的措施，和广州工人怎样对待这种白色恐怖的问题上面。讨论会一下子转为控诉会。他们计算了一下，仅仅在西来初地这条街道附近的一千多居民当中，从今年四月到现在的半个年头里，就叫国民党胡乱杀死了十七个人。这些人都是有名有姓的，他们都能够把这些人一个一个地数出来。他们有些是共产党员，有些只是普通的工人和学生，也有一些只不过跟那些侦缉、密探个人有点过不去，还有一些简直什么原因也没有。这十七个人算起来仅仅包括这附近一带的遭难者，顶多不过占了全城的千分之一；再数远一点，就简直数不清，更不要说全广州，全广东，全中国了。大家越谈越激动，越谈越愤恨，都认为非来一次狂风暴雨般的革命不可。没有一场像前几天那样的台风,这广州全城是没有法子洗得干净的。何锦成更是沉痛激烈,好像只有今天晚上就暴动起来,他才称心。散会的时候,他向大家提议道:

"都别忙走。请你们到我家母的房间里去看一看吧!"

大家跟着他走进他母亲的房间。房间很小,仅仅放下了两铺床,和一张小茶几。一铺床上睡着三个小孩子,一铺床上睡着四个小孩子,年纪都在两岁到五岁之间。茶几上那盏小煤油灯照着他们的脸,使大家刚刚看得见。何老太在厨房里洗衣服,房间里没有别的人。何锦成给大家介绍道:

"那边是一对姐弟和一对兄妹,这里三个是三家人,我们的多多也在其中。只有他算是还有个老子,其他四家都是孤儿,娘、老子全没了!你们看,他们睡得多好,连一点危险也不知道呢!"

周炳跟着他的手势往床上看,孩子们的确睡得很好,不但不知道危险,连蚊子叮着也不管。他们穿的衣服都很破烂,脸上又黄又瘦。那床板和席子都因为太旧而变黑了,并且发出霉臭的气味。蟑螂和盐蛇在他们身边爬行。两边床上都没有挂帐子,蚊虫在他们身上盘旋飞翔,嘤嘤地叫唤。但是不管怎样,他们全都甜蜜地,驯良地,甚至有点放肆地睡着了,睡得很熟了。麦荣走到床前,逐个孩子拿手去摸,又对周炳说这是谁家的,父母怎么死的;那是谁家的,父母又怎么死的。末了,说:"幸亏有个慈善心肠的何老太,不然的话,他们准是活不成的了!看敌人下多么毒的毒手!"章虾和黄群两个女的心肠软,对着这些无辜的孤儿,忍不住哽哽咽咽地哭起来。周炳想起自己的大哥和表姐,也在一旁陪着掉泪。

从西来初地出来之后,古滔一个人朝东走,其余黄群、章虾、洪伟要回沙面,麦荣要回白蚬壳,周炳要回河南,都朝南走。在路上,周炳掏出一封封了口的信,要黄群托冼大妈交给胡杏,让胡杏转交给陈文婷。他在这封信里,再约陈文婷到长堤先施公司门口见面。第二天,黄群起了个绝早,把那封信交到她表舅母的手里。冼大妈挑起一担箩筐,马上就过江,从黄沙一直走到三家巷,找着了何家的丫头胡杏。胡杏一见冼大妈,就诉起苦来道:"冼大妈,你看何家的人新样不新样?一个疯了的少爷,拿一把锁锁在一间空房子里不就行了?偏要我陪着他吃,陪着他坐,陪着他拉屎、拉尿,还得陪着他睡觉!那又是个糊涂人,浑不省一点人事,整天害怕人家把他当共产党抓去杀头,就一天到晚都把照片往肚子里吞,也不知道要吞掉多少照片!平常没事,就扯碎我的衣服,狠狠地打我,整天说我没把门关好,让侦缉跑了进去!一听见有人打门,就要我紧紧抱住他,说有人要来抓走他!唉,看样子我是受不了这样的折磨,一定是活不成的了!"诉完苦就哭。冼大妈听得心里十分难过,只得拿些好话安慰她道:"阿杏,年纪轻轻的,怎么想到那上头去呢?吃得苦中苦,方为人上人。你耐心熬着,难道就没个出头之日!"随后就掏出信来,说周炳要她给转信。冼大妈走后,胡杏忘记了自己的苦难,一跳,跳起来,就到隔壁陈家去找陈文婷。陈文婷现在是高中三年级的学生,但是她对学校失去了兴趣,只是去一天,不去一天地,在学校挂了个名字。学校当局知道她是一位极其富有的大家闺秀,又是局里一位科长的小姨子,只好装聋作哑,听其自由。当时她在楼下客厅里和胡杏见了面,把周炳的信拆开看了,随后又冷冰冰地问胡杏道:"我有几句话,想告诉你炳哥。你能够替我转告给他么?"胡杏看见她不像往日那样有说有笑,心中正在狐疑,听见她这样问,连忙回答道:"这可不成呀!我不晓得他在什么地方呀!"陈文婷说:"不晓得就罢了。下回有人送信来,你该问问他的回信地址。"胡杏答应了,就走了。

这是周炳第三次约她会面了。她为了去还是不去的问题,整整想了一天,越想越烦恼,越想越拿不定主意。论理智,她是应该走一遭的;但是论感情,她实在提不起兴趣。她自己追问自己道:"为什么提不起兴趣?是叫白色恐怖吓坏了么?是对这万恶的社会屈服了么?是放弃了自己的革命理想了么?"问了之后,她又自己给自己证明:绝对没有这样的事儿!但是到底为什么提不起兴趣?从前求之不得的约会,现在为什么索然无味?这她就说不上来了。到了晚上,李民天来找陈文婕,谈起周炳的为人来,陈文婷就拿了他的信给他们看,要他们替她出出主意。陈文婕带点好奇心说:"既然这个美貌青年有了医治咱们这个不幸的社会的秘方,又不能跟我和二姐谈,只能跟你一个人谈的,依我看,竟不妨去看一看。"那农科大学生李民天说:"算了吧!目前时局这么动荡不安,犯不着去冒这样的危险,阿婷,你自己也该拿定主意。如果横竖不能勉强合起来,倒不如早点撒手,免得双方痛苦!"事情还是没个定准。不久,哥哥陈文雄也回来了。他从四妹手里接过周炳的来信看了,用英文说了一句:"一个典型的傻瓜!"随后又对陈文婷说:"四妹,你瞧!咱们这个社会并没聘他当顾问,他却总是在杞人忧天!你呢,你本人怎么说?"陈文婷不胜悲楚地说道:

"最近,我成了个悲观主义者!对社会上的一切,我都没精打采。对他,不消说,他在仪表上永远是一个出色的人物,我只有一个希望,那就是:尽一切的可能减少他的痛苦!"

陈文雄又是用英文说了一句话:"四妹,你是对的。"整个事情就结束了。这第三次的约会,陈文婷还是没有去。

三〇 迫害和反抗

自从在西来初地何锦成家里开过时事讨论会之后,周炳曾经按照周榕所说的地点和时间,去找金端同志碰头,却没碰上。他心里十分着急。……十月间,在南昌起义的红军回到广东,但是在潮汕失败了,没有来到广州,而汪精卫、张发奎、陈公博那些老爷们却回到了广州,简直把周炳气得要死。十月底,沪、粤班船海员麦荣一回到广州,就到济群药铺来看周炳,对他说:"老弟,不用躲了,到外面去跟那些老爷们较量较量吧!"周炳问起情由,麦荣就说:"汪精卫、张发奎、陈公博想赶走广西军,霸占广东地盘,就扮成国民党左派的样子,欺骗我们,要我们帮助他们。我们说,帮助也可以,但是有条件。条件也很简单,就是:政治犯要放,工会、农会的自由要保证,什么改组委员通通滚蛋,四月十五以前的协议要恢复,省港罢工工友的权利要保持。他们不干。我们'广州工人代表大会'就说,你们不答应,我们自己来动手!如今,所有的工会都公开活动起来了!"周炳一听,十分高兴,就问:"我呢?我该怎么办?"麦荣说:"我已经跟金端同志商量过,他同意你参加我们海员的'工人自救队',你意下如何?"周炳巴不得立即离开这牢笼一般的后院子,出去参加革命的斗争,哪里有第二句话?当下他就和麦荣一道出来,朝河南凤安桥一家"德昌铸造厂"走去。路不远,一会儿就到了。麦荣和德昌铸造厂的大师傅孟才说明情由,因为有别的事,就把周炳交给他,自己先回船上去了。孟才看这周炳,约莫二十岁年纪,身躯雄伟,面貌英俊,见人十分和气,心中暗自喜欢。周炳看这大师傅,约莫四十来岁,身材也很高大,举动沉着有力,手臂长得特别粗壮,那上面布满了青筋,又布满了一片片的花纹,一望就知道是一个海员,心中也暗自欢喜。两个对看了一会儿,孟才就把他引进工厂后面一个小房间里细谈。这一谈又谈了一个钟头,谈得十分投机。最后,孟才问他道:

"你加入工人自救队以后,就要一生一世,拥护咱们这面铁锤镰刀的红旗,不承认那面青天白日旗。——你做得到么?"

周炳坚定地站起来回答道:"自然是这样。我心里面没有别的旗子。"

孟才拿了一本最近才出版的《布尔塞维克》杂志的创刊号给他,叫他拿回去好好阅读,明天上午八点钟,到德昌铸造厂来正式"开工"。从此以后,周炳就从济群生草药铺搬到凤安桥去居住,参加了这个秘密的地下兵工厂的工作。他们这个厂是专门制造手榴弹壳的,连周炳一共是七个人。总的负责人是中队长麦荣,他经常来往上海、广州两地,专管原料的运输和供应。在厂里负责的是大师傅孟才,他是工人自救队的中队副兼小队长。此外还有四个队员。一个叫李恩,三十岁多一点,是香港罢工回来的海员。一个叫冼鉴,二十八九的年纪,原来是制造迫击炮的兵工工人,现在是这里的技师。一个叫冯斗,比冼鉴年纪稍微大一点,原来是一个汽车司机。一个叫谭槟,年纪在三十五左右,原来是一个手车夫,后来参加了手车工人组织的"剑仔队",不久以前才调到德昌铸造厂来的。周炳本人也是铁匠出身,虽说不是这一行,到底容易学会。这些人对他也十分爱护,总是耐心教他,百般地鼓励他。加上这些人比他年纪都大,都是他的父兄辈分,知识多,阅历广,革命经验丰富,他跟着他们工作,心情十分痛快。他常常想道:"说什么都是假的!在患难之中,就只有革命的同志好!"除在厂里工作之外,周炳还参加了外面的许多活动。在不到一个月的时间之内,他参加了四五次示威游行。有海员工会和轮船公司、和"改组委员会"做斗争的,有五金工人、洋务工人、印刷工人、运输工人和"改组委员会"做斗争的,有铁路工人跟火柴工人对汪精卫做斗争的,有广州工人代表大会和反动的御用工会做斗争的,也有省港罢工工人为了自己的生存和国民党当局做斗争的。那些由工贼、流氓、侦缉、密探组成的"改组委员会"和全副武装的警察、保安队经常包围、殴打、袭击、逮捕甚至枪杀工人,工人们也被迫起来和他们对抗。每次游行示威的结果都要发展成为一次流血的武装冲突。

十一月二十四日这一天,周炳天没亮就起来了。脸也不洗,就坐下给陈文婷写信。这封信写得特别长,特别带劲儿。虽然在这半年多的时间里,他约了陈文婷三次,陈文婷三次都没有来,但是这一回,他觉着情况不一样。他对于陈文婷三次不来,连一句责备的话都没有。他深信陈文婷是真心革命,也真心爱他的,偶然不来,一定有意想不到的原因。他只是告诉陈文婷,叫她对那种种白色恐怖,不要害怕。他写了些目前革命的势力如何雄厚;大家怎样一心一德,奋不顾身地在干;多少英勇事迹,简直可歌可泣等等。最后,他告诉陈文婷,国民党目前虽然凶恶,但再凶恶不了几天,革命马上就要成功,工人马上就要掌握政权。写完之后,他自己重看了一遍,觉着很满意。这封信写得很真诚恳切,又包含了一种颠扑不破的真理。他认为她看了信之后,一定会惊喜欲狂,一口气赶到约定的地点,一个时辰、一个时辰地,无比兴奋地长谈下去。写完了信,天一亮,他就过江到芳村吉祥果围后面的竹寮里,找着了冼大妈,告诉她如今自己在德昌铸造厂做工,求她给胡杏送这封信去,并且要冼大妈把他的住处告诉胡杏,有什么回信,让胡杏送到芳村来。冼大妈一件一件地答应了之后,又对他说起一个人来道:"你们德昌铸造厂里有个冼鉴,是我的堂侄儿,你认识不认识?"周炳说:"好朋友,怎么不认识?"又说,"你是我的干娘,又是黄群的表舅母,如今加上是冼鉴的婶子,真是三四重亲。到了革命胜利,我一定多多地买东西给你吃!"冼大妈喜不自胜地走了之后,周炳又在附近的竹寮里找到了那收买破烂的冯敬义,多谢他半年前通风报信的救命之恩,又告诉他世界马上就要转好的得意消息。在冯敬义说来,他倒不着急这世界变坏还是变好,只是看见这年纪轻轻的人浑身都是劲,也就顺着他说:"该变好了。从辛亥那年反正算起,到现在都十六年了!"

那天中午,吃过饭之后,李恩对周炳说:"孟师傅说过,汪精卫、张发奎、陈公博这些反革命家伙,比其他的反革命家伙还要狠,看来是一点也不错!这两个月,他们抓走了、打伤了、杀死了的革命工人,总不下三百人!连咱们的广州工人代表大会特别委员会的主席也抓走了!这还不算,前几天又叫保安队把咱们省港罢工工人的宿舍和饭堂全都封闭了。这还忍受得了?得给点颜色他们看看!今天省港罢工工人在第一公园前开大会示威,说不定又要演一出'全武行'!我跟孟师傅就要去的。你去不去?"周炳拍着胸膛说:"问我去不去?你不问老虎吃羊不吃羊!"当下他就和孟才、李恩一道过了江,朝第一公园走去。时间还早,他们又到"莲花井"一个失业的海员程仁家里去坐了一会儿,顺便邀他一道出来开会。约莫下午两点钟,来参加大会的人都到齐了。公园前面,公园里面,公园旁边的吉祥路和连新路,都站满了人。大会开始,主席站在一张条凳上报告了和反动当局交涉的经过,一个接着一个的人站上条凳去演说,以后又分成许多小堆堆讨论,最后又集合在一起,高声呼喊着:

"誓死反抗解散省港罢工工人!"

"誓死不退出罢工工人宿舍!"

周炳和每一个人一样,觉着十分兴奋和激动。自从去年十月省港罢工结束以来,他几乎没有过过一天像人的日子,更不要说看到这样伟大雄壮的场面了。他在讨论的时候说了许多话。他直着脖子喊口号,才喊了两句,嗓子就哑了。他和每一个认识的人搂抱着,打闹着,互相问候道:"哦,你还活着!""哦,有惊险么?"他要尽情抒发地过一天痛快日子。但是大会还没有开完,那些保安队、警察、侦缉、密探、消防队、工贼、流氓、地痞就从离会场很近的维新路公安局出动了。果然不出所料,大会又变成了一场流血的武装冲突。这武装冲突的结果,又有几十个罢工工人被抓走了,有十倍、二十倍的人受了轻重不等的伤。周炳英勇地站在前卫线上,打得很不错,他自己的额角上也受了点擦伤。省港罢工工人自然不能从此罢休。第二天,他们又集合在大东门的几座宿舍和饭堂前面,放起一把火,把那些贴了封条的宿舍和饭堂噼里啪啦地焚烧起来,表示对反动政府的无限愤怒。有许多人高声叫喊道:

"咱们都无家可归了!咱们跟他拼了吧!"

"烧吧!烧吧!把整个广州都烧了吧!"

"要活就一道活!要死就一道死吧!"

正喊着,反动政府的那些恶狗又放出来了。于是这地方跟任何别的地方一样,又展开了一场混乱的武装斗争。这回罢工工牺牲了好几个。孟才和李恩都受了伤。周炳除了额角擦伤之外,胳膊又受了撞伤,浮肿起来。虽然他们都受了伤,但是当天晚上,大家又一齐过江到河北来,参加工人们的秘密集会。开完会之后,周炳听说那失业的海员程仁伤重身亡了,心里非常难过,就走到莲花井他家里去看一看。离他家还有半条街,周炳就看见他家门口有十几二十个人,有些站着,有些坐着,孟才和李恩也在其中。一进他家门口,那景象就十分凄惨。才三十岁左右的程仁直挺挺地躺在神厅正中一张木板床上,全身用白布盖着,只露出一个脑袋,那不动的眼睛还瞪得酒杯样大,像在敌人面前,怒目而视的一般。床前点着香烛,程嫂子坐在地上烧纸钱。程大妈全身蜷缩成一团,在离开灵床稍远一点的一张椅子上,呼天喊地,哀痛万分地哭着。一个才刚刚学会走路的男孩子,用手攀着灵床的边沿,四面走动。周炳一看见这种景象,立刻想起他区桃表姐和周金大哥,三股眼泪合成一股,号啕大哭起来。哭了一会儿,他收了眼泪,倒去劝那程嫂子和程大妈道:

"别哭了!仁哥死得英烈,你们也就是大家亲娘、亲嫂子,生活不用担忧!好好养大孩子,替仁哥报仇要紧!这国民党,他凶得了一个月,再凶不了两个月;凶得了两个月,再凶不了三个月!咱们忍不下去了,咱们立刻要捞起家伙,跟他干!咱们等着瞧吧!"说完就退出门口,和大家伙儿商量料理程仁的后事。

在三家巷里,陈文婷自从接到了周炳这封乐观自信而又没有半句埋怨她的话的密信之后,登时觉着心惊肉跳,彷徨无主。她宁愿看见周炳悲观颓丧,像区桃刚死去的时候那样;她宁愿听见周炳不留情面地痛骂她,像他骂陈文雄、何守仁、李民魁的时候那样。她认为周炳如果悲观颓丧,自己就有把握驾驭他;而周炳如果痛骂她一顿,自己的心就会平静一些。但是她失望了。事情完全不是那个样子。这半年多以来,她天天听到杀共产党的消息。她自己的心里也老在计算,要是当真有那么些共产党,大概也快杀光了。在报上,她又经常看见共产党员悔过自首的启事和声明。她就想,即使没有死光,投降得也差不多了。但是周炳又写了信来!她自己问自己道:"他是不是一个共产党员?他为什么既没遭遇不幸,又没悔过自首呢?"问着、问着,她就感觉到有一股恐怖的电流,透过她的全身。宋以廉一天三次来求爱,那不过只是庸俗和厌烦,还碍不了什么大事儿;有兴趣就给他一个笑脸,没兴趣就不理他,他也就满足的了。只有这周炳和她那种不清不楚的关系,却真真正正是一种混乱的,复杂的,莫名其妙的恐怖!想到这里,她就浑身哆嗦起来,像打了摆子一样。那天晚上,陈家的楼下客厅里举行了一次空气非常严峻的会议。参加的只有四个人,那就是:陈文婷的父亲陈万利,她的母亲陈杨氏,她的哥哥陈文雄,还有陈文婷她自己。陈万利板起脸孔,直截了当地说:

"今天晚上,就决定阿婷跟那姓宋的事情。该一是一,该二是二。天下事第一是不能错过机会。终身大事也应该三思而行。"

以后就是陈杨氏和陈文雄轮流讲,总是这门亲事如何如何地好,那姓宋的如何跟宋子文保持着一种不平常的关系,将来的前途如何不可限量等等一类劝勉开导的话。会谈整整举行了三个钟头。陈文婷只是听着,一句话没有说。最后,陈文婷突然站立起来,像发了狂似的跑上三楼,拿了去年十月周炳写给她那封绝交信,又噔、噔、噔、噔地跑下楼来,把信摊在陈文雄面前,一边哭,一边高声叫嚷道:

"你们看吧!你们决定吧!我没有话可说了!我听从命运的

摆布了!"

事情就是这样决定了。并且由于陈文雄在这方面的"独创"的天才,一切都安排得十分妥当,婚礼在三天以后就举行了。这事情发展得那样突然,使陈文婷的姐姐陈文婕都吃了一惊。不消说,所有关心周炳的人,像周炳的姐姐周泉,像何家的丫头胡杏,都急得不得了。胡杏跟何守礼商量,怎么的也该给周炳去报个信。何守礼也没法儿,就去告诉自己的母亲"三姐"何杜氏。那何杜氏想了一想,就要她女儿把胡杏叫来问道:"你知道周炳哥哥的住址么?"胡杏说:"我不知道呀!可我知道有一个冼大妈,她住在芳村一个果围后面一间竹寮里。她有法子给炳哥送信。"何杜氏说:"那就有法儿了!你去跟大奶奶说,二少爷要吃河南'成珠茶楼'的南乳小凤饼,嚷着要你去买,大奶奶断没有不答应之理。那么,你就去报个信,回头胡乱买几个小凤饼塞给那疯子也就完了。"胡杏果然依照三姐的教导,去给冼大妈送了个信。冼大妈当天就把这消息转告了周炳。他听了之后,感到十分的震惊和懊丧:他一向相信陈文婷在陈家的许多人之中,算是一个例外。现在陈家的例外也不是例外了!

三一　兄弟回家

　　十二月初的一个晚上,天气有点凉,周炳问过孟才,就过江回家看看,顺便拿点御寒衣物。他今天晚上穿着一件对襟厚蓝布夹袄,一条中装蓝布裤子,身上一个个烧破的补丁,一团团煤炱的痕迹。比起八个月以前离开三家巷的时候,他的身躯仿佛又长高了许多,举动有力,但是略带生硬。他的象牙刻成的圆盘大脸上微露忧戚的表情,两只眼睛带着一种成人的光彩,只有鼻子和嘴唇还保持着孩子的神态。整体看来,在那诚恳和俊俏的丰采之中,微露风霜折磨的韵味,使他格外动人。他一在新月映照之下的三家巷出现,立刻惊动了三家巷里面所有的成员。这些成员很快就分成了两个部分。一部分好像对他抱歉,又有点害怕他的,都躲起来了;一部分像周杨氏、周泉、何守礼、胡杏这些人,立刻从屋里冲出来,抓住他的粗糙的大手,牵着他的破旧的衣衫,一面哭着,一面问短问长。何守礼跑回去告诉三姐,三姐也出来了。跟着陈、何两家的使妈阿发、阿财、阿添、阿笑、阿苹、阿贵都出来了,一时把三家巷点缀得热闹非常。周炳别的都不管,只是紧紧握着胡杏的两手问道:

　　"你长得很大了。那张脸越来越像一颗莲子了。怎么样,过得好么?"

　　她仰起头,眼泪洗湿了她的脸。她的尖下巴颤动着,说:

　　"不好呵!坏得很呵!把人折磨死了!准活不成了!"

周炳着实安慰了她一番,她才忍住眼泪回去。其他的人也陆续散了。何守礼站在周泉旁边,用身体紧挨着她,不愿走开。后来,谁也没有料到,她突然说起话来。"炳哥,"她正正经经地说,"我听大人们说,你会很难过。可我要是你,我一点也不难过呢!婷姐不好。她没志气。她一点儿也不像演戏时候那样好。你难过干什么?只当她赖在香港不走,不肯跟你一道罢工回省城就算了!"周炳笑了,说:"我不难过。我挺忙,倒没工夫去难过呢!"周杨氏笑了,周泉也笑了。周泉说:"看这孩子嘴巴多能干!阿婷如今倒真的在香港呢!"这时候,何家三姐房里的使妈阿笑把何守礼叫了回去。大家回到周家的神厅里,周炳就给妈妈讲这八个月离情别绪,讲到大哥周金不知道因为什么缘故牺牲,二哥周榕匆匆忙忙去了香港,大家又重新悲伤嗟叹一番。后来周铁回家,又把周炳兄弟的情形过细问了一遍,才和周杨氏回房歇息。剩下姐弟两人,周泉才把陈文婷接到他几封信时的前前后后,就她在一旁看见、听见的,都跟周炳说了。最后,她问周炳道:

"周家和陈家才结了一门亲家,倒结了两门仇家。唉,你以后打算怎么办?"

周炳说:"我没有什么打算。我做我的铁工。不过这几个月来,我倒看清楚了一件事。世界上的人大概要分成两类:一类是为自己的利益活着的,另外一类是为别人的利益活着的。我憎恨那些为自己的利益活着的下贱的动物。我崇拜那些为别人的利益活着的伟大的人格。按我自己说,我想走后面那样一条道路。"

周泉站起来要回陈家去了,后来又坐下来,叹口气道:"嘻,阿炳,怎么好端端地又说起傻话来了?理想永远只是一个理想。实际永远还是实际。不把这两个东西分开,却把那美丽的理想当作眼前的实际,这就是产生悲剧的根源。你不能够跟整个世界强拗到底!你能够么?"说完就走了。周炳看见她那纯洁无辜的脸孔,感到她替弟弟担忧,替哥哥惋惜的真情,不免心里动了一下。不过为时不久,他又恢复了平静。他走到神楼底,一面收拾床铺,一面又找他从前给区桃表姐画的画像。床铺收拾好了,画像可是找来找去也找不着。他不想马上就睡,便走出门口,在他家和陈家交界的地方,那棵白兰树旁边,站了一会儿。去年六月间,那棵白兰树刚种下去的时候,才不过三尺来高,如今才过了一年多,却长到一人高了。这时候已是初冬天气,可是这棵树枝干壮旺,绿叶婆娑,露出生气勃勃的样子。周炳看了一会儿,赞叹了一会儿,才心神安定地回去睡觉。第二天一早,周泉就跟陈文雄商量,好不好陪她弟弟去看周金的坟墓。陈文雄雍容大度地说:

"你弟弟为人虽然乖张,这趟你是该走的。这是情理。"

于是周泉就陪着周炳上小北门外凤凰台周金的坟上去看去。那是一座新坟,地堂上长着稀稀疏疏的野草,如今已经变白了。坟上没有立碑,也没有任何其他的标志,看得出当初那草草营葬的样子。周泉留心观察着她弟弟的动静,只见他弯着腰,低着头,站在坟前,既不哭,也不说话。沉默了好一会儿,在临走之前,他才低声说了一句话道:

"大哥,我替你报仇。"

这句话的声音很低,很沉,语气也很宁静。周泉很细心听,才听得出来。看过了周金大哥的坟,又去看区桃表姐的坟。周炳还是和先前那个样子,弯着腰,低着头,沉默地站在坟前,然后在临走之前低声说道:

"表姐,我替你报仇。"

两姐弟一道往回走的时候,周泉心中十分纳闷。她想她弟弟是一个热情充沛,直来直去的人,怎么这回表现得这般冷漠?后来她又想道:"是了,是了。想必是陈文婷重重地伤了他的心了!"于是进城之后,瞅着一个适当的机会,她就开言道:

"你怎么替他们报仇?难道你还坚持和整个社会对抗么?"

周炳不假思索地说:"我要毁掉这整个社会。姐姐你应该承认,我是一个硬汉。我说得到,就做得到。任何力量都挡不住我!"

他的决绝的语气使周泉胆战心惊。她小心翼翼地试探着说:"为了什么来由?为了那么一个朝三暮四、喜怒无常的女子?"

"不!"周炳拖长着声音说,"我憎恨这个社会!至于陈文婷,那是另外一回事。的确地,我曾经为她感到震惊和懊丧。现在不了。现在我只是把她当作一个疑团。她欺骗了我,但是我不明白那究竟是怎么一回事儿!她也许跟所有的女性都不一样,也许跟她二姐有几分相似。总之,我不明白,就是这个样子!"

那天中午,周炳和妈妈在家里吃了一顿饭。周杨氏做了很好的萝卜烧肉汤给他吃。吃过饭,带了一件已经穿得很旧的卫生衣,周炳就回河南凤安桥德昌铸造厂去了。周炳的出现引起了三家巷和附近一带的居民们的纷纷议论,不知道是否时局要发生什么变化。过了三天,二哥周榕也从香港回到三家巷来了,这更加使得所有人诸多揣测,惊疑不定。不管怎么说,周杨氏是满心欢喜的,但是她隔壁的陈万利却气愤得很。他拍着桌子和陈杨氏说:

"怎么,到了'惊蛰'了么?你看蛇、虫、鼠、蚁都钻出地面上来了!"

可是到了惊蛰也罢,没到惊蛰也罢,陈万利不能不问自己道:"我该怎么办?"经商的人,他的心眼儿是灵的,他什么时候都不能够不想到万一会发生什么风险。他去找他的亲家老爷何应元,商量应付的办法。何应元不像他那么着急,只是慢吞吞地说:"倘若把汪精卫、张发奎、陈公博当作是共产党一伙子人,那未免有点过分。他们的手法,依小弟看来,不过是利用利用那些不逞之徒罢了。"陈万利说:"党已经清了,又来讲联合——这岂不是你我的劫数么?"何应元说:"那你又何必过分担心?从前蒋总司令也讲过联合的。他们也能学会这一手。"陈万利拿脚顿着地说:"军阀毕竟总是军阀!他们只管自己的野心实现,不管我们这样的百姓遭殃。说老实话,我宁愿相信蒋某人,也不愿相信他们这些小家种!"何应元笑道:"万翁,你一点也不懂政界的事儿。当初,蒋某人你又何尝相信呢?汪精卫、张发奎、陈公博之流,无非也是些赌徒。只不过本钱小些,看来就更加狠些罢了!"陈万利低着头,沉吟自语道:"话虽那样讲,我却不放心。我想下香港去住他几天,逍遥自在一下,也好。"何应元拿手指甲轻敲着酸枝躺椅的扶手,说:"你是无官一身轻的神仙,只有你才有那份福气。"这两个老亲家在何家客厅里商量大事的时候,何守仁也去找陈文雄,两妹夫郎舅也在陈家客厅里秘密商量同样的事情。尽管他们的观点是何应元、陈万利一样的观点,看法也是一样的看法,看来何守仁有点惊慌失措,而陈文雄到底比较老成练达一些。何守仁一开口就说:"眼看着天下又要大乱,我的纱帽是戴不成的了!"陈文雄举起两只手指,在鼻子下面轻轻摆动着,说:"朕兆是那样的朕兆,可是你又何必操之过急呢?"何守仁两边张望,仿佛这个华丽的客厅也埋伏着什么危险的东西,说:"你岂不知道兵贵神速?莎士比亚有许多悲剧,只是几分钟的迟误所造成的!我今天晚上就去定船票。反正我们在香港的那幢房子也空着,去住他几天也不错。"陈文雄笑起来了。他说:

"你跟我父亲,你们两丈人、女婿倒情投意合,好像贺龙、叶挺已经打到了惠爱路的一般!你们要走,固然可以。把家眷、细软先运走,我们男人大丈夫留下来看个究竟,也无所不可的。"何守仁问他怎么看个究竟法,他说,"办法当然很多,一下子也说不完。比方说,我就想请周榕、周炳弟兄俩吃一顿上等、极上等的好饭。咱们是至亲,又是好友,沾着表亲、姻亲、换帖兄弟三重亲,还加上邻居、同学,竟是五重亲呢!几个月不见,就不做一点表示么?"何守仁抱着脑袋,不胜忧虑地说:"文雄哥,你是一个独创家,这是不容置辩的了。但是在你匠心独运的时候,你就不为一般凡人的有限的悟性着想一下?你叫我苦恼极了!难道你不晓得他弟兄俩对令尊、对家父、对陈、何两家人都是极不尊重的么?难道你忘记了他弟兄俩跟你的两个妹妹都是伤了感情的么?难道你没听见过他们骂你我是内奸、工贼、卖国贼、无耻之徒、背信负义的人,军阀、帝国主义的走狗么?"陈文雄哼了一声,冷笑道:"哎哟,你骂得比人家还要痛快!这是此一时、彼一时也。现在,如果人家当时得令,你就该把自己锯短两寸。况且你不从这些人的口中,就听不到一点虚实;你不从这些人的手中,就搭不上一条共产党的路子。路子,总是越多越好。不管哪一方面的路子,总是只有好处,没有坏处的!"

这样,在一个下着小雨的、暖和的、冬天的晚上,陈文雄、何守仁两个请周榕、周炳两个到西关一家极有名、极华贵的酒家,叫作"谟觞酒家"的去吃晚饭。这四个人穿的衣服,极不相称。陈文雄穿着笔挺的、英国薄绒的西装,何守仁穿着英国藏青哔叽的中山装,周榕穿着上下颜色不同的残旧西装,而周炳却穿着那套对襟厚蓝布夹袄,中装蓝布裤子。这就活像一个年轻的银行家带着他的秘书、他的保镖、他的汽车司机一道上谟觞酒家这样的高贵地方去吃饭。别的酒客和酒家的侍役都好奇地注视着他们。他们拣了一处最好的房座,一面喝酒吃菜,一面畅叙离情。如果说他们的外貌相差很远,那么,他们的内心相差得更加远了。这里面,陈文雄看来是潇洒而愉快的,他不着痕迹,磊落大方地,一开口就问起共产党如果同汪精卫、张发奎、陈公博合作的话,有些什么条件。周榕老老实实地说道:"据我所知,还是那五条:第一,释放一切政治犯。第二,保证工会和农会的自由。第三,驱逐一切改组委员。第四,四月十五日以前,工人和雇主所定的协约一概保持有效。第五,保持省港罢工工人的一切权利。"他还是从前那样温和,那样缓慢,那样黏滞。陈文雄问完了这五条,又问国民党的反应怎样,答应多少;又问如果汪精卫他们不答应,又怎么办;又问如果汪精卫他们全部接受了,又会出现什么样的局面;又问广州和南京的关系会变成一种什么关系;又问省港罢工工人目前的分布状况;又问共产党对于最近的时局有什么文告发表没有等等。自始至终,周炳总是睁眉突眼地望着陈文雄,自己不多说话。从别人眼睛看起来,他如今是呆笨、平板,满怀愤懑,又带点焦躁不安的。他总嫌陈文雄问得太多,又觉着二哥周榕回答得过于详细。同样不多说话,也不多吃东西的,是何守仁。他的眼睛老在其他三个人身上滴溜溜地打转,要不就左张张,右望望,前看看,后瞧瞧,一直流露出心神不定的样子。吃着,谈着,从七点多钟吃到九点多钟,酒已经喝得差不多了,话也问得差不多了,陈文雄带着一种克制的感情说:

"不论省港罢工的工人也好,广州各业的工人也好,他们的合法权利总是应该保障的。国民党当局是做得过分了一点。"

周榕正在踌躇,没有马上回答。周炳却忍不住说道:

"姐夫,听你的口气,好像你不是一个国民党员,国民党的所作所为,你都不负一点责任似的!"

陈文雄瞅了他一眼,说:"这事儿说起来也好笑。我进党只不过是挂个名儿应酬应酬。实际上,有那些达官贵人,也轮不到我说话。"

何守仁也相帮着说:"谁不是一样?我也是挂个名儿应酬应酬。要是真想做点事儿,我宁可参加共产党!"

周榕听见他这样说,也笑道:"参加共产党也不是好玩儿的。你们看我大哥!在你们的地位说来,犯不着冒那样大的危险。"

何守仁看见已经谈到这里,就索性单刀直入地揭开说道:"其实什么党不党,派不派,我看都是暂时的。只有崇高的友谊才是永久的!你们看,我现在变成友谊至上主义者了。照我想,你们在一边,我们在一边,这样反而更加证明友谊可以突破政治的界限。不论什么时候,咱们都应该互相提携,永远互相提携。——没事的时候互相援引一下,有事的时候互相通个声气,将来中国要是当真富强起来,不论哪一党执政,都有咱们自己的人,这岂不好?所以,友谊是崇高的,伟大的,永生的!这一点,咱们都曾经发过誓,有苍天可鉴,有墨迹为凭,有证人可对的!"

陈文雄没想到他竟扯得这么远,不觉脸都红了。他用力拉松了自己的领带,挣扎着接上去道:"守仁之言极是!守仁之言极是!按这么办才对!"本来很会说话的人,这时候竟说不出更多的话来。

他们这些话在周榕的心里勾起无边的往事来,使他觉着一阵头晕。他用手扶着头,嘴里结结巴巴地说:"你们的盛情是可感的,动机是无可非议的。唉,今天晚上酒多了。但是那种做法,在古代政治里容或有之,在现代的政治活动里是少见的。唉,今天晚上酒多了。"

79

周炳越听越生气。到了实在忍耐不住,就离开酒席,直挺挺地站起来说:"要是大家原谅我鲁莽的话……我实在不懂:工人们正在和军阀,和资本家,和帝国主义者进行你死我活的斗争,你们却抽了工人们的后腿。眼看着帝国主义就要屈服了,你们却破坏了罢工,破坏了工人的团结,叫全体省港罢工的工人都摔了一跤,而你们当了官儿,当了买办,这是谋中国富强之道么?我更加不懂:区桃表姐死在帝国主义者手里,你们有仇不报;周金大哥死在国民党军阀、官僚手里,你们见死不救;文娣表姐和我二哥感情破裂了,你们不但坐视不理,并且趁火打劫。这难道又是友谊、提携之道么?按这么说,你们都已经拿起刀子砍到我们头上,我们彼此之间,变成敌人倒有余,怎么今天晚上倒谈起友谊来呢?难道交朋友是这样交法的么?这我就最、最不懂,简直像古语说的'大惑不解'了!我们在这里尽管胡扯干什么呢?"

陈文雄听了,搭讪着说:"骂得好,骂得痛快!"

何守仁的脸皮十分难看地痉挛着,低声解嘲道:"演得多好,演得多好!只有在《雨过天青》里,才有这么激动的场面呢!"

周炳非常严肃地说:"我讲的都是真话,没有半个字虚假。就是在演《雨过天青》的时候,我也没有说过半个字假话。"

周榕觉着场面不好处,就替他们解围道:"阿炳有这么一股子劲,这是你们从他小时候起就已经熟知的了!他理解这个社会,就是一条直线。他不知道从地主、官僚、买办的家庭里出身的人,如果背叛了他本阶级的利益,也可以成为一个很好的革命家!"

何守仁立刻接上说:"对,自古走直道的人,都是正人君子。我们是谈不上的。我们顾忌诸多,有时为势所逼,竟连清高都做不到呢!"

陈文雄已经恢复了他的绅士风度,有板有眼地说:"虽说我们都为世俗所累,都有难言之隐,甚至躲避不了天下后世的清议,但是,说真的,我却深深喜爱阿炳说话的那种青年腔调,风格高极了!"

一场不愉快的宴会就这样结束。第二天晚上,陈家留下了使妈阿发,何家留下了使妈阿笑、丫头胡杏儿个人看门,其余两边全家的人都搬到香港去了。

三二　红光闪闪

十二月八日的晚上,在德昌铸造厂的那个工人自救队的小队,开了一个极不平常的会议。开会之前,每人发了一本《红旗》,一本《广州工人》,中队副兼小队长孟才师傅首先捧着那本《红旗》,把中国共产党广东省委员会在十一月二十八日发出的号召武装起义的宣言,低声地、慢慢地读了一遍。接着就宣布工人自救队已经和手车工人的"剑仔队""省港罢工工人利益维持队"等等合并改编为统一领导的"广州工人赤卫队",他们这个小队正式命名为"广州工人赤卫队第一联队第三大队第十中队第一百三十小队",麦荣仍然是中队长,孟才仍然是中队副兼小队长。最后就传达了广州工人代表大会的决议:在十二月十三日举行武装起义。大家听了这最后的一项决议,都呜哇的一声叫唤起来,跟着你推我打,闹了一阵子,才静下来,开始讨论。在讨论当中,一个个都摩拳擦掌,表示信心和决心,坚决拥护武装起义。这在他们这里,是最长的一次会议,足足开了两个钟头。但是散会之后,孟才三番五次,催大家去睡,大家只是不散,还在那里继续聊着,越聊越有兴头。身体又矮又圆的手车工人谭槟是一个生动有趣的中年人,非常喜欢开玩笑。他看见周炳的脸上有一种奇怪的表情,既像惊疑,又像喜悦;既像担忧,又像羞怯;怕他信心不强,就开玩笑道:"周炳,你平时整天嚷着要革命,这回就好好地革吧!"周炳低声说:"当然,我一定好好干。

等我拿起了枪,你瞧吧!"经常像父兄对子侄一样看待周炳的孟才师傅也坐了下来,说:"青年人碰到这么大的事情总不免要怯场的。不要紧,你只管跟着我们干,像你刚到工厂来的时候一样,慢慢地胆子就大了。我看过你做戏。你是一个好演员。好演员都不怯场的。是不是?你现在当一个革命战士,就应该像当一个好演员一样!"提到演员两个字,当真打中了周炳的心。他感激地微笑着,又用手捂住自己的胸膛辩解道:

"我的心跳得很厉害。可是,我不害怕,也不怯场!"

身体魁梧,比周炳还要高半个头,还要粗壮许多的海员李恩伸出他的葵扇般的大手,粗里粗气地说:"那么,你参加革命,第一是为了什么?"周炳坦然地回答道:

"我?为了报仇!"

经常给周炳送信的那个冼大妈的堂侄儿冼鉴正坐在他对面。这冼鉴是一个有学问的人,对什么事情都爱寻根问底,绰号叫"研究家"。当时他放下那本《红旗》,带着一种考问的神气说:"周炳,难道光为了报仇么?不为将来那个美好的共产主义么?"周炳不停点头道:

"对。也为那个美好的将来。不过我想报仇想得要多些。我觉着报了仇,什么都会好起来的!"

他说了之后,大家一时也没有再作声。过了一会儿,他又提出一个问题道:"既然要改造这个万恶的社会,为什么不多找几个人?从前,我有些小学里和中学里的同学,他们都不太可靠,不找这些。但是有些另外的人,他们可完全不一样。他们都在打铁铺里,手车修理店里,裁缝铺子里,糕饼作坊里,皮鞋作坊里,印刷工厂里,清道班里。他们跟咱们是一模一样的人,好不好去找他们?"孟才师傅说："现在不忙。现在一切都是绝对秘密的。告诉你吧,我们这里除了你之外,都是党员。党让你参加讨论和布置,是表示党对你的信任。其他的人,以后再找不迟。"周炳听着,那漂亮的圆脸上登时红了一大片,像涂了胭脂的一般。他想找几句话来扯臊,又想不到该说什么,后来不知怎么,糊里糊涂地说出了那样一句话来:

"我二哥那边,如今不知道怎么样了?"

这句话把大家又逗得大笑起来。那又高又瘦的汽车司机冯斗一直半闭着眼睛,很少说话,好像他已经睡着了似的,这时候忽然用力睁开右边那一只眼睛,哈哈大笑道:"周炳,怎么你如今还住在家里?什么哥哥妹妹的?咱们这里是一个组织。你哥哥也会有他的组织的。咱们还要那家庭关系做什么?"这几句话把周炳说得更加不好意思。大家都去睡了。他还是这里坐坐,那里站站,不愿上床睡觉。他觉着自己满心欢喜,总想笑,想说话,想叫喊,想发狂。他觉着自己的喉头上打横搁着一块什么东西,咽不下去,又吐不出来,似软非软,似硬非硬,怪不好受。一会儿,他觉着自己跟这些共产党员,才真是互相提携,为中国的富强而献身——李民魁、张子豪、陈文雄、何守仁这些人的盟誓不过是胡说八道。一会儿,他又觉着几天之后,中国就要富强了。到时候,不知道要出现怎样惊心动魄的伟大场面,全世界都要被这伟大场面吓得发昏。他一点也不害怕,可是他止不住自己的心一个劲儿地跳,浑身的肌肉也在跳,四肢都在发抖。

好容易盼到十二月十日的黄昏,周炳一算,还得等三天,真把他急得不知怎样才好。他老在心里嘀咕着:"年年到了冬天,白天都是很短的,今年这白天就这么长!"吃过晚饭,他又将那支梭镖头仔细打磨着。其实他那支梭镖头已经打磨过千千万万次,早已打磨得银光闪闪,只要一镶上木杆子就能使用了。正在这个时候,孟才突然把大家召集拢来,宣布一个重大的消息。他使唤一种明朗、沉着的声调对大家道:

"武装起义的时间提前了!明早三点半钟就动手——干!"

每一个人都欢呼起来。周炳悄悄加上说:

"伟大的时刻到来了!"

说着又用拐肘撞了冯斗一下,又对好开他的玩笑的谭槟做了一个鬼脸。所有的人立刻行动起来。十五分钟之后,他们整个小队就坐在那种叫作"横水渡"的小木船里,横过珠江,向长堤进发。凉风吹着周炳的头发和胸膛,他的眼睛望着那高耸入云的白云山,觉得天高地阔,遍体舒畅,自己也变成了一个和白云山一般高大的巨人。他的嘴里喃喃自语地念着歌儿道:

"风萧萧兮易水寒,壮士一去兮不复还!"跟着又说,"今天好热呀!"

手车工人谭槟鼻子里哼了一声,说:"秀才嘛,什么时候都要转文的!"大家又亲密融洽地笑了一阵子。船靠了岸,他们沿着长堤走进一些窄小的街道。在这些小道里弯弯曲曲,拐过来拐过去地走了二三十分钟,天刚黑,就走进了龙藏街的太丘书院。那里已经有一百多人先到了,有些人在就着微弱的灯光擦枪,有些人在逐个逐个地检查手榴弹,有些人在点燃那盏搪瓷大罩的煤油灯,有些人在装修大捆大捆的长矛梭镖。走路是低声的,细碎的步子;说话是沙沙的,耳语的声音;表情是喜悦的,兴奋的神态。中队长麦荣已经先到,在等着他们了。他比任何时候都热情地和他们每个人握了手,带他们到宽敞的"过厅"的一个角落里,让他们坐在地上,动手装上自己的梭镖。不久,他又抱了一大捧手榴弹过来,每个人发了五个。后来，人慢慢增加，很快就把一个过厅都坐满了。大家都严格遵守着纪律，不笑，不闹，不说话。空气显得非常严肃和紧张。周炳很快就把梭镖装好，把手榴弹用一条粗麻绳捆在他那件蓝布夹袄外面，对着满屋子的人出神。孟才师傅在他耳朵边悄悄说："把那些'寿桃'解下来，歇一歇吧。时间还早呢，不重么？"他固执地摇摇头，继续呆望着过厅正中悬挂着的那盏搪瓷大罩煤油灯，和灯下面那张餐桌周围坐着的十几个人。不久，从外面进来一个年轻人，所有的人都活跃起来。他敏捷果断地布置了一些人去小北门取手榴弹，便和那些联队长、大队长在餐桌周围坐着开会。"研究家"冼鉴低声和周炳说："看，他就是咱们赤卫队的总指挥周文雍，敌人非常怕他。"周炳看那个人，矮矮胖胖，年纪很轻，穿着一套半新旧的咖啡色的西装，头发没有梳，散乱地披在前额上。他不断地抽烟，不断地说话，听不清他说些什么，但是从手势和听的人的神情看得出来，那些话一定是很准确，很有分量，很能说服人的。周炳对他发生了一种带着崇敬和信赖的好感。过了一个多钟头，去押运手榴弹的、一个叫作简发的中队长回来了。他低声向周文雍报告押运手榴弹失事的经过：他们刚才正在小北门"大安"酒米铺子起运那两百个手榴弹，不知怎么突然来了几个亮着枪的警察。他和其中一个警察纠缠了一会儿，把那个警察撞倒，自己才逃了出来。他很生气，又拍手，又顿脚，又叹息，又粗暴地咒骂。周文雍只是很镇静地听着。后来他很迅速地处理了这件事，就和大家继续开会，布置武装起义的事情。

周炳悄悄问汽车司机冯斗："你猜现在几点钟了？"

冯斗回答他："不知道。不要心急，你先睡一会儿吧！"

这时候，过厅的会议结束了。说话的声音从餐桌向四面传播开来:"明天清晨三点三十分。听信号:三声炮响,开始行动!"周文雍走了,煤油灯扭暗了。人越来越多,好像有成千上万的样子。人虽然多,但是很寂静,连咳嗽的声音都没有。灯光暗淡,只见卷烟的火光到处闪亮。初升的月亮从天井射到过厅的屋檐上面来。大个子李恩在旁边伸了个懒腰,周炳听见他的筋骨历历作响。这时候,周炳一点睡意也没有,眼睛反而瞪得大大的,注视着天井上面那一小片平静的天空。他一只手抓住竖在地上的梭镖,一只手按住腰间的手榴弹,心里什么念头也没有,平静得和天井那一小片天空一样。一点钟过去了,两点钟过去了,三点钟过去了,什么声音都没有。忽然之间,听到几声稀疏的枪声,像粗大的雨点落在屋瓦上一样。他耸起耳朵听,可是听不见炮声。又过了不久,沉重的炮声响了。一声,两声,三声……时间到了,十二月十一日三点三十分来到了,广州武装起义开始——一页新的历史翻开了!大家迅速地站立起来,一阵飒飒的声音像潮水似的淹没了整个大厅。随后,人们按照预定的部署,走出龙藏街,分南北两路向维新路公安局前进。第十中队的中队长麦荣因为有另外的任务,调到赤卫队总指挥部去了。中队副孟才指挥着这个中队。第一百三十小队编在南路的队伍里。刚开进维新路没多远,周炳就听到前面响起了步枪的声音。跟着,广州市的东北、东南、正北、西北、西南几个方向都响起了枪声和炮声,运输汽车也在惠爱路一带发出呜呜的声响。天空上这里闪一闪,那里亮一亮。喊声一起,赤卫队的一支驳壳枪和十几支步枪领着头,其余的人举起梭镖和木棍跟在后面,嘴里喊着:"杀呀!杀呀!打倒国民党!打倒帝国主义!"向公安局门口冲上去。子弹吱吱地朝他们飞过来,有些人呻吟着,倒在地上。枪声像狂风暴雨一般响着,人们的喊声更加洪亮,硝磺的气味刺着人们的鼻孔,马路上的血液几乎使人们滑倒,但是人们还在继续前进。南路前进着,北路前进着,看看到了离公安局大门口还有四五十米的地方,敌人那边突然响起了一阵机关枪声,人们纷纷倒退回来。第一百三十小队向墙边的方向稍稍移动了一下,大家都仆倒在地上,周炳举动迟了一点,大个子李恩把他一拉,他也仆倒下去了。拿驳壳枪和步枪的赤卫队员等机关枪一停,就站起来向敌人射击。一个倒下去了,别的人就端起他的枪。有些人把手榴弹扔了出去。手榴弹在敌人的阵地里爆炸了,在公安局的门拱上爆炸了,在马路中心也爆炸了。有些没有爆炸的,就像石头一般砸在敌人的脑袋上。坚强的意志,胜利的决心,深刻的仇恨,都在抵抗着敌人的火力,使得进攻的队伍仍然一寸一寸地前进。后面拿着木棍的赤卫队员,一齐唱起《国际歌》来。

周炳仆倒在地上,微微抬起头望望天空。这时候,天空明亮皎洁,月色很好。爆裂的枪声和子弹的啸鸣在广州的上空震荡着,回旋不停。闪闪的火光此起彼伏地从四面八方冲上云霄。耳朵贴着地面,汽车大队在马路上奔跑的声音听得分外清楚。他望着公安局的门拱,觉着它挡住他们走向幸福的大路。他渴望消灭在门拱下面的,敌人的机关枪阵地,就使用全身的力量,投出了第一颗手榴弹。手榴弹的落点很好,几乎在敌人的机关枪阵地的中心爆炸了。轰隆一声,火光一闪,有什么人尖叫了一声,机关枪不响了。赤卫队站起来,冲上去,但是机关枪又响了,大家又退回来,仆倒在地上。这时候,公安局对面的保安队总队部也起义了,和赤卫队一起向公安局进攻。赤卫队在两边,保安队的起义士兵在当中,形成一个半圆形的阵势向公安局压过去。公安局里面的机关枪响了,步枪同时向外密集射击,工人们像潮水一样,冲上去,又退了下来,重新冲上去,又重新退了下来。其中有几十个人就沿着公安局的两边围墙的墙脚接近了大门口。他们有些人向那挺机关枪投掷手榴弹,有些人就用伙计们的肩膀做梯子,爬上了围墙的墙头,向里面正在活动的人群投掷手榴弹。机关枪向外打,手榴弹向里面投,一时火光逼人,烟雾弥漫,树木房屋,都摇晃起来。

正在相持不下之际,第一百二十小队的人个子李恩突然站立起来,手里举着两个手榴弹,像闪电似的跑着,向机关枪阵地冲过去。在半路上,他中了枪,周炳看见他打了一个趔趄,鲜血从他的身上淌出来,但是他毫不迟疑,继续向前冲去。最后,他用了一个跳跃的动作向敌人冲击,他那被鲜血染红了的身躯像一根火柱子似的落在敌人的机关枪上面,手榴弹同时爆炸。就在这个时候,教导团的增援部队来了。七八部公共汽车,还有两部运货汽车,满载着挂红领带的士兵,停在维新路口。战士们敏捷地跳下了车,抬起机关枪就向公安局门口冲上去。两边的机关枪互相射击。周炳看见李恩牺牲得这么壮烈,就奋起全身的精力,跳到围墙顶上,手里举起一个手榴弹,大声叫喊道:

"打他妈的个落花流水呵!"

一边喊,一边和十几个人一道,从墙上跳了进去。敌人害怕起来,四处乱跑。他们一面追赶,一面拉开手榴弹往窗户里、屋顶上、院落里乱扔,又大声吼叫道:"缴枪!缴枪!"两边的机关枪稍一停歇,大门外面的赤卫队和起义的教导团士兵、保安队士兵就冲进了公安局的正门。人们欢呼着,跳跃着,互相拥抱着。人们心里面只想着一件事:

反革命的政治和军事的中心——广州公安局被武装起义的人们占领了!

三三　通讯员

　　平时阴森可怕,像阎王殿一样的公安局,这时候出现了全新的气象。欢乐而自由的人们成了这里的新主人。他们穿着军服和工人的便服,脖子上系着红领带,跳出跳进,笑、闹、喊、叫,就像一群活泼淘气的小孩子。什么东西折断了,什么东西裂开了,什么金属的东西碰到另外一种金属的东西上面了——这许许多多的声音,和那零星的枪声混作一团。好像一座千年古墓被撬开了墓顶,好像一个黑暗地窖被揭开了石盖,那陈腐霉烂的东西全被暴露在光天化日下面。在这里,老爷们的舒适和尊严,法度和威武,教养和傲慢,全被当作垃圾,抛在地上,任人践踏。到处的抽屉,箱子,柜子,都打开了。公文、印鉴丢得满地都是。而从前,这些可笑的东西的确曾使一些人活得很骄奢,使另外一些人愤愤不平地死去;使一些猥琐的东西变成高贵和幸福,使一些美好的东西化为眼泪和悲伤。如今那些公文、印鉴都成了废物,躺在地上,毫无意义了,也没有谁来尊敬它们和保护它们了。

　　天色渐渐地由深黑变成浅蓝,由浅蓝变成乳白,朝霞发出绚烂的色彩,广州公社的第一个白天降临了。笑、闹、喊、叫的声音依然没有停止。周炳到处搜索残余的敌人,来到了楼上一间高级办公室模样的房间里。地上有一堆纸张在燃烧,发出焦臭的气味。他踏灭了那个火堆,推开了一张大写字台后面的几扇玻璃窗,吸了几口新鲜空气,就走到那凉开水瓶旁边,拿起玻璃杯,倒了满满一杯凉开水,又走到窗子前面,慢慢地喝。这时候,外面只有疏疏落落的枪声,整个广州的珠江北岸,除了几个零星的敌人据点之外,全部都被红色的武装占领了。在这一刹那之间,他的脑子里发生了一种幻想。他仿佛看见一个无比巨大的巨人。这个巨人的头枕着白云山,两脚浸在珠江的水里,两只手抱着整个广州城,好像抱着一个小巧玲珑的玩具一样,在微微发笑。他想,谁要想推开这个巨人,把广州城从他的手中抢走,那不过是一种可悲的妄想。他又想,从今天起,一切坏的东西都要灭亡,一切好的东西都要生长起来。人活在这个时代里,多么有意思!最后,他望着楼下公安局的全部建筑物,忽然想起这里如今已经成为苏维埃政府的办公大楼,红军的司令部,这里就要发出许多的布告和命令,全广州,全广东,甚至全中国,都要听从这里的指挥,于是对这些建筑物发生了一种亲切的感情。这些想象都是在短促的一瞬间发生的。他喝完了凉开水,就走到一个穿衣镜前面,看了看自己。他看见镜子里面那个人,穿着厚蓝布对襟夹袄,蓝布长裤子,一边肩膀上背着两条步枪,一条红领带端端正正地系在脖子正中,仪表堂堂,非常威武。忽然之间,他又从镜子里发现了另外两个人,一个坐在大写字台上面,一个坐在大写字台后面的安乐椅上,不知在搞什么名堂。他拧转身一看,原来是冯斗和谭槟,不知道什么时候溜了进来。冯斗坐在写字台上面,拿赤脚板上的污泥往台面的绿绒布上一抹,嘴里说:"你不让老子在这台子上念书写字,老子却偏要坐在这上面,还要拿脚踩它呢!"坐在安乐椅上的谭槟却装成一个长官老爷的样子,用手拍着写字台道:"滚下去,通通给本老爷跪下来,本老爷要审问你们了!"大家正笑闹着,忽然一颗流弹从打开的窗口飞进来,落到凉开水瓶上,把那玻璃瓶打碎了。冯斗一骨碌从台子上滚下来,嘴里骂着:"哪个王八蛋,连枪都不会打!怎么朝玻璃瓶打枪呢!"大家又哈哈大笑起来。这时候,门外不知有谁高声喊道:

"大家到下面去,打开监仓,释放政治犯!"

周炳领头,三个人一道飞跑下楼。在监仓前面,已经有许多人在动手开仓。他们对着铁门的锁上放枪,拿鹤嘴锄在墙上打洞,举起枪托撞击窗子,拿铁笔来撬开水沟的洞口,有些人还爬上房顶去揭开那些瓦筒,打算用麻绳把里面的同志吊上来。不久,那些受难的人们一个跟着一个地,从铁门缝里钻出来,从破墙的洞上爬出来,从窗户眼子里挤出来,从水沟洞里冒出来,从屋瓦的木桁之间吊出来。他们的两脚一踩到地,就跟那些挂了红领带的人们紧紧搂抱起来,即便不曾相识,也像看见了老朋友一样。跟着就是互相问好,互相问里外的情况,互相打听自己认识的人。周炳放出了几个女的之后,跟着放出了一个方脸高颧,虽然皮黄骨瘦,却精神奕奕的人。那个人看样子有三十多岁,还戴着脚镣,一出来就扑倒在周炳怀里,差一点儿没有摔在地上。他和别的人一样,紧紧地搂抱着周炳;可是他又和别的人不一样,什么话都没有问,只是拿眼睛打量着周炳。周炳不认识他,正待要问,旁边站着的谭槟早认出他来了,就喊道:

"你好呀,金端同志!你猜这漂亮小伙子是什么人?"

金端同志坐在地上,拿铁锤去敲打脚镣,一面说:"如果我猜得不错,你就是周金和周榕的弟弟。你叫什么名字来着?怎么我一点也记不起来了!"周炳连忙走到他身边,恭敬地弯着腰说:"金端同志,你猜对了,我就叫周炳。哥哥们从前经常提起你。有一回,我到一个地方等着跟你碰头,可没碰上。后来……你如今身体还好么?"金端点头笑着说:"我的身体不管什么时候,总是好的。国民党就是怎么折磨它,也拿它没有办法!他们说我这回大概活不成了,你看,我不是又活转来了么?哦,对了,你二哥周榕如今哪里去了?"周炳说:"前几天从香港上来,如今我也不晓得他在哪儿呢!"正说着,第一百三十小队长孟才师傅从远远的地方走过来,对周炳说:"走,你不是会说几句外江话么?跟我来,张太雷同志有话跟你说呢!"他一听说张太雷同志叫他,脸又红了,连忙别过金端,一声不响地跟着孟才师傅走。他知道张太雷同志是党的负责人,但是没有见过面,因此心情十分激动,像那年省港罢工委员会委员长苏兆征同志约他见面时的心情一样。两个人上了楼,走到他刚才在那里喝凉开水的地方,张太雷站在窗前等候他们。他看张太雷同志,约莫三十岁的年纪,脸孔长得又英俊、又严肃。身上穿着草黄色呢子的中山装,戴着没有框子的眼镜,又黑、又亮的头发从左边分开。宽阔的前额下面,有一双深沉而明亮的眼睛。鼻子和嘴唇的线条,都刻画出这个人的性格是多么的端正,热情和刚强。周炳不知道应该怎样行礼,就把步枪拄在地上,做了一个立正的姿势,直挺挺地站在他的面前。张太雷走到他身边,对他淳厚地微笑着,说:

"哦,一个人背了两支枪,不累么?很好,工人家庭出身,高中学生,身体很棒,很好,很好!你能不能够谈一谈,你为什么要参加暴动?"

他这几句话是用广州话说的。他的广州话说得很不错,就是稍微带一点上海话的口音。周炳觉着自己很喜欢这个人,就使唤不很熟练,但也还听得懂的"国语"回答道:

"我么?我没有别的路子可走!"

张太雷拧回头,坚持说着广州话,对孟才师傅说:

"你看国民党做得多绝!把这样一个好后生逼得无路可走!"然后又转过来对周炳说,"好了,从今天起,全世界的路都让你自由自在地走,你喜欢怎样走就怎样走!现在,你临时给这里帮帮忙。这里缺一个忠实可靠的通讯员,你就来做这个事情,怎么样?不要以为这不是直接的战斗,不要以为这是无关轻重的工作,相反,这是一个重要的岗位。革命者的特性,是什么地方需要他,他就到什么地方去。你会骑自行车么?"

周炳点头答应道:"我很高兴做这个工作。我很高兴做不论什么工作,张太雷同志!"

张太雷说:"这就好。这就好。等一下也许调你去做别的工作,你也应该同样高兴。这才是世界主人翁的态度。"说完就走了出去。这里周炳和孟才师傅两个人立刻就动手搬开那张绿绒面子的大写字台,把它从窗子前面搬到一个墙角落里。刚搬好,张太雷和一大群人从外面走了进来。这些人里面,有教导团团长叶剑英,红军总司令叶挺,赤卫队总指挥周文雍,领导警卫团起义的蔡申熙和陶铸,广州市的市委书记吴毅,还有苏维埃政府的肃反委员杨殷,司法委员陈郁,秘书长恽代英等等,有许多都是周炳不认识的。张太雷看见他两个把写字台搬到墙角落里,就问道:"这是什么意思?"周炳回答道:"那里不好。那里有流弹。"张太雷回顾众人,心情爽朗地大笑着,说:"你们看咱这个通讯员多么有意思!敌人的枪口哪一天不对着咱们的胸膛?如今咱们倒躲起流弹来了!"叶剑英同志走到周炳身旁,仔细看了他一会儿,拍拍他的肩膀说:

"会动脑筋。好材料!你这么年轻就参加革命,比我们幸福多了!"

张太雷说:"周炳,你到楼下会议厅去收拾收拾。咱们得开一个会。"

周炳和孟才师傅下了楼。孟才接过了周炳的两支步枪,不知道上哪儿去给他弄来了一支驳壳枪,说:"把这个挂上。这才像一个通讯员呢!"周炳挂上了驳壳枪,就动手收拾会议厅。他首先洒了水,拿扫帚和畚箕把整个宽敞的大厅扫干净了,把那张躺倒在地上的长方桌子扶起来。桌子很大,很重,他花了很大的劲儿才把它扶起来。做完这件事,他已经累得满头大汗。他一面拿袖子擦汗,一面自己对自己说:"哦,好热的冬天!心里面都冒出火来了!"随后,他就动手去摆好那十来把东倒西歪的圈手藤椅,又用衣袖去把那些铺满灰尘的藤椅子擦得干净明亮。张太雷叫人拿了一张很大的广州地图来给他,他就跑到从前一个什么科的办公室里,找出许多图画钉子,把那幅半间房子大的地图钉在墙上。这回把他热得连蓝布夹袄都脱了下来,甚至连里面的背心都湿透了。做完了这些,已经没有什么可收拾的。他看看这会议厅,摇摇头,觉着不像样子,觉着不论怎么说,也表示不出这是一个广州工农民主政府的会议厅。于是他又跑到从前另外一个什么科的办公室里,找出一块很大的白台布,和一些江西制造的瓷壶、瓷杯,在长桌子上摆设起来。那块白台布揉得到处都是皱纹,他嫌不对眼儿,又用手掌在台布上使劲地压,打算把它熨平。他想这里马上就要开始讨论极其重大、极其庄严的事情,讨论关系到每一个人的幸福的事情,讨论到世世代代的人的幸福的事情,于是他就用创造一个艺术品的虔诚而兴奋的心情,来收拾这个宽敞的会议厅,任何最琐碎、最平凡的事情这时候都显得极其有意义。收拾完了,他就重新穿起厚蓝布夹袄,挂起驳壳枪,然后又扎起红领带,把大厅里所有的电灯都扭亮了,才到厨房去烧开水。等到他把开水烧好送来,太阳已经照到会议桌上,会议是早就开始了。他看见张太雷、杨殷、周文雍、陈郁、恽代英这些人围着长桌,坐在圈手藤椅上;叶挺、叶剑英、陶铸这几个人站在地图旁边。他悄悄地把盛满开水的大马口铁水壶放下,就从大厅里退了出来。恰好碰上警卫班长带着几个值勤的警卫员布置岗哨,他就和他们四处跑了一转。回来之后,看见会议还没有散,他就着手把会议厅旁边的那些办公室,一个一个地收拾起来,不让自己空闲着。他把那些歪歪倒倒的柜子、架子、桌子、椅子都扶了起来,把满地的公文、印鉴、文具、纸张都拾起来,整理成一堆堆、一叠叠,然后又扫掉那些破烂的玻璃、瓷器,揩净到处泼洒的糨糊、墨水。快把四间办公室都收拾完了,忽然听见有人高声喊道:

"通讯员!通讯员!"

他迟疑了一会儿,才想起是喊自己,连忙答应着,扔下抹布,跑到会议厅门口。原来是恽代英秘书长要他到学宫街广州工人代表大会去送一封信。这以后的三个钟头,他就骑在自行车上,满城地跑,东边到了东山,南边到了长堤,西边到了黄沙,北边到了观音山。他什么也不看,什么也不想,只是骑着车子,精力饱满地跑着,不停地跑着。原来想着当武装起义成功以后要办的许多事儿,现在都记不得了,好像都没有什么重要性了。看见他这种两眼发愣、横冲直撞的样子,每一个人都要发笑。这种笑里面,包含着惊讶、赞叹、疼爱、戏弄种种复杂的意思。有一次,海员出身的中队长简发和交通队长何添,张太雷同志的汽车司机陈能,正站在工农民主政府的大门口抽烟。简发跟何添运了许多步枪回来,刚刚卸完车;陈能驾驶的那部敞篷汽车出了点小毛病,也刚刚修理好。周炳骑着自行车从里面冲出来,几乎连人带车,撞在他们三个人身上。自行车摔倒了,周炳飞身跳在一旁,却被陈能一把逮住,拿手上的黑油往他脸上涂抹。周炳央求道:"大哥,对不起。让我走吧,我这就要赶到'普兴印刷厂'去呢!"陈能还是不放手,说:"普兴印刷厂有多远?来得及!"何添也凑趣儿说:"要放你容易,只要你演一出戏给咱们看!"周炳答应了演戏,陈能才把他放走了。他走了之后,陈能又赞叹地说:"唉,说实在的,你在一万个人之中,也找不到一个这样雄壮,又这样漂亮的男人!"简发向他提议道:"我跟你两个人来编一出戏好不好,陈能?我们就编何添从前怎样在医院里把周文雍抢救出来的故事,你看怎么样?"何添说:"那有什么好编的?倒不如编你自己去'大安'酒米铺子运手榴弹的故事,更惊险得多了!"陈能说:"编哪个故事都好,也得枪声停了才成!"正说着,观音山那边传来了紧密的枪声,像燃爆仗一样。长堤那边又传来了国民党军舰的大炮声。炮声过后,南关的什么地方起火了,火烟冲上半空中,久久不散。

周炳赶到普兴印刷厂,那里正忙着一边赶印《红旗日报》,一边赶印工农民主政府的布告、宣言和传单。周炳看着那种紧张忙乱的景象,看得发了呆,心中十分欢喜。但是令他更加欢喜的,是他在这里无意中却碰见了他二哥周榕。他一把抓住周榕,说:"二哥,我从公安局的监牢里放出了一个人,他叫作金端。他还问起你呢!"周榕也高兴极了,说:"你放了金端,那太好了。他是一个很有本事的革命家。你要是再看见他,告诉他我在这里。"正说着,从周榕的后面走来了四个人,为首的是省港罢工工人,后来在普兴印刷厂做工的古滔,跟着的是在南关当印刷工人的关杰,最后是南关区家的两个表弟,区细和区卓。周炳问关杰道:"你怎么也跑到这儿来了?"关杰诚恳谨慎地说:"他们说要找人帮忙,古大叔就把我叫来了。"周炳又问区细和区卓道:"你两个小把戏,怎么不待在家里,却到处乱蹦?"区细反唇相讥道:"我十八岁,他十三岁,我们比你小了多少?你到处跑得,我们跑不得!"区卓也说:"我做了临时工,还摇印刷机呢!你气死?"这几个人正在高兴,想不到从周炳身后,又走进来了一男一女两个人。大家和他们打招呼,周炳回身一看,原来男的是他的表哥杨承辉,女的是一个十八九岁的女孩子,却不认得。不等别人问,杨承辉却先说了:"你们都在这里,好极了!我也来搞宣传工作,加入你们一伙儿。这位是宣传队的小队长:傅翠华。她是橡胶厂的女工,今年春天被敌人抓进监牢,刚才恢复了自由,爹娘都找不到,无家可归了!"傅翠华听到"无家可归"四个字,眼圈又红了起来。大家和她相见过了,又安慰了她一番。周炳忽然拍着手掌,又兴奋、又激动地说:

"美妙呀美妙!自己人都碰到一块儿了!这个世界该是咱们的了!"

周榕告诫他道:"世界倒是咱们的。只是要美妙,还得下大功夫呢!"

周炳把带来的文件交给印刷厂,又把一些另外的文件带回去。走到工农民主政府门口,马路上又是东西、又是人,挤得水泄不通,他只好跳下来,推着自行车走。这时候,大门口的马路两旁和对面人行道上,都站满了徒手的工人,等候领枪。那身躯矮胖的周文雍和身材高大的司法委员陈郁,在工人当中穿来穿去地走着。在马路当中,摆满了汽车、大炮和马匹。枪声在很远的地方忽紧忽慢、断断续续地响着,时不时有一两颗子弹在天空中吱吱地飞过。工农红军正在南关、西村和长堤一带消灭残余的敌人。周炳挤挤撞撞地设法挨近周文雍的身边,问他道:"周同志,我有几个做工时候的好朋友,我叫他们也来领枪好不好?"周文雍郑重其事地回答道:"赤卫队的人越多越好!怎么不好呢?你叫他们到工人代表大会去登记吧。登记好了之后,一道上这里来领枪。"周炳高高兴兴地回到工农民主政府里面,向恽代英秘书长交了差,就打算到南关去找他那几个好朋友,动员他们来参加赤卫队。恰好这时候恽代英秘书长又交给他一个新任务,要他去搞一些吃的东西,于是他又骑上自行车,发出嗞嗞的声音,飞快地冲出大门口。这回在大门口,他却碰上他的表姐区苏,正在和一个年纪比她大些,约莫有二十六七岁的女同志谈话。区苏那白净瘦削的脸上,如今也叫红领带映照得通红,显得更加健康。那位女同志是一个临时的护士,周炳认得她,名字叫作梁俊芳。她原来是香港的糖厂女工,在北伐军里当过护士,今日从监牢里出来之后,才知道丈夫已经在三个月前被国民党杀害,她的一个四岁的女儿和一个两岁的儿子都不知下落了。当时周炳的自行车一直铲到区苏的身边,突然煞住。区苏吓得往旁边跳,到看出是他,就骂道:"我道是谁,原来是你这冒失鬼!"梁俊芳不管这些,一直拽住她的袖子,问她要米,说伤员要喝米汤,没有米不行。周炳调皮道:"区苏表姐是管穿皮鞋的,你怎么问她要米?区苏表姐,恭喜你当了解粮官!我也当了解粮官呢,我跟你比赛吧!"说完就跳上自行车,拼命按着铃,冲出大门外去了。

他先到南关一家蒸粉店找到马有,打听清楚哪家字号有米,哪家字号有面,就又去找清道伕陶华和裁缝师傅邵煜,最后去找手车修理工人丘照。丘照的父亲是个人力车工人,在今天清晨起义的时候牺牲了,他正在十分悲痛,听大家说是要参加赤卫队,脱下木屐,换上布鞋就走。周炳领着马有、陶华、邵煜、丘照四个人,拉上一辆大板车,装满了白米,浩浩荡荡地投奔工农民主政府,要去参加赤卫队。周炳还一路走,一路想法子动员了很多的饼干、面包、鸡蛋糕之类的东西,准备拿回去送给在工农民主政府里和在红军总司令部担当责任的人们。

三四　巡逻队

那天天刚亮,几点钟之前还在当着国民党公安局长的朱辉日从公安局跳墙走出来之后,乘坐了一只英国海军的小摩托艇,逃到河南第五军军长李福林那里。原来国民党广东省政府主席陈公博,财政厅长邹敏初,乘坐了日本军舰;广州卫戍司令、第四军军长黄琪翔和副军长谢婴白,乘坐了美国军舰,都早就来到了。不久,国民党广东省临时军事委员会主席张发奎也乘坐着美国海军的小炮艇来到。国民党海军处处长冯肇铭也带了"宝璧""江大"两只军舰,来听候命令。张发奎在码头上一见大家的面,就装出要投江自尽的样子,后来大家把他拉了一拉,就没再跳。这些人到了李福林那里,第一件事就是埋怨汪精卫利用共产党和工人的力量去赶走广西军的政策。第二件事就是互相埋怨。第三件事就是互相嘲笑。然后就是怂恿李福林出兵。这李福林拥兵坐镇河南,实行着一种"兵匪合一"的政策,平时既不管珠江北岸是红脸出、白脸进,也不管是白脸出、红脸进,如今哪里愿意拿出一兵一卒?后来经过大家多少唇舌,许给他多少规、饷、权、缺,才算答应下来。最后,他们就开始着手制订一项毁灭整个广州城的庞大的计划。他们从东江,从南路,从西江,从北江调了许多兵来,一齐攻打广州。他们动员了李福林的军队,动员了"机器工会"的反动武装,动员了广州城里一切流氓、地痞、烂仔、黑帮,加上潜伏在城里的党棍、工贼、侦缉、密探、散兵游勇和一切反革命分子,一齐出动。此外,他们又集中了"宝璧""江大"两只军舰,又买通了英国、美国、日本、法国的军舰,一齐向城里开炮,务须把全城炸平。只有一件事,他们没有办到,就是他们要求英、美、日、法各国陆战队开进广州市区,和工农红军、工人赤卫队直接作战,领事们都不肯答应。张发奎为这件事很生气,他拿手拍着桌子说:"我们那些宝贝兵大爷,我是知道的。拿他们去对付赤手空拳的老百姓,倒绰绰有余;要说拿去和共产党作战,那就不是他们的事儿了!还不说拿花名册去点,不知能点到几成呢!至于拿大炮轰,那当然不坏;可是光轰也不是办法,顶多不过泄泄愤罢了!真正有用的,还是人家那些陆战队。我们借不来那些陆战队,只好叫作'万事俱备,只欠东风'。那些狗杂种领事也是看准了我们的弱点,因此拼命拿价的!"说到这里,他拿起一根红铅笔,又使劲把它摔下来,说:

"也罢!一不做,二不休。你们再去哭秦庭,就说我们再添价钱。大不了把整个广州开辟做租界,我也答应,只要把陆战队借出来!其实他们也用不着真打,只要他们一出动,共产党就跑了!"

张发奎能想到的事儿,别人也想得到。原来住在三家巷,事前已经跑到香港去的陈文雄跟何守仁两个人就是这样想的。他们到了香港之后,天天等着广州的消息,却不见动静,只是从广州搬家到香港去的人越来越多就是了。那天中午,陈文雄、周泉夫妇,何守仁、陈文娣夫妇,宋以廉、陈文婷夫妇,加上陈家三姑娘陈文婕,何家小姑娘何守礼,一共八个人,打扮得花枝招展,香气袭人,一同到"安乐园"去吃午餐。正吃着,忽然街道外面叫卖起"号外"来。一眨眼之间,整个餐馆都轰动起来,纷纷相告:广州打起来了,共产党暴动了,公安局被占领了!何守仁立刻叫"侍仔"添了八杯白兰地酒,要大家庆祝他料事如神。陈文雄保持着他的雍容风度,一面喝酒、一面说:"依我看,这回张发奎倘若借不来各国的陆战队,他这出戏可不容易唱下去呢!"宋以廉佩服得五体投地,慨叹着说:"大哥,你的才华气度,大可以到政界来显显身手,可惜你总瞧不起政治两个字!"何守仁说:"大哥如果肯做官,陈公博——包他要失业呢!"大家嘻哈大笑,十分融洽。

这时候,陈文雄跟何守仁的换帖兄弟李民魁还滞留在广州,没有逃到香港,他的想法跟张发奎、陈文雄也都没有两样。本来他早就认为应该搬到别处去住几天的了,但是一来没有钱,二来他老婆李刘氏刚生了个男孩子,正在坐月子,也不好走动。今天清晨,一听见出了事儿,他扔下了躺在床上的老婆,扔下了今年才八岁的大女儿李为淑,也扔下了才出世不久的儿子李为雄,不管三七二十一,带了一点钱,打开大门就蹦。出得门来,这四五更天气,哪里能够容身?亏他后来想起惠爱西路擢甲里那个卖唱女孩子阿葵,就投奔她家里去。幸好那天晚上阿葵家里没有客,他又是个熟人,就把他收留下来了。天刚亮,他就穿衣服出门,走进附近一家麻雀牌馆去。麻雀牌馆的"事头婆"见来了一个不大不小的官儿模样的人,就装模作样地说:"现今兵荒马乱的世界,像当年'反正'的时候一样,那些红领带见了当官的就杀!我家又没有个男人,怎好收留你?就算我不怕红领带,也挡不住街坊邻里说话呵!"李民魁说:"算了吧,你都四五十岁了,谁还说你的话?"事头婆听见别人说她四五十岁,更加骚情起来道:"你这个斩头鬼!我才三十多岁,你怎么咒我四五十岁?"纠缠了半天,李民魁给了她两块钱香港钞票,她才答应替他去找他的堂兄弟李民天和他的朋友梁森。不多久,农科大学生李民天先来了。李民魁问他打算怎么办,李民天说:"我很后悔那时候退出了革命。现在,他们成功了,不知道要我不要我了。"李民魁说:"周榕在广州,你去找他。不要离开革命,也不要当真去革命!你嫂嫂正坐月子,你去照顾照顾她。"李民天说:"你呢?你和周榕不也是拜把兄弟么?"李民魁说:"废话。我要走了!这一去,不知何年何月,才能回到故乡来呢!"李民天走了之后,那茶居工会的执行委员、工贼梁森慌慌张张走了进来。李民魁摆起长官的架子说:"梁森,你是否忠于党国,就看这一回了。从前打过共产党的人,共产党是不会饶恕的。你要告诉所有的弟兄,告诉那些想发洋财的人,现在我们政府宣布:杀一个红领带,奖十块钱。各人自己烧杀抢劫得来的,归各人自己所得。明白了么?"梁森踌躇道:"明白是明白了。可是你不是要逃走了么?我呢,我能不能走开避一避?"李民魁说:"胡说!我哪儿也不去!我要跟广州共存亡!"梁森明知他打官腔,也奈他不何,垂头丧气地走了。

到了中午,周炳觉着肚子有点饿。但是工农民主政府里并没有开饭。所有的粮食和食品都送到火线上和伤兵医院去了。他喝了两碗凉水,就走到第一公园去,准备参加在那里召集的群众大会。这时候,观音山上面发现了敌人。大会没有开成,改到明天中午十二点钟在丰宁路"西瓜园"召开"工农兵代表大会"。周炳回到工农民主政府,迎面碰见了赤卫队第一百三十小队的队长孟才师傅。他一见周炳,就高兴地跳起来道:"欢迎你归队,欢迎你归队!"原来第一百三十小队今天下午要执行巡逻的任务,周炳也调回队里来。周炳一听,想起刚才牺牲的英雄好汉、大个子李恩,不免有点心酸,就问孟才道:"咱们小队的战斗力是不是很弱了?"孟才说:"虽然缺了个李恩,战斗力还强得很!"周炳说:"那么,为什么不让咱们上观音山直接作战去呢?"孟才说:"那是兵力调度的问题,要他们上面才知道。可是,你愁没有机会么?你不用发愁,有机会的,一定有!"周炳开头还噘着嘴,可是后来孟才领着头,冼鉴、冯斗、谭槟、他自己四个人相跟着在马路上巡逻的时候,他又欢天喜地,有说有笑了。他们从维新路出发,经过惠爱路向西走,又经过丰宁路、太平路向南走,然后向东转进长堤,向北转进永汉路,最后重复折进惠爱路,又向西绕着圈子走。这时候,马路两旁的店铺都紧紧闭着大门,路上的行人也很稀少。半空中步枪声、机关枪声、手榴弹声、大炮声此起彼伏,互相交替地响着。文明门、大南门、油栏门和西关一带,有十几处民房中了炮弹,起火燃烧。那燃烧的烟柱升上天空,像一棵棵高大无比的红棉树一样。在马路当中行走的,全是一队一队的红军,一排一排的赤卫队,或者是一大群一大群的徒手工人。偶然有个别在人行道上单身行走的老大爷、老大娘,都用惊奇羡慕的眼光望着那些红军、赤卫队和工人队伍。又高又瘦的汽车司机冯斗忽然睁开他那一只本来半闭着的眼睛,使得两只眼睛都睁圆了,说:

"一打完仗,我还是开汽车去。我先洗一个澡……然后上茶馆去喝他一盅茶……然后睡他一个大觉……"

手车伕谭槟努着嘴说:"你要是先睡大觉,那么,也不要紧,我来给你洗一个大澡就是了!"

冯斗举起拳头要揍谭槟,大家又嘻嘻哈哈地大笑起来。当他们第二次走过惠爱西路的时候,周炳得到了孟才的同意,一家挨一家,去拍了三家打铁铺子的大门,叫了杜发、马明、王通这些好朋友出来,动员他们赶快去学宫街广州工人代表大会登记,参加赤卫队。杜发、马明、王通三个人都答应了。杜发还答应立刻到三家巷去,把周炳这一向的情形,告诉他爸爸和妈妈。他还从杜发嘴里,

知道三家巷中,陈、何两家人已经逃到香港去,只留胡杏和两个使妈在家看守,就笑着对杜发说:

"他们愿意到香港去,就让他们去吧。反正广州他们带不走!那么,这样子吧:你叫妈妈悄悄把这情形告诉胡杏,先不忙告诉别人。也叫胡杏先高兴一下!大概要不了多久,她就能够自由了!那些凶神恶煞永远回不来了!她可以回家跟爸爸、妈妈、姐姐、哥哥们一道过年了!"刚离开那正岐利剪刀铺子,周炳无意中却碰见了卖唱的歌女阿葵。她叫周炳那威风凛凛、得意扬扬的样子吓了一跳,尖声叫起来道:

"铁匠仔,你也是个红领带!还带驳壳枪呢!"

周炳从昨天晚饭后到现在,没有吃过一点东西,也没有闭过一闭眼睛,但是不知道饥饿,也不知道疲倦,反而露出一副兴致勃勃的样子。他看见阿葵那消瘦、疲倦、提不起精神的样子,心里很可怜她,就安慰她道:

"阿葵,不要难过。你的日子马上就要好起来了!你也可以过几天舒舒服服的太平日子了!"

阿葵摇摇头道:"我不盼望什么舒服、好日子!我只盼望好好睡一觉!"

周炳叹息着离开了阿葵,和整个小队一起继续往前巡逻。走着,走着,那"研究家"冼鉴从周炳的身上研究出一种奇怪的东西来。他发现了那平时以美男子出名的赤卫队员今天特别漂亮:他的脸比平时还要白,他的两颊比平时还要红,那两个浅浅的笑涡比平时还要圆。全身的各个部分都显得胀鼓鼓的,都显得更加饱满,更加发亮。两只手摆动得特别有力,两只脚踏在地上,好像铁锤往地面砸似的沉重。他走路的姿势是勇往直前,而且又是旁若无人的,但是他的脸上却偷偷在发笑,嘴唇一动一动的,好像和什么人在那里低声说话。那时候,孟才师傅领头走,周炳排在第二,后面是冼鉴、冯斗和谭槟。冼鉴指着周炳,叫冯斗和谭槟看。两个人看了,都觉着奇怪。周炳自己却还不晓得有人在议论他呢。后来又研究了半天,冼鉴就问他道:

"周炳,你喝了门官茶么?怎么就这样开心?"

周炳连瞅都没有瞅他一眼,好像很不在意地回答道:

"不知怎么,我今天格外开心。我看见个个人都是逗人爱的,样样东西都是好的,漂亮的。"

谭槟低声对冼鉴、冯斗说:"瞧,又说傻话了!"大家又笑乐一番。到了丰宁路的西瓜园,孟才师傅叫大家休息休息。太阳已经偏西,大家刚在西瓜园的墙根下坐定,汽车司机冯斗正准备开始打盹儿,周炳又向小队长请假,说要去看看沙面洋务女工黄群的妈妈黄五婶,还要去看看公共汽车卖票员何锦成的老母亲何老太。孟才点点头,叫他早些回来。他首先到志公巷黄五婶家里,见着了黄五婶。那老婶娘高兴极了,拉他坐下,就给他去烧开水,泡茶,又问他外面的情形。原来黄群昨天晚上刚回沙面,今天沙面封锁,不许人进出,还没有回过来。周炳坐了一会儿,临走就对她说:

"不要紧,五婶,不用担心。沙面的鬼子住不长了,过不几天就要滚蛋了!咱们有出头的日子了!"

黄五婶笑着问道:"你不哄我?"周炳拍着胸膛说:"一个字都不假!"黄五婶合着手掌说:"如果是真的,过年你到我家来,我杀鸡请你!"从志公巷出来,他就向西来初地走去。在半路上,他看见有一家卖糖果饼干的店铺,就使劲拍开它的门,掏出几个铜板,买了几颗椰子糖,再往何家走。何家只有何老太带着那两岁大,没有了娘的何多多和另外那六个孤儿在家,何锦成昨天晚上出去参加武装起义,到现在没有回来过。何老太把附近如何落下炮弹,如何吓得大家鸡飞狗走的情形,对周炳详细说了;周炳也把外面如何进攻,如何得手的情形,对老太婆大概说了一遍。临走的时候,他把那几颗椰子糖给了那些孩子,抱着他们亲了又亲,然后又把何多多举得高高地,问他道:

"现在好了,就要给你妈妈报仇了!告诉哥哥,你害怕敌人开大炮么?"

何多多傲然回答道:"我不怕!奶奶怕!我怕他什么!"

周炳放下何多多,和其他的孩子一个一个告别,又安慰何老太道:"老奶奶,不用担心。咱们已经打胜了!何大叔就要回来了!"何老太擦着眼睛说:"要是那样,我就多多还神,多谢菩萨保佑!"周炳赶快回到西瓜园,孟才、冼鉴、谭槟正在抽生切烟,冯斗靠墙睡着,还没醒呢。大家叫醒了冯斗,继续朝前走。谁知走进太平路没多久,一碰又碰上了住在芳村吉祥果围后面,半年多以前,曾经救过周榕、周炳两人性命的,干收买破烂营生的冯敬义。周炳没有离开小队,一面走、一面大声喊道:"冯大爷!"这里离珠江很近,炮声听得分外真切。他才一喊,轰隆一声炮响把他的声音盖住了,冯敬义没听见。他再喊,那收买佬才拧过头来。看见是周炳,他也高兴了,说:

"咦!周炳,怎么抖起来了!红领带,驳壳枪呵!还要买真玉镯子么?"

他一面高声说,一面跟着这个小队走。这"真玉镯子",是半年多以前,他救脱周炳弟兄俩时候的隐语,只有周炳听得懂,别人都不懂得。当下周炳带着感激的心情回答道:

"冯大爷,把你那些真玉镯子、假玉镯子全扔了吧!你再也用不着那些宝贝了!前几天,我不曾跟你说过,世界就要变好了么?你瞧,我可没瞎说!"

冯敬义说:"扔是要扔的,只是过两天再扔不迟。"

周炳说:"你怎么跑到河北来呢?"

冯敬义说:"昨天晚上我过河来,今天早上就回不去了。"

周炳说:"不要紧,等过两天咱们把李福林打倒了,你就能回去。"

那收买佬真心地笑着说:"那敢情好!"两人又说了一阵话,周炳又托他什么时候回芳村,见着冼大妈记着要把起义胜利的消息告诉她,还要向她问好,才分开手。这一个白天,周炳过得十分畅快。该去的地方都去了,该见的人都见了,该做的事都做了,该说的话都说了——而所有这一切,都不过只是发生在起义胜利的第一个白天!以后,还不知道有多少美妙的事儿在等候着他呢!想想又想想,做人竟这么有意思,他只是一个劲儿咧开嘴笑。

走呀走的,他们又不知第几遍走到惠爱路的雨帽街口。时候已经是黄昏。周炳忽然看见一个穿黑色短打的中年男子,慌里慌张,鬼鬼祟祟地迎面走来。那个人一见周炳,就急忙转进雨帽街,只一闪,就没了踪影。周炳只觉着他好生面熟,一时却又想不起是谁,迟疑了一下。后来想起来了:去年四月底,在省港罢工委员会东区第十饭堂里,曾经闹过一件事儿。那天,陈文雄去找苏兆征委员长,要辞掉工人代表,退出罢工委员会,单独和广州沙面的外国资本家谈判复工。香港的罢工工人听见这种风声,就大吵大闹起来,说广州工人出卖了香港工人。这时候,有一个不知姓名的家伙,乘机煽动香港工人的不满情绪,挑拨香港工人动手打广州工人。后来在人声嘈杂当中,那家伙一下子就不见了。从此以后,周炳就没有再看见这个人。现在,这个穿黑色短打的中年男子是谁呢?周炳想了一想,就下了判断:他就是去年四月挑拨香港工人动手打广州工人的那个坏蛋。周炳立刻把这种情况报告了孟才师傅,于是整个小队转进雨帽街,追捕那个不知姓名的坏蛋。他们走了半条街,找不见那个人。忽然砰的一声,不远的前面,有人向他们开了一枪。原来另外有三个地痞、逃兵之类的角色,脖子上也系了红领带,冒充赤卫队,在雨帽街一家人家抢劫。把风的看见来了一个小队正式的赤卫队,就连忙向他们打了一枪,三个抢匪同时飞跑逃走。孟才枪法很准,他打了一枪,打中了其中的一个,其余的两个拼命地跑掉了。他们走上前一看,那抢匪穿着蓝布对襟短衫,黑布裤子,脖子上也系了红领带,已经中弹身亡了。周炳从那尸体上扯下了红领带,气愤愤地踢了他一脚,骂道:

"只有你不愿意看见光明!该死的东西!"

他们小队就在附近的小街横巷里搜索了一番。经过莲花井的时候,顺便到不久以前牺牲了的海员程仁家里去看了一看。程嫂子已经出去参加了临时救护队的工作,只有程大妈和那两岁大的孩子程德在家。那程德看见许多男人走进他家里,一点也不怕生,撑着这个叫爸爸,撑着那个也叫爸爸,两只乌黑的眼珠子滴溜溜直转,十分逗人喜欢。孟才师傅用粗壮的手臂抱起他,把他过细看了一遍,才对大家说道:

"好材料!长大了,准是个出色的海员!共产主义的海员!"

天黑了。枪炮的声音逐渐稀疏下来。月亮还没有升起。那火灾区域的上空烟雾弥漫,红光忽暗忽明,时时传过来建筑物倒塌的巨大的声响。

三五　长堤阻击战

晚上九点钟,国民党军舰"宝璧"号停泊在白鹅潭江面上。潮水微微地涌着,舰身轻轻地摆动着。四周没有灯光,也没有一只小艇。初升的月亮把它照得又灰暗、又寂寞,好像一座无人的小岛一般。张发奎在军舰的甲板上来回走着,眼巴巴地望着沙面,不说一句话。好容易盼望到陈公博坐着日本海军的摩托艇回来了,他才悄悄地透了一口气。陈公博踏着吊梯走上甲板,到了张发奎面前,第一句话就说:

"老兄,我们得救了!"

张发奎问他详细情形怎样,他接着说道:"开头,他们总是百般作难,不肯答应。经过我一再开导,说中、日两国,同文同种;说中国的革命,一向得到日本的帮助;说反对共产党,反对赤化,我们是一致的,诸如此类。后来,他们总算答应了。但是他们又不肯正面去进攻共产党,只是找一种借口,说是要派陆战队到南堤去保护他们的'博爱医院',看共产党方面的反应如何,再定下一着怎么走。我想,谁管他什么博爱医院,什么平等医院,只要日本陆战队和共产党一接触,这出戏就算开了场,事情就有了门儿了!你说是么?至于条件,日本人总是啰啰嗦嗦,小里小气的。说来说去,无非是什么取缔排日运动,敦睦两国邦交那一套。我想都不相干的,就都答应下来了。你以为怎么样?"

张发奎模仿外国将军的姿势,手扶船舷,抬头望天,站着不动,也不说话,好像打了胜仗的人故意不谈战争,说笑话的人故意自己不笑一样。陈公博见他这样出神,就继续往下说道:"本来呢,这并不是一件怎样了不得的好事情,也只是迫不得已而为之的。这样做,难免天下后世那些尖酸刻薄,毫无用处的无聊文人胡说几句什么借外国人的刀,杀中国人的头;胡乱比拟什么秦桧、吴三桂之流,外加一些不伦不类的废话。但是试问有哪个贤明的政治家,能够放弃当前的功业,去博取那身后的虚名呢?况且我说,这是迫不得已而为之的!兵,我们是调了不少。真的,不能算少;北面调了缪培南师,吴奇伟师,周定宽团,陆满团,莫雄团。这还不算。东面又调了黄慕松师,薛岳部,许志锐团,潘枝团。此外,西面还调了林小亚部,李芳部。河南这边自然还有第五军的警卫部队和机器工会的第一、第二、第三三个大队。但是,打仗是打仗,不是赶集。——我很怀疑:钱,他们是要的,但是来不来呢,那可没定准!就是来了,是不是肯真打呢,那更加难说!今天中午,他们不是占了观音山么?可是歇了几十分钟,又说失守了。什么失守?就是要加钱!人家日本军队虽然小气,可没有这种流氓作风,说多少,是多少!"

让陈公博说完了,张发奎就对着滚滚的珠江,感慨无量地说:

"感谢上天!感谢日本天皇!中国算是得救了!"

一直到那天晚上十二点钟,赤卫队第一百三十小队的孟才、冼鉴、冯斗、谭槟、周炳这五个人分到了半桶芋头粥,才蹲在太平路嘉南堂的骑楼下面,开始吃武装起义以来的第一顿饭。他们一辈子也没有吃过这样好吃的芋头粥:香极了,烂极了,甜极了,滑极了,吃了还想吃。正在吃得高兴,忽然一阵枪声,在西濠口那个方向响起来。这枪声发生得很突然,很密,很紧,又近得仿佛就在身边。

大家放下了饭碗,紧紧地握住自己的武器。孟才师傅歪着脑袋听了一会儿,说枪声很结实,很清脆,不像咱们自己人打的,也不像国民党军队打的。大家正在纳闷,忽然看见有两个赤卫队员骑着自行车从西濠口飞快地冲进太平路来。孟才认识这两个人,就跳出马路,做手势想拦住他,同时大声问道:"那边怎么了?怎么枪打得那样凶?"那两个人并没有停下来,一面使劲蹬着自行车,一面差不多同时大声说:

"日本鬼子上岸了!总指挥部正在调人堵住他们!"

孟才想再打听两句,那两个人已经去远了。他们这个小队在嘉南堂的骑楼下面,为这件突然发生的事情争论起来。周炳主张整个小队开到江边去,参加阻击日本陆战队的登陆,冼鉴和谭槟支持他的意见。冯斗认为他们的任务是巡逻,如果要改变任务,一定要先请示总指挥部。孟才觉得双方都有道理,想打个电话回去,这三四更天气,哪里去找电话?正在为难的时候,忽然有两个背着步枪的赤卫队员,快步走到他们面前。周炳认识他们,就高声叫他们的名字道:

"何大叔!杜发!"

何锦成和杜发也听出周炳的声音,就同时说道:"找着了!找着了!"孟才师傅和其他的人也跟着跳出去,跟他们见面握手。何锦成说:"总指挥部派我跟这个杜发来参加第一百三十小队,同时要咱们全队增援西濠口阵地。这是一个口头传达的紧急命令。哎哟,你们多难找呀!"周炳用拐肘碰了谭槟一下,两人互相做了一个得意的鬼脸。孟才师傅对周炳说:"你不是盼望打仗么?现在机会来了!可是你得注意:这是日本鬼子,是训练得很好的正规军队。大家都一样,要勇敢,同时要听指挥!"随后他们七个人就跑步到江边。刚转出西濠口,周炳就看见大新公司的门口,有二三十个赤卫队员,正在紧张地活动着。有些人正借着那些士敏土墙壁和粗大的方柱子做掩护,端起步枪向西面一百米以外的敌人射击。有些人正从大新公司门口横过马路,向过江码头那边堆叠沙包。那些装满细沙的麻袋一直堆到半个人高,赤卫队员就飞步抢上前去,跪在沙包的后面,向敌人继续射击。周炳也跪在沙包后面放着枪。他的位置差不多恰好在马路正中心,左面是何锦成,右面是正岐利剪刀铺子的老伙伴杜发。这时候,月亮正像一盏大煤气灯悬挂在他们头上偏西的地方,不被人注意地散出寒冷的光辉。借着月亮,周炳看得见邮政总局、海关大钟楼一带的马路上,如今空荡荡得没有任何生物的踪迹。再望远一点,大约在一百米到一百五十米之间,那里有一些隐隐约约的黑影,忽然看得见,忽然又看不见;忽然好像贴到路北那些建筑物的墙壁上,忽然又好像趴在马路的柏油路面上,匍匐前进。周炳忽然想起那地方就是沙面的东桥,在一千九百二十五年的夏天,他就在那地方捧起身上还有热气的区桃表姐……想到这里,他狠狠地勾着枪机,朝那些模糊的黑影子放了一枪。这一枪,他自己觉着特别有劲,只见一阵耀眼的火光过后,跟着一声威猛的爆炸声,然后在远远的那团黑影子中间冒起一把火星。

"打得好!"何锦成沙沙地低声说。远远的地方有奇怪的声音叫喊。随后又响起一阵紧密的枪声,那几十发子弹一齐啾啾地打在沙包上,腾起一阵烟尘。周炳又咬牙切齿地打了两枪,对他身边的何锦成说:

"看样子,日本鬼子可不少!"

何锦成同意道:"是呀。至少有一百多人!"

这时候,离他们一丈以外的地方,有一个人受了伤。沙包后面忙乱了一阵子。救护队轻轻地用担架把人抬走了。别的人立刻补上了他的空位子。就这样,他们和敌人相持了一个多钟头,双方的枪声都逐渐稀疏下来。海关大钟楼的钟声不慌不忙地敲击着,大家不约而同地往上面一看:已经是下午两点钟了。周炳把子弹上了膛,但是没有放,偏着脑袋,低声跟何锦成说:

"你没回过家么?"何锦成没作声,他又往下说,"我上你家去过了。今天——不,昨天了,昨天下午去的。多多那家伙,好玩极了。他们都很想念你呐!"

等了老半天,何锦成才慢吞吞地说:"是呵,我还没回去过。……多多那孩子,自从没了娘,就总肯缠我……"

周炳把脑袋转到右面,低声问杜发道:"发哥,你和马明、王通——你们三个人都领了枪么?他两个派到哪里去了?"杜发说:"我们都领了枪。还有手榴弹。我们学了半天,学会了,我就派到东堤,跟何大叔一个小队。他两个派到哪儿去,我就不晓得了。"周炳又问:"你看见我妈了么?她都说了些什么?"杜发说:"看见她了。她很好。她说你们弟兄俩愿意干什么,就干什么,她不管你们,只是你们小心谨慎些,早点回家就好了。她又说,你爸爸可发了脾气,骂你弟兄俩不安分守己,不是好东西!"周炳笑了一笑,说:"爸爸向来脾气大些,你不会不知道。还有,你们没有谈起胡杏那可怜的小丫头么?"杜发说:"谈起的,怎么没谈起?我照你的话跟你妈说了,要她背地里跟胡杏一个人讲。她答应了,说如果真的有那么一天,胡杏有了出头的日子,不知道会多么欢喜。她又说,自从何家那个二少爷跟他全家去了香港之后,没有人来折磨胡杏,看着、看着,她就吃胖了,那张莲子脸儿圆得像个苹果一样呢!"

日本鬼子那边好久没打枪了。冯斗问谭槟道:"你最会扭六壬的,你这回倒说说看,那边为什么一点动静都没有了?"谭槟开玩笑道:"现在什么时候了,你猜日本鬼子不睡觉的么?"说着,两个人就卷起生切烟,划着洋火,抽起烟来。敌人一发现有火光,立刻没头没脑地打了一阵枪,吓得他两个连忙把烟头踩灭了,口里十分恶毒地咒骂不停。小队长孟才和负责指挥这个阵地的中队长商量了一下,就弯着腰走到沙包后面,对每一个人低声说:"总指挥部有电话来,要咱们无论如何,坚守阵地,不让敌人通过。还要咱们尽量节省子弹,多多消灭敌人。总指挥部一会儿就派人来给咱们介绍情况。"他说完了,就退回自己的位子上,端起枪,一声不响地监视着敌人。这时候,从西濠口到沙面一带地方,都是静悄悄的,没有一点响动。只有天空的月亮,在淡淡的浮云中,无声无息地滑行着。冯斗和谭槟,因为烟卷没有抽成,还在抱怨自己倒霉。不久,总指挥部派来了宣传人员杨承辉。他和那个中队长打过了招呼,就钻到沙包后面,在周炳右边蹲下来,对大家说:

"现在已经查明了,在咱们前面的这一股敌人,是日本的海军陆战队,大约有百把个人,武器是很精良的。他们曾经向总司令部提出交涉,要派兵保护南堤那间日本人办的博爱医院。我们拒绝了。我们说我们可以负责保护,他们不同意,就派陆战队登了陆。各位同志,各位兄弟,这是什么意思呢?这是帝国主义者公开出面,帮助反动的国民党,直接进攻咱们的苏维埃,进攻咱们的工人、农民和士兵,进攻无产阶级的革命!这还能容忍么?这还能退让么?当然不能!昨天,帝国主义者的军舰向我们开炮;今天,帝国主义者的陆战队登了陆;明天,他们不是要占领全广州、全广东、全中国么?我们说,你要来,我就打!他们果然来了,我们果然打了!

开头,他们以为自己一出兵,我们就会退的,可是他们想错了。他们在中国横行霸道,没有碰见过对手,这回可得好好地给他们一点教训!同志们,兄弟们,咱们在这里打得可真不赖!敌人进攻了两三个钟头,可是连一寸土地的进展都没有。全广州都为咱们竖起了大拇指!日本鬼子绝没有通过西濠口的可能!其他的道路,都有咱们的兄弟把守着,哪一条他们也通不过!"

每一个趴在沙包上面的赤卫队员都同意他的话,都笑了。周炳抚摩着他的步枪,又用手按了按背后的驳壳枪,心中感到说不出的兴奋和快慰。他没想到自己一出身,就碰到这么强硬的对手,恨不得一下子跳出去,一枪一个,把那百把个日本海军陆战队消灭精光。这么一想,他嘴里就说:

"咱们一齐冲出去,把那些家伙解决掉不好么?咱们不能冲进沙面去,把那些'花旗'、日本仔、'红毛'、法兰西,通通给他个一锅熟么?咱们不能把那些帝国主义鬼兵船,通通赶出虎门外面,让他们再也不敢回头么?"

为了他说得痛快,大家哈哈大笑起来。杨承辉向他伸出一只手,说:

"老表,你的枪太多了,把那支驳壳借给我使一使吧!按我的意思,你的主意真不赖!可是,咱们是赤卫队员,得按照总指挥部的命令行动。总指挥部要咱们守住这道防线,咱们就守住这道防线。对么?"

大家都说对。周炳把驳壳枪除下来递给杨承辉。杨承辉接过枪,在周炳和杜发之间,选了一个位置趴好,又对大家说道:"今天中午,咱们要在西瓜园开工农兵代表大会,宣布政纲,正式成立工农民主政府。这是中国一件大事,也是世界一件大事!有了工农民主政府,咱们就有了依靠,咱们的幸福生活就有了保障,咱们就有了粮食、房屋、衣服,也有了一切!……现在,咱们还困难得很。总指挥部知道弹药、粮食都不够,人手更加缺乏,但是一时也无法解决。总指挥部知道大家饿了,正在集中力量动员粮食,一搞到手就给咱们送来。大家也要想些办法,像轮流休息,或者怎么样,总之,每个人能睡上一个钟头,也好。其实就像现在,大家背靠着沙包,坐在地上,也可以打个盹,就算是……"

一句话没说完,日本鬼子那边又打起枪来。这回的来势很猛,枪声一阵接着一阵,一阵比一阵紧。在步枪声中,又断断续续地响着机关枪声,打十几发,停一停,再打十几发,又停一停。在这剧烈的爆裂声中,周炳把头往上一伸,又连忙缩回来。他看见日本鬼子几个人一堆,推着机关枪,在地上匍匐前进,打一下,爬几步,再打一下,又爬几步。他们后面跟着一大片拿着步枪的人,也正在一同匍匐前进。看样子,日本鬼子是要硬冲过来了。中队长看见那些海军陆战队向前爬了二三十米,就喊一声:"打!"大家一齐开枪。一排子弹、一排子弹地扫射过去,打伤了几个日本兵,其他的人动摇了,叫喊着,发出听不懂又听不清楚的奇怪的声音,一个跟着一个往回爬。赤卫队员正在疑惑,那些日本鬼子忽然转过身来,一面发出怪叫,一面向这边猛冲。有些敌人沿着墙边跑,有些敌人就在马路中心跑,眼看就冲过五十米的距离,情况有点危急。周炳取下手榴弹,拉着了火,使出全身的力量朝敌人打过去,同时嘴里嚷道:"去你妈的!"跟着一阵手榴弹压过去,爆炸声震得耳朵听不见声音,火光闪得眼睛都睁不开来,才把敌人压了回去。经过几次这样反复冲杀,敌人依旧停留在原来的地方,毫无进展。往后日本鬼子看见伤亡很大,就没有再冲,只是用机关枪不停地扫射。一时哒、哒、哒、哒、哒、哒、哒地扫个不停,子弹擦着沙包,扬起尘土,从赤卫队员的头顶上雨点似的洒过去。赤卫队员沉着地趴着不动,瞅着机关枪间歇的一眨眼之间,端起枪,瞄好准,朝那些抢运伤兵的敌人发射,把敌人打得没有办法。后来,有一种巨大的响声在他们的头顶上爆发,烧红的金属碎片哗啷啷地向四面飞散,他们的周围突然卷起一阵旋风,仿佛要把人掀倒。

"仆倒!敌人开炮了!"中队长吆喝着。

周炳正要仆倒,忽然听见一声雷响,眼前一亮,鼻子里好像嗅到一种硫黄气味儿,以后就不省人事了。到他再睁开眼睛的时候,天已经大亮了。他发现自己躺在西堤二马路一间凉茶铺子里面。这铺面的士敏土地堂上如今摆着六七张铺板,每一张铺板上都躺着伤员。有一个女人站在他身边,对门口一个男人说:"好了,周炳醒过来了。"周炳认得她是莲花井程仁的老婆,就叫了她一声:"程嫂子!"程嫂子蹲下来,摸摸他的天堂,说:"好好歇着,别动弹。"周炳说:"我伤了么?伤了什么地方?"程嫂子说:"你震昏了。没有外伤。"周炳又问:"日本鬼子怎样了?"程嫂子笑着说:"退了。逃回沙面去了。"周炳满意地点点头,说:"我恐怕只是瞌睡,不是什么震昏。"这时候,站在门口的那个男人走了过来。周炳一看,又是熟人,就说:"郭掌柜的,你怎么在这里?"原来他是河南济群生草药铺的掌柜郭寿年。他愁眉苦脸地说:"是呵。我前天晚上过江来,歇在这凉茶铺子里,昨天就回不去了。如今临时给程嫂子帮忙。"周炳说:"你的气色不大好呢。"郭掌柜搭拉着脑袋,说:"是呵。我心里很难过!刚才那个炮弹,在你们的头上开了花。你震昏了。你左边的何锦成,叫弹片划伤了脸。可是你右边的杨承辉表哥,我那大外甥,他真是不幸得很,头都炸碎了。完了!"周炳正在挣扎,

341

准备坐起来,听见这个坏消息,浑身一软,又倒下去了……

这时候,在三家巷里,胡杏正点燃了大大的一把香,插在天神的香炉里。昨天晚上,周炳的妈妈周杨氏把周炳带来的口信悄悄对她一个人说了。她盘算着自己怎样"自由",又盘算着怎样回到震南村,跟爸爸、妈妈、姐姐、哥哥一道过年,在床上翻过来叫一声"炳哥呀",翻过去叫一声"炳哥呀",一夜没有睡着。什么地方有点响动,她就觉着是周炳的脚步声,翻身坐了起来。如今上好了香,她就跪在天神前面祷告着,说:

"玉皇大帝呀!你有灵有圣,保佑那些好人:个个身强力壮,平安回来!"

三六　伟大与崇高

中午,西濠口的阵地只留下少数人看守,大部分人都到西瓜园去参加工农兵代表大会。孟才带着小队要出发的时候,周炳是赤卫队的代表,虽然身体不好,不肯留下,坚决要求一道去。用纱布缠着脑袋的何锦成也是代表,也说自己没事儿,要出席大会。孟才师傅和那中队长商量了一下,就都同意了。他们朝丰宁路西瓜园走去的时候,仍然排着队走。孟才领队,冼鉴、冯斗跟着,其后是谭槟和杜发,何锦成和周炳走在最后。广州四面八方的枪声和他们背后珠江里的炮声,像过旧历年的爆仗似的乒令砰隆,响个不停,仿佛在庆祝庄严灿烂的工农兵代表大会的开幕。

周炳忽然叹了一口长气,意味深长地对何锦成说：

"何大叔,我如今才晓得什么叫作流血,什么叫作牺牲,什么叫作杀身成仁,什么叫作舍生取义!"

何锦成笑着点点头,说:"晓得就好了。只怕我们还不曾晓得呢!"

孟才师傅听见了他们的谈话,就放慢了脚步,走近他们身边,问道:"你们在谈什么?"周炳接着说：

"我想古往今来那些忠勇的烈士,在他们临危授命的时候,一定是心胸开朗,了无牵挂的!"

年轻铁匠杜发插嘴道:"这桩事可没法知道! 也许他们没想到

'死'这个字？"

孟才不同意道："他们想得到的！怎么会没想到？只不过有了一样比个人的生死更重大的东西，那生死——也就置之度外了！"

大家听了他的话，都没有作声，一个跟着一个走着，到了西瓜园广场。大会还没有开幕，出席的人已经很多，把一个广场差不多都坐满了。他们找到了第一联队第三大队的队部几个人，可没找到中队长麦荣和第十中队其他的人。随后他们就在那附近找了一块长着枯草的小空地，团团围着坐了下来。这里是人的海洋，是革命的海洋。整个西瓜园广场上，这时候已经集中了一万多人。工人们举着各个工会的会旗，坐在最前列。乡下人从花县、番禺县和南海县也赶到城里来了。几百个农民代表，全副武装地集中坐在一起，最受人注意。虽然战事紧张，士兵们也派代表来了，其中有赤卫队、教导团、警卫团的代表，也有国民党海军和俘虏兵的代表。此外，还有妇女代表，还有青年团员和青年学生，还有店员、小贩和街道的市民。空旷广阔的西瓜园拥挤得连插针都插不下。在形形色色的旗帜、枪械、衣服、脸孔、头发当中，有一座用竹子和木板临时搭起来的小棚子，那就是主席台。台前有红布黑字的横额，写着"广东工农兵代表大会"。台上摆着一张白木桌子，五张长条凳，正面悬挂着马克思、列宁的相片。这竹棚现在看来，显得很小，像是在波涛汹涌的大海中奋勇前进的一只小船。这海洋，是红色的海洋，是人民的海洋，是欢乐的海洋。笑声、闹声、追逐玩耍的声音、高谈阔论的声音和指挥会场的喇叭筒声音混成一片。那站在竹棚下面的主席台上，两手举着喇叭筒高声喊叫的人，大家都认得就是交通队长何添。两套狮子鼓在广场边缘上来回走着，他们的鼓声压倒了珠江上的炮声和近郊的枪声。"研究家"冼鉴发现了冯斗和

谭槟精神不大好,就和他们开玩笑道:

"喂,你们如今是广州工人赤卫队的代表,忘记了么?该这样坐着。这样子!对了,这样子!显出你们为了无产阶级的利益,随时准备牺牲个人的一切!"

周炳忽然兴到,说:"不要像从前省港罢工的时候,沙面洋务工人那个陈义雄代表一样!他为了个人的利益,随时准备牺牲无产阶级的一切!"

冯斗眯着眼睛说:"放心吧!我什么都可以牺牲,只是除了睡觉!"说完,接着打了一个长长的哈欠。谭槟样子本来有点累,这时兴致冲冲地接着说:"这样吧。我说我什么都可以牺牲,只是除了吃吧!这样,我跟他合在一起,就有吃有睡了!"大家都哈哈大笑起来,把这两天来的疲倦和饥饿都忘记了。不一会儿,太阳又从云层的包围里挣脱身子,来到这西瓜园广场上,照得大家暖和和、喜洋洋,真是锦上添花。谁知忽然之间,周炳又在无意之中发现了那个不知姓名的人。那个家伙仍然穿着黑短衫,蓝裤子,脖子上也系着红领带,看样子约莫有三十岁年纪。他在距离周炳三十米的人丛当中钻来钻去,出没无常。周炳立刻指给大家看,嘴里急急忙忙地说道:

"看,看。就是那个人,就是他!现在他出来了。现在,嘿,又不见了!"

大家跟着他所指的方向望过去,只见站着一大堆人,不知他指的是谁。孟才用洪亮的声音问道:"谁?你说的是谁?"周炳拿手拍着地上的枯草,说:"就是我昨天在雨帽街口碰见的那个坏蛋!就是在罢工委员会东区第十饭堂挑拨香港工人打广州工人的那个坏蛋!何大叔,你记得么?当时你也在座的。他把大家挑拨得差一点动手打起架来,后来一乱,就不见了!"何锦成拿手搔着脑袋上的纱布,说:"仿佛有那么一回事。他如今在哪里?他穿着什么衣服?"周炳说:"他穿着黑短打,蓝裤子,脖子上系着红领带。刚才还看见来着,如今又不见了!"谭槟把嘴一扁,说:"那就难找了,那样打扮的人至少有三千个!"

不久,一切的声音都静下来,大会开始了。起义的领导人都坐在主席台上。张太雷同志报告了目前的革命形势,指出了未来的革命前途,讲述了武装起义的经过,提出了工农民主政府的施政纲领。张太雷同志今天是全副武装的,身上穿着黄呢子的军服,戴着军帽,非常威武。他首先提出了对全体劳动人民的政纲,内容是:

"一切政权归苏维埃——工农兵代表大会。打倒反革命的国民党。打倒各式军阀和军阀战争。保证劳动人民集会、结社、言论、出版和罢工的绝对自由。"他每念一条条文,又做一番讲解。孟才完全听明白了,又对大家说:"你们看有多么好!这样一来,天下就太平了!咱们的幸福生活就实现了!咱们不用再受压迫,也不用再打仗了!"大家听了,都笑着点头。周炳望着大家,动都不动,心里面的得意简直无法形容。接着,张太雷同志又提出了对工人的政纲,那内容更加具体和详细了:

"实行八小时工作制。规定手工业工人的工作时间。一切工人都增加工资。由国家照原薪津贴失业工人。工人监督生产。国家保证工资。大工业、运输业、银行均收归国有。立刻恢复和扩大省港罢工工人的一切权利。承认中华全国总工会系统之下的工会为唯一的工会组织。解散一切反动工会。承认现在白色职工会下的工人为被压迫阶级的同志,号召他们为全无产阶级利益而帮助工农民主政权。"

每提出一条,会场上就引起一阵活跃,一阵轰动,一阵喝彩,一阵掌声。周炳想,这些政纲提到了他爸爸和他自个儿,提到了他的三姨爹区华全家,提到了他在南关和西门的好朋友,提到了他在省港罢工委员会和在赤卫队第一百三十小队里的每一个伙伴儿,差不多没有一个人不曾提到,实在是了不得!他望一望台上的张太雷同志,看见他那股振奋和快乐的心情从明朗的眼光里流露出来,穿过那副没有框子的眼镜透进群众的心坎里,和千千万万的解放了的人们那种振奋和快乐的心情融合在一起。本来还带着一些疲倦和饥饿的脸色的代表们,如今全都露出生龙活虎的样子,眉飞色舞,七嘴八舌地谈论着。大家都异口同声地说道:

"如果是这样,那不等于重新多活一辈子!没见过那样的世面呢!"

这时候,周炳觉着张太雷同志这个人,十分的伟大与崇高。他竟在大庭广众之中,说了一些从来没有人说过的话。这些话又说得那么好,那么有分量,那么中人的意。昨天早上,在工农民主政府的楼上办公室里,他第一次看见这个人,他就对这个人的淳厚的风度生出了一种敬慕爱戴的念头,如今这敬慕爱戴的念头更加深了。会场上骚动了一会儿,又逐渐平静下来。张太雷同志继续提出对农民的政纲,那里面说的是:

"一切土地收归国有,完全归农民耕种。镇压地主豪绅。销毁一切田契、租约、债务单据。消灭一切田界。各县各区立即成立工农民主政权。"听到这些主张,他立刻想起胡杏来。以后又想起震南村,又想起胡源、胡王氏、胡柳、胡树、胡松这一家人,最后还想起何五爷和他的管账二叔公何不周来。想起这两个人,他的神气有点不大好看地冷笑了一声。以后继续提出的,是对士兵的政纲:

"国有土地分给士兵及失业人民耕种。各军部队之中应组织士兵委员会。组织工农革命军。改善士兵生活。增加兵饷到每月二十元现洋。"还有对一般劳苦贫民的政纲:"没收资产阶级的房屋给劳动民众住。没收大资本家的财产救济贫民。取消劳动者一切的捐税、债务和息金。取消旧历年底的还账。没收当铺,将劳苦人民的物质无偿发还。"这又使周炳想起自己的家,自己的亲戚和朋友,同时又想起房产很多的何五爷——何应元和大、小买办陈万利、陈文雄父子来,只觉着浑身痛快。最后,工农民主政府还提出了一条鲜明的对外政纲,说出口来,非常响亮,就是人人都知道的:

"联合苏联,打倒帝国主义!"

由张太雷同志那清亮的嗓音所传达出来的每一条纲领,都是那样激动人心,使得会场上一会儿悄然无声,一会儿哄哄闹闹,掌声雷鸣,好像阵阵的潮声一样。他讲完话之后,又有好几位工人、农民、士兵的代表跟着讲话。整个会议只开了两个多钟头,开得非常成功。最后正式选举了工农民主政府的委员,张太雷代表了当时不在广州的政府主席苏兆征,宣布工农民主政府正式成立,全场立刻响起了长时间的、热烈的欢呼声。周炳也使出了全身的气力,跟别人一道喊口号,欢呼和叫嚷,喉咙都喊哑了,他还觉着没有过瘾。狮子鼓也重新咚隆咚隆地响着。太阳从云缝里钻了出来。广州的真正的主人们露面了。

散会之后,第一百三十小队被调到东堤靠近"天字码头"的一个阵地里面,执行防守江岸的任务。在东堤人行道一棵大榕树下面,堆着一垛半圆形的沙包,像胸膛那样高,他们七个人握着枪,趴在沙包上,注视着江面。这时天空正下着小雨,珠江被烟雾般的水汽遮盖着,显得朦胧,空荡,寂静。敌人方面,许久都没有动静,不

知搞什么鬼名堂。周炳用手拨掉那从榕树叶滴下来,滴到后脑勺上的雨水,对他身边的孟才师傅说:

"一个伟大的人物!一个伟大的会议!我从来没有见过哪个会议,替穷苦不幸的人们讲话,讲了这么多,讲得这么详尽、到家,令人心服的!一辈子参加一个这样的会议,看一看这样的场面,也就心满意足了!"

孟才用宽大的手掌按着他的肩膀,说:

"你还年轻,还不了解咱们党的伟大。张太雷同志是伟大的,因为他代表着党讲话。会议是伟大的,因为它表现了党的意志和党的力量。"

周炳点点头,用一种感叹的调子说:

"自从沙基惨案以来,多少人流了血,多少人牺牲了!可是他们的流血牺牲,如今却换来了一个苏维埃政权,换来了这些惊天动地的政纲。这样看起来,流血牺牲也还是值得的呵!"

孟才很注意他用了"自从沙基惨案以来"这句话,想了一想,就说:

"阿炳,你想得很对,的确是这样子。但是,何止从沙基惨案以来呢?不,事实上还要早得多!在咱们的国家里,远的不说,只说近的,也要从民国八年的五四运动算起。从那时候起,无产阶级革命者的血就开始流了。如今虽然成立了工农民主政府,看样子,困难还多得很。你想实施那些政纲,你就不能不流血牺牲,为那些政纲的实施来奋斗!路还远着呢!"

孟才总是喜欢用父兄教导子侄的亲切口吻和周炳说话,而老实和气的周炳总能够从孟才的嘴里,听到一些自己没有听见过的东西——每逢这个时候,他总要发生一种感激,钦佩,乐于顺从的感情。于是他一面拨掉后脑勺上的雨水，一面偏着脑袋，用那双真诚而有点稚气的圆眼睛望着孟才，微红的脸颊上露出一丝轻微的，不容易察觉出来的笑意。

天空还在下雨。可是，不知道为了什么缘故，第一百三十小队里面有一股很不稳定的空气开始在流动着。一种不幸的，令人不能置信的流言在向他们袭击。一个通讯员骑着自行车经过他们这里，告诉他们道："不好了，咱们苏维埃出了事儿了！"另一个通讯员说："咱们的领导人中间，有人生了病了。"又有一队巡逻队经过这里，说听见别人说："有一个苏维埃的委员负了伤。"往后，这些话又慢慢牵连到张太雷同志身上。流言最初好像是窃窃私语，逐渐变成沙沙的耳语，往后又变成沉痛的低声说话，最后竟发出了又粗暴、又愤怒的声音。有一种流言，甚至说张太雷已经牺牲了！关于他的牺牲，人们甚至都已经在公开谈论。有人说他在观音山上牺牲的。有人说他在西村督战的时候牺牲的。有人说他在赤卫队总指挥部门前中了流弹。有人说他在惠爱路黄泥巷口遭人行刺。有人说他在西瓜园开完会，坐汽车回维新路，经过大北直街口，遭遇了敌人的便衣队。后来搞粮食工作的区苏给他们送了一大包饼干来，也给他们证实了张太雷同志牺牲的消息，并且说张太雷同志的司机陈能也一道牺牲了。可是到底是怎么牺牲的呢，她也说不清楚。

这个打击使周炳很伤心。他望望大家，见每一个人都是垂头丧气，默默无言。区苏送来的饼干只管放在地上，任由雨水淋湿，没人愿意伸手去拿来吃。有一个时候，周炳简直不知道应该怎么办才好。这件事情发生得过于突然了。这个人跟他的幸福的干连太大了。在这一阵子里，人的感情的变化也过分剧烈了。他想哭，想痛痛快快哭一场,但是在目前的场合里,那样做,显然不合适。他想提点疑问,去驳倒那不幸的消息,但是却感到头脑迟钝,不知提什么好。他想狠狠地咒骂敌人一顿,但是又觉着这时候任何的咒骂,即使是天下最毒辣的咒骂,也显得不仅太迟了,而且软弱无力。他想起不久之前,他曾经因为区桃表姐的牺牲而感到沉重的悲哀,也曾经因为陈文雄跟何守仁出卖了省港罢工而感到无比的愤怒,如今看来,那些行为不免有些幼稚。他又想起张太雷同志的声音、笑貌、身材、服饰,甚至想起那对没有框子的眼镜上面所反射的光圈,觉着这个人真是伟大极了,崇高极了,同时,又觉着这个人如今正站在珠江里面,用他的身体卫护着整个广州城。他的身躯是那样巨大,以致挡住了整个的天空。但是,这个伟大而崇高的形象慢慢向后移动了,褪淡了,模糊了,溶化在灰色的云层里面了。周炳擦擦眼睛,擦擦脸,那上面的雨水和眼泪早已流成一片……

突然之间,英国、美国、日本、法国的军舰,加上国民党的"宝璧""江大"两只军舰,一齐向长堤赤卫队的各个阵地开炮。炮轰之后,又用机关枪向岸上扫射。往后,机关枪逐渐集中对着第一百三十小队的阵地打。同时江心发现有十来只木船,朝着他们这个方向移动。冼鉴对孟才说:"老孟,恐怕敌人又要登陆了!"孟才说:"对。你赶快去给总指挥部打个电话。"冼鉴打了电话回来之后,敌人的木船在外国军舰掩护之下,已经接近天字码头,其中有两三只木船眼看就要靠岸。他们只有七个人,七支步枪,拼命打,也阻挡不了敌人。增援的部队一时又赶不上来。情况非常危急。小队长孟才下命令道:

"准备手榴弹!突击到天字码头去!两个人一组:炸船!"

周炳从沙包上跳了起来,右手举起步枪,高声喊道:

"给张太雷报仇！苏维埃万岁！"

大家都不约而同地照他那样做，右手举起步枪，一齐高声喊道：

"给张太雷报仇！苏维埃万岁！"

誓师过后，大家一齐向天字码头飞跑过去。子弹在码头上密集地飞啸着。炮弹在码头的士敏土地堂上这里那里地四处爆炸。何锦成和周炳一组，跑到东南角上。冯斗和谭槟一组，跑到西南角上。孟才、冼鉴和杜发在当中。大家跑到码头边上，拉着了手榴弹，向正在靠岸的木船打去。一时爆炸声，木船的破裂声，敌人叫救命的绝望喊声，在火光、硝烟和冷雨当中一齐迸发，十分惨厉。当增援部队赶到，敌人其余的木船缓缓退去的时候，周炳一拧回头，忽然看见何锦成的高大的身躯摇摇晃晃，站立不稳。他急忙问道："何大叔，干什么？"想过去扶他，可已经来不及了，只见他晃了两晃，就掉到珠江里面去了……

三七　观音山防御战

那天晚上,赤卫队第一联队整个调到观音山战线上去接原来第二联队的防线。第一百三十小队布防在观音山顶"五层楼"旁边。这五层楼本来叫作"镇海楼",是五百年前明朝的建筑,现在已经破破烂烂,空无一物了。五层楼以西,一直到大北门,由赤卫队防守;五层楼以东,一直到小北门,由警卫团防守。原来古老的城墙,就建筑在这观音山山脊上。他们利用了倾倒的城墙,废弃的石块,和城头上一些坑坑洼洼的地方,构筑了许多防御工事。城墙之下,是一道弯弯曲曲的山沟,对面有几个接连在一起的小山冈,那里就是敌人的阵地。敌人使用了主力部队进攻这个山头,集中了缪培南师,吴奇伟师,周定宽团,陆满团的兵力约莫有七八千人的样子,企图攻占这个制高点,控制全城。周炳跟着大家在黑暗中摸上城墙,摸索着走进他们小队的阵地,他心里想道:"好大的规模呀!这是正规作战了!"他为自己已经成为一个正规战士而自豪。他向东边望望,又向西边望望,觉着到处都是黑黝黝的人影,也不知道到底有多少人。他望望天空,黑云密布着,一颗星星也看不见,那古老空洞的五层楼高耸入云,看来比天上的黑云还要黑。小队长孟才对大家讲明了目前的情况和他们的任务,以后又宣布了一些注意事项和纪律,最后问大家道:

"咱们的力量是无穷无尽的,但是敌人在数量上占了优势。敌人七拼八凑的人数有七八千之多,而咱们才不过一千多人的样子。咱们这个小队的信心怎么样?咱们守得住这阵地么?"经他这么一问,整个小队登时活泼起来。手车伕谭槟首先开口道:"孟大哥,这样的事情,你倒用不着担心!别说他只有七八千敌人,就是他有七八万敌人,我也全不当一回事儿!"铁匠杜发接着说:"我是个打铁的,我就给他们安上一道铁闸吧!"汽车司机冯斗拍着胸膛说:"让我睡上一刻钟,我就是一堵铜墙;不让我睡上一刻钟,我就是一堵铁壁!要想把我撞倒,那可是没有的事儿!"迫击炮工人冼鉴说:"咱们跟观音山是长在一达里的!谁想搬开咱们,那除非他连观音山一道搬开!"最后,周炳也说:"别说缪培南、吴奇伟要通过我这个关口,是一定办不到,就是蒋介石他本人来,我可也不买账呢!"大家一人一句,说了一通。小队长孟才代表中队到五层楼里面开会去了。大家公推周炳放哨,监视着敌人的动静,其余的人都利用这战争中的空隙,闭一闭眼睛养神。

  周炳在石头工事后面来回走了几遍,就站定下来。他聚精会神地透过臃肿的黑夜,想看清楚别的工事后面,人们都在干着什么。平时,他的眼睛有一种惊人的本领,能在黑暗中看一样东西,看得清清楚楚。但是今天晚上却是一个伸手不见五指的黑夜,加上他又整整两天两晚,没有睡过觉,眼睛有点发涩,简直看不清楚。他只看见许许多多的人,在黑暗中缓缓移动。就这样,他也觉着很称心。他从来没有在一个像这么黑的冬夜跑上过观音山,更加没有在一个像这么黑的冬夜看见过观音山上有这么多的人。接着,他想起今天下午在珠江边上牺牲了的何锦成,从他的身上又想到何多多跟何老太,就自言自语道:"可怜无父无母的红色孤儿!可怜无依无靠的老人家!"他又想起今天上午在西濠口和日本鬼子作战牺牲了的杨承辉表哥,还听到他的快人快语的声音在说话:"老表,你的枪太多了,把那支驳壳借给我使一使吧!"周炳用手去摸一摸大腿后面的驳壳,枪还在,借枪的人可是没有了。他由此又想起他舅舅杨志朴,舅母杨郭氏,十二岁的表弟杨承荣,和今年才三岁的另外一个表弟杨承远。郭掌柜一定已经把不幸的消息告诉了他们。那中医生杨志朴对于革命和反革命,向是采取中立态度的,但是反革命那一边却抢走了他最心爱的大儿子——医科大学生杨承辉!如今他们全家,不知忧愁悲伤到什么程度!往后,他自然而然又回忆起自己爱戴崇敬的张太雷同志,又由张太雷同志引出第一百三十小队的大个子海员李恩,家住莲花井、在第一公园前受伤身亡的失业海员程仁,他的大哥周金,他的表姐区桃。他把这些人想了又想,这些人都围绕着他,用期望的眼光望着他,用赞许的神态对着他,用安慰的心情信任他,用鼓舞的手势勉励他,除此之外,区桃还加上一种脉脉含情的微笑,使他永远也忘记不了。他又自言自语起来道:

"这么多英雄人物,都让我一个一个地亲身接触过,真没白活!"

想着想着,周炳信步走到山顶一块草坪的南沿,把广州全城迅速地瞟了一眼。广州城好像一群黑羊似的卧在他的脚底下,灯光稀少,寂静无声。他先用眼睛测量着,仿佛望见何多多跟何老太住着的,跟黄群的妈妈黄五婶住着的,从西来初地到志公巷那一带地方,随后又望见他家爸爸、妈妈跟胡杏他们住着的三家巷,程仁的儿子程德、程嫂子和程大妈住着的莲花井那个方位,以后又转到四牌楼师古巷杨志朴舅舅家,维新路工农民主政府所在地,南关珠光里他三姨爹、三姨、区苏、区细、区卓所住的那些地方,最后还远远地眺望着河南凤安桥德昌铸造厂的那个区域。所有这些地方,这时候都隐藏在无边无际的黑暗之中,但是他觉着他自己的确能够隐隐约约地辨认出来。他快步跑回工事后面,端起枪,警惕地监视着对面山头上的敌人。他知道他的责任非常重大。刚才他想起的那许多可亲的、善良的、无辜的人们如今正处在凶恶的敌人的重重围困之中,情况十分危险。正像闹水灾的时候,那泛滥的洪水把一个村子包围起来一样。四面虽然有堤围,但那水位已经涨得比村子里最高的屋顶还要高。万一什么地方发生了一个缺口,全村的人都会性命难保。想到这一层,周炳的雄心突然奋发起来。他咬紧牙关,瞪大眼睛,摸摸枪膛,摸摸刺刀,摸摸驳壳枪,又摸摸手榴弹,觉着有浑身的劲儿要使出来。

  对面山头上的敌人还是没有什么动静。他不想离开自己的工事,但是又想把整个广州城再仔细看上一遍。刚才只不过匆匆忙忙地把那将他养育大了的城池看了那么一眼,而在这冰凉的、黑沉沉的冬夜里,从观音山顶俯瞰自己的可爱的、美丽的家乡,在他也还只是第一遭。他记不清楚刚才自己是否看见了那从小就非常熟悉的花塔,那砖砌的、上面长着小树的光塔,那像两个圆锥似的,一直插上天空的天主教堂"石室",那巨大的方形建筑物大新公司和亚洲酒店,还有那白茫茫,一年四季都闪着银光的珠江……这一切,如今都想重新仔仔细细地再看上一遍。"不错,"他又想起来了,"如今珠江里面有强盗。那些英国、美国、日本、法国和国民党强盗正在那里对准广州的胸膛开炮……就在他的对面,如今也有强盗藏在那些荒冢后面……那些矮小的……灌木丛……"他的思想逐渐连贯不起来,他的意识逐渐模糊,他的眼皮逐渐沉重,他的嘴巴逐渐张开,站着打了一个瞌睡。他过于疲倦了。这时候,敌人像开玩笑似的,从对面山头上叭、叭、叭打了一阵枪。周炳突然惊醒,冼鉴、冯斗、谭槟、杜发一齐跳起来,抢到工事后面,端起枪就打。往后,敌人就是这样搞法:打一阵枪,停下来,到四围都非常寂静的时候,又打一阵枪,又停下来,把大家搞得都十分生气。孟才师傅开完会回来之后,周炳就向他提议道:

"孟大叔,难道咱们不能冲到对面山头上去,打他一个痛快淋漓么?"

冯斗、谭槟两人首先表示赞成。他们差不多异口同声地同时说:

"冲进敌人的公安局,咱们也不作难,倒怕他几个鸟兵油子?"

孟才轻轻哂笑了一声,说:"怕倒没有什么可怕的,只是不到时候。明天乡下农民的红军一到,咱们就来一个里外夹攻!你们说怎么样?"大家都没再吭声。一夜过去,到了一千九百二十七年十二月十三日的拂晓。周炳打了一个大大的哈欠,伸了一个长长的懒腰,用又脏又黑的手指搓了搓发红的眼睛,对大家说:

"咱们的苏维埃——咱们的小婴儿,'三朝'了!唔,要是能够搞点井水来冲一个凉,该多么好!"

天刚麻麻亮,敌人又展开了全面的进攻。这回敌人的打法也很奇怪。这里打一阵机关枪,几十个人冲过来,可是没冲上,一下子就退了。那边又打一阵机关枪,又有几十个人冲过去,也没冲上,又退了。一共有那么十几个地方,敌人都只是冲一冲,就退回去,好像小孩子玩耍一般。周炳心里觉着好笑,可是看见孟才和冼鉴都绷着脸孔,像十分忧虑的样子,也就没有作声。过了一会儿,敌人又在东、西两头打起来,机关枪声很密,好像要从两翼包抄的样子。可是突然之间,情况又起了变化。那敌人的机关枪像冰雹似的向五层楼打过来。整个第一百三十小队被敌人的优势火力压住,不要说抬不起头来,那沙石火烟,简直逼得人连眼睛都睁不开。周炳想道:"这是怎么一回事呢?莫非敌人的全部火力,都集中到咱们小队的头上来了?混账东西!"他的眼睛也睁不开,他的呼吸也非常困难,喉咙叫那些硫黄气味刺激得呛咳不止。这时候,枪声突然停止,喊杀的声音差不多同时爆发出来。孟才命令大家道:

"上刺刀!拼!"

周炳使力睁开眼睛,迅速上好刺刀,看见离他们不到十米的地方,已经叫敌人冲开一个缺口。那些穿草黄色破军装的敌人,约莫有一二百个,正从那缺口像洪水一般流进来。赤卫队员们正赶紧跑过去堵塞那个缺口,展开一场激烈的肉搏战。他们这个小队正准备跳上前去,却不提防他们的工事前面,也有敌人冲到了。就在孟才师傅和铁匠杜发的中间,有十几二十个敌人插了进来,整个小队立刻和他们展开白刃战。"缴枪!""缴枪!""丢你老母!""日你妈的!""含家铲!""打死你!""契弟!"彼此互相骂着,同时互相砍着。金属的东西和金属的东西撞碰着。刀锋划破棉布和肌肉,发出嗤嗤的声音。短促的、呼吸突然阻塞的声音,恐怖的尖叫声,低沉的咒骂声,肉体倒地声,石头滚动声,痛楚的呻吟声,和满山遍野的枪声混成一种奇怪的音响。周炳还没有这样接近过敌人,因此怒火如焚,举枪就刺。天色还不太亮,敌人的面目都看不清楚,甚至衣服的颜色也不好分,但是他凭感觉就能准确地找到刺杀的对象。开头,他觉着有三个人围住他,攻击他,但是他挥动刺刀,左右迎战,后来经过几次比较凶猛和沉重的撞击,那些敌人就倒下去,不见了。他也没工夫去看敌人倒下以后怎么样,就又去攻击另外的敌人。一边打,一边往前走,一直走到离他们小队二十米以外,他自己都还不知道。经过三十分钟的肉搏,敌人死的死,跑的跑,缺口终于又堵塞起来了。

敌人退去以后,周炳拖着疲倦的,带了点轻伤的,浑身肌肉跳动不宁的身躯回到第一百三十小队的工事后面。因为刚才用力过猛,两手都在发抖。但是他忽然发现小队长孟才和自己的老伙计杜发都躺在地上,身边流出大摊的鲜血,他整个儿就愣住了。程仁的老婆程嫂子带了两副担架来,把孟才和杜发抬到五层楼下面去。第三大队的大队长来宣布由冼鉴代理第十中队的中队长兼第一百三十小队的小队长。又过一会儿,程嫂子又走过来,在冼鉴耳朵边说了几句话。冼鉴点点头,直挺挺地站了起来。冯斗、谭槟、周炳三个人,也跟着直挺挺地站了起来。大家都不作声,可是都明白了是怎么一回事。周炳觉着又是兴奋、又是疲倦,头脑非常麻木,那眼泪直往下淌,要不是冯斗和谭槟一左一右夹住他,他一定已经站立不牢了。冼鉴对周炳说道:

"刚才我看见了,阿炳,你是很勇敢的。"

周炳努力点点头,说:"我现在才又懂得了'视死如归',是什么意思。我要学他们的榜样,死得其所。"

冼鉴说:"斗争没有不流血的。血债总得用血来还。"

周炳擦了擦眼睛,说:"这两天,我经历了多少事情呵,仿佛比二十年还多!"

三八　退　却

把敌人的进攻击退之后,观音山上显得出奇地寂静。太阳在浓厚的乌云里挣扎着要跑出来,但刚一露头,又叫乌云淹没了。山鹰在天空中吃力地飞翔着。山顶上到处冒着一缕缕的黑烟,焦臭的气味到处刺得人鼻孔发痒。从山顶望下去,弯弯曲曲的珠江发出蓝色的闪光。代理中队长冼鉴到联队里开完会回来,用一种枯燥的调子对大家说:

"老朋友,组织上已经决定,咱们要撤退了!"

对周炳说来,这是一个不幸的消息,而且是完全不可想象的。他不假思索地说:

"不,相反!咱们要进攻!咱们要出击!"

他的和气的、好看的大圆脸因为生气而扭歪了,显出一种固执和轻蔑。冯斗和谭槟脸色苍白,垂头丧气。冯斗努力睁大了眼睛,说:

"这就奇怪了!咱们并没有打过一次败仗,也没有丢过一寸土地!"

谭槟也变得十分严肃,说:

"就是饥饿和疲倦,也没有叫咱们失去勇气,咱们的战斗意志还十分旺盛!"

冼鉴对大家解释道:

"没有人敢怀疑咱们的勇敢和壮烈,没有人敢怀疑咱们对共产主义的忠诚,没有人敢怀疑咱们对广大民众的关怀和热爱。但是咱们必须有更大的勇气来对付目前的局面,来组织一次有计划的退却。咱们占领了一个大城市,但是咱们守不住它。这是事实,摆在面前的事实。"冼鉴长长地叹了一口气,继续往下说,"这是多么不愉快呵!这是多么可惜呵!但是除了这一条路,也没有别的办法了!国民党那些反动老爷们联合了帝国主义,联合了一切反革命势力,可是咱们的力量是有限的。城市的居民还没有发动起来。乡下农民的红军又没有赶到。弹药、医药、粮食,都非常困难。再守下去,牺牲会更大,也没有什么意义。总之,是没有别的办法了!"

冯斗坚持道:"要是广州守不住,咱们还能撤到哪里去呢?"谭槟也说:"不成问题,哪里也不会比广州更好!要是广州守不住,哪里也守不住!到那个时候,咱们又怎么办?"周炳疑惑不解地说:"咱们要是走了,剩下不走的人又怎么办?何多多家里就有七个孤儿,只有一个六七十岁的何老太陪伴着,譬如说,他们该怎么办?程嫂子是个寡妇,她下面有个两岁的程德,她上面有个五六十岁的程大妈,他们又该怎么办?又譬如说,三家巷里有个可怜的丫头,名字叫胡杏,今年才十三岁,她又该怎么办?这样的人,广州还多着呐,他们都该怎么办?咱们走,能把他们带上一道走么?"谭槟说:"那还用说?他们只能够留在广州!要是留在广州,那还用说么?他们就要重新下地狱,悲惨到不能再悲惨!"冯斗说:"依我看,敌人一进城,就会把他们通通杀光,一个也活不成!"冼鉴轻轻抚摩着他的步枪,做了一个苦笑的表情,说:"你们说的都对。可是咱们如果把教导团、警卫团、工人赤卫队、农民红军都拿去拼了,一个一个地打光了,那就怎么样?他们不是更加悲惨,更加活不成了么?咱们如今撤退了,还保存了一些人,将来还有个希望。要是一下子搞光了,就连希望都没有了!刚才在联队部讨论的时候,我也和你们一样,老想不通——别的队长想不通的也很多。咱们广州的工人从来只有前进,没有后退的。咱们扯起了铁锤镰刀的大红旗,咱们又怎么能够把它收下来?这不是给咱们广州的工人丢脸么?我也想过:咱们一撤退,那么,什么都毁了!家也没了,工也没了,工农民主政府也没了!咱们有什么路可走?后来想通了,就觉着不对,不该那么想。撤退是一条唯一的生路!咱们最大的本领就是团结一致。咱们进攻就一致进攻,防守就一致防守;干就一起干,走就一起走。这样,咱们就有巨大无比的力量。想通了之后,我就愉快地服从了!"冯斗说:"那自然没有疑问,我就是通一半,也是要服从的!"谭槟说:"没问题,就是完全不通,我也绝对服从!"周炳讪讪地说:

"在我表示服从之前,我还是愿意把问题先弄通。冼大哥说的话就是再有道理,我现在还是不愿意去承认。不过其中有那么一段,倒是千真万确的!冼大哥刚才说过:'咱们一撤退,那么,什么都毁了!家也没了,工也没了,工农民主政府也没了!咱们有什么路可走?'这一段话对!咱们没有了工农民主政府,那么,一切美丽的希望都成了泡影!昨天在西瓜园宣布的神圣的政纲都成了空话!国民党打不倒,军阀打不倒,帝国主义也打不倒,劳动人民也没有什么自由!工人还得做十二小时的工,工资还得减少,失业、饥饿、压榨、迫害还要变本加厉!省港罢工工人还得流落街头,改组委员会还要横行霸道,白色职工会还能任意欺凌工人,出卖工人!农民还是得不到一寸土地!士兵还是叫人拿绳子捆着,押到前线上去给军阀争地盘,当炮灰,葬送性命!大财主、大买办、大官僚还是日进千金,腰缠万贯,花天酒地,大厦高楼;穷苦的人们还是吃没吃的,穿没穿的,住得像鸡窝,病了等着死!这不是什么都毁了么?这不是没有什么路可走了么?其实,这么一来——古往今来的烈士们的鲜血都白流了!从进攻国民党公安局的时候起,李恩、杨承辉、何锦成、孟才、杜发,还有张太雷同志,还有其他许多人,他们的性命都白送了!无产阶级革命就算完结了!……唉……唉……起来,饥寒交迫的奴隶……"最后,他叹了几口气,就低声唱起《国际歌》来。洗鉴趴在临时工事上,冯斗和谭槟都坐在地上,他们都用手抱着步枪,同时抱着脑袋,好像不胜悲伤的样子。

突然之间,洗鉴从工事上跳了起来,拧转身对大家说:

"革命是一辈子的事,怎么就算完结呢?就算咱们牺牲了,还会有千千万万的后一代来干,一直到成功为止!有咱们党在,革命就永远不会完结。周炳,不要学知识分子那种别扭腔,寒酸话,倒是要记住孟才师傅跟你说过的话!在什么地方,在东堤——不错,在东堤说的。他说:'如今虽然成立了工农民主政府,看样子,困难还多得很。你想实施那些政纲,你就不能不流血牺牲,为那些政纲的实施来奋斗!路还远着呢!'孟才师傅说得对,路还远着呢!你们都着什么急!他这个人慷慨明亮,当真是个英雄好汉的模样!我说,咱们这个时候的人品,就该像他这样的人品!不要黏糊糊的,像个多愁多病的妇道人家!"

大家听了洗鉴这番话,觉得很有道理,就都不说什么。其中只有周炳,虽然也觉得洗鉴的话很有道理,也没再说什么,但是心里总还犯着嘀咕。他想道:"为什么妇道人家就一定多愁多病?这个其实也不尽然。"后来他想起他的哥哥周榕:"这时候,不知道他怎么想法!真的,他如今在干着什么呢?他是不是还活着?"以后他又想起许多别的人来:"那指引我参加工人自救队的麦荣大叔,自从武装起义以来就没见过他的面,如今到底怎样了?还有那金端同志,还有工农民主政府和红军总司令部的许多同志,还有古滔、关杰、区苏、区细、区卓,还有丘照、邵煜、马有、陶华、王通、马明这许多人,他们是不是都还活着?他们是不是都还在人间?他们是不是和我一般苦恼?"正在这个时候,敌人的机关枪又疯狂地扫射过来,哒、哒、哒……哒、哒、哒……响个不停。赤卫队员们躲在工事后面,不理他们。不久,敌人又吹着冲锋号,向观音山冲上来。等那敌人来到面前,赤卫队员一齐从工事里面冲出去,挺起刺刀,对着敌人的胸膛直戳,第一百三十小队也不约而同地和大家一齐行动。谭槟诙谐地说:"好吧,让我来砍倒他五七个,然后再撤退不迟!"周炳的眼睛都红了,他浑身紧张,四肢发抖,一跳出工事,就像一阵风似的一直插进敌人的人堆里,左右前后,乱砍乱刺。他恨不得一刺刀能戳死十个八个,他恨不得一下子消灭他几十人,几百人,甚至几千人,他完全不晓得自己哪里来的这么大,这么凶猛的劲儿。约莫过了三十分钟,敌人又退回去了。赤卫队员们也回到自己的阵地里,痛痛快快地闲聊、抽烟。

周炳刚刚松了一口气儿,从地上拔了一把枯草,平心静气地擦去刺刀上面的血污。忽然离他右边七八米远的警卫团那边,响起了一阵嘈杂的人声。他连忙伸出半边头去看,只见程嫂子一个人跨过工事跳了出去,几个士兵要拦住她,没有拦住,便一齐喊了起来:"你要上哪儿去?""不能去!""外面很危险!""快回来!快回来!"尽管大家拼命喊,程嫂子已经跳下去,顺着斜坡往下跑,完全暴露在敌人的火力面前,情况十分危急。周炳跟着她前进的方向往下看,只见有几个受了伤的警卫团士兵,在半山坡上爬行着,想爬回自己的阵地里面来。他们爬得很艰难,爬一会儿就停下来,歇一歇,又往山顶爬。敌人一发现程嫂子,就开枪打,警卫团这边也开枪还击。赤卫队也开了枪,企图压制住敌人,掩护程嫂子行动。程嫂子使唤一种非常敏捷的动作拖这个一把,拉那个一下,并且把

个伤得重些的战士背了起来,摇摇晃晃地往山顶上走。快到山顶,警卫团里有十几个人跳出去接应。眼看就要成功了,不料程嫂子突然中了枪。别人接过她背着的那个伤员,她自己却倒在山坡上,并且顺着斜坡一直滚到山坑下面去,牺牲了。被她救回来的几个伤员都痛哭失声,在旁边看见的警卫团士兵和赤卫队员没有一个不掉眼泪。周炳带着抗议的心情对冼鉴说:

"你还能够说妇道人家都是黏糊糊的,多愁多病的么?"

冼鉴使唤一种严肃的、忏悔的表情,搭拉着脑袋说:

"是的,不能够那么说。她是一个烈女!她是一个女英雄!"

冯斗说:"我想程嫂子冲下去救人的时候,她一定没有想到撤退!"

冼鉴露出受了委屈的样子,大声说:"你们自己去问大队长去,去问联队长去!难道是我要你们撤退的么?"

谭槟接着说:"其实咱们谈论了半天,都是说的空话!咱们往哪里撤呢?"

"往哪里撤?说得很对!"冼鉴自己也很不高兴地噘着嘴唇说,"他们教导团、警卫团那些正规部队,听说要往东江撤。咱们赤卫队只能分散隐蔽。能躲在省城的就躲在省城,省城没地方藏身的就往四乡避一避,听候组织上的通知。"

周炳突然提出他的建议道:"如果要撤,咱们整个赤卫队一道

撤不好么？咱们撤到湖南去！咱们撤到井冈山去！咱们撤到毛泽东同志那里去！"

冼鉴松开眉眼，张开嘴巴笑道："这说不定是个好主意！"大家都觉着这主意真不赖，就又低头沉思起来。正沉思着，突然从他们左边七八米远，另外一个小队那里，又响起一阵嘈杂的人声。他们连忙朝那边看，只见一个穿着黑衣服、蓝裤子，眉目模糊不清的中年男子对着其他的赤卫队员大声叫嚷。他拿一块白布绑在刺刀上面，双手举起那支步枪，向着对面山顶上的敌人使劲摇摆。周炳忽然想起来，他就是去年四月底，在省港罢工委员会东区第十饭堂里，挑拨香港工人打广州工人，后来一下子没了踪影，到如今还不知他姓甚名谁的那个坏蛋。前天，他们巡逻到雨帽街口的时候，就碰见过他，当时要追捕他，却没有追着。昨天，在西瓜园的大会场上，周炳也分明看见了他，但是一眨眼又不见了，想不到他如今却在这里出现！当下他一面摇着那块白布，一面大声叫道：

"同志们！死守是一条死路，撤退也是一条死路！咱们讲和吧！缴了枪拉倒吧！红旗已经倒了！暴动已经失败了！共产主义已经完蛋了！要保存父母妻子，身家性命，就不要耽误时间！走吧，走吧，走吧！"

他的话使所有听见的人都感到十分惊愕。大家都拿发红的眼睛瞪着他发愣，仔细打量他到底是个什么人。周炳拿拐肘碰碰冼鉴，说：

"这就是他！在罢工饭堂挑拨打架……在雨帽街口……在西瓜园……"

冼鉴笑了笑，说："你又不早说，我还当是谁！这个人叫作王九，我认得他。他原来也做过几天工，后来就在宪兵司令部当密探！可是对呀,他怎么也混到赤卫队里面来了呢?"

那个叫作王九的家伙看见大家不说话,也不动弹,光拿眼睛盯着他,觉着形势不大美妙,就扯下自己的红领带,撂在脚底下,还拿鞋子踩了几踩,说:"不要这鬼东西!不要这鬼东西!走呀,走呀,大家一道走呀!"一面说,一面摆动刺刀上那块白布,就想跳出工事,往山坡下面蹦。周炳大声说:

"抓住他!抓住他!他是个密探!别让他跑了!"

但是已经来不及,王九已经冲下山坡,向敌人那边拔足狂奔过去了。那边小队的几个人端起枪在向他瞄准。这边的冼鉴、冯斗、谭槟也端起枪在向他瞄准。可是周炳手疾眼快,举起驳壳枪对准王九的后脑勺就是一枪。清脆的枪声砰的一响,眼前火光一闪,大家看得很清楚,王九的脑袋上冒出一股红水,跟着脖子一扭,半边脸也是红的,随后就全身蜷曲,像一只死狗一样滚到山坑下面去了。谭槟竖起大拇指赞叹道:

"不错,阿炳。你已经锻炼出来了!你的枪法和孟才师傅不差甚了!"

跟着周炳的驳壳枪一响,对面山上的枪声也响了。不幸的是,他们的东边,小北门那个方向也响起了枪声;他们的西边,大北门那个方向也响起了枪声。更加不幸的是,他们的南边,从他们的背后,也响起了枪声!这就是说,广州城里也有了敌人了,他们被包围了。联队部下了命令,要大家向西面突围。冼鉴带着冯斗、谭槟、周炳三个人,跟着大家一齐向西冲下去,一面走,一面射击,后来又和逼近了的敌人接触,展开了一场混战。周炳一边打、一边往前冲,到他冲下大北直街,转进德宣街,一看,冼鉴、冯斗、谭槟几个人完全失散了,找不见人影儿了。他没办法,只好转弯抹角,回到了官塘街三家巷自己的家里。幸好一路上的人家都紧闭着大门,没有人看见他。他轻轻走进三家巷,望了望那棵白兰花,又望了望那棵枇杷树,轻轻地敲着门。周杨氏出来开门。她看见她那壮健漂亮的小儿子,如今容颜枯槁,两眼深陷,满脸的污泥,盖着那一纵一横,数也数不清的伤痕;脖子上歪歪斜斜地挂着红领带,背着一支步枪,挂着一支驳壳;那对襟厚蓝布夹袄和中装蓝布裤子上,既涂满了乌黑的煤炱,又涂满了黄泥和血渍;简直差一点认不出来了。她两眼一红,鼻子一酸,就捞起衣摆来擦眼泪。跟着,从她的身后闪出了何家的小丫头胡杏。像十天前周炳突然回家的时候一样,她只是牵着周炳的袖子,呜呜咽咽地哭。后来,铁匠周铁也出来了。他拿那双生气的眼睛望着他的小儿子骂道:

"混账东西,还不去冲个凉?荒唐!"

周炳脱下了所有的行头去冲凉。周铁、周杨氏、胡杏三个人在神楼底后面的小天井里,撬起砖块,掘了一个长方形的坑,把两支枪和一条红领带埋了进去,上面盖起土,嵌上砖,又泼了两桶水,用竹扫帚洗刷干净,弄得一点痕迹都没有。周炳冲了凉出来,周铁看了看他的脖子,说:

"不成!刚才系过红领带的地方,下雨,出汗,染上了红印子,都没洗掉呢!再洗!拿肥皂擦!记住:对谁都不能说你干过这样的事儿!"

周炳又拿肥皂去擦洗了一会儿。周杨氏和胡杏已经做好了饭,又做了一盘萝卜煮鱼。周炳胡乱吃了那么五六碗饭,倒在神楼底自己的床上就呼呼睡去,睡得香甜极了。

三九　夜祭红花冈

那天清早,李民魁带了八名"便衣",来到官塘街三家巷口。那八个人都已经抽足了鸦片烟,如今看来都精神抖擞,手里拿着左轮枪,分成两排,在三家巷外面站着。其中有一个不等李民魁吩咐,就发问道:

"魁哥,今天是干那家古老大屋,还是干那家大洋楼?"

李民魁骂道:"胡说!这两家都是我的拜把兄弟,自然都是好人!你们就在这里给我检查过往行人,要是漏掉了一个共产党,砍你们的头!"

又有一个便衣说:"今天怎么检查法,还跟昨天一样么?"

李民魁说:"当然一样,还有什么两样?凡是脖子上有红颜色的,抓起来!形迹可疑的,抓起来!说不出十一到十三这三天干了什么事的,抓起来!其他那些心怀不轨的,出言不逊的,怒目相向的,满腹牢骚的,加上那些没有正当职业的,没有饭吃的,没有衣穿的,通通都给我抓起来!谁要是胆敢抗拒,或者恶意诋毁,或者咒骂官府,或者企图逃跑,你们只管给我开枪!打死了十个算五双,打死了一百个算五十双,杀错了,我担待!"

第三个便衣说:"大头李,你说过的,要认账。别等出了事情,只管往咱们身上推!那么,你再说,还搜身么?"

李民魁说:"搜!谁跟你说不搜的?"

第四个便衣说:"女的也搜?"

李民魁点点头道:"当然!难道女的就可以随便当共产党么?"

第五个便衣问:"全身上下都搜?"李民魁还来不及回答,第六个又问:

"裤裆里也搜?"

李民魁淫邪地笑着说:"当然!那些女共党就利用那地方夹带军火的!不过你们应该搜得文明些,别太说不过去!"

第七个便衣提出一个重要问题。他说:"要是搜出金仔、西纸、鹰洋、银毫、金镯、玉镯、耳环、戒指、挂表、手表、钻石、珍珠等等东西,又该怎么办?"

第八个迫不及待地说:"应该共了他的产,不是么?"

李民魁转动着他的大脑袋,不停地眨着眼睛,说:"凡是人家各自私有的金银财宝,自以不动为宜;凡是准备拿去接济共产党的,自然一概没收!没收得来的东西,最好能够全部交给上面。可是你们这些烟精王八蛋听着!即使要留下几成来分,也得公议公分!不能像昨天和前天那样,谁捞了算谁的!那还有什么天理良心?留神你们的脑袋!"

一切布置停当,李民魁把左轮手枪插在裤带里,就走进三家巷里面去。前几天,他过了一段十分痛苦的生活。他想离开广州,可是一切交通都停顿了,走不脱。他又没什么钱,只得这里躲一躲,那里藏一藏,整天坐立不安,魂不守舍,悲伤怨恨,肉跳心惊。可是现在又好了,他姓李的又有了出头之日了。他现在第一件事,是要多杀几个人,管他是共产党还是不是共产党,一则可以出口闷气,二则可以立点功劳,三则要是能发点洋财,就发点也使得。第二件事,是要去拜访所有曾经离开广州,逃到香港、澳门去过的亲戚、朋友、同事、上司,给大家看看,到底临阵逃跑的算英雄人物,还是临阵不逃跑的算英雄人物。这时候,他一面走,一面想:"这真是乱世见忠臣!幸亏当时我没走脱,否则也就和他们一样,分不出高低了!"走到何家门口,他举手拍门,何家的使妈阿笑出来开门。他问:"大少爷回来没有?"阿笑说:"没有。"他有心想进去坐一坐,但是阿笑虽然年纪比他大十岁八岁,看见他眼露凶光,滴溜溜只在自己身上打转,就十分害怕,既不让他进去坐,又连趟栊都没有拉开。他站了一会儿,觉着没趣,就跑到隔壁去按陈家的电铃。陈家的使妈阿发见他兄弟李民天和这里的三姑娘很要好,他又是常来的客人,自己的年纪又比他大了差不多二十岁,也就不怕他,开了门,让他进客厅坐。李民魁知道陈家的人都没回来,就问起隔壁周家的情形。他首先用手指朝周家那边指了一指,问道:"你家二姑爷在家么?"阿发的嘴巴做了一个藐视的动作,说:"我家二姑爷不住这边,住那边。他如今跟二姑娘一道下了香港。"李民魁向阿发丢了一个眼色道:"呵,对了,对了。不是你家二姑爷,是周家二小子。他一向在家么?"阿发觉得自己无所不知,就更正他道:"谁说的?谁说他一向在家的?这可瞒不了我!十天以前,他打香港回来,往后就一直没回家!"李民魁说:"呵,知道了,知道了。本来嘛,只有你瞒别人的,哪有别人瞒你的呢?"阿发说:"那当然,那当然。就是你的事情,也瞒不了我。人家共产党革你们的命的时候,你正养了个小子,还没满月,你想逃走,没有走成功,对不对?你害怕性命难保,整天胆战心惊,对不对?如今你又出头露面,发了不少的横财,对不对?"李民魁强辩道:"这你就猜错了。我一直留在广州,从来不想离开半步。不过不谈这些,周家三小子呢?"提起周炳,她本来不大清楚,只是听何家的使妈阿笑谈了几句,而阿笑又是听胡杏说

的。但是这些都没关系,她不能够因此而承认在三家巷里,还有她所不知的事情,于是就说:

"阿炳么?他可不一样。这一个星期他都在家里睡大觉,不知是不是病了。要是病了,多半就是伤寒。六七天来,大门都没见他出过一步呢!"

李民魁追问道:"你说的靠得住么?"

阿发毅然保证道:"怎么靠不住?三家巷的事儿,你只管问我!"

李民魁按着自己肚子上面的左轮手枪道:"如此说来,他居然没有参加这回造反!唉,真是太便宜他了!"后来他看见陈家客厅幽静舒适,就想赖在这里睡觉,没想到官塘街外面砰砰响了两枪,他只好又走了出去。

过了两天,陈家跟何家、宋家的大大小小,男男女女,上上下下,都结着伴儿回到广州来。按陈文雄的说法,这叫作"一场虚惊"。他对一切事物,都表示很有兴趣,都保持着一种幽默感,而对于周炳被人证实了没有参加这次暴动,他感到特别有兴趣。何守仁对周炳很不放心,就劝陈文雄道:"大哥,你知人知面不知心,先别那样相信阿炳。说不定他扯谎,欺骗了我们。"陈文雄学了胡适教授的一句话道:"拿证据来!"后来又加上说:"就算他扯谎,欺骗了我们。可是阿发是不会扯谎,不会欺骗我们的!"何守仁还是吟吟沉沉地说:"照我的看法,倒是把他设法弄到'惩戒场'去,让他做几天苦工也好。"但是陈文雄不赞成,他坚持他的见解道:"完全不应该那样鲁莽。说实在话,在我们三家巷里,周炳是一个人才,而对于人才来说,任何时候都不应该鲁莽从事。要是有机会,"从这一句话起,他改用英文说下去道,"我打算介绍他一个起码的位置,让他从另外一个开头做起。比方商业,就是一条不平凡的道路。而凭他的性格,他一旦认为什么事情是对的,他就会做得很卓绝。我坚持我的判断。"这样子,何守仁也就不说什么了。

陈文雄的太太周泉回到了外家,见着了爸爸、妈妈,也见着了自己心爱的弟弟周炳,真是悲喜交集。她还是从前那样瘦弱,那样高贵,那样善良,只是去了几天香港,凭空添了一层忧愁的脸色。她想起大哥周金叫人家杀害了,二哥周榕如今又不知去向,只剩下这三弟在家,如今又失了业,不知如何是好,就尽对着周炳哭泣。哭了半天,她收了眼泪,悄悄问弟弟道:"你到底干了那桩事没有?"周炳从来没有瞒过她,这时候也不想瞒她,就承认道:

"我干了的!怎么能够不干?我打了三天三夜,如今恍如隔世呢!"

随后他就原原本本,把这三天中的惊天动地,轰轰烈烈的事情,一桩桩、一件件都告诉了周泉。说到那悲歌慷慨,激动人心的地方,周泉也肃然动容。对于李恩、杨承辉、张太雷、何锦成、孟才、杜发、程嫂子这些英雄豪杰的壮烈行为,她简直赞不绝口。对于花旗、红毛、日本仔、法兰西这些帝国主义鬼子的横蛮粗暴,她也一同咬牙切齿。对于工农兵代表大会上所通过的政纲,她也认为了不得的崇高与伟大。对于宪兵司令部的密探王九的阴毒下流,以及最后的可耻下场,她也禁不住痛恨、咒骂,最后又拍掌称快。她表示如果能够亲身参加这几天来的活动,真不枉活一辈子。一提到杨承辉表弟,她总是慨叹了又慨叹,惋惜了又惋惜。在结束这番谈话的时候,她千叮咛万嘱咐地对周炳说:"这些情形,你千万不要泄漏出去!对谁也不能讲你干过那桩事情!不然的话,你就性命难保!"周炳说:"那自然,难道我还是小孩子么?"周泉又提议道:"过去的事情总是过去了。好好丑丑,总不过剩下一场记忆。你以后,就随和着点,跟着陈、何他们两家人混一混吧!陈家是咱家的表亲,我又落在他们家里;就是何家,如今也是你的表姐夫家,也是亲戚了。他们好好歹歹,量也不会不带挈你吃一碗闲饭的。你要是不愿留在省城,那么,到上海你大表姐那里去,也使得!"周炳只是踌躇着,没有答话。周泉回陈家去了之后,周炳在门口枇杷树下,又遇见了何家的小姑娘何守礼。她去了一次香港,竟也沾染了一点洋气,那服装打扮,简直像个洋娃娃一样,还学会了几句骂人的洋话,像"葛·担·腰","猜那·僻格"等等。她一看见周炳,就像去年在罢工委员会演《雨过天青》的时候一般亲热,走过来,拿身体挨着他,尽缠着问他道:

"告诉我,告诉我,炳哥!你又没去香港,你又不是没手没脚,你为什么不参加暴动?要是我,碰到这么好玩儿的事情,我非参加不可!"

看见周炳不回答,她又大声说:

"哦,我知道了,我知道了!你准是参加了的!你哄我,你哄我!对不对?"

周炳叫她缠得没法,只得说:"别胡闹了,别胡闹了!你说一说,你在香港吃了多少老番糖吧!"

后来陈家三姑娘陈文婕也来到枇杷树下,问周炳看见了李民天没有。周炳说没有见过他,又反问她为什么陈文婷老不见面。她说陈文婷一直回宋家去了,又说:"你还想念四妹么?唉,要不是时势变化,我们原来都以为你俩是不成问题的了!"周炳点头承认道:"是的,想念着她。我很不了解她。我希望能够见她一面,把话说清楚。"陈文婕很同情他,就说:"我们一家人对你都是有好感的。

我一定替你问问她,约一个会面的时间。不过,你也懂得,她如今是有家有主的人儿了。那样的会面,会不会增加你的苦恼?"周炳十分动人地轻轻摇着头,没有说话,显得非常温柔,又非常敦厚。当天黄昏时分,陈文婕就来找周炳。这位仗义为他们奔走的人带着一种抱歉的神气,摇头叹息道:

"我有什么办法呢?唉,我也没有办法!四妹不同意这种方式的会面。她说,大家亲戚,没有不碰面的道理。她说,人生不过是一场噩梦!她的脾气,说不定你比我还清楚。后来,她要我给你捎了这个来。"陈文婕说完,就递给他一封信样的东西。他接过来一看,正是去年双十节后一天,他写给陈文婷的绝交信。他匆匆读了一遍,就对他三表姐说:"请你告诉婷表妹,我明白了。"说完,把那封信缓缓撕碎,扔到畚箕里面去。

晚上,没有月亮,只有满天的星星。刚过二更天,周炳就穿起他那套白珠帆的学生制服,里面加了一件卫生衣,慢步从官塘街、窦富巷,一直走出惠爱路。到了惠爱路,又折向东,一直向大东门那个方向走去。他的手里挽着一个布口袋,口袋里装满了深红色、大朵的芍药花,只见它装得满满的,可又不沉,谁也不会想到里面是些什么。整条马路空荡荡的,行人很少。两旁的店铺平时灯火辉煌,非常热闹的,如今都紧闭着大门,死气沉沉。有些商店的门板上,赫然贴着纸印的花旗、红毛、日本仔、法兰西的国旗,表示他们是"外国的产业",或者受着外国的保护。有些商店买不到这种外国符咒,就贴了张纸条子,上面写着:"本号存货已清,请勿光临!"或者索性就写着:"本店遭劫五次,幸勿光临"这种字样儿。路灯像平常一样开着,但是昏黄黯淡。时不时听到放冷枪的声音,东边一响,西边一响。广州不像她平时那样活泼,热情,傲慢,自负的样子,却显出一种蒙羞受辱的神态,全身缩成一团,躺在寒冷荒凉的珠江边上。周炳看见骑楼底下有一堆黑黢黢的东西,走过去一看,原来是一具仆倒的尸体。再走几步,又看见另外一具仰卧着的。此外,又有两具并排着的,也有几具纵横交叠着的。有些尸体的眼睛还没有完全闭上,还似乎隐约看得出微弱的反光。他们的灵魂早已离开广州,但是他们的躯体还恋栈不去。周炳从将军前走到城隍庙,亲眼看见了不知道多少的尸体,简直是数也数不清。他笔直地向东走,只是在碰到国民党查夜的人的时候,才转进小路,绕弯子走。走着走着,他就走到城外东郊的"红花冈"上。这座红花冈本来不算很陡,但是周炳在茫茫黑夜中,总觉着它高大无比,分不出哪儿是山顶,哪儿是天空。这是自从国民党今年四月背叛革命以来,数不清的革命志士流热血,抛头颅,从容就义的地方。它和辛亥革命的时候,埋葬七十二烈士的黄花岗相距不远。反革命的刽子手就在这里杀害无产阶级的优秀儿女,把他们埋葬在这里。如今,这里又成了埋葬广州起义中英勇牺牲的英雄们的公共坟场。

"同志们,安息吧!"

周炳低声叫唤着。他瞪大他那双矇眬的泪眼,凭借着自己那套白色衣服的反光,摸索前进。凡是遇到斜坡上或平台上有隆起的土堆,他就放上一枝红芍药花,低声叫唤一遍。后来在靠东南角一个大土堆旁边,他突然发现了一个高大的、黑色的、雄赳赳的人影儿。他觉着毛骨悚然,大声喝问道:

"你是谁?"

"我是你的朋友!"那人回答着。他的嗓子很圆,很响亮,也很自信。

"你在这里干什么?"

"和你一样,来看看朋友!"

那人说了之后,就拧转身,钻到笨重的夜幕后面去了,看不见了。周炳独自一个人,在红花冈上盘桓凭吊,直到夜深还不愿回去。走累了,他就坐在那些土堆旁边,靠着土堆歇一歇。每当他坐下歇着的时候,他的耳朵贴到泥土上,他就能听见有枪炮轰鸣的声音,有冲杀呐喊的声音,有开会、鼓掌、呼口号的声音,有他的朋友们的笑声、闹声、冷静谈论声,甚至喝酒猜枚声,从那土层之下宛然传出,使他舍不得离开。后来他索性靠着土堆,闭上眼睛,凝神静听,一直到混混沌沌地睡了过去……

四○　茫茫大海

　　第二天,周炳大清早就到惠爱西路的两家打铁铺子去找他的好朋友王通和马明,想看看他们还在不在那里做工,更加想知道他们是不是还活着。可是两个都没有找着。想打听一下,那里的伙计和老板都拿怀疑的眼光望着他,说起话来吞吞吐吐,不得要领。他走到第七甫志公巷黄群家里,找着了她的守寡母亲黄五婶,看看黄群的情况怎么样。但是黄五婶正在焦急万分,一见周炳,就拉着他诉苦道:"阿炳,你看怎样算好!枪一停,我就去沙面找她,可是哪里找得到!人家说,她多半下香港去了,可又没有一封信给我,没有对我说过半句!"周炳没法,只得离开志公巷,走出丰宁路。那西瓜园广场如今空旷无人,十分寂静。用竹子和木板临时搭起来的主席台已经拆得无影无踪,只剩下一些竹篾和碎纸,在枯草中间轻轻滚动。那工农民主政府的崇高、伟大的政纲,也跟北风吹来的冷雨一道,渗到地心里面去,人们再也无法看见了。从太平路到西濠口、沙基大街一带,也像惠爱路一样,商店紧闭着大门,沿途都能碰见没有埋葬的尸体。周炳十分生气,用脚板重重地踏着地面,一直走进沙面去。东桥有外国兵把守着。他们把他浑身搜查了一遍,才放他进去。他找遍了几个地方,不单是黄群找不着,就是从前参加省港罢工的章虾、洪伟等人,也一个都找不着。他烦闷极了,无精打采地从西濠口,沿着长堤,一直向南关走去。经过杨承辉和他一道阻击日本海军陆战队的大新公司门口,他徘徊着不忍走。经过何锦成和他一道打退敌人登陆的天字码头,他又徘徊了好一阵子,不愿走开。长堤的尸首比别的地方都多,而天字码头简直堆得重重叠叠,使人看了,不能忍耐。而有些女的革命同志,在她们像一个伟大的母亲那样,为了后代的幸福而牺牲了自己的生命之后,敌人还挖掉她们的眼睛,割去她们的乳房,用木棍戳进她们的阴户,这样来侮辱她们的尸体。周炳看着看着,眼睛突然热了,牙齿突然咬紧了,正想大声叫喊,不料被他身边一个不相识的路人故意使力撞了一下,才没有嚷出声来。他忽然清醒过来,意识到这时候大声叫嚷会带来生命的危险,就对那不相识的路人感激地点头微笑道:

"兄弟,谢谢咯!我差点儿摔了一摔!"

走到南关,找遍了丘照的手车修理店,邵煜的裁缝铺,马有的蒸粉店,关杰的印刷铺,陶华的清道班,都不见丘照、邵煜、马有、关杰、陶华这些人的踪迹。他又到普兴印刷厂,想看看印刷工人古滔那边的情形,但是那间厂子已经钉了大门,门上还交叉十字地贴上了封条。周炳没有办法,只好跑到珠光里皮鞋匠区华的家里去打听。区华不在家,区细、区卓也不在家,三姨区杨氏告诉他道:"我听说你榕哥跑到香港去了。你苏表姐不知是不是跟他一道,也到香港去了。你阿细、阿卓两个表弟叫你三姨爹送到什么乡下去躲避起来了。总之,你瞧我家里冷清清得像师姑庵一样了!"周炳想起从前区桃表姐在世时的热闹光景,也就舍不得一下子离开,只管对着他三姨,默默无言地坐了一个多钟头才走。在回家的路上,他经过三处还在冒烟的火场。那一片一片的房屋完全倒塌了,屋梁、大柱、桌、椅、板凳、被服、床铺、锅、盆、碗、盏,都烧得变了黑炭,那焦臭的气味离三条街就可以闻到。经过维新路口,他偷眼瞅了瞅工农民主政府的所在地,想起为了夺取这个地方,那大个子海员李恩怎样舍命举起手榴弹,纵身向敌人的机关枪扑过去。以后经过大北直街口,他站在张太雷同志出事的地方,停了下来,装成掏出手帕来擦眼睛的样子,低着头,默默地悼念了一会儿,心里祷告着道:

"张太雷同志呀!你曾经说,从那天起,全世界的路都让我自由自在地走,我喜欢怎样走就怎样走!告诉我吧,我现在应该怎样办?"

回到家,看见舅舅杨志朴和三姨爹区华都来了,正在后房里和爸爸、妈妈、姐姐一道谈话,神气都十分紧张。周炳一进去,大家都不作声,只拿眼睛望着他。后来还是舅舅杨志朴开言道:

"刚才我们正在商量你的事情,你坐下,让我来告诉你。你在省城这样晃来晃去,是十分危险的。不要以为你的事儿瞒得过别人。就是瞒得过一天,也瞒不过两天。如今还多了一样:我听见别人说,凡是参加过省港大罢工的都要抓起来呢!我急急忙忙来告诉你爹娘,恰巧你三姨爹也来了,大家正没有主意,没想到你姐姐来说,上海你陈家大表姐家里,有两个孩子,一个男的九岁,一个女的七岁,写信来要家里给她请一个广东人当家庭教师,男女不拘。你姐姐意思是要你去,只怕你不肯。我们大家一商量,这是天造地设,正合着你去做的一件事。你应该到上海去!时机不可失!你们革的那个什么命,我既不反对,也不赞成。不过依我看,也不要天天尽着革,过几天再革,也是可以的。"

周炳搭拉着圆脑袋,没有作声。姐姐周泉笑着对周铁和周杨氏丢了一个眼色。周铁咳嗽了一声道:"好,就这么办!"事情就决定下来了。不久,陈家跟何家都知道了这个消息。陈文雄亲自送了二十块钱港纸过来给周炳,并且和他做临别赠言道:"表台,你本是一个有恒心,有毅力,有性格,有风度的人,你应该站在时代的上风,做一个春风得意的骄子。过去的事情不说了。我看你这回不参加广州暴动,是第一个转机。你这回决定到上海去,是第二个转机。我大姐对你很有好感,她认识很多商业界、银行界、宗教界的大亨,你要她给你好好地找一个扎实的出身。可不要跟大姐夫乱撞,他是政界,是空的!"何守仁也叫胡杏给周炳送了十块鹰洋来。周泉拿出自己的体己钱,也给了她兄弟五块毫洋。胡杏回去之后,何守礼把她叫到一个僻静的地方问道:

"炳哥到上海去,为什么大哥哥要给他送钱?"

胡杏想了一想,就肯定地说:"是你嫂嫂有对不起周家的地方!"

何守礼说:"我嫂嫂有什么对不起周家的地方呢?"

胡杏越发放肆地说:"她原来是炳哥的嫂嫂,如今却当了你的嫂嫂,这不是闪了周家?不是欺了周家?不是骗了周家?要在我们乡下,早动了刀枪呢!"

何守礼点头道:"那就是了。文婷姐本来说要嫁给炳哥的,后来又嫁了那姓宋的大胖子。她也是骗了炳哥,不是么?"

"可不!陈家的人净是骗子!"胡杏显得更加振振有词了,"你嫂嫂骗了榕哥,文婷姐骗了炳哥,陈家大少爷娶周家姐姐的时候,说好了是姑换嫂的,后来又不换了,他白娶了周家姐姐,他也是骗了周家姐姐!周家几兄弟姊妹都叫人骗了,真是叫人气不忿!"

"唉,好人总要受欺负!"何守礼长长叹息道,"嘻,炳哥这个人多老实,多好玩儿,多会演戏,可惜他要走了!"

胡杏提议道："我这几年积攒下来的过年利市钱,也怕有一块几毛,我通通拿出来送给炳哥做盘缠。你拿不拿你的出来?要是我是你,我就把钱罂子打碎了,把所有的钱拿出来送给他。你干不干?"

何守礼激动起来道:"干!怎么不干?你倒送他盘缠,我不送还成?"

后来她又去问她母亲三姐何杜氏,何杜氏说随她自己的意,她果然把那个只有一道小口子,银钱能放进去,可倒不出来的瓦罂子敲碎了,一数,也有五块多钱。胡杏凑上自己那几个过年利市钱,竟是钞票、鹰洋、银毫、铜板一大堆,叮叮当当地一齐捧到周家这边来。周炳十分感激这两个小姑娘。别人给他送钱,他不怎么稀罕,只有胡杏给他送钱来,他倒是激动起来了。他觉得别人的好心总有点掺假,而胡杏却是真情真意的。他握着胡杏的小手说:"好了。谢谢你,小杏子!我这回出门,是迫不得已的,不会去得太久。我叫杜发给你讲的那些,都是真话,都不是哄你的。今天就是办不到,明天一定办得到!你一定会自由的!那些凶神恶煞的日子不会长的!杜发不会白死的!你千万别泄气,别伤心,硬顶着活下去!哪天我要是回家,大半就是得法儿了!"说着,说着,胡杏又捂住脸,哽哽咽咽地伤心起来。

又过了一天,风声更加紧,许多街道都挨门挨户搜查。国民党的军队、宪兵、警察、侦缉,到处都在开枪杀人。周炳到西来初地去看了看何多多、何老太和那六个孤儿,把陈文雄送给他的二十块港纸送了给他们,又跟何老太说了许多安慰的话。随后他又到莲花井去看了看程德和程大妈,送了他们五块鹰洋,又说了许多安慰的话。最后他到长堤"名利客栈"买了一张到上海去的英商"太古洋行"的统舱轮船票,就回家收拾行李。到了下午四点钟左右,周炳右手夹了一个小铺盖,左手提着一个小网篮,离家出门去了。铁匠周铁在家,蒙起头睡觉,没有睬他。周杨氏、周泉、胡杏三个人,一直把他送出三家巷口。到离别的时候,又是千叮咛万嘱咐,又免不了一番悲伤掉泪。一直到周炳去得很远很远,连影子都望不见了,周杨氏舍不得回家,还说漏了什么话忘记对他讲。

周炳乘坐的这只轮船叫作"苏州号"。三天之后,它经过了香港、汕头、厦门,贡隆、贡隆地摇摆着笨重的尾巴,向着上海游去。那天下午,天阴刮风,周炳觉着统舱里十分气闷,也不想再睡,就穿起卫生衣,在卫生衣外面加上了白珠帆学生装,爬上船尾的甲板上去看海。这真是一个茫茫大海,无岸无边。海是深蓝色的,天空是灰白色的。风浪很大,那远处的浪花好像在天空上翻滚着。船身在沙沙的水声中颠簸得很厉害,仿佛它每前进一步,都要花很大的气力。四围没有人,也没有其他的生物,周炳感到寂寞和空虚。他努力向南边眺望,但是故乡的一切都淹没在破碎的浪花下面,连踪影儿都看不见了。他情不自禁地唱起《国际歌》来:

  起来,饥寒交迫的奴隶……

刚唱了这一句,他背后忽然有人说话,打断了他的歌声。

"你在这里干什么?"那个人大声喝问他。

周炳回头一望,看见一个水手模样的人物,手里拿着一些绳索,对他神秘地,但是没有恶意地笑着。他漫不经意地说:

"没有什么。我在这里看一看。"

那人笑得更加有意思,连那红色的眼睛都眯上了,说:

"没有什么!哼,没有什么!你站在这里很危险!唱歌更危险!"

"我哪里唱过什么歌?"

"我听见你在唱!"

一阵北风把烟筒喷出来的煤灰打在周炳的脸上,他笑了,那神秘的水手也笑了。周炳忽然想起一个好主意,就问那人道:

"有一个叫作麦荣的人,你认识不认识?"

"谁?"那人用手兜着耳朵问。

周炳也用手做了一个圆筒,放在嘴唇上,迎着海风大声说:"麦——荣!"

那人似乎听懂了,跟着又问:"他是干什么的?他是你什么人?你问他干什么?"

周炳说:"他跟你一样,是走上海船的。我们是朋友。我好久没见他了!"

那神秘的人物用粗大有力的手指擦了嘴唇,就摇头说道:

"不对!不对!他像你一样年轻么?他怎么跟你交朋友?"

"朋友就是朋友,论什么年纪呢!"周炳有点着急了。

那中年男子低头想了一想,就用一种肯定的语气说:

"这个年头,找人是不容易的。说到麦荣,好像从前也听说过,是在哪只船上有过这么一个人。既听说过,人就会在的。我还是不认识他!"他的神气明明是他认识他,而他的嘴里却偏偏说出他不认识他。周炳只当他不肯讲真话,也就没法子,口中喃喃自语道:

"我多么惦着他呵!"

那水手好像没有听见,提着绳索,转身就走。周炳抢前两步,拦住他的去路,恳求道:

"大叔,你见着麦荣的时候,千万记着告诉他:我叫周炳。周瑜的周,火字旁,一个甲乙丙丁的丙,周炳。我十分惦着他。我十分想见他一面！哦,对不起,还没有请教你尊姓大名呢!"

那神秘的水手摇了摇头,说:"我们当水手的,哪有什么名字?还不是老大老二地乱叫!"说完就头也不回地走下去了。周炳很不宁静地望着那波涛汹涌的茫茫大海,不知道它要把自己漂到什么地方去。正在这个时候,在那远远的天边的广州,有两个警察带着正式的公文到三家巷来拘捕铁匠周铁。周铁很不乐意地对那两个警察说:"我自从出了娘胎以来,就在这西门口打铁,随管什么别的事儿都没干过。你们抓我干吗？难道你们不认识我么？难道你们公安局要开剪刀铺子么?"那两个警察十分抱歉地望着自己的皮鞋尖。一个高个子俯着脸说:"我怎么不知道？我自从出了娘胎以来,就瞧见你在这西门口打铁。我还知道,你除了打铁以外,大概别的事儿也干不了!"一个矮个子仰着脸说:"我们知道又有什么用呢？反正这事儿也不归我们说话。这是上面的命令!"周铁鼻孔里哼哼了两声,说:"既然如此,咱们走吧!"他们三个人走到四牌楼口子上,就碰着另外两个警察,押解着杨志朴大夫,从里面走出来。周铁吃惊道:"怎么？舅舅,你也上公安局去?"个子矮小的杨志朴仰起他那多毛的脸,玩世不恭地说:"这年头,你不上公安局,还能上哪儿去!"周铁说:"我是为了会打铁,要吃官司,你却为了什么?"杨志朴说:"我么？我不知道! 说不定因为我不赞成反革命,又不赞成革命！他们逼着要我赞成一边儿!"他眯起那矇眬的眼睛,抬起那方形的腮帮,大脑袋沉重地朝后仰着,笑了。谁知他们大伙儿走到公安局门口,一碰却碰上了皮鞋匠区华。他也一模一样,叫两个警察押解着,慢吞吞地走来。杨志朴乐了,笑嘻嘻地说:"妹夫,这才是阎王殿上的横额:你也来了!"区华皱着双眉,没精打采地说:"呵,舅舅,你也来了!"杨志朴站定了,伸出一只手,往里面让区华道:"请吧,不用客气!"区华无论如何,不肯僭越,只是回让道:"你请,你请!"周铁生气了,在后面大声吆喝道:"快进去坐席吧!酒都凉了!"就是这个时候,在那茫茫大海中间,周炳叫痛苦、寂寞和悲愤缠绕着,挣不脱身。那痛苦,他觉着比海还要深。那寂寞,他觉着比死还难以忍耐。那悲愤,就像那天上的云,空中的风,水中的浪,呼啸飞腾,汹涌澎湃,永远平静不下来。后来无意之中,他掏出区桃那张旧照片来,呆呆地看了半天。他对区桃请求道:

"给我一点希望!给我一点勇气!笑一个吧,小桃子,笑一个吧!"

区桃虽然没有说话,但是真的笑了。这样子,周炳慢慢想到另外一些事情。他想到上海是一个大地方,是一个童话一般美丽的地方,多少作家、艺术家、哲学家、思想家和其他全国著名的人物都住在那里;多少大书店、大医院、大公园、大旅馆、大戏院、大舞厅、大酒楼、大工厂、大百货公司、大银行、大学校都开办在那里;他可以好好地去见见世面,也不枉人生一世。他想到"五卅惨案",就发生在上海的南京路,跟着就发生了轰轰烈烈的大革命运动,如今中国共产党的中央委员会也在上海,中国共产党办的《布尔塞维克》杂志也在上海出版,那里一定有许多像张太雷、恽代英、叶挺、叶剑英那样的人物,说不定苏兆征同志也在那里。他自言自语道:"要是我能看见苏兆征委员长一面,那不知有多好!"最后,他想起他们工人赤卫队第一联队第三大队第十中队第一百三十小队队长孟才师傅所说的话来。他曾经这样说道:"如今虽然成立了工农民主政府,看样子,困难还多得很。你想实施那些政纲,你就不能不流血牺牲,为那些政纲的实施来奋斗!路还远着呢!"想到这里,他不禁重复了一句,"一点不错,路还远着呢!"这样子,周炳觉着自己又有

了希望,又有了前程,浑身也充满了劲头。他吻了一下他心爱的区桃,对着广阔无边的海洋喊道:

"再见了!可爱的家乡呵!"

    1959年7月1日,脱稿于广州红花冈畔。

"新中国70年70部长篇小说典藏"书目

书 名	作 者	书 名	作 者
风云初记	孙 犁	白鹿原	陈忠实
铁道游击队	知 侠	长恨歌	王安忆
保卫延安	杜鹏程	马桥词典	韩少功
三里湾	赵树理	抉 择	张 平
红 日	吴 强	草房子	曹文轩
红旗谱	梁 斌	中国制造	周梅森
我们播种爱情	徐怀中	尘埃落定	阿 来
山乡巨变	周立波	突出重围	柳建伟
林海雪原	曲 波	李自成	姚雪垠
青春之歌	杨 沫	历史的天空	徐贵祥
苦菜花	冯德英	亮 剑	都 梁
野火春风斗古城	李英儒	茶人三部曲	王旭烽
上海的早晨	周而复	东藏记	宗 璞
三家巷	欧阳山	雍正皇帝	二月河
创业史	柳 青	日出东方	黄亚洲
红 岩	罗广斌 杨益言	省委书记	陆天明
艳阳天	浩 然	水乳大地	范 稳
大刀记	郭澄清	狼图腾	姜 戎
万山红遍	黎汝清	秦 腔	贾平凹
东 方	魏 巍	额尔古纳河右岸	迟子建
青春万岁	王 蒙	藏 獒	杨志军
许茂和他的女儿们	周克芹	暗 算	麦 家
冬天里的春天	李国文	笨 花	铁 凝
沉重的翅膀	张 洁	我的丁一之旅	史铁生
黄河东流去	李 準	我是我的神	邓一光
蹉跎岁月	叶 辛	三 体	刘慈欣
新 星	柯云路	推 拿	毕飞宇
钟鼓楼	刘心武	湖光山色	周大新
平凡的世界	路 遥	大江东去	阿 耐
第二个太阳	刘白羽	天行者	刘醒龙
红高粱家族	莫 言	焦裕禄	何香久
雪 城	梁晓声	生命册	李佩甫
浴血罗霄	萧 克	繁 花	金宇澄
穆斯林的葬礼	霍 达	黄雀记	苏 童
九月寓言	张 炜	装 台	陈 彦